中國古典文學基本叢書

詩集傳

〔宋〕朱熹 集撰
趙長征 點校

中華書局

圖書在版編目(CIP)數據

詩集傳/(宋)朱熹集撰;趙長征點校. —北京:中華書局,2017.1(2024.9 重印)
(中國古典文學基本叢書)
ISBN 978-7-101-12115-5

Ⅰ.詩… Ⅱ.①朱…②趙… Ⅲ.古體詩-詩集-中國-春秋時代 Ⅳ.I222.2

中國版本圖書館 CIP 數據核字(2016)第 210107 號

責任編輯:馬 婧
責任印製:陳麗娜

中國古典文學基本叢書
詩 集 傳
[宋]朱 熹 集撰
趙長征 點校
*
中 華 書 局 出 版 發 行
(北京市豐臺區太平橋西里 38 號 100073)
http://www.zhbc.com.cn
E-mail:zhbc@zhbc.com.cn
大廠回族自治縣彩虹印刷有限公司印刷
*
850×1168 毫米 1/32 · 15¼印張 · 2 插頁 · 363 千字
2017 年 1 月第 1 版 2024 年 9 月第 5 次印刷
印數:16001－18000 冊 定價:58.00 元

ISBN 978-7-101-12115-5

目録

詩卷第二

詩卷第三

詩卷第四

詩卷第五

詩卷第六

詩卷第七

詩卷第八

詩卷第九

詩卷第十

詩卷第十一

詩卷第十二

詩卷第十三

詩卷第十七

詩卷第十八

詩卷第二十

附録　序跋著録

前言

詩經是我國古代最重要的經典之一。從左傳、論語等先秦典籍中，可以看到大量引用、談論詩經的記載。在論語裏，孔子有「詩可以興，可以觀，可以羣，可以怨」、「不學詩，無以言」、「詩三百，一言以蔽之，曰『思無邪』」等影響深遠的名言。從漢代開始，詩經學就成爲一門顯學，先是有齊、魯、韓三家今文經學被朝廷立爲學官，而古文經學的毛詩則長期在民間傳授。到東漢末年，大學者鄭玄爲毛傳作箋，毛詩戰勝了三家詩學，成爲正宗。而三家詩學竟都先後亡佚了，只留下殘缺不全的片段。唐代孔穎達作毛詩正義，將詩經漢學的成果作了一個總結。到了宋代，學風開始轉變，出現了與漢學相對的宋學。而宋學在詩經學方面的代表作，就是朱熹的這本詩集傳。

朱熹（一一三〇——一二〇〇），字元晦，一字仲晦，號晦庵，别稱紫陽，晚號晦翁、遯翁、滄州病叟，徽州婺源（今屬江西）人，南宋著名的理學大師。他作詩集傳，是經過多次修改的，對于毛詩各篇前附加的小序，有一個從尊崇到反對的過程。他說：「某向作詩解文字，初用小序，至解不行處，亦曲爲之說。後來覺得不安，第二次解者，雖存小序，間爲辨破，然終是不見詩人本意。後來方知，只盡去小序，便自可通，于是盡滌舊說，詩意方活。」（朱子語類卷第八十）大概到淳熙十三年（一一八六），詩集傳方才定稿。這部書是繼毛傳、鄭箋、毛詩正義之後的又一部里程碑式的詩經注本，對後世産生了極其巨大的影響。

詩集傳廢除毛序，只從詩經文本入手，探求詩篇本意，這是詩經學方法論上的一大進步。朱熹反對漢學那種煩瑣注疏的學風，力求簡明扼要，所以此書也並不因爲「集傳」的體例而龐雜枝蔓。「傳」，是傳述的意思，指注疏家們闡釋經義的文字。所謂「集傳」，與「集注」一樣，意思是彙集各家傳注，加以鑒别，擇善而從，並間下己意。朱熹既雜取毛、鄭，也間采齊、魯、韓三家，還吸取了不少當代學者的解說。其中有些學者，與朱熹解讀詩經的思路很不一樣，如吕祖謙，是尊毛序的，朱熹仍然引用了他的很多見解。這樣，屏除了門户之見，就使得詩集傳能够兼收並蓄，博采衆長。對于没有把握的問題，朱熹寧肯說「未詳」，也決不强解，表現了踏實嚴謹的學術態度。

朱熹對詩經的風、雅、頌、賦、比、興六義，作出了新的解釋。他說：「凡詩之所謂風者，多出於里巷歌謡之作，所謂男女相與詠歌，各言其情者也」；「若夫雅、頌之篇，則皆成周之世，朝廷郊廟樂歌之詞，其語和而莊，其義寬而密，其作者往往聖人之徒」；「至於雅之變者，亦皆一時賢人君子，閔時病俗之所爲」（詩集傳序）。主張從音樂和創作羣體方面來劃分「風」「雅」「頌」。對于「賦」「比」「興」，他歸納爲「賦者，敷陳其事而直言之者也」（葛覃注），「比者，以彼物比此物也」（螽斯注），「興者，先言他物，以引起所詠之詞也」（關雎注）。强調其作爲創作方法的特性。他對于「六義」的新定義，後來深入人心，直到今天仍然不失爲最經典的論述。朱熹重視發掘詩篇的抒情性和文學性。對于國風中的許多詩歌，他衝破毛序的政教歷史附會，指出它們是「淫詩」，也就是男女之間表達愛情的詩歌。雖然其價值判斷是負面的，卻實際上揭開了作品的真相。朱熹受到吴棫的叶韻説的影響，用這個方法來爲詩經注音，把一個字臨時改變讀音，以求押韻。從今天看來，這個方法是不科學的。但是考慮到當時音韻學只發展到那個階段，我們也不必對此過多苛責。

在明清兩代，詩集傳成爲官方定本，士子參加科舉考試，都要以它的解説作爲標準。它在我國學術史、文化史上的地位都是極高的。

詩集傳的宋代刻本，今天最容易看到的是民國時期商務印書館的四部叢刊三編影印自日本静嘉堂文庫的宋代二十卷本（殘本）。這個本子在清代乾嘉時期，屬于吴縣袁廷檮（字又愷），藏于其家之五硯樓，後因家道中落，典賣給海昌（即海寧）陳鱣（字仲魚，號簡莊）。在陳鱣之後，此本又到過汪薌國手中，後來又被著名藏書家歸安陸心源獲得，藏于著名的皕宋樓中。光緒三十三年（一九〇七），皕宋樓全部藏書被陸心源之子陸樹藩以十萬元的價格售于日本岩崎氏静嘉堂文庫，至爲可惜。不過，今天普通的讀者，可以通過四部叢刊三編影印本來瞭解它的面貌。

見于清代藏書家著録的詩集傳宋本中，還有一個本子也比較有名。它也不完整，只保存下來前八卷，即國風部分。此本在明代屬于晉王的收藏，到清代的時候，由陳鱣爲同鄉好友吴騫購得，藏于海寧吴氏拜經樓中。後歸錢塘丁氏，光緒末年歸原江南圖書館，現藏于南京圖書館（因此本書簡稱其爲「南圖宋本」）。它被列入「中華再造善本」系列，由北京圖書館出版社于二〇〇六年十月影印出版。這次整理，也參校了這個影印本。

一九五五年，文學古籍刊行社出了一個宋刊本的影印本。據後來的人考證，文學古籍刊行社的這個本子是個贋本，實際上就是將四部叢刊三編本抹去中縫、加上黑框，並施以斷句而成。文字方面，只是將周南麟之趾的朱注「文主后妃仁厚」的「主」改爲了「王」而已。

建國後，各出版社多次對詩集傳進行了整理。一九五八年七月，中華書局上海編輯所據文學古籍刊行社影印本出版了排印本。一九八〇年二月，上海古籍出版社在改正了這個排印本的一些標點和錯字之後，將其重新出版。近年來比較有影響的整理本，有朱子全書本詩集傳（朱傑人校點，收入朱傑人、嚴佐之、劉永翔主編的朱子全書第一册，上海古籍出版社、安徽教育出版社，二〇〇二年十二月初版，二〇一〇年修訂），以及王華寶整理的詩集傳（鳳凰出版社，二〇〇七年一月）。

我們這一次標點整理，以四部叢刊三編本爲底本（簡稱「底本」）。因此本爲殘本（自第十二卷小雅蓼莪第三章朱傳「則無所恃」四字起，至第十七卷大雅板亡佚，這一部分四部叢刊三編本係據他本補抄），所以其殘缺部分，以國家圖書館藏宋刊明印本膠片爲底本（簡稱「宋刊明印本」）配補。這個宋刊明印本，原本現藏于臺北央圖，大陸地區僅依靠王重民先生從美國拍回來的膠片可以一見，現藏于國家圖書館。四部叢刊三編本和宋刊明印本源于同一個刻版，是真正的宋本系統，它們拼在一起，可以成爲一個完整的底本，這樣整理詩集傳就有了一個可靠的基礎。

宋刊明印本除了可以補底本之缺外，還有參校本的功能。它對原版的一些錯訛、脱漏之處進行了挖改補正。實際上，這個挖補的工作，在它之前就開始了。因爲我們還可以看到與它情況近似的南圖宋本，其印刷年代應該也在宋朝，晚于四部叢刊三編本，也對其進行了挖補。

除南圖宋本外，我們主要的對校本有四個，即臺北「中央圖書館」所藏元刻十一行本（簡稱「元本」）、國家圖書館所藏元十卷本（簡稱「元十卷本」）、北京大學圖書館所藏明正統十二年司禮監刻本（簡稱「明正統本」）、國家圖書館所藏明嘉靖三十五年崇正堂刻本（簡稱「明嘉靖本」）。

宋本系統的三個本子、元本和上述兩個明本，均爲二十卷本。元十卷本的分卷，實際上就是將二十卷本的每兩卷歸併爲一卷。它也被列入「中華再造善本」系列，由北京圖書館出版社于二〇〇四年八月影印出版。元本、元十卷本雖然分卷不同，但實際内容比較接近，連錯誤都往往是一樣的，應該是出於同一個系統。而且它們在許多地方的内容比較接近宋本，有很多優點。不過，元代的這兩個本子校刻不甚精，錯訛較多。兩個明本都是出版年代較早、影響較大的本子，也具有很高的參考價值。其中明正統本還有黄山書社于二〇一二年根據江蘇省圖書館藏本影印出版的本子，讀者可以參考。明嘉靖本有許多地方與上述版本都不一樣，獨具特色。

清代至今，最流行的詩集傳本子是八卷本。八卷本系統後出，被人作了不少改動，尤其是多用直音法取代原來的反切法，面貌已非其舊，版本價值不高。然亦未可全廢，間有可采者。八卷本較早的，有明嘉靖吉澄刻本。今天最常見的是清武英殿本的影印本。這次整理，還采用了一九八五年十一月中國書店影印的宋元人注四書五經本詩集傳爲參校本（簡稱「八卷本」），其祖本就是清武英殿八卷本。由于其音注部分被後人改動較大，所以這部分我們一般不寫入校勘記。

除詩集傳外，朱熹還著有詩集傳序、詩傳綱領、詩序辨説，但是這三篇重要著作，宋本詩集傳中都没有收録。爲方便讀者，本書均加以收録，以元本爲底本。詩集傳序以明正統本、明嘉靖本爲對校本，詩傳綱領以明正統本爲對校本，詩序辨説以明正統本、明毛晉輯刻之津逮秘書本爲對校本。元本詩序辨説缺最後一頁，自商頌那條最後的二字「爲文」以下不可見，據明正統本補足其内容。

另外，本書還收集了歷代學者、藏書家關于詩集傳的一些著録、序跋文字，作爲附録，均以目前能够找到的最好版本作底本，不專門出校勘記，只在兩處以按語（「征按」）的形式，注明其他版本的有較大參考價值的異文，其中明顯的錯字及避諱字，以六角括號「〔〕」標出正字。

在元代，出現了一批詩經研究著作，它們中的許多都是以朱熹詩集傳爲基礎，對它作進一步的疏解和補充的，其中比較重要的幾部，如胡一桂詩集傳附録纂疏、劉瑾詩傳通釋、羅復詩集傳名物鈔音釋纂輯，朱公遷等詩經疏義，都包含了詩集傳的全部原文，並且前三部書都有元刻本存世，所以，它們也具備一定的版本價值。前三部都被納入「中華再造善本」系列，由北京圖書館出版社影印出版。而朱公遷等詩經疏義則没有元刻本，只有兩個明刻本（正德本、嘉靖本）和四庫全書本。北京師範大學李山教授主編，將這些著作進行了整理，由北京師範大學出版社于二〇一三年出版。我們這次整理，也吸收了其中部分有價值的信息。在校勘記中，以上各書分別簡稱爲「胡一桂纂疏」、「劉瑾通釋」、「羅復纂輯」、「朱公遷疏義」。

本次整理，凡例如下：

一、底本正確而對校本錯誤之處，一般不出校，某些需要着重辨析之處例外。有些字句，底本有而對校本無，且對校本並不因缺少這些字句而傳達出更多有價值的信息的，不出校。

二、古今字、異體字徑改，通假字保留，以上均不出校。如「奨、廼、廻、旆、減、盜、廐、羨、綉、羣、畆」等詩經經文字形，底本用法統一，皆保留原貌，其下的朱熹集傳相關文字，字形亦從經文。而「於、于」、「皐、臯、皋」、「翺、翶、翱」不强作統一，因宋本中幾種寫法互見，且大部分地方與詩經經文相關。除此之外，字形均按當今通行繁體字統一。

三、宋本系統中有許多缺筆、多筆的字及一些俗字、怪字，如步（步）、筐（筐）、扃（扃）、昏（昏）、黑（黑）、繩（繩）、壺（壺）、聯（聯）、登（登）等，一般都直接釐定，不出校。一些形近而訛的字，如「禪」「剌」「穀」「禕」誤作「襌」「刺」「榖」「褘」等，以及「己已」、「母毋」相混等情況，在能確定時，一般也徑改不出校。

四、無意義的虛詞，不出校。

五、一些詩經經文，以及朱熹所引用的毛序、毛傳、鄭箋的文字，在校勘時還參考了中華書局影印的清代阮元校刻十三經注疏本毛詩正義（簡稱「毛詩正義」）。阮元的校勘記，簡稱「阮校」。但是並非所有詩經經文都與他本進行了校對，因爲這並不是本書的主要任務。

六、朱熹在引用別的典籍、別家詩説時也有許多與今存文獻不一致的地方，我們一般不改底本，只在可能影響理解的地方出校，提供一點異文信息。引文一般標引號，中間有省略可確定者，標「（略）」。

七、校勘記中，「原作」專指底本，即四部叢刊三編本的內容。用宋刊明印本補足底本部分，宋刊明印本的情況寫作「宋刊明印本作」。詩集傳序、詩傳綱領、詩序辨説三篇著作以元本爲底本，其底本情況寫作「元本作」。以示區别。

八、校勘記中凡言「下同」，皆指本篇之内下同。

九、宋本詩經各章之間以「○」號隔開，本書既以宋本爲底本，故亦一仍其舊。

整理過程中，還參考了前面提到過的幾種整理本，在此謹致以謝意！由于水平有限，錯誤和缺陷在所難免，敬希讀者指正。

趙長征

二〇一六年十月二十一日

于北京西二旗智學苑

詩集傳序

或有問於余曰：「詩何爲而作也？」余應之曰：「人生而靜，天之性也；感於物而動，性之欲也。夫既有欲矣，則不能無思；既有思矣，則不能無言；既有言矣，則言之所不能盡，而發於咨嗟詠歎之餘者，必有自然之音響節族而不能已焉〔一〕。此詩之所以作也。」

曰：「然則其所以教者何也？」曰：「詩者，人心之感物，而形於言之餘也。心之所感有邪正，故言之所形有是非。惟聖人在上，則其所感者無不正，而其言皆足以爲教。其或感之之雜，而所發不能無可擇者，則上之人必思所以自反，而因有以勸懲之，是亦所以爲教也。昔周盛時，上自郊廟朝廷，而下達於鄉黨閭巷，其言粹然無不出於正者，聖人固已協之聲律，而用之鄉人，用之邦國，以化天下。至於列國之詩，則天子巡守，亦必陳而觀之，以行黜陟之典。降自昭穆而後，寖以陵夷。至于東遷，而遂廢不講矣。孔子生於其時，既不得位，無以行帝王勸懲黜陟之政，於是特舉其籍而討論之，去其重複，正其紛亂，而其善之不足以爲法，惡之不足以爲戒者，則亦刊而去之，以從簡約，示久遠，使夫學者即是而有以考其得失，善者師之，而惡者改焉。是以其政雖不足行於一時，而其教實被於萬世。是則詩之所以爲教者然也。」

曰：「然則國風、雅、頌之體，其不同若是，何也？」曰：「吾聞之，凡詩之所謂風者，多出於里巷歌謠之作，所謂男女相與詠歌，各言其情者也。惟周南、召南，親被文王之化以成德，而人皆有以得其性情之正。故其發於言者，樂而不過於淫，哀而不及於傷。是以二篇獨爲風詩之正經。自邶而下，則其國之治亂不同，人之賢否亦異，其所感而發者，有邪正是非之不齊。而所謂先王之風者，於此焉變矣。若夫雅、頌之篇，則皆成周之世，朝廷郊廟樂歌之詞，其語和而莊，其義寬而密，其作者往往聖人之徒，固所以爲萬世法程，而不可易者也。至於雅之變者，亦皆一時賢人君子閔時病俗之所爲，而聖人取之。其忠厚惻怛之心，陳善閉邪之意，猶非後世能言之士所能及之〔二〕。此詩之爲經，所以人事浹於下，天道備於上，而無一理之不具也。」

曰：「然則其學之也，當奈何？」曰：「本之二南以求其端，參之列國以盡其變，正之於雅以大其規，和之於頌以要其止，此學詩之大旨也。於是乎章句以綱之，訓詁以紀之，諷詠以昌之，涵濡以體之，察之情性隱微之間，審之言行樞機之始，則修身及家、平均天下之道，其亦不待他求而得之於此矣。」問者唯唯而退。余時方輯詩傳，因悉次是語，以冠其篇云。

淳熙四年丁酉冬十月戊子，新安朱熹書。

【校】

〔一〕「族」字下，明嘉靖本多兩個小字「音奏」。

〔二〕「猶」，明正統本、明嘉靖本作「尤」。

詩傳綱領

大序曰：詩者，志之所之也。在心爲志，發言爲詩。心有所之，謂之志，而詩所以言志也。○情動於中，而形於言。言之不足，故嗟歎之。嗟歎之不足，故永歌之。永歌之不足，不知手之舞之，足之蹈之也。情者，性之感於物而動者也〔一〕。喜、怒、憂、懼、愛、惡、欲，謂之七情。形，見。永，長也。○情發於聲，聲成文謂之音。治世之音安以樂，其政和；亂世之音怨以怒，其政乖；亡國之音哀以思，其民困。治，直吏反。樂，音洛。思，息吏反。○聲不止於言，凡嗟歎永歌皆是也。成文，謂其清濁高下、疾徐疏數之節，相應而和也。然情之所感不同，則音之所成亦異矣。故正得失，動天地，感鬼神，莫近於詩。事有得失，詩因其實而諷詠之，使人有所創艾興起。至其和平怨怒之極，又足以達於陰陽之氣，而致祥召災。蓋其出於自然，不假人力，是以入人深而見功速，非他教之所及也。○先王以是經夫婦，成孝敬，厚人倫，美教化，移風俗。先王，指文、武、周公、成王。是，指風雅頌之正經。經，常也。女正位乎內，男正位乎外，夫婦之常也〔二〕。孝者，子之所以事父。敬者，臣之所以事君。詩之始作，多發於男女之間，而達於父子君臣之際，故先王以詩爲教，使人興於善而戒其失，所以道夫婦之常，而成父子君臣之道也。三綱既正，則人倫厚，教化美，而風俗移矣。

○故詩有六義焉，一曰風，二曰賦，三曰比，四曰興虚應反，後同，五曰雅，六曰頌。此一條本出於周禮大師之官，蓋三百篇之綱領管轄也。風、雅、頌者，聲樂部分之名也。風則十五國風。雅則大小雅。頌則三頌也。賦比興，則所以製作風、雅、頌之體也。賦者，直陳其事，如葛覃、卷耳之類是也。比者，以彼狀此，如螽斯、緑衣之類是也。興者，託物興詞，如關雎、兔罝之類是也。蓋衆作雖多，而其聲音之節，製作之體，不外乎此。故大師之教國子，必使之以是六者三經而三緯之，則凡詩之節奏指歸，皆將不待講説，而直可吟詠以得之矣。六者之序，以其篇次。風固爲先，而風則有賦比興矣，故三者次之，而雅、頌又次之，蓋亦以是三者爲之也。然比興之中，螽斯專於比，而緑衣兼於興，兔罝專於興，而關雎兼於比。此其例中又自有不同者，學者亦不可以不知也。

○上以風化下，下以風刺上，主文而譎諫，言之者無罪，聞之者足以戒，故曰風。風刺之風，福鳳反。○風者，民俗歌謡之詩，如物被風而有聲，又因其聲以動物也。上以風化下者，詩之美惡，其風皆出於上而被於下也。下以風刺上者，上之化有不善，則在下之人，又歌詠其風之所自，以譏其上也。凡以風刺上者，皆不主於政事，而主於文詞，不以正諫，而託意以諫，若風之被物，彼此無心，而能有所動也。

○至于王道衰，禮義廢，政教失，國異政，家殊俗，而「變風」「變雅」作矣。先儒舊説：二南二十五篇爲「正風」，鹿鳴至菁莪二十二篇爲「正小雅」，文王至卷阿十八篇爲「正大雅」。皆文、武、成王時詩，周公所定樂歌之詞。邶至豳十三國爲「變風」，六月至何草不黄五十八篇爲「變小雅」，民勞至召旻十三篇爲「變大雅」，皆康、昭以後所作，故其爲説如此。國異政，家殊俗者，天子不能統諸侯，故國國自爲政；諸侯不能統大夫，故家家自爲俗也。然正變之説，經無明文可考，今姑從之，其可疑者，則具於本篇云。

○國史明乎得失之迹，傷人倫之廢，哀刑政之苛，吟詠情性，以風其上，達於事變，而懷其舊俗者也。風，福鳳反。○

詩之作，或出於公卿大夫，或出於匹夫匹婦，蓋非一人，而序以爲專出於國史，則誤矣。説者欲蓋其失，乃云國史紬繹詩人之情性而歌詠之，以風其上，則不唯文理不通，而考之周禮，大史之屬掌書而不掌詩，其誦詩以諫，乃大師之屬，瞽矇之職也。故春秋傳曰：「史爲書，瞽爲詩。」説者之云，兩失之矣。○故「變風」發乎情，止乎禮義。發乎情，民之性也；止乎禮義，先王之澤也。情者，性之動，而禮義者，性之德也。動而不失其德，則以先王之澤入人者深，至是而猶有不忘者也。然此言亦其大概有如此者，其放逸而不止乎禮義者，固已多矣。○是以一國之事，繫一人之本，謂之風。所謂上以風化下。言天下之事，形四方之風，謂之雅。雅者，正也，言王政之所由廢興也。政有小大，故有小雅焉，有大雅焉。形者，體而象之之謂。小雅皆王政之小事。大雅則言王政之大體也。頌者，美盛德之形容，以其成功告於神明者也。告，古毒反。頌，皆天子所製郊廟之樂歌。頌、容，古字通，故其取義如此。是謂「四始」，詩之至也。史記曰：「關雎之亂，以爲風始，鹿鳴爲小雅始，文王爲大雅始，清廟爲頌始。」所謂「四始」也。詩之所以爲詩者，至是無餘藴矣。後世雖有作者，其孰能加於此乎？邵子曰：「删詩之後，世不復有詩矣。」蓋謂此也。

書舜典：帝曰：「夔，命汝典樂，教胄子。直而温，寬而栗，剛而無虐，簡而無傲。夔，舜臣名。胄子，謂天子至卿大夫子弟。教之，因其德性之美而防其過。詩言志，歌永言，聲依永，律和聲。聲，謂五聲：宮、商、角、徵、羽。宮最濁，而羽極清，所以叶歌之上下。律，謂十二律：黄鍾、大吕、大簇、夾鍾、姑洗、仲吕、蕤賓、林鍾、夷則、南吕、無射、應鍾。黄最濁，而應極清，又所以旋相爲宮而節其聲之上下。八音克諧，無相奪倫，神人以和。」八音：金、石、絲、竹、匏、土、革、木也。

周禮大師：教六詩，曰風，曰賦，曰比，曰興，曰雅，曰頌。說見大序。以六德爲之本。中、和、祗、庸、孝、友。以六律爲之音。六律，謂黄鍾至無射，六陽律也，大吕至應鍾爲六陰律，與之相間，故曰六間，又曰六吕。其爲教之本末，猶舜之意也。

禮記王制：天子五年一巡狩，命大師陳詩，以觀民風。

論語：孔子曰：「吾自衛反魯，然後樂正，雅、頌各得其所。」前漢禮樂志云：「王官失業，雅頌相錯，孔子論而定之。」故其言如此。史記云：「古者詩本三千餘篇，孔子去其重，取其可施於禮義者三百五篇。」孔穎達曰：「按書、傳所引之詩，見在者多，亡逸者少，則孔子所録，不容十分去九。馬遷之言未可信也。」愚按：三百五篇，其間亦未必皆可施於禮義，但存其實，以爲鑒戒耳。○子所雅言，詩、書、執禮，皆雅言也。○嘗獨立，鯉趨而過庭。子曰：「學詩乎？」對曰：「未也。」「不學詩，無以言。」鯉退而學詩。○子曰：「興於詩。」興，起也。詩本人情，其言易曉，而諷詠之間，優柔浸漬，又有以感人而入於其心。故誦而習焉〔三〕，則其或邪或正，或勸或懲，皆有以使人志意油然興起於善，而自不能已也。○子曰：「小子何莫學夫詩？詩可以興，可以觀，可以羣，可以怨。邇之事父，遠之事君，多識於鳥獸草木之名。」○子曰：「詩三百，一言以蔽之，曰『思無邪』。」凡詩之言善者，可以感發人之善心；惡者，可以懲創人之逸志，其用歸於使人得其情性之正而已。然其言微婉，且或各因一事而發，求其直指全體而言，則未有若「思無邪」之切者。故夫子言詩三百篇，而惟此一言足以盡蓋其義。○南容三復白圭，孔子以其兄之子妻之。白圭，大雅抑之五章也。○子曰：「誦詩三百，授之以政，不達；使於四方，不能專對；雖多，亦奚以爲？」○子貢曰：「貧而無諂，富而無驕，何如？」子曰：「可也。未若貧而樂，富而好禮者也。」子貢蓋自謂能無諂無驕者，故以二言質之夫子。夫子以爲二者特隨處用力而免於顯過耳，故但以爲可。蓋僅可而有所未盡之辭也。又言必其理義渾然，全體貫徹，貧則心廣體胖而忘其貧，富則安處善，樂循理，而不自知其富，然後乃可爲至爾。

子貢曰：「詩云：『如切如磋，如琢如磨。』其斯之謂與？」治骨角者，既切之而復磋之。治玉石者，既琢之而復磨之。治之之功不已，而益精也。子貢因夫子告以無諂無驕，不如樂與好禮，而知凡學之不可少得而自足，必當因其所至而益加勉焉，故引此詩以明之。

子曰：「賜也，始可與言詩已矣。告諸往而知來者。」往者，其所已言者。來者，其所未言者。○子夏問曰：「『巧笑倩兮，美目盼兮，素以爲絢兮』，何謂也？」此逸詩也。倩，好口輔也。盼，目黑白分也。素，粉地，畫之質也。絢，采色，畫之飾也。言人有此倩盼之美質，而又加以華采之飾，如有素地而加采色也（四）。

子曰：「繪事後素。」繪事，繪畫之事也。後素，後於素也。考工記曰「繪畫之事，後素功」是也。蓋先以粉地爲質，而後可施以五采，猶人有美質，然後可加以文飾。

曰：「禮後乎？」子曰：「起予者商也，始可與言詩已矣。」禮必以忠信爲質，猶繪事必以粉素爲先。起，猶發也。起予，言能起發我之志意。

咸丘蒙問曰：「詩云：『普天之下，莫非王土；率土之濱，莫非王臣。』而舜既爲天子矣，敢問瞽叟之非臣，如何？」孟子曰：「是詩也，非是之謂也。勞於王事而不得養父母也。曰『此莫非王事，我獨賢勞也』。故說詩者，不以文害辭，不以辭害志。以意逆志，是爲得之。如以辭而已矣，雲漢之詩曰『周餘黎民，靡有孑遺』，信斯言也，是周無遺民也。」程子曰：「舉一字是文，成句是辭。」愚謂：意，謂己意。志，謂詩人之志。逆，迎之也。其至否遲速，不敢自必，而聽於彼也。

程子顥，字伯淳；頤，字正叔。曰：「詩者，言之述也。言之不足而長言之，詠歌之所由興也。其發於誠，感之深，至於不知手之舞，足之蹈，故其人於人也亦深。古之人，幼而聞歌誦之聲，長而識美刺之意，故人之學，由詩而興。後世老師宿儒，尚不知詩之義，後學豈能興起乎？」○又曰：「興於詩者，吟詠情性，涵暢道德之中而歆動之，有『吾與點也』之氣象。」○又曰：「學者不可不看詩，便使人長一格。」

張子載，字子厚。曰：「置心平易，然後可以言詩。涵泳從容，則忽不自知而自解頤矣。若以文害辭，以辭害意，則幾何而不爲高叟之固哉！」○又曰：「求詩者貴平易，不要崎嶇求合。蓋詩人之情性，溫厚平易老成。今以崎嶇求之，其心先狹隘，無由可見。」○又曰：「詩人之志至平易，故無艱險之言，大率所言皆目前事，而義理存乎其中。以平易求之，則思遠以廣；愈艱險，則愈淺近矣。」

上蔡謝氏良佐，字顯道。曰：「學詩須先識得六義體面，而諷味以得之。愚按：六義之說，見於周禮、大序，其辨甚明，其用可識。而自鄭氏以來，諸儒相襲，不唯不能知其所用，反引異說而汨陳之。唯謝氏此說，爲庶幾得其用耳。古詩即今之歌曲。今之歌曲往往能使人感動，至學詩却無感動興起處，只爲泥章句故也。明道先生善言詩，未嘗章解句釋，但優游玩味，吟哦上下，便使人有得處。如曰『瞻彼日月，悠悠我思。道之云遠，曷云能來』，思之切矣。『百爾君子，不知德行。不忮不求，何用不臧』，歸于正也。」○又曰：「明道先生談詩，並不曾下一字訓詁，只轉却一兩字，點掇地念過，便教人省悟。」點，平聲。

【校】

〔一〕「性」，元本作「情」，據明正統本改。

〔二〕「常」，元本作「堂」，據明正統本改。

〔三〕「故」，明正統本作「使」。

〔四〕「地」，元本作「也」，據明正統本改。

詩序辨説

詩序

朱氏辨説

詩序之作，説者不同，或以爲孔子，或以爲子夏，或以爲國史，皆無明文可考。唯後漢書儒林傳以爲衛宏作毛詩序，今傳於世，則序乃宏作明矣。然鄭氏又以爲諸序本自合爲一編，毛公始分以寘諸篇之首，則是毛公之前，其傳已久，宏特增廣而潤色之耳。故近世諸儒多以序之首句爲毛公所分，而其下推説云云者，爲後人所益，理或有之。但今考其首句，則已有不得詩人之本意，而肆爲妄説者矣，況沿襲云云之誤哉？然計其初，猶必自謂出於臆度之私，非經本文，故且自爲一編，别附經後。又以尚有齊、魯、韓氏之説並傳於世，故讀者亦有以知其出於後人之手，不盡信也。及至毛公引以入經，乃不綴篇後，而超冠篇端；不爲注文，而直作經字；不爲疑辭，而遂爲決辭。其後三家之傳又絶，而毛説孤行，則其牴牾之迹無復可見。故此序者，遂若詩人先所命題，而詩文反爲因序以作。於是讀者傳相尊信〔一〕，無敢擬議。至於有所不通，則必爲之委曲遷就，穿鑿而附合之。寧使經之本文繚戾破碎，不成文理，而終不忍明以小序爲出於漢儒也。愚之病此久矣，然猶以其所從來也遠，其間容或真有傳授證驗而不可廢者，故既頗采以附傳中，而復并爲一編以還其舊，因以論其得失云。

【校】

〔一〕「傳」，津逮秘書本作「轉」。

大序

詩者，志之所之也。在心爲志，發言爲詩。○情動於中，而形於言。言之不足，故嗟歎之。嗟歎之不足，故永歌之。永歌之不足，不知手之舞之，足之蹈之也。○情發於聲，聲成文謂之音。治世之音安以樂，其政和；亂世之音怨以怒，其政乖；亡國之音哀以思，其民困。故正得失，動天地，感鬼神，莫近於詩。○先王以是經夫婦，成孝敬，厚人倫，美教化，移風俗。○故詩有六義焉，一曰風，二曰賦，三曰比，四曰興，五曰雅，六曰頌。○上以風化下，下以風刺上，主文而譎諫，言之者無罪，聞之者足以戒，故曰風。○至于王道衰，禮義廢，政教失，國異政，家殊俗，而「變風」「變雅」作矣。○國史明乎得失之迹，傷人倫之廢，哀刑政之苛，吟詠情性，以風其上，達於事變，而懷其舊俗者也。○故「變風」發乎情，止乎禮義。發乎情，民之性也；止乎禮義，先王之澤也。○是以一國之事，繫一人之本，謂之風。言天下之事，形四方之風，謂之雅。雅者，正也，言王政之所由廢興也。政有小大，故有小雅焉，有大雅焉。頌者，美盛德之形容，以其成功告於神明者也。是謂「四始」，詩之至也〔一〕。

【校】

〔一〕「也」字下，明正統本多「説見綱領」四小字。

小序

周南〔一〕

關雎，后妃之德也。后妃，文王之妃大姒也。天子之妃曰后。近世諸儒多辨文王未嘗稱王，則大姒亦未嘗稱后，序者蓋追稱之，亦未害也。但其詩雖若專美大姒，而實以深見文王之德。序者徒見其詞，而不察其意，遂壹以后妃爲主，而不復知有文王，是固已失之矣。至於化行國中，三分天下，亦皆以爲后妃之所致，則是禮樂征伐皆出於婦人之手，而文王者徒擁虚器以爲寄生之君也，其失甚矣。惟南豐曾氏之言曰：「先王之政必自内始，故其閨門之治所以施之家人者，必爲之師傅保姆之助，詩書圖史之戒，珩璜琚瑀之節，威儀動作之度，其教之者有此具。然古之君子未嘗不以身化也，故家人之義歸於反身，二南之業本於文王，豈自外至哉！世皆知文王之所以興，能得内助，而不知其所以然者，蓋本於文王之躬化。故内則后妃有關雎之行，外則羣臣有二南之美，與之相成。其推而及遠，則商辛之昏俗，江漢之小國，兔罝之野人，莫不好善而不自知，此所謂身修故國家天下治者也。」竊謂此説庶幾得之。

風之始也，所謂「關雎之亂，以爲風始」是也。蓋謂國風篇章之始，亦風化之所由始也。**所以風天下而正夫婦也，故用之鄉人焉，用之邦國焉。**説見二南總論。邦國，謂諸侯之國，明非獨天子用之也。**風，風也，教也，風以動之，教以化之。**承上文解風字之義。以象言，則曰風；以事言，則曰教。**然則關雎、麟趾之化，王者之風，故繫之周公。南，言化自北而南也。鵲巢、騶虞之德，諸侯之風也，先王之所以教，故繫之召公。**説見二南卷首。關雎、麟趾言「化」者，化之所自出也。鵲巢、騶虞言「德」者，被化而成德也。以其被化而後成德，故又曰「先王之所以教」。先王，即文王也，舊説以爲大王、王季，誤矣。程子曰：「周南、召南如乾、坤，乾統坤，坤承乾也。」**周南、召南，正始之道，王化之基。**王者之道，始於家，終於天下。而二南正家之事也。王者之化，必至於法度彰，禮樂著，雅頌之聲作，然後可以言成。然無其始，則亦何所因而立哉？基者，堂宇之所因而立者也。程子曰：「有關雎、麟趾之意，然後可以行周官之法度。」其爲是歟？**是以關雎樂得淑女以配君子，憂在進賢，不淫其色，哀窈窕，思賢才，而無傷善之心焉。是關雎之義也。**按論語孔子嘗言「關雎樂而不淫，哀而不傷」。蓋淫者，樂之過；傷者，哀之過。獨爲是詩者得其性情之正，是以哀樂中節，而不至於過耳。而序者乃析哀、樂、淫、傷各爲一事，而不相須，則已失其旨矣。至以傷爲傷善之心，則又大失其旨，而全無文理也。或曰：先儒多以周道衰，詩人本諸衽席，而關雎作。故楊雄以周康之時關雎作，爲傷始亂。杜欽亦曰：「佩玉晏鳴，關雎歎之。」説者以爲古者后夫人雞鳴佩玉去君所，周康后不然，故詩人歎而傷之。此魯詩説也，與毛異矣。但以哀而不傷之意推之，恐其有此理也。曰：此不可知矣。但儀禮以關雎爲鄉樂，又爲房中之樂，則是周公制作之時，已有此詩矣。若如魯説，則儀禮不得爲周公之書。儀禮不爲周公之書，則周之盛時，乃無鄉射、燕飲、房中之樂，而必有待乎後世之刺詩也，其不然也明矣。且爲人子孫，乃無故而播其先祖之失於天下，如此而尚可以爲風化之首乎？

○葛覃，后妃之本也。后妃在父母家，則志在於女功之事，躬儉節用，服澣濯之衣，尊敬師傅，則可以歸安父母，化天下以婦道也。此詩之序，首尾皆是，但其所謂「在父母家」者一句爲未安。蓋若謂未嫁之時，即詩中不應遽以歸寧父母爲言，況未嫁之時，自當服勤女功，不足稱述以爲盛美。若謂歸寧之時，即詩中先言刈葛，而後言歸寧，亦不相合。且不常爲之於平居之日，而暫爲之於歸寧之時，亦豈所謂庸行之謹哉！序之淺拙，大率類此。

○卷耳，后妃之志也。又當輔佐君子求賢審官，知臣下之勤勞，内有進賢之志，而無險詖私謁之心，朝夕思念，至於憂勤也。此詩之序，首句得之，餘皆傅會之鑿説。后妃雖知臣下之勤勞而憂之，然曰「嗟我懷人」，則其言親暱，非后妃之所得施於使臣者矣。且首章之「我」獨爲后妃，而後章之「我」皆爲使臣，首尾衡決不相承應，亦非文字之體也。

○樛木，后妃逮下也。言能逮下，而無嫉妒之心焉。此序稍平，後不注者放此。

○螽斯，后妃子孫衆多也。言若螽斯不妒忌，則子孫衆多也。螽斯聚處和一而卵育蕃多，故以爲不妒忌則子孫衆多之比。序者不達此詩之體，故遂以不妒忌者歸之螽斯，其亦誤矣。

○桃夭，后妃之所致也。不妒忌，則男女以正，婚姻以時，國無鰥民也。序首句非是。其所謂「男女以正，婚姻以時，國無鰥民」者得之。蓋此以下諸詩，皆言文王風化之盛，由家及國之事。而序者失之，皆以爲后妃之所致，既非所以正男女之位，而於此詩又專以爲不妒忌之功，則其意愈狹，而説愈疏矣。

○兔罝，后妃之化也。關雎之化行，則莫不好德，賢人衆多也。此序首句非是，而所謂「莫不好德，賢人衆多」者得之。

○芣苢，后妃之美也。和平則婦人樂有子矣。

○漢廣，德廣所及也。文王之道被于南國，美化行乎江、漢之域，無思犯禮，求而不可得也。此詩以篇内有「漢之廣矣」一句得名，而序者謬誤，乃以「德廣所及」爲言，失之遠矣。然其下文復得詩意，而所謂文王之化者，尤可以正前篇之誤。先儒嘗謂序非出於一人之手者，此其一驗。但首句未必是，下文未必非耳。蘇氏乃例取首句而去其下文，則於此類兩失之矣。

○汝墳，道化行也。文王之化行乎汝墳之國，婦人能閔其君子，猶勉之以正也。

○麟之趾，關雎之應也。關雎之化行，則天下無犯非禮，雖衰世之公子，皆信厚如麟趾之時也。「之時」二字可删。

召南

鵲巢，夫人之德也。國君積行累功以致爵位，夫人起家而居有之，德如鳲鳩，乃可以配焉。文王之時，關雎之化行於閨門之内，而諸侯蒙化以成德者，其道亦始於家人，故其夫人之德如是，而詩人美之也。不言所美之人者，世遠而不可知也。後皆放此。

○采蘩，夫人不失職也。夫人可以奉祭祀，則不失職矣。

○草蟲，大夫妻能以禮自防也。此恐亦是夫人之詩，而未見以禮自防之意。

○采蘋，大夫妻能循法度也。能循法度，則可以承先祖，共祭祀矣。

○甘棠，美召伯也。召伯之教，明於南國。

○行露，召伯聽訟也。衰亂之俗微，貞信之教興，彊暴之男不能侵陵貞女也。

○羔羊，鵲巢之功致也。召南之國化文王之政，在位皆節儉正直，德如羔羊也。此序得之，但「德如羔羊」一句爲衍説耳。

○殷其靁，勸以義也。召南之大夫遠行從政，不遑寧處，其室家能閔其勤勞，勸以義也。按此詩無「勸以義」之意。

○摽有梅，男女及時也。召南之國被文王之化，男女得以及時也。此序末句未安。

○小星，惠及下也。夫人無妒忌之行，惠及賤妾，進御於君，知其命有貴賤，能盡其心矣。

○江有汜，美媵也。勤而無怨，嫡能悔過也。文王之時，江、沱之間，有嫡不以其媵備數，媵遇勞而無怨，嫡亦自悔也。詩中未見勤勞無怨之意。

○野有死麕，惡無禮也。天下大亂，彊暴相陵，遂成淫風。被文王之化，雖當亂世，猶惡無禮也。此序得之，但所謂「無禮」者，言淫亂之非禮耳，不謂無聘幣之禮也。

○何彼襛矣〔二〕，美王姬也。雖則王姬，亦下嫁於諸侯，車服不繫其夫，下王后一等，猶執婦道以成肅雝之德也。此詩時世不可知，其説已見本篇，但序云「雖則王姬，亦下嫁於諸侯」，説者多笑其陋。然此但讀爲兩句之失耳，若讀此十字合爲一句，而對下文「車服不繫其夫，下王后一等」爲義，則序者之意亦自明白。蓋曰王姬雖嫁於諸侯，然其車服制度與它國之夫人不同，所以甚言其貴盛之極，而猶不敢挾貴以驕其夫家也。但立文不善，終費詞説耳。鄭氏曰：「下王后一等，謂車乘厭翟，勒面繢總，服則褕翟。」然則公侯夫人翟茀者，其翟車貝面組總有幄也與？

○騶虞，鵲巢之應也。鵲巢之化行，人倫既正，朝廷既治，天下純被文王之化，則庶類蕃殖，蒐田以時，仁如騶虞，則王道成也。此序得詩之大指，然語意亦不分明。楊氏曰：「二南正始之道，王化之基，蓋一體也。王者諸侯之風，相須以爲治，諸侯所以代其終也。故召南之終，至於仁如騶虞，然後王道成焉。夫王道成，非諸侯之事也。然非諸侯有騶虞之德，亦何以見王道之成哉？」歐陽公曰：「賈誼新書曰：『騶者，文王之囿名。虞者，囿之司獸也。』」陳氏曰：「禮記射義云：『天子以騶虞爲節，樂官備也。』則其爲虞官明矣。獵以虞爲主，其實歎文王之仁而不斥言也。」此與舊説不同，今存於此。

邶

柏舟，言仁而不遇也。衛頃公之時，仁人不遇，小人在側。詩之文意事類可以思而得，其時世名氏則不可以强而推。故凡小序，唯詩文明白直指其事，如甘棠、定中、南山、株林之屬，若證驗的切，見於書史，如載馳、碩人、清人、黄鳥之類，決爲可無疑者。其次則詞旨大概可知必爲某事，而不可知其的爲某時某人者，尚多有之。若爲小序者，姑以其意推尋探索，依約而言，則雖有所不知，亦不害其爲不自欺，雖有未當，人亦當恕其所不及。今乃不然，不知其時者，必强以爲某王某公之時，不知其人者，必强以爲某甲某乙之事。於是傅會書史，依託名謚，鑿空妄語，以誑後人。其所以然者，特以恥其有所不知，而惟恐人之不見信而已。且如柏舟，不知其出於婦人，而以爲男子；不知其不得於夫，而以爲不遇於君，此則失矣。然有所不及而不自欺，則亦未至於大害理也。今乃斷然以爲衛頃公之時，則其故爲欺罔以誤後人之罪，不可揜矣。蓋其偶見此詩冠於三衛變風之首，是以求之春秋之前。而史記所書，莊、桓以上，衛之諸君，事皆無可考者，謚亦無甚惡者，獨頃公有賂王請命之事，其謚又爲「甄心動懼」之名，如漢諸侯王，必其嘗以罪謫，然後加以此謚，以是意其必有棄賢用佞之失，而遂以此詩予之。若將以衒其多知，而必於取信，不知將有明者從旁觀之，則適所以暴其真不知，而啓其深不信也。凡小序之失，以此推之，什得八九矣。又其爲説，必使詩無一篇不爲美刺時君國政而作，固已不切於情性之自然，而又拘於時世之先後，其或書傳所載當此之時偶無賢君美謚〔三〕，則雖有辭之美者，亦例以爲陳古而刺今。是使讀者疑於當時之人絶無善則稱君、過則稱己之意。而一不得志，則扼腕切齒，嘻笑冷語以懟其上者，所在而成羣。是其輕躁險薄，尤有害於温柔敦厚之教，故予不可以不辨。

○緑衣，衞莊姜傷己也。妾上僭，夫人失位而作是詩也。此詩下至終風四篇，序皆以爲莊姜之詩，今姑從之，然唯燕燕一篇詩文略可據耳。

○燕燕，衞莊姜送歸妾也。「遠送于南」一句，可爲送戴嬀之驗。

○日月，衞莊姜傷己也。遭州吁之難，傷己不見答於先君，以至困窮之詩也。此詩序以爲莊姜之作，今未有以見其不然。但謂遭州吁之難而作，則未然耳。蓋詩言「寧不我顧」，猶有望之之意，又言「德音無良」，亦非宜所施於前人者〔四〕，明是莊公在時所作。其篇次亦當在燕燕之前也。

○終風，衞莊姜傷己也。遭州吁之暴，見侮慢而不能正也。詳味此詩，有夫婦之情，無母子之意，若果莊姜之詩，則亦當在莊公之世，而列於燕燕之前，序説誤矣。

○擊鼓，怨州吁也。衞州吁用兵暴亂，使公孫文仲將而平陳與宋，國人怨其勇而無禮也。春秋隱公四年，宋、衞、陳、蔡伐鄭，正州吁自立之時也。序蓋據詩文「平陳與宋」而引此爲説，恐或然也。然傳記魯衆仲之言曰：「州吁阻兵而安忍。阻兵無衆，安忍無親。衆叛親離，難以濟矣。夫兵猶火也，弗戢，將自焚也。夫州吁弑其君而虐用其民，於是乎不務令德，而欲以亂成，必不免矣。」按州吁簒弑之賊，此序但譏其勇而無禮，固爲淺陋，而衆仲之言亦止於此，蓋君臣之義不明於天下久矣，春秋其得不作乎！

○凱風，美孝子也。衞之淫風流行，雖有七子之母，猶不能安其室。故美七子能盡其孝道，以慰其母心，而成其志爾。以孟子之説證之，序説亦是。但此乃七子自責之辭，非美七子之作也。

○雄雉，刺衛宣公也。淫亂不恤國事，軍旅數起，大夫久役，男女怨曠，國人患之而作是詩。序所謂「大夫久役，男女怨曠」者，得之。但未有以見其爲宣公之時，與「淫亂不恤國事」之意耳。兼此詩亦婦人作，非國人之所爲也。

○匏有苦葉，刺衛宣公也。公與夫人並爲淫亂。未有以見其爲刺宣公夫人之詩。

○谷風，刺夫婦失道也。衛人化其上，淫於新昏而棄其舊室，夫婦離絶，國俗傷敗焉。亦未有以見「化其上」之意。

○式微，黎侯寓于衛，其臣勸以歸也。詩中無黎侯字，未詳是否，下篇同。

○旄丘，責衛伯也。狄人迫逐黎侯，黎侯寓於衛。衛不能修方伯連率之職，黎之臣子以責於衛也。序見詩有「伯兮」二字，而以爲責衛伯之詞，誤矣。陳氏曰：「説者以此爲宣公之詩。然宣公之後百餘年，衛穆公之時，晉滅赤狄潞氏，數之以其奪黎氏地，然則此其穆公之詩乎？不可得而知也。」

○簡兮，刺不用賢也。衛之賢者仕於伶官，皆可以承事王者也。此序略得詩意，而詞不足以達之。

○泉水，衛女思歸也。嫁於諸侯，父母終，思歸寧而不得，故作是詩以自見也。

○北門，刺仕不得志也。言衛之忠臣不得其志爾。

○北風，刺虐也。衛國並爲威虐，百姓不親，莫不相攜持而去焉。衛以淫亂亡國，未聞其有威虐之政如序所云者，此恐非是。

○静女，刺時也。衛君無道，夫人無德。此序全然不似詩意。

○新臺，刺衛宣公也。納伋之妻，作新臺于河上而要之，國人惡之而作是詩也。

○二子乘舟，思伋、壽也。衛宣公之二子争相爲死，國人傷而思之，作是詩也。二詩説已各見本篇。

鄘

○柏舟，共姜自誓也。衛世子共伯蚤死，其妻守義，父母欲奪而嫁之，誓而弗許，故作是詩以絶之。此事無所見於它書，序者或有所傳，今姑從之。

○墻有茨，衛人刺其上也。公子頑通於君母，國人疾之而不可道也。

○君子偕老，刺衛夫人也。夫人淫亂，失事君子之道，故陳人君之德、服飾之盛，宜與君子偕老也。公子頑事見春秋傳，但此詩所以作，亦未可考。鶉之奔奔放此。

○桑中，刺奔也。衛之公室淫亂，男女相奔，至於世族在位相竊妻妾，期於幽遠，政散民流而不可止。此詩乃淫奔者所自作。序之首句以爲刺奔，誤矣。其下云云者，乃復得之。樂記之説，已略見本篇矣。而或者以爲刺詩之體，固有鋪陳其事，不加一辭，而閔惜懲創之意自見於言外者，此類是也。豈必譙讓質責，然後爲刺也哉？此説不然。夫詩之爲刺，固有不加一辭而意自見者，清人、猗嗟之屬是已。然嘗試玩之，則其賦之之人猶在所賦之外，而詞意之間猶有賓主之分也。豈有將欲刺人之惡，乃反自爲彼人之言，以陷其身於所刺之中，而不自知也哉？其必不然也明矣。又況此等之人，安於爲惡，其於此等之詩，計其平日固已自其口出而無慚矣，又何待吾之鋪陳而後始知其所爲之如此，亦豈畏吾之閔惜而遂幡然遽有懲創之心耶？以是爲刺，不唯無益，殆恐不免於鼓之舞之，而反以勸其惡也。或者又曰：詩三百篇，皆雅樂也，祭祀朝聘之所用也。桑間濮上之音，鄭、衛之樂也，世俗之所用也。雅、鄭不同部，其來尚矣。且夫子答顔淵之問，於鄭聲亟欲放而絶之，豈其删詩乃録淫奔者之詞，而使之合奏於雅樂之中乎？亦不然也。雅者，二雅是也。鄭者，緇衣以下二十一篇是也。衛者，邶、鄘、衛三十九篇是也。桑間，衛之一篇桑中之詩是也。二南、雅、頌，祭祀朝聘之所用也。鄭、衛、桑、濮，里巷狹邪之所歌也。夫子之於鄭、衛，蓋深絶其聲於樂以爲法，而嚴立其詞於詩以爲戒。如聖人固不語亂，而春秋所記無非亂臣賊子之事，蓋不如是，無以見當時風俗事變之實，而垂鑒戒於後世，固不得已而存之，所謂「道並行而不相悖」者也。今不察此，乃欲爲之諱其鄭、衛、桑、濮之實，而文之以雅樂之名，又欲從而奏之宗廟之中、朝廷之上，則未知其將以薦之何等之鬼神，用之何等之賓客，而於聖人爲邦之法，又豈不爲陽守而陰叛之耶？其亦誤矣。曰：然則大序所謂「止乎禮義」，夫子所謂「思無邪」者，又何謂耶？曰：大序指柏舟、緑衣、泉水、竹竿之屬而言，以爲多出於此耳，非謂篇篇皆然，而桑中之類亦「止乎禮義」也。夫子之言，正爲其有邪正美惡之雜，故特言此，以明其皆可以懲惡勸善，而使人得其性情之正耳，非以桑中之類亦以無邪之思作之也。曰：荀卿所謂「詩者，中聲之所止」，太史公亦謂「三百篇者，夫子皆絃歌之，以求合於韶、武之音」，何耶？曰：荀卿之言固爲正經而發，若史遷之説，則恐亦未足爲據也，豈有哇淫之曲而可以强合於韶、武之音也耶！

○鶉之奔奔，刺衛宣姜也。衛人以爲宣姜鶉鵲之不若也。見上。

○定之方中，美衛文公也。衛爲狄所滅，東徙渡河，野處漕邑，齊桓公攘戎狄而封之。文公徙居楚丘，始建城市而營宮室，得其時制，百姓説之，國家殷富焉。

○蝃蝀，止奔也。衛文公能以道化其民，淫奔之恥，國人不齒也。

○相鼠，刺無禮也。衛文公能正其羣臣，而刺在位承先君之化，無禮儀也。

○干旄，美好善也。衛文公臣子多好善，賢者樂告以善道也。定之方中一篇，經文明白，故序得以不誤。蝃蝀以下，亦因其在此而以爲文公之詩耳。它未有考也。

○載馳，許穆夫人作也。閔其宗國顛覆，自傷不能救也。衛懿公爲狄人所滅，國人分散，露於漕邑。許穆夫人閔衛之亡，傷許之小，力不能救，思歸唁其兄，又義不得，故賦是詩也。此亦經明白而序不誤者。又有春秋傳可證。

衛

淇奥，美武公之德也。有文章，又能聽其規諫，以禮自防，故能入相于周，美而作是詩也。此序疑得之。

○考槃，刺莊公也。不能繼先公之業，使賢者退而窮處。此爲美賢者窮處而能安其樂之詩，文意甚明。然詩文未有見棄於君之意，則亦不得爲刺莊公矣。序蓋失之，而未有害於義也。至於鄭氏，遂有誓不忘君之惡、誓不過君之朝、誓不告君以善之説，則其害義又有甚焉。於是程子易其訓詁，以爲陳其不能忘君之意、陳其不得過君之朝、陳其不得告君以善，則其意忠厚而和平矣。然未知鄭氏之失生於序文之誤，若但直據詩詞，則與其君初不相涉也。

○碩人，閔莊姜也。莊公惑於嬖妾，使驕上僭，莊姜賢而不答，終以無子，國人閔而憂之。此序據春秋傳得之。

○氓，刺時也。宣公之時，禮義消亡，淫風大行，男女無別，遂相奔誘，華落色衰，復相棄背。或乃困而自悔，喪其妃耦，故序其事以風焉。美反正，刺淫泆也。此非刺詩。宣公未有考。「故序其事」以下亦非是。其曰「美反正」者，尤無理。

○竹竿，衛女思歸也。適異國而不見答，思而能以禮者也。未見「不見答」之意。

○芄蘭，刺惠公也。驕而無禮，大夫刺之。此詩不可考，當闕。

○河廣，宋襄公母歸於衛，思而不止，故作是詩也。

○伯兮，刺時也。言君子行役，爲王前驅，過時而不反焉。舊説以詩有「爲王前驅」之文，遂以此爲春秋所書從王伐鄭之事，然詩又言「自伯之東」，則鄭在衛西，不得爲此行矣。序言「爲王前驅」，蓋用詩文，然似未識其文意也。

○有狐，刺時也。衛之男女失時，喪其妃耦焉。古者國有凶荒，則殺禮而多昏，會男女之無夫家者，所以育人民也。「男女失時」之句未安，其曰「殺禮多昏」者，周禮大司徒「以荒政十有二聚萬民，（略）十曰多昏」者，是也。序者之意，蓋曰衛於此時不能舉此之政耳。然亦非詩之正意也。長樂劉氏曰：「夫婦之禮，雖不可不謹於其始，然民有細微貧弱者，或困於凶荒，必待禮而後昏，則男女之失時者多無室家之養。聖人傷之，寧邦典之或違，而不忍失其婚嫁之時也。故有荒政多昏之禮，所以使之相依以爲生，而又以育人民也。詩不云乎，『愷悌君子，民之父母』。苟無子育兆庶之心，其能若此哉？」此則周禮之意也。

○木瓜，美齊桓公也。衛國有狄人之敗，出處于漕。齊桓公救而封之，遺之車馬器服焉。衛人思之，欲厚報之，而作是詩也。說見本篇。

王

○君子于役，刺平王也。君子行役無期度，大夫思其危難以風焉。此國人行役，而室家念之之辭。序說誤矣。其曰「刺平王」，亦未有考。

○君子陽陽，閔周也。君子遭亂，相招爲祿仕，全身遠害而已。說同上篇。

○揚之水，刺平王也。不撫其民，而遠屯戍于母家，周人怨思焉。

○中谷有蓷，閔周也。夫婦日以衰薄，凶年饑饉，室家相棄爾。

○兔爰，閔周也。桓王失信，諸侯背叛，構怨連禍，王師傷敗，君子不樂其生焉。「君子不樂其生」一句得之，餘皆衍說。其指桓王，蓋據春秋傳鄭伯不朝，王以諸侯伐鄭，鄭伯禦之，王卒大敗，祝聃射王中肩之事。然未有以見此詩之爲是而作也。

○葛藟，王族刺平王也。周室道衰，棄其九族焉。序說未有據，詩意亦不類，說已見本篇。

○黍離，閔宗周也。周大夫行役至于宗周，過故宗廟宮室，盡爲禾黍，閔周室之顛覆，徬徨不忍去，而作是詩也。

○采葛，懼讒也。此淫奔之詩，其篇與大車相屬，其事與采唐、采葑、采麥相似，其詞與鄭子衿正同，序説誤矣。

○大車，刺周大夫也。禮義陵遲，男女淫奔，故陳古以刺今大夫不能聽男女之訟焉。非刺大夫之詩，乃畏大夫之詩。

○丘中有麻，思賢也。莊王不明，賢人放逐，國人思之而作是詩也。此亦淫奔者之詞，其篇上屬大車，而語意不莊，非望賢之意，序亦誤矣。

鄭

緇衣，美武公也。父子並爲周司徒，善於其職，國人宜之，故美其德，以明有國善善之功焉。此未有據，今姑從之。

○將仲子，刺莊公也。不勝其母以害其弟。弟叔失道而公弗制，祭仲諫而公弗聽，小不忍以致大亂焉。事見春秋傳，然莆田鄭氏謂此實淫奔之詩，無與於莊公、叔段之事，序蓋失之，而説者又從而巧爲之説，以實其事，誤益甚矣。今從其説。

○叔于田，刺莊公也。叔處于京，繕甲治兵以出于田，國人説而歸之。國人之心貳於叔，而歌其田狩適野之事，初非以刺莊公，亦非説其出于田而後歸之也。或曰，段以國君貴弟，受封大邑，有人民兵甲之衆，不得出居閭巷，下雜民伍，此詩恐其民間男女相説之詞耳〔五〕。

○大叔于田，刺莊公也。叔多才而好勇，不義而得衆也。此詩與上篇意同，非刺莊公也。下兩句得之。

○清人，刺文公也。高克好利而不顧其君，文公惡而欲遠之，不能，使高克將兵而禦狄于竟。陳其師旅，翱翔河上，久而不召，衆散而歸，高克奔陳。公子素惡高克進之不以禮，文公退之不以道，危國亡師之本，故作是詩也。按此序蓋本春秋傳，而以它説廣之，未詳所據。孔氏正義又據序文而以是詩爲公子素之作，然則「進之」當作「之進」，今文誤也。

○羔裘，刺朝也。言古之君子以風其朝焉。序以變風不應有美，故以此爲言古以刺今之詩。今詳詩意，恐未必然。且當時鄭之大夫如子皮、子産之徒，豈無可以當此詩者？但今不可考耳。

○遵大路，思君子也。莊公失道，君子去之，國人思望焉。此亦淫亂之詩，序説誤矣。

○女曰雞鳴，刺不説德也。陳古義以刺今不説德而好色也。此亦未有以見其陳古刺今之意。

○有女同車，刺忽也。鄭人刺忽之不昏于齊。大子忽嘗有功于齊，齊侯請妻之。齊女賢而不取，卒以無大國之助，至於見逐，故國人刺之。按春秋傳〔六〕，齊侯欲以文姜妻鄭太子忽，忽辭。人問其故，忽曰：「人各有耦，齊大，非吾耦也。詩曰『自求多福』，在我而已，大國何爲？」其後北戎侵齊，鄭伯使忽帥師救之，敗戎師。齊侯又請妻之。忽曰：「無事於齊，吾猶不敢，今以君命奔齊之急，而授室以歸，是以師昏也，民其謂我何？」遂辭諸鄭伯。祭仲謂忽曰：「君多内寵，子無大援〔七〕，將不立。」忽又不聽。及即位，遂爲祭仲所逐。此序文所據以爲説者也。然以今考之，此詩未必爲忽而作，序者但見「孟姜」二字，遂指以爲齊女，而附之於忽耳。假如其説，則忽之辭昏未爲不正而可刺，至其失國，則又特以勢孤援寡不能自定，亦未有可刺之罪也。序乃以爲國人作詩以刺之，其亦誤矣。後之讀者又襲其誤，必欲鍛鍊羅織，文致其罪而不肯赦，徒欲以徇説詩者之繆，而不知其失是非之正，害義理之公，以亂聖經之本指，而壞學者之心術，故予不可以不辯。

○山有扶蘇，刺忽也。所美非美然。此下四詩及揚之水，皆男女戲謔之詞。序之者不得其説，而例以爲刺忽，殊無情理。

○蘀兮，刺忽也。君弱臣彊，不倡而和也。見上。

○狡童，刺忽也。不能與賢人圖事，權臣擅命也。昭公嘗爲鄭國之君，而不幸失國，非有大惡，使其民疾之如寇讎也。況方刺其「不能與賢人圖事，權臣擅命」，則是公猶在位也，豈可忘其君臣之分，而遽以狡童目之耶？且昭公之爲人，柔懦疏闊，不可謂狡；即位之時，年已壯大，不可謂童。以是名之，殊不相似。而序於山有扶蘇所謂狡童者，方指昭公之所美，至於此篇，則遂移以指公之身焉，則其舛又甚，而非詩之本指明矣。大抵序者之於鄭詩，凡不得其説者，則舉而歸之於忽，文義一失，而其害於義理有不可勝言者。一則使昭公無辜而被謗；二則使詩人脱其淫謔之實罪，而麗於訕上悖理之虚惡；三則厚誣聖人删述之意，以爲實賤昭公之守正，而深與詩人之無禮於其君。凡此皆非小失。而後之説者猶或主之，其論愈精，其害愈甚，學者不可以不察也。

○褰裳，思見正也。狂童恣行，國人思大國之正己也。此序之失，蓋本於子太叔、韓宣子之言，而不察其斷章取義之意耳。

○丰，刺亂也。昏姻之道缺，陽倡而陰不和，男行而女不隨。此淫奔之詩，序説誤矣。

○東門之墠，刺亂也。男女有不待禮而相奔者也。此序得之。

○風雨，思君子也。亂世則思君子，不改其度焉。序意甚美，然考詩之詞，輕佻狎暱，非思賢之意也。

○子衿，刺學校廢也。亂世則學校不修焉。疑同上篇，蓋其辭意儇薄，施之學校，尤不相似也。

○揚之水，閔無臣也。君子閔忽之無忠臣良士，終以死亡，而作是詩也。此男女要結之詞，序説誤矣。

○出其東門，閔亂也。公子五争，兵革不息，男女相棄，民人思保其室家焉。五争事見春秋傳，然非此之謂也。此乃惡淫奔者之詞，序誤。

○野有蔓草，思遇時也。君之澤不下流，民窮於兵革，男女失時，思不期而會焉。東萊吕氏曰：「『君之澤不下流』，迺講師見『零露』之語，從而附益之。」

○溱洧，刺亂也。兵革不息，男女相棄，淫風大行，莫之能救焉。鄭俗淫亂，乃其風聲氣習流傳已久，不爲「兵革不息，男女相棄」而後然也。

齊

雞鳴，思賢妃也。哀公荒淫怠慢，故陳賢妃貞女夙夜警戒相成之道焉。此序得之，但哀公未有所考，豈亦以謚惡而得之歟？

○還，刺荒也。哀公好田獵，從禽獸而無厭，國人化之，遂成風俗。習於田獵謂之賢，閑於馳逐謂之好焉。同上。

○著，刺時也。時不親迎也。

○東方之日，刺衰也。君臣失道，男女淫奔，不能以禮化也。此男女淫奔者所自作，非有刺也。其曰「君臣失道」者，尤無所謂。

○東方未明，刺無節也。朝廷興居無節，號令不時，挈壺氏不能掌其職焉。夏官：「挈壺氏，下士六人。」挈，縣挈之名。壺，盛水器。蓋置壺浮箭，以爲晝夜之節也。漏刻不明，固可以見其無政，然所以「興居無節，號令不時」，則未必皆挈壺氏之罪也。

○南山，刺襄公也。鳥獸之行，淫乎其妹。大夫遇是惡，作詩而去之。此序據春秋經傳爲文，說見本篇。

○甫田，大夫刺襄公也。無禮義而求大功，不修德而求諸侯，志大心勞，所以求者非其道也。未見其爲襄公之詩。

○盧令，刺荒也。襄公好田獵畢弋，而不修民事，百姓苦之，故陳古以風焉。義與還同，序說非是。

○敝笱，刺文姜也。齊人惡魯桓公微弱，不能防閑文姜，使至淫亂，爲二國患焉。「桓」當作「莊」。

○載驅，齊人刺襄公也。無禮義，故盛其車服，疾驅於通道大都，與文姜淫，播其惡於萬民焉。此亦刺文姜之詩。

○猗嗟，刺魯莊公也。齊人傷魯莊公有威儀技藝，然而不能以禮防閑其母，失子之道。人以爲齊侯之子焉。此序得之。

魏

葛屨，刺褊也。魏地陿隘，其民機巧趨利，其君儉嗇褊急，而無德以將之。

○汾沮洳，刺儉也。其君儉以能勤，刺不得禮也。此未必爲其君而作。崔靈恩集注「其君」作「君子」，義雖稍通，然未必序者之本意也。

○園有桃，刺時也。大夫憂其君，國小而迫，而儉以嗇，不能用其民，而無德教，日以侵削，故作是詩也。「國小而迫」、「日以侵削」者得之，餘非是。

○陟岵，孝子行役，思念父母也。國迫而數侵削，役乎大國，父母兄弟離散，而作是詩也。

○十畝之閒，刺時也。言其國削小，民無所居焉。國削，則其民隨之，序文殊無理，其説已見本篇矣。

○伐檀，刺貪也。在位貪鄙，無功而受禄，君子不得進仕爾。此詩專美君子之不素餐〔八〕，序言「刺貪」，失其指矣。

○碩鼠，刺重斂也。國人刺其君重斂蠶食於民，不修其政，貪而畏人，若大鼠也。此亦託於碩鼠以刺其有司之辭，未必直以碩鼠比其君也。

唐

蟋蟀，刺晉僖公也。儉不中禮，故作是詩以閔之，欲其及時以禮自虞樂也。此晉也，而謂之唐，本其風俗憂深思遠，儉而用禮，乃有堯之遺風焉。河東地瘠民貧，風俗勤儉，乃其風土氣習有以使之，至今猶然，則在三代之時可知矣。序所謂「儉不中禮」，固當有之，但所謂「刺僖公」者，蓋特以謚得之。而所謂「欲其及時以禮自娛樂」者，又與詩意正相反耳。況古今風俗之變，常必由儉以入奢，而其變之漸，又必由上以及下。今謂君之儉反過於初，而民之俗猶知用禮，則尤恐其無是理也。獨其「憂深思遠」、「有堯之遺風」者爲得之。然其所以不謂之晉，而謂之唐者，又初不爲此也。

○山有樞，刺晉昭公也。不能修道以正其國，有財不能用，有鍾鼓不能以自樂，有朝廷不能洒掃，政荒民散，將以危亡，四鄰謀取其國家而不知，國人作詩以刺之也。此詩蓋以答蟋蟀之意而寬其憂，非臣子所得施於君父者，序說大誤。

○揚之水，刺晉昭公也。昭公分國以封沃，沃盛彊，昭公微弱，國人將叛而歸沃焉。詩文明白，序說不誤。

○椒聊，刺晉昭公也。君子見沃之盛彊，能修其政，知其蕃衍盛大，子孫將有晉國焉。此詩未見其必爲沃而作也。

○綢繆，刺晉亂也。國亂，則昏姻不得其時焉。此但爲昏姻者相得而喜之詞，未必爲刺晉國之亂也。

○杕杜，刺時也。君不能親其宗族，骨肉離散，獨居而無兄弟，將爲沃所并爾。此乃人無兄弟而自歎之詞，未必如序之説也。況曲沃實晉之同姓，其服屬又未遠乎？

○羔裘，刺時也。晉人刺其在位不恤其民也。詩中未見此意。

○鴇羽，刺時也。昭公之後，大亂五世，君子下從征役，不得養其父母，而作是詩也。序意得之，但其時世則未可知耳。

○無衣，美晉武公也。武公始并晉國，其大夫爲之請命乎天子之使，而作是詩也。序以史記爲文，詳見本篇。但此詩若非武公自作，以述其賂王請命之意，則詩人所作，以著其事，而陰刺之耳。序乃以爲美之，失其旨矣。且武公弑君篡國，大逆不道，乃王法之所必誅而不赦者，雖曰尚知王命之重，而能請之以自安，是亦禦人於白晝大都之中，而自知其罪之甚重，則分薄贓餌貪吏，以求私有其重寶而免於刑戮，是乃猾賊之尤耳。以是爲美，吾恐其奬姦誨盜，而非所以爲教也。小序之陋固多，然其顛倒順逆，亂倫悖理，未有如此之甚者，故予特深辯之，以正人心，以誅賊黨，意庶幾乎大序所謂「正得失」者，而因以自附於春秋之義云。

○有杕之杜，刺晉武公也。武公寡特，兼其宗族，而不求賢以自輔焉。此序全非詩意。

○葛生，刺晉獻公也。好攻戰，則國人多喪矣。

○采苓，刺晉獻公也。獻公好聽讒焉。獻公固喜攻戰而好讒佞，然未見此二詩之果作於其時也。

秦

○車鄰，美秦仲也。秦仲始大，有車馬禮樂侍御之好焉。未見其必爲秦仲之詩。大率秦風唯黄鳥、渭陽爲有據，其他諸詩皆不可考。

○駟驖，美襄公也。始命有田狩之事、園囿之樂焉。

○小戎，美襄公也。備其兵甲，以討西戎。西戎方彊，而征伐不休。國人則矜其車甲，婦人能閔其君子焉。此詩時世未必然，而義則得之，説見本篇。

○蒹葭，刺襄公也。未能用周禮，將無以固其國焉。此詩未詳所謂。然序説之鑿，則必不然矣。

○終南，戒襄公也。能取周地，始爲諸侯，受顯服，大夫美之，故作是詩以戒勸之。

○黄鳥，哀三良也。國人刺穆公以人從死，而作是詩也。此序最爲有據。

○晨風，刺康公也。忘穆公之業，始棄其賢臣焉。此婦人念其君子之辭，序説誤矣。

○無衣，刺用兵也。秦人刺其君好攻戰，亟用兵，而不與民同欲焉。序意與詩情不協，説已見本篇矣。

○渭陽，康公念母也。康公之母，晉獻公之女。文公遭麗姬之難，未反而秦姬卒，穆公納文公。康公時爲大子，贈送文公于渭之陽，念母之不見也，我見舅氏，如母存焉。及其即位，思而作是詩也。此序得之，但「我見舅氏，如母存焉」兩句，若爲康公之辭者，其情哀矣，然無所繫屬，不成文理。蓋此以下又別一手所爲也。「及其即位，而作是詩」，蓋亦但見首句云「康公」而下云「時爲太子」，故生此說。其淺暗拘滯大率如此。

○權輿，刺康公也。忘先君之舊臣與賢者，有始而無終也。

陳

宛丘，刺幽公也。淫荒昏亂，游蕩無度焉。陳國小，無事實，幽公但以謚惡，故得「遊蕩無度」之詩，未敢信也。

○東門之枌，疾亂也。幽公淫荒，風化之所行，男女棄其舊業，亟會於道路，歌舞於市井爾。同上。

○衡門，誘僖公也。愿而無立志，故作是詩以誘掖其君也。僖者，小心畏忌之名，故以爲「愿無立志」而配以此詩，不知其爲賢者自樂而無求之意也。

○東門之池，刺時也。疾其君之淫昏，而思賢女以配君子也。此淫奔之詩，序説蓋誤。

○東門之楊，刺時也。昏姻失時，男女多違，親迎，女猶有不至者也。同上。

〇墓門，刺陳佗也。陳佗無良師傅，以至於不義，惡加於萬民焉。陳國君臣事無可紀，獨陳佗以亂賊被討，見書於春秋，故以「無良」之詩與之。序之作大抵類此，不知其信然否也。

〇防有鵲巢，憂讒賊也。宣公多信讒，君子憂懼焉。此非刺其君之詩。

〇月出，刺好色也。在位不好德而説美色焉。此不得爲刺詩。

〇株林，刺靈公也。淫乎夏姬，驅馳而往，朝夕不休息焉。陳風獨此篇爲有據。

〇澤陂，刺時也。言靈公君臣淫於其國，男女相説，憂思感傷焉。

檜

羔裘，大夫以道去其君也。國小而迫，君不用道，好潔其衣服，逍遥遊燕，而不能自强於政治，故作是詩也。

〇素冠，刺不能三年也。

〇隰有萇楚，疾恣也。國人疾其君之淫恣，而思無情慾者也。此序之誤，説見本篇。

〇匪風，思周道也。國小政亂，憂及禍難，而思周道焉。詩言「周道」，但謂適周之路，如四牡所謂「周道逶遲」耳。序言「思周道」者，蓋不達此意也。

有考。

曹

蜉蝣，刺奢也。昭公國小而迫，無法以自守，好奢而任小人，將無所依焉。言昭公，未有考。

○候人，刺近小人也。共公遠君子而好近小人焉。此詩但以「三百赤芾」合於左氏所記晉侯入曹之事，序遂以爲共公。未知然否。

○鳲鳩，刺不壹也。在位無君子，用心之不壹也。此美詩，非刺詩。

○下泉，思治也。曹人疾共公侵刻，下民不得其所，憂而思明王賢伯也。曹無它事可考，序因候人而遂以爲共公。然此乃天下之大勢，非共公之罪也。

豳

七月，陳王業也。周公遭變，故陳后稷先公風化之所由，致王業之艱難也。董氏曰：「先儒以七月爲周公居東而作。考其詩，則陳后稷、公劉所以治其國者，方風諭而成其德，故是未居東也。至于鴟鴞，則居東而作，其在書可知矣。」

○鴟鴞，周公救亂也。成王未知周公之志，公乃爲詩以遺王，名之曰鴟鴞焉。此序以金縢爲文，最爲有據。

○東山，周公東征也。周公東征，三年而歸，勞歸士，大夫美之，故作是詩也。一章言其完也，二章言其思也，三章言其室家之望女也，四章樂男女之得及時也。君子之於人，序其情而閔其勞，所以説也。説以使民，民忘其死，其惟東山乎！此周公勞歸士之詞，非大夫美之而作也。

○破斧，美周公也。周大夫以惡四國焉。此歸士美周公之詞，非大夫惡四國之詩也。且詩所謂「四國」〔九〕，猶言「斬伐四國」耳，序説以爲管、蔡、商、奄，尤無理也。

○伐柯，美周公也。周大夫刺朝廷之不知也。

○九罭，美周公也。周大夫刺朝廷之不知也。二詩東人喜周公之至，而願其留之詞，序説皆非。

○狼跋，美周公也。周公攝政，遠則四國流言，近則王不知，周大夫美其不失其聖也。

【校】

〔一〕「周南」上，津逮秘書本多一行，爲「國風」兩大字。

〔二〕「襛」，原作「穠」，據正文及津逮秘書本改。

〔三〕「之」，津逮秘書本作「二」。

〔四〕「宜所」，津逮秘書本作「所宜」。

〔五〕「其」，明正統本作「亦」。

〔六〕「按」，津逮秘書本作「據」。

〔七〕「大」，元本作「木」，據明正統本、津逮秘書本改。

〔八〕「餐」，津逮秘書本作「飧」。

〔九〕「且」，明正統本作「其」。

小雅

鹿鳴，燕羣臣嘉賓也。既飲食之，又實幣帛筐篚以將其厚意，然後忠臣嘉賓得盡其心矣。序得詩意，但未盡其用耳。其説已見本篇。

○四牡，勞使臣之來也。有功而見知，則説矣。首句同上，然其下云云者，語疏而義鄙矣。

○皇皇者華，君遣使臣也。送之以禮樂，言遠而有光華也。首句同上，然詩所謂「華」者，草木之華，非光華也。

○常棣，燕兄弟也。閔管蔡之失道，故作常棣焉。序得之，但與魚麗之序相矛盾；以詩意考之，蓋此得而彼失也。國語富辰之言以爲周文公之詩，亦其明驗。但春秋傳爲富辰之言，又以爲召穆公思周德之不類，故糾合宗族于成周，而作此詩。二書之言皆出富辰，且其時去召穆公又未遠，不知其説何故如此。杜預以作詩爲作樂而奏此詩，恐亦非是。

○伐木，燕朋友故舊也。自天子至于庶人，未有不須友以成者。親親以睦，友賢不棄，不遺故舊，則民德歸厚矣。

○天保，下報上也。君能下下以成其政，臣能歸美以報其上焉。序之得失與鹿鳴相似。

○采薇，遣戍役也。文王之時，西有昆夷之患，北有玁狁之難，以天子之命命將率、遣戍役，以守衛中國。故歌采薇以遣之，出車以勞還，杕杜以勤歸也。此未必文王之詩。「以天子之命」者，衍説也。

○出車，勞還率也。同上。詩所謂天子，所謂王命，皆周王耳。

○杕杜，勞還役也。同上。

○魚麗，美萬物盛多，能備禮也。文武以天保以上治內，采薇以下治外，始於憂勤，終於逸樂，故美萬物盛多，可以告於神明矣。此篇以下時世次第，序説之失，已見本篇。其內外始終之説，蓋一節之可取云。

○南陔，孝子相戒以養也。此笙詩也。譜序、篇次、名義及其所用，已見本篇。

○白華，孝子之潔白也。同上。此序尤無理。

○華黍，時和歲豐，宜黍稷也。有其義而亡其辭。同上。然所謂「有其義」者，非真有。所謂「亡其辭」者，乃本無也。

南有嘉魚，樂與賢也。太平之君子至誠，樂與賢者共之也。序得詩意而不明其用。其曰「太平之君子」者本無謂，而説者又以專指成王，皆失之矣。

○南山有臺，樂得賢也。得賢，則能爲邦家立太平之基矣。序首句誤，詳見本篇。

○由庚，萬物得由其道也。見南陔。

○崇丘，萬物得極其高大也。見上。

○由儀，萬物之生各得其宜也。有其義而亡其辭。見上。

○蓼蕭，澤及四海也。序不知此爲燕諸侯之詩，但見「零露」之云，即以爲澤及四海，其失與野有蔓草同。

○湛露，天子燕諸侯也。

○彤弓，天子錫有功諸侯也。

○菁菁者莪，樂育材也。君子能長育人材，則天下喜樂之矣。此序全失詩意。

臆説淺妄類如此云。

○六月，宣王北伐也。此句得之。鹿鳴廢，則和樂缺矣。四牡廢，則君臣缺矣。皇皇者華廢，則忠信缺矣。常棣廢，則兄弟缺矣。伐木廢，則朋友缺矣。天保廢，則福禄缺矣。采薇廢，則征伐缺矣。出車廢，則功力缺矣。杕杜廢，則師衆缺矣。魚麗廢，則法度缺矣。南陔廢，則孝友缺矣。白華廢，則廉恥缺矣。華黍廢，則蓄積缺矣。由庚廢，則陰陽失其道理矣。南有嘉魚廢，則賢者不安，下不得其所矣。崇丘廢，則萬物不遂矣。南山有臺廢，則爲國之基隊矣。由儀廢，則萬物失其道理矣。蓼蕭廢，則恩澤乖矣。湛露廢，則萬國離矣。彤弓廢，則諸夏衰矣。菁菁者莪廢，則無禮儀矣。小雅盡廢，則四夷交侵，中國微矣。魚麗以下篇次爲毛公所移，而此序自南陔以下八篇尚仍儀禮次第〔一〕。獨以鄭譜誤分魚麗爲文武時詩，故遂移此序魚麗一句，自華黍之下而升於南陔之上。此一節與小序同出一手，其得失無足議者，但欲證毛公所移篇次之失，與鄭氏獨移魚麗一句之私，故論於此云。

○采芑，宣王南征也。

○車攻，宣王復古也。宣王能內修政事，外攘夷狄，復文武之竟土，修車馬，備器械，復會諸侯於東都，因田獵而選車徒焉。

○吉日，美宣王田也。能慎微接下，無不自盡以奉其上焉。序「慎微」以下〔二〕，非詩本意。

鴻鴈，美宣王也。萬民離散，不安其居，而能勞來、還定、安集之，至于矜寡無不得其所焉。此以下時世多不可考。

○庭燎，美宣王也。因以箴之。

○沔水，規宣王也。

○鶴鳴，誨宣王也。

○祈父，刺宣王也。

○白駒，大夫刺宣王也。

○黄鳥，刺宣王也。

○我行其野，刺宣王也。

○斯干，宣王考室也。

○無羊，宣王考牧也。

節南山，家父刺幽王也。家父，見本篇。

○正月，大夫刺幽王也。

○十月之交，大夫刺幽王也。

○雨無正，大夫刺幽王也。雨自上下者也，衆多如雨，而非所以爲政也。此序尤無義理，

歐陽公、劉氏説已見本篇。

○小旻，大夫刺幽王也。

○小宛，大夫刺幽王也。此詩不爲刺王而作，但兄弟遭亂，畏禍而相戒之詞爾。

○小弁，刺幽王也。太子之傅作焉。此詩明白爲放子之作無疑，但未有以見其必爲宜臼耳。序又以

爲宜臼之傅，尤不知其所據也。

○巧言，刺幽王也。大夫傷於讒，故作是詩也。

○何人斯，蘇公刺暴公也，暴公爲卿士，而譖蘇公焉，故蘇公作是詩而絶之。鄭氏曰：「暴、蘇皆畿內國名。」世本云：「暴辛公作塤，蘇成公作篪〔三〕。」譙周古史考云：「古有塤篪，尚矣，周幽王時二公特善其事耳。」今按：書有司寇蘇公，春秋傳有蘇忿生，戰國及漢時有人姓暴，則固應有此二人矣。但此詩中只有「暴」字，而無「公」字及「蘇公」字，不知序何所據而得此事也。世本説尤紕謬，譙周又從而傅會之，不知適所以章其謬耳。

○巷伯，刺幽王也。寺人傷於讒，故作是詩也。

谷風，刺幽王也。天下俗薄，朋友道絶焉。

○蓼莪，刺幽王也。民人勞苦，孝子不得終養爾。

○大東，刺亂也。東國困於役而傷於財，譚大夫作是詩以告病焉。譚大夫未有考，不知何據，恐或有傳耳。

○四月，大夫刺幽王也。在位貪殘，下國構禍，怨亂並興焉。

○北山，大夫刺幽王也。役使不均，己勞於從事而不得養其父母焉。

○無將大車，大夫悔將小人也。此序之誤，由不識興體，而誤以爲比也。

○小明，大夫悔仕於亂世也。

○鼓鍾，刺幽王也。此詩文不明，故序不敢質其事，但隨例爲刺幽王耳，實皆未可知也。

○楚茨，刺幽王也。政煩賦重，田萊多荒，饑饉降喪，民卒流亡，祭祀不饗，故君子思古焉。自此篇至車舝，凡十篇，似出一手，詞氣和平，稱述詳雅，無風刺之意。序以其在「變雅」中，故皆以爲傷今思古之作。詩固有如此者，然不應十篇相屬，而絶無一言以見其爲衰世之意也。竊恐「正雅」之篇有錯脱在此者耳，序皆失之。

○信南山，刺幽王也。不能修成王之業，疆理天下，以奉禹功，故君子思古焉。「曾孫」，古者事神之稱，序專以爲成王，則陋矣。

甫田，刺幽王也。君子傷今而思古焉。此序專以「自古有年」一句生説，而不察其下文「今適南畝」以下，亦未嘗不有年也。

○大田，刺幽王也。言矜寡不能自存焉。此序專以「寡婦之利」一句生説。

○瞻彼洛矣，刺幽王也。思古明王能爵命諸侯，賞善罰惡焉。此序以「命服」爲賞善，「六師」爲罰惡，然非詩之本意也。

○裳裳者華，刺幽王也。古之仕者世禄，小人在位，則讒諂並進，棄賢者之類，絶功臣之世焉。此序只用「似之」二字生説。

○桑扈，刺幽王也。君臣上下，動無禮文焉。此序只用「彼交匪敖」一句生説。

○鴛鴦，刺幽王也。思古明王交於萬物有道，自奉養有節焉。此序穿鑿，尤爲無理。

○頍弁，諸公刺幽王也。暴戾無親，不能宴樂同姓，親睦九族，孤危將亡，故作是詩也。序見詩言「死喪無日」，便謂「孤危將亡」，不知古人勸人燕樂，多爲此言，如「逝者其耋」、「他人是保」之類。且漢魏以來樂府猶多如此，如「少壯幾時」、「人生幾何」之類是也。

〇車舝，大夫刺幽王也。褒姒嫉妒，無道並進，讒巧敗國，德澤不加於民〔四〕。周人思得賢女以配君子，故作是詩也。以上十篇並已見楚茨篇〔五〕。

〇青蠅，大夫刺幽王也。

〇賓之初筵，衛武公刺時也。幽王荒廢，媟近小人，飲酒無度，天下化之，君臣上下沈湎淫液〔六〕，武公既入而作是詩也。韓詩説見本篇，此序誤矣。

〇魚藻，刺幽王也。言萬物失其性，王居鎬京，將不能以自樂，故君子思古之武王焉。此詩意與楚茨等篇相類〔七〕。

〇采菽，刺幽王也。侮慢諸侯，諸侯來朝，不能錫命以禮數，徵會之而無信義，君子見微而思古焉。同上。

〇角弓，父兄刺幽王也。不親九族而好讒佞，骨肉相怨，故作是詩也。

〇菀柳，刺幽王也。暴虐無親，而刑罰不中，諸侯皆不欲朝，言王者之不可朝事也。

〇都人士，周人刺衣服無常也。古者長民，衣服不貳，從容有常，以齊其民，則民德歸壹。傷今不復見古人也。此序蓋用緇衣之誤。

〇采緑，刺怨曠也。幽王之時多怨曠者也。此詩怨曠者所自作，非人刺之，亦非怨曠者有所刺於上也。

○黍苗，刺幽王也。不能膏潤天下，卿士不能行召伯之職焉。此宣王時美召穆公之詩，非刺幽王也。

○隰桑，刺幽王也。小人在位，君子在野，思見君子，盡心以事之。此亦非刺詩，疑與上篇皆脱簡在此也。

○白華，周人刺幽后也。幽王取申女以爲后，又得褒姒，而黜申后。故下國化之，以妾爲妻，以孽代宗，而王弗能治。周人爲之作是詩也。此事有據，序蓋得之。但「幽后」字誤，當爲「申后刺幽王也」。「下國化之」以下，皆衍説耳。又漢書注引此序，「幽」字下有「王廢申」三字，雖非詩意，然亦可補序文之缺。

○緜蠻，微臣刺亂也。大臣不用仁心，遺忘微賤，不肯飲食教載之，故作是詩也。此詩未有刺大臣之意，蓋方道其心之所欲耳。若如序者之言，則褊狹之甚，無復温柔敦厚之意。

○瓠葉，大夫刺幽王也。上棄禮而不能行，雖有牲牢饔餼，不肯用也。故思古之人，不以微薄廢禮焉。序説非是。

○漸漸之石，下國刺幽王也。戎狄叛之，荆舒不至，乃命將率東征，役久病於外，故作是詩也。序得詩意，但不知果爲何時耳。

○苕之華，大夫閔時也。幽王之時，西戎、東夷交侵中國，師旅並起，因之以饑饉。君子閔周室之將亡，傷己逢之，故作是詩也。

○何草不黄，下國刺幽王也。四夷交侵，中國背叛，用兵不息，視民如禽獸。君子憂之，故作是詩也。

【校】

〔一〕「第」，明正統本作「序」。

〔二〕「慎」，元本作「謹」，據津逮秘書本改。

〔三〕「蘇成公」，元本作「成公」，明正統本作「蘇公」，據輯本世本作篇及津逮秘書本改。

〔四〕「民」，津逮秘書本作「人」。

〔五〕「上」，元本作「下」，據津逮秘書本改。

〔六〕「液」，毛詩正義同，明正統本、津逮秘書本作「洪」。

〔七〕「意」，津逮秘書本作「序」。

大雅

文王，文王受命作周也。受命，受天命也。作周，造周室也。文王之德，上當天心，下爲天下所歸往，三分天下而有其二，則已受命而作周矣。武王繼之〔一〕，遂有天下，亦卒文王之功而已。然漢儒惑於讖緯，始有赤雀丹書之説，又謂文王因此遂稱王而改元〔二〕。殊不知所謂天之所以爲天者，理而已矣；理之所在，衆人之心而已矣；衆人之心，是非向背，若出於一，而無一豪私意雜於其間，則是理之自然，而天之所以爲天者，不外是矣。今天下之心既以文王爲歸，則天命將安往哉！書所謂「天視自我民視，天聽自我民聽」，所謂「天聰明自我民聰明，天明畏自我民明威」〔三〕，皆謂此爾。豈必赤雀丹書而稱王改元哉！稱王改元之説，歐陽公、蘇氏、游氏辨之已詳。去此而論，則此序本亦得詩之大旨，而於其曲折之意有所未盡，已論於本篇矣。

〇大明，文王有明德，故天復命武王也。此詩言王季、大任、文王、大姒、武王皆有明德而天命之，非必如序説也。

〇緜，文王之興，本由大王也。

〇棫樸，文王能官人也。序誤。

〇旱麓，受祖也。周之先祖世修后稷、公劉之業，大王、王季申以百福干禄焉〔四〕。序大誤。其曰「百福干禄」者，尤不成文理。

〇思齊，文王所以聖也。

〇皇矣，美周也。天監代殷莫若周，周世世修德莫若文王。

〇靈臺，民始附也。文王受命，而民樂其有靈德，以及鳥獸昆蟲焉。文王作靈臺之時，民之歸周也久矣，非至此而始附也。其曰「有靈德」者，亦非命名之本意。

○下武，繼文也。武王有聖德，復受天命，能昭先人之功焉。「下」字恐誤，説見本篇。

○文王有聲，繼伐也。武王能廣文王之聲，卒其伐功也。鄭譜之誤，説見本篇。

生民，尊祖也。后稷生於姜嫄，文武之功起於后稷，故推以配天焉。

○行葦，忠厚也。周家忠厚，仁及草木，故能内睦九族，外尊事黄耇，養老乞言，以成其福禄焉。此詩章句本甚分明，但以説者不知比興之體、音韻之節，遂不復得全詩之本意，而碎讀之，逐句自生意義，不暇尋繹血脈，照管前後。但見「勿踐」「行葦」，便謂「仁及草木」。但見「戚戚兄弟」，便謂「親睦九族」。但見「黄耇台背」，便謂「養老」。但見「以祈黄耇」，便謂「乞言」。但見「介爾景福」，便謂「成其福禄」。隨文生義，無復倫理。諸序之中，此失尤甚，覽者詳之。

○既醉，太平也。醉酒飽德，人有士君子之行焉。序之失如上篇。蓋亦爲孟子斷章所誤爾。

○鳧鷖，守成也。太平之君子，能持盈守成，神祇祖考安樂之也。同上。

○假樂，嘉成王也。「假」本「嘉」字，然非爲嘉成王也[五]。

○公劉，召康公戒成王也。成王將涖政，戒以民事，美公劉之厚於民，而獻是詩也。召康公名奭。成王即位，年幼，周公攝政，七年而歸政焉。於是成王始將位政[六]，而召公爲太保，周公爲太師以相之。然此詩未有以見其爲康公之作，意其傳授或有自來耳。後篇召穆公、凡伯、仍叔放此。

○泂酌，召康公戒成王也。言皇天親有德，饗有道也。序無大失，然語意亦疏。

○卷阿，召康公戒成王也。言求賢用吉士也。「求賢用吉士」本用詩文而言，固爲不切，然亦未必分爲兩事。後之説者既誤認「豈弟君子」爲賢人，遂分「賢人」、「吉士」爲兩等，彌失之矣。夫泂酌之「豈弟君子」方爲成王，而此詩遽爲所求之賢人，何哉？

〇民勞，召穆公刺厲王也。

〇板，凡伯刺厲王也。

蕩，召穆公傷周室大壞也。厲王無道，天下蕩蕩，無綱紀文章，故作是詩也。蘇氏曰：「蕩之名篇，以首句有『蕩蕩上帝』耳，序説云云，非詩之本意也。」

〇抑，衛武公刺厲王，亦以自警也。此詩之序有得有失。蓋其本例以爲非美非刺，則詩無所爲而作。又見此詩之次，適出於宣王之前，故直以爲刺厲王之詩。又以國語有左史之言，故又以爲亦以自警。以詩考之，則其曰刺厲王者失之，而曰自警者得之也。夫曰刺厲王之所以爲失者，史記衛武公即位於宣王之三十六年，不與厲王同時，一也。詩以「小子」目其君，而「爾」「汝」之，無人臣之禮，與其所謂「敬威儀」、「慎出話」者自相背戾〔七〕，二也。厲王無道，貪虐爲甚，詩不以此箴其膏肓，而徒以威儀詞令爲諄切之戒，緩急失宜，三也。詩詞倨慢，雖仁厚之君有所不能容者，厲王之暴，何以堪之？四也。或以史記之年不合而以爲追刺者，則詩所謂「聽用我謀，庶無大悔」，非所以望於既往之人，五也。曰自警之所以爲得者，國語左史之言，一也。詩曰「謹爾侯度」，二也。又曰「曰喪厥國」，三也。又曰「亦聿既耄」，四也。詩意所指，與淇奥所美、賓筵所悔相表裏，五也。二説之得失，其佐驗明白如此，必去其失而取其得，然後此詩之義明。今序者乃欲合而一之，則其失者固已失之，而其得者亦未足爲全得也。然此猶自其詩之外而言之也，若但即其詩之本文，而各以其一説反覆讀之，則其訓義之顯晦疏密，意味之厚薄淺深，可以不待考證而判然於胸中矣。此又讀詩之簡要直訣，學者不可以不知也。

○桑柔，芮伯刺厲王也。序與春秋傳合。

○雲漢，仍叔美宣王也。宣王承厲王之烈，内有撥亂之志。遇烖而懼，側身修行，欲銷去之。天下喜於王化復行，百姓見憂，故作是詩也。此序有理。

○崧高，尹吉甫美宣王也。天下復平，能建國親諸侯，褒賞申伯焉。此尹吉甫送申伯之詩，因可以見宣王中興之業耳，非專爲美宣王而作也。下三篇放此。

○烝民，尹吉甫美宣王也。任賢使能，周室中興焉。同上。

○韓奕，尹吉甫美宣王也。能錫命諸侯。同上。其曰尹吉甫者，未有據。下二篇同。其曰「能錫命諸侯」，則尤淺陋無理矣。既爲天子，錫命諸侯自其常事，春秋戰國之時猶有能行之者，亦何足爲美哉！

○江漢，尹吉甫美宣王也。能興衰撥亂，命召公平淮夷。吉甫見上，他説得之〔八〕。

○常武，召穆公美宣王也。有常德以立武事，因以爲戒然。召穆公見上。所解名篇之意，未知其果然否，然於理亦通。

○瞻卬，凡伯刺幽王大壞也。凡伯見上。

○召旻，凡伯刺幽王大壞也。旻，閔也。閔天下無如召公之臣也。凡伯見上。「旻閔」以下不成文理。

【校】

〔一〕「繼」，元本作「維」，據明正統本、津逮秘書本改。

〔二〕「遂」，元本作「送」，據明正統本、津逮秘書本改。

〔三〕「威」，元本作「成」，據明正統本改。津逮秘書本作「畏」。今本尚書皋陶謨作「威」，但是亦有學者考證古本作「畏」。

〔四〕「干」，元本作「千」，據毛詩正義、明正統本、津逮秘書本改。下朱注同。

〔五〕「也」下，元本衍「爾」字，據明正統本、津逮秘書本删。

〔六〕「位」，明正統本、津逮秘書本作「涖」。

〔七〕「慎」，元本作「謹」，據詩經大雅抑原文、津逮秘書本改。「背」，明正統本作「悖」。

〔八〕「他」，元本作「也」，據明正統本改。

周頌

清廟，祀文王也。周公既成洛邑，朝諸侯，率以祀文王也〔一〕。

○維天之命，太平告文王也。詩中未見告太平之意〔二〕。

○維清，奏象舞也。 詩中未見奏象舞之意。

○烈文，成王即政，諸侯助祭也。 詩中未見即政之意。

○天作，祀先王先公也。

○昊天有成命，郊祀天地也。 此詩詳考經文，而以國語證之，其爲康王以後祀成王之詩無疑〔三〕。而毛鄭舊説定以頌爲成王之時周公所作，故凡頌中有「成王」及「成康」字者，例皆曲爲之説，以附己意。其迂滯僻澀，不成文理，甚不難見。而古今諸儒無有覺其謬者，獨歐陽公著時世論以斥之，其辨明矣。然讀者狃於舊聞，亦未遽肯深信也。小序又以此詩篇首有「昊天」二字，遂定以爲郊祀天地之詩。諸儒往往亦襲其誤。殊不知其首言天命者，止於一句。次言文武受之者，亦止一句。至於成王以下，然後詳説不敢康寧，緝熙安靖之意，乃至五句而後已。則其不爲祀天地而爲祀成王，無可疑者。又況古昔聖人制爲祭祀之禮，必以象類，故祀天於南，祭地於北，而其壇壝樂舞器幣之屬亦各不同。若曰合祭天地於員丘，則古者未嘗有此瀆亂龐雜之禮〔四〕。若曰一詩而兩用，如所謂「冬薦魚，春獻鮪」者，則此詩專言天而不及地。若於澤中之方丘奏之，則於義何所取乎？序説之云，反覆推之，皆有不通，其謬無可疑者。故今特上據國語，旁采歐陽，以定其説，庶幾有以不失此詩之本指耳。或曰：國語所謂「始於德讓，中於信寬，終於固龢，故曰成」者，其語「成」字，不爲王誦之謚，而韋昭之注，大略亦如毛鄭之説矣。此又何耶？曰：叔向蓋言成王之所以爲「成」，以是三者。正猶子思所謂「文王之所以爲『文』」，班固所謂「尊號曰『昭』，不亦宜乎」者耳。韋昭何以知其必謂文武以是成其王道，而不爲王誦之謚乎〔五〕？蓋其爲説本出毛鄭，而不悟其非者。今欲一滌千古之謬，而不免於以誤而證誤，則亦將何時而已耶！或者又曰：蘇氏最爲不信小序，而於此詩無異詞，且又以爲周公制作已定〔六〕，後王不容復有改易，成王非創業之主，不應得以「基命」稱之。此又何耶？曰：蘇氏之不信小序，固未嘗見其不可信之實也。愚於漢廣之篇已嘗論之，不足援以爲據也。夫周公制作，亦及其當時之事而止耳，若乃後王之廟所奏之樂，自當隨時附益。若商之玄鳥，作於武丁孫子之世，漢之廟樂，亦隨世而更定焉〔七〕。豈有周之後王乃獨不得褒顯其先王之功德，而必以改周公爲嫌耶？「基」者，非必造之於始〔八〕，亦承之於下之謂也。如曰「邦家之基」，豈必爲大王、王季之臣乎〔九〕？以是爲說，亦不得而通矣。況其所以爲此，實未能忘北郊集議之餘忿〔一〇〕，今固不得而取也。

○我將，祀文王於明堂也。

○時邁，巡守告祭柴望也〔一一〕。

○執競，祀武王也。此詩并及成康，則序說誤矣。其說已具昊天有成命之篇。蘇氏以周之「奄有四方」不自成康之時，因從小序之說，此亦以詞害意之失。皇矣之詩於王季章中蓋已有此句矣，又豈可以其太蚤而別爲之說耶？詩人之言，或先或後，要不失爲周有天下之意耳。

○思文，后稷配天也。

臣工，諸侯助祭，遣於廟也。序誤。

○噫嘻，春夏祈穀于上帝也。序誤。

○振鷺，二王之後來助祭也。

○豐年，秋冬報也。序誤。

○有瞽，始作樂而合乎祖也。

○潛，季冬薦魚，春獻鮪也。

○雝，禘大祖也。祭法：「周人禘嚳。」又曰：「天子七廟，三昭三穆，及太祖之廟而七。」周之太祖即后稷也。禘嚳於后稷之廟，而以后稷配之，所謂「禘其祖之所自出，以其祖配之」者也。祭法又曰：「周祖文王。」而春秋家說三年喪畢，致新死者之主于廟，亦謂之吉禘。是祖一號而二廟，禘一名而二祭也。今此序云「禘太祖」，則宜爲禘嚳於后稷之廟矣。而其詩之詞無及於嚳、稷者。若以爲吉禘于文王，則與序已不協，而詩文亦無此意，恐序之誤也。此詩但爲武王祭文王而徹俎之詩，而後通用於他廟耳。

○載見，諸侯始見乎武王廟也。序以「載」訓「始」，故云「始見」，恐未必然也。

○有客，微子來見祖廟也。

○武，奏大武也。

閔予小子，嗣王朝於廟也。

○訪落，嗣王謀於廟也。

○敬之，羣臣進戒嗣王也。

○小毖，嗣王求助也。此四篇一時之詩。序但各以其意爲説，不能究其本末也。

○載芟，春籍田而祈社稷也。

○良耜，秋報社稷也。兩篇未見其有「祈」、「報」之異。

○絲衣，繹賓尸也。高子曰：「靈星之尸也。」序誤，高子尤誤。

○酌，告成大武也。言能酌先祖之道以養天下也。詩中無「酌」字，未見「酌先祖之道以養天下」

之意。

○桓，講武類禡也。桓，武志也。

○賚，大封於廟也。賚，予也。言所以錫予善人也。

○般，巡守而祀四嶽河海也。此二篇説見本篇〔一一〕。

【校】

〔一〕「也」，毛詩正義、明正統本、津逮秘書本作「焉」。

〔二〕「未」，元本作「有」，據明正統本、津逮秘書本改。

〔三〕「王」，元本作「公」，據明正統本、津逮秘書本改。

〔四〕「龐」，明正統本、津逮秘書本作「庬」。

〔五〕「謚」，元本作「詩」，據明正統本、津逮秘書本改。

〔六〕「已」，津逮秘書本作「所」。

〔七〕「世」，津逮秘書本作「時」。

〔八〕「必」，明正統本作「以」。

〔九〕「爲」，津逮秘書本作「謂」。

〔一〇〕「北」，元本作「比」，據明正統本、津逮秘書本改。

〔一一〕「告祭」，毛詩正義同。津逮秘書本作「祭告」。

〔三〕「二」，津逮秘書本作「三」。

魯頌

駉，頌僖公也。僖公能遵伯禽之法，儉以足用，寬以愛民，務農重穀，牧于坰野，魯人尊之。於是季孫行父請命于周，而史克作是頌。此序事實皆無可考，詩中亦未見「務農重穀」之意，序説鑿矣。

○有駜，頌僖公君臣之有道也。此但燕飲之詩，未見「君臣有道」之意。

○泮水，頌僖公能修泮宫也。此亦燕飲落成之詩，不爲頌其能修也〔一〕。

○閟宫，頌僖公能復周公之宇也。此詩言「莊公之子」，又言「新廟奕奕」，則爲僖公修廟之詩明矣。但詩所謂「復周公之宇」者，祝其能復周公之土宇耳，非謂其已修周公之屋宇也〔二〕。序文首句之謬如此，而蘇氏信之，何哉？

【校】

〔一〕「此亦燕飲落成之詩不爲頌其能修也」，津逮秘書本作「此亦燕飲其羣臣之詩落成其能修之意」。

〔二〕「已」，明正統本作「能」。

商頌

那，祀成湯也。微子至于戴公，其間禮樂廢壞，有正考甫者，得商頌十二篇於周之大師，以那爲首。序以國語爲文。

○烈祖，祀中宗也。詳此詩，未見其爲祀中宗，而末言「湯孫」，則亦祭成湯之詩耳。序但不欲連篇重出，又以中宗商之賢君，不欲遺之耳。

○玄鳥，祀高宗也。詩有「武丁孫子」之句，故序得以爲據，雖未必然，然必是高宗以後之詩矣。

○長發，大禘也。疑見本篇。

○殷武，祀高宗也。

詩卷第一

國風

國風一國者，諸侯所封之域；而風者，民俗歌謡之詩也。謂之風者，以其被上之化以有言，而其言又足以感人，如物因風之動以有聲，而其聲又足以動物也。是以諸侯采之，以貢於天子；天子受之，而列於樂官。於以考其俗尚之美惡，而知其政治之得失焉。舊説二南爲正風，所以用之閨門、鄉黨、邦國，而化天下也。十三國爲變風，則亦領在樂官，以時存肄，備觀省而垂監戒耳。合之凡十五國云。

周南

周南一之一〔一〕周，國名。南，南方諸侯之國也。周國本在禹貢雍州境内，岐山之陽。后稷十三世孫古公亶甫始居其地，傳子王季歷，至孫文王昌，辟國寖廣。於是徙都于豐，而分岐周故地，以爲周公旦、召公奭之采邑，且使周公爲政於國中，而召公宣布於諸侯，於是德化大成於内。而南方諸侯之國，江、沱、汝、漢之間，莫不從化。蓋三分天下而有其二焉。至子武王發，又遷于鎬，遂克商而有天下。武王崩，子成王誦立。周公相之，制作禮樂，乃采文王之世風化所及民俗之詩，被之筦絃，以爲房中之樂，而又推之以及於鄉黨、邦國，所以著明先王風俗之盛，而使天下後世之修身、齊家、治國、平天下者，皆得以取法焉。蓋其得之國中者，雜以南國之詩，而謂之周南，言自天子之國而被於諸侯，不但國中而已也。其得之南國者，則直謂之召南，言自方伯之國被於南方，而不敢以繫于天子也。岐周，在今鳳翔府岐山縣。豐，在今京兆府鄠縣終南山北。南方之國，即今興元府、京西、湖北等路諸州。鎬，在豐東二十五里。小序曰：「關雎、麟趾之化，王者之風，故繫之周公。南，言化自北而南也。鵲巢、騶虞之德，諸侯之風也，先王之所以教，故繫之召公。」斯言得之矣。

【校】

〔一〕「一之一」下，明嘉靖本有「召南説附」四小字。

關關雎七余反**鳩，在河之洲。窈**烏了反**窕**徒了反**淑女，君子好逑**音求。○興也。關關，雌雄相應之和聲也。雎鳩，水鳥，一名王雎，狀類鳧鷖，今江淮間有之。生有定偶而不相亂，偶常並遊而不相狎，故毛傳以爲「摯而有別」，列女傳以爲人未嘗見其乘居而匹處者，蓋其性然也。河，北方流水之通名。洲，水中可居之地也。窈窕，幽閒之意。淑，善也。女者，未嫁之稱，蓋指文王之妃大姒爲處子時而言也。君子，則指文王也。好，亦善也。逑，匹也。毛傳云：「摯」字與「至」通，言其情意深至也。〔二〕○興者，先言他物，以引起所詠之詞也。周之文王，生有聖德，又得聖女姒氏以爲之配，宮中之人於其始至，見其有幽閒貞静之德，故作是詩。言彼關關然之雎鳩，則相與和鳴於河洲之上矣。此窈窕之淑女，則豈非君子之善匹乎？言其相與和樂而恭敬，亦若雎鳩之情，摯而有別也。後凡言「興」者，其文意皆放此云。漢匡衡曰〔二〕：「『窈窕淑女，君子好仇〔三〕』，言能致其貞淑，不貳其操。情欲之感，無介乎容儀；宴私之意，不形乎動静。夫然後可以配至尊而爲宗廟主。此綱紀之首，王教之端也〔四〕。」可謂善説詩矣。○**參**初金反**差**初宜反**荇**

行孟反菜〔五〕，左右流之。窈窕淑女，寤寐求之。求之不得，寤寐思服叶蒲北反。悠哉悠哉，輾哲善反轉反側。興也。參差，長短不齊之貌。荇，接余也，根生水底，莖如釵股，上青下白，葉紫赤，圓徑寸餘，浮在水面。或左或右，言無方也。流，順水之流而取之也。或寤或寐，言無時也。服，猶懷也。悠，長也。輾者，轉之半。轉者，輾之周。反者，輾之過。側者，轉之留。皆臥不安席之意。○此章本其未得而言。彼參差之荇菜，則當左右無方以流之矣。此窈窕之淑女，則當寤寐不忘以求之矣。蓋此人此德，世不常有。求之不得，則無以配君子而成其內治之美，故其憂思之深，不能自已，至於如此也。○參差荇菜，左右采叶此履反之〔六〕。窈窕淑女，琴瑟友叶羽已反之。參差荇菜，左右芼莫報反，叶音邈之。窈窕淑女，鍾鼓樂音洛之。興也。采，取而擇之也。芼，熟而薦之也。琴，五絃或七絃。瑟，二十五絃。皆絲屬，樂之小者也。友者，親愛之意也。鍾，金屬。鼓，革屬。樂之大者也。樂，則和平之極也。○此章據今始得而言。彼參差之荇菜，既得之，則當采擇而亨芼之矣。此窈窕之淑女，既得之，則當親愛而娛樂之矣。蓋此人此德，世不常有，幸而得之，則有以配君子而成內治，故其喜樂尊奉之意不能自已，又如此云。

關雎三章，一章四句，二章章八句。孔子曰：「關雎樂而不淫，哀而不傷。」愚謂此言爲此詩者，得其性情之正，聲氣之和也。蓋德如雎鳩，摯而有別，則后妃性情之正，固可以見其一端矣。至於寤寐反側，琴瑟鍾鼓，極其哀樂而皆不過其則焉，則詩人性情之正，又可以見其全體也。獨其聲氣之和，有不可得而聞者。雖若可恨，然學者姑即其詞而玩其理，以養心焉，則亦可以得學詩之本矣。○匡衡曰：「妃匹之際，生民之始，萬福之原。婚姻之禮正，然後品物遂而天命全。孔子論詩以關雎爲始，言太上者，民之父母。后夫人之行不侔乎天地，則無以奉神靈之統而理萬物之宜。（略）自上世以來，三代興廢，未有不由此者也。」

【校】

〔一〕「毛傳云：『摯』字與『至』通，言其情意深至也。」清代周中孚鄭堂讀書記卷八指出其是「誤以鄭箋爲毛傳而删改其語焉」，是也。

〔二〕「匡」，原作「康」，當爲避宋太祖趙匡胤諱，元本、元十卷本同，據明正統本、明嘉靖本回改。全書統改，不再出校。

〔三〕「仇」，明正統本、明嘉靖本作「逑」。

〔四〕「教」，明正統本作「化」。

〔五〕「孟」，明正統本、明嘉靖本作「猛」。

〔六〕「履」，元本、元十卷本、明正統本、明嘉靖本皆作「禮」。全書共四處皆作「叶此履反」，不再出校。

葛之覃兮，施以豉反**于中谷，維葉萋萋。黄鳥于飛，集于灌木，其鳴喈喈**叶居奚反。○賦也。葛，草名，蔓生，可爲絺綌者。覃，延。施，移也。中谷，谷中也。萋萋，盛貌。黄鳥，鸝也。灌木，叢木也。喈喈，和聲之遠聞也。○賦者，敷陳其事而直言之者也。蓋后妃既成絺綌而賦其事，追叙初夏之時，葛葉方盛，而有黄鳥鳴於其上也。後凡言「賦」者，放此。**○葛之覃兮，施于中谷，維葉莫莫。是刈**魚廢反**是濩**胡郭反**，爲絺**恥知反**爲綌**去逆反，叶去略反**，服之無斁**音亦，叶弋灼反。○賦也。莫莫，茂密貌。刈，斬。濩，煮也。精曰絺，粗曰綌。斁，厭也。○此言盛夏之時，葛既成矣，於是治以爲布，而服之無厭。蓋親執其勞，而知其成之不易，所以心誠愛之，雖極垢弊，而不忍厭棄也。○言告師氏，言告言歸。薄污我私，薄澣戶管反我衣。害戶葛反澣害否方九反？歸寧父母莫後反。○賦也。言，辭也。師，女師也。薄，猶少也。污，煩撋之以去其污，猶治亂而曰亂也。澣，則濯之而已。私，燕服也。衣，禮服也。害，何也。寧，安也，謂問安也。○上章既成絺綌之服矣，此章遂告其師氏，使告于君子以將歸寧之意。且曰：盍治其私服之污，而澣其禮服之衣乎？何者當澣，而何者可以未澣乎？我將服之以歸寧於父母矣。

葛覃三章，章六句。此詩后妃所自作，故無贊美之詞。然於此可以見其已貴而能勤，已富而能儉，已長而敬不弛於師傅，已嫁而孝不衰於父母。是皆德之厚，而人所難也。小序以爲「后妃之本」，庶幾近之。

采采卷上聲耳，不盈頃音傾筐。嗟我懷人，寘彼周行叶戶郎反。○賦也。采采，非一采也。卷耳，枲耳，葉如鼠耳，叢生如盤。頃，欹也。筐，竹器。懷，思也。人，蓋謂文王也。寘，舍也。周行，大道也。○后妃以君子不在而思念之，故賦此詩。託言方采卷耳，未滿頃筐，而心適念其君子，故不能復采，而寘之大道之旁也。○陟彼崔徂回反嵬五回反，我馬虺呼回反隤徒回反〔一〕。我姑酌彼金罍，維以不永懷叶胡隈反。○賦也。陟，升也。崔嵬，土山之戴石者。虺隤，馬罷不能升高之病。姑，且也。罍，酒器，刻爲雲雷之象，以黄金飾之。永，長也。○此又託言欲登此崔嵬之山，以望所懷之人，而往從之，則馬罷病而不能進。於是且酌金罍之酒，而欲其不至於長以爲念也。

○陟彼高岡，我馬玄黄。我姑酌彼兕徐履反觥古横反〔二〕，叶古黄反，維以不永傷。賦也。山脊曰岡。玄黄，玄馬而黄，病極而變色也。兕，野牛，一角，青色，重千斤。觥，爵也，以兕角爲爵也。○陟彼砠七餘反矣。我馬瘏音塗矣，我僕痡音敷矣，云何吁矣！賦也。石山戴土曰砠。瘏，馬病不能進也。痡，人病不能行也。吁，憂歎也。爾雅注引此作「盱，張目望遠也」。詳見何人斯篇。

卷耳四章，章四句。此亦后妃所自作，可以見其貞静專一之至矣。豈當文王朝會征伐之時，羑里拘幽之日而作歟？然不可考矣。

【校】

〔一〕「徒回反」，明正統本、明嘉靖本作「音頽」。

〔二〕「徐履反」，明正統本作「序姊反」。

南有樛居虯反木，葛藟力軌反纍力追反之。樂音洛只之氏反君子，福履綏之。興也。南，南山也。木下曲曰樛。藟，葛類。纍，猶繫也。只，語助辭。君子，自衆妾而指后妃，猶言小君内子也。履，禄。綏，安也。○后妃能逮下而無嫉妬之心，故衆妾樂其德而稱願之曰：南有樛木，則葛藟纍之矣。樂只君子，則福履綏之矣。○南有樛木，葛藟荒之。樂只君子，福履將之。興也。荒，奄也。將，猶扶助也。○南有樛木，葛藟縈烏營反之。樂只君子，福履成之。興也。縈，旋。成，就也。

樛木三章，章四句。

螽音終斯羽，詵詵所巾反兮。宜爾子孫，振振音真兮。比也。螽斯，蝗屬，長而青，長角長股〔一〕，能以股相切作聲，一生九十九子。詵詵，和集貌。爾，指螽斯也。振振，盛貌。○比者，以彼物比此物也。后妃不妬忌而子孫衆多，故衆妾以螽斯之羣處和集而子孫衆多比之，言其有是德而宜有是福也。後凡言「比」者，放此。○螽斯羽，薨薨兮。宜爾子孫，繩繩兮。比也。薨薨，羣飛聲。繩繩，不絶貌。○螽斯羽，揖揖側立反兮。宜爾子孫，蟄蟄直立反兮。比也。揖揖，會聚也。蟄蟄，亦多意。

螽斯三章，章四句。

【校】

〔一〕「長角」之「長」，原闕，據元本、元十卷本、明正統本、明嘉靖本補。

桃之夭夭於驕反，灼灼其華芳無、呼瓜二反。之子于歸，宜其室家古胡、古牙二反。○興也。桃，木名，華紅，實可食。夭夭，少好之貌。灼灼，華之盛也。木少則華盛。之子，是子也。此指嫁者而言也。婦人謂嫁曰歸。周禮：「仲春令會男女。」然則桃之有華，正婚姻之時也。宜者，和順之意。室，謂夫婦所居。家，謂一門之內。○文王之化，自家而國，男女以正，婚姻以時。故詩人因所見以起興，而歎其女子之賢，知其必有以宜其室家也。○桃之夭夭，有蕡浮雲反其實。之子于歸，宜其家室。興也。蕡，實之盛也。家室，猶室家也。○桃之夭夭，其葉蓁蓁側巾反。之子于歸，宜其家人。興也。蓁蓁，葉之盛也。家人，一家之人也。

桃夭三章，章四句。

肅肅兔罝子斜反，又子余反，與夫叶，椓之丁丁陟耕反。赳赳武夫，公侯干城。興也。肅肅，整飭貌。罝，罟也。丁丁，椓杙聲也。赳赳，武貌。干，盾也。干、城，皆所以扞外而衛内者。○化行俗美，賢才衆多。雖罝兔之野人，而其才之可用猶如此，故詩人因其所事以起興而美之。而文王德化之盛，因可見矣。○肅肅兔罝，施于中逵。赳赳武夫，公侯好仇叶渠之反。○興也。逵，九達之道。仇，與逑同。匡衡引關雎，亦作「仇」字。公侯善匹，猶曰聖人之耦，則非特干城而已，歎美之無已也。下章放此。○肅肅兔罝，施于中林。赳赳武夫，公侯腹心。興也。中林，林中。腹心，同心同德之謂，則又非特好仇而已也。

兔罝三章，章四句。

采采芣音浮苢音以，薄言采叶此履反之。采采芣苢，薄言有叶羽已反之。賦也。芣苢，車前也，大葉長穗，好生道旁。采，始求之也。有，既得之也。○化行俗美，家室和平，婦人無事，相與采此芣苢，而賦其事以相樂也。采之未詳何用。或曰：其子治難産〔一〕。○采采芣苢，薄言掇都奪反之。采采芣苢，薄言捋力活反之。賦也。掇，拾也。捋，取其子也。○采采芣苢，薄言袺音結之。采采芣苢，薄言襭户結反之。賦也。袺，以衣貯之，而執其衽也。襭，以衣貯之，而扱其衽於帶閒也。

芣苢三章，章四句。

【校】

〔一〕「難産」，元本、元十卷本、明正統本、明嘉靖本作「産難」。

南有喬木，不可休息吴氏曰：「韓詩作『思』。」〔一〕。漢有游女，不可求思。漢之廣叶古曠反矣，不可泳叶于誑反思。江之永叶弋亮反矣，不可方叶甫妄反思。興而比也〔二〕。上竦無枝曰喬。思，語辭也。篇内同。漢水，出興元府嶓冢山，至漢陽軍大别山入江。江漢之俗，其女好遊，漢魏以後猶然。如大堤之曲可見也。泳，潛行也。江水，出永康軍岷山，東流與漢水合，東北入海。永，長也。方，桴也。○文王之化，自近而遠，先及於江漢之閒，而有以變其淫亂之俗。故其出游之女，人望見之，而知其端莊静一，非復前日之可求矣。因以喬木起興，江漢爲比，而反復詠歎之也。

○翹翹祈遥反錯薪，言刈其楚。之子于歸，言秣其馬叶滿補反。漢之廣矣，不可泳思。江之永矣，不可方思。興而比也。翹翹，秀起之貌。錯，雜也。楚，木名，荆屬。之子，指游女也。秣，飼也。○以錯薪起興，而欲秣其馬，則悦之至。以江漢爲比，而歎其終不可求，則敬之深。

○翹翹錯薪，言刈其蔞力俱反〔三〕。之子于歸，言秣其駒。漢之廣矣，不可泳思。江之永矣，不可方思。興而比也。蔞，蔞蒿也，葉似艾，青白色，長數寸，生水澤中。駒，馬之小者。

漢廣三章，章八句。

【校】

〔一〕「吳氏曰：『韓詩作「思」。』」明嘉靖本無此句。

〔二〕「興而比也」前，明嘉靖本多「息，韓詩作思」五小字。

〔三〕「力俱反」，明正統本、明嘉靖本作「音闇」。

遵彼汝墳，伐其條枚叶莫悲切〔一〕。**未見君子，惄**乃歷反**如調**張留反**飢**。賦也。遵，循也。汝水，出汝州天息山，逕蔡、潁州入淮。墳，大防也。枝曰條，榦曰枚。惄，飢意也。調，一作「輖」，重也。○汝旁之國，亦先被文王之化者。故婦人喜其君子行役而歸，因記其未歸之時思望之情如此，而追賦之也。**○遵彼汝墳，伐其條肄**以自反〔二〕。**既見君子，不我遐棄**。賦也。斬而復生曰肄。遐，遠也。○伐其枚而又伐其肄，則踰年矣。至是乃見其君子之歸，而喜其不遠棄我也。**○魴**符方反**魚赬**敕貞反**尾，王室如燬**音毀〔三〕。**雖則如燬，父母孔邇**。比也。魴，魚名，身廣而薄，少力細鱗。赬，赤也。魚勞則尾赤。魴尾本白而今赤，則勞甚矣。王室，指紂所都也。燬，焚也。父母，指文王也。孔，甚。邇，近也。○是時文王三分天下有其二，而率商之叛國以事紂。故汝墳之人，猶以文王之命供紂之役。其家人見其勤苦，而勞之曰：汝之勞既如此，而王室之政方酷烈而未已。雖其酷烈而未已，然文王之德如父母然，望之甚近，亦可以忘其勞矣。此序所謂「婦人能閔其君子，猶勉之以正」者。蓋曰，雖其別離之久，思念之深，而其所以相告語者，獨有尊君親上之意〔四〕，而無情愛狎昵之私，則其德澤之深，風化之美，皆可見矣。一說，父母甚近，不可以懈於王事而貽其憂。亦通。

汝墳三章，章四句。

【校】

〔一〕「叶莫悲切」，明正統本作「莫悲反叶」。「切」，元本、明嘉靖本作「反」。

〔二〕「以自」，明正統本作「羊至」。

〔三〕「音毀」下，明正統本、明嘉靖本多「下同」二小字。

〔四〕「獨」，明正統本、明嘉靖本作「猶」。

麟之趾，振振音真**公子**叶奨履反〔一〕。**于**音吁，下同**嗟麟兮！**　興也。麟，麕身、牛尾、馬蹄，毛蟲之長也。趾，足也。麟之足不踐生草，不履生蟲。振振，仁厚貌。于嗟，歎辭。〔二〕○文王后妃德修於身，而子孫宗族皆化於善，故詩人以麟之趾興公之子。言麟性仁厚，故其趾亦仁厚；文王后妃仁厚〔三〕，故其子亦仁厚。然言之不足，故又嗟歎之。言是乃麟也，何必麕身、牛尾而馬蹄，然後爲王者之瑞哉！　**○麟之定**都佞反，**振振公姓。于嗟麟兮！**　興也。定，額也。麟之額未聞。或曰：有額而不以抵也。公姓，公孫也。姓之爲言生也。**○麟之角**叶盧谷反，**振振公族。于嗟麟兮！**　興也。麟一角，角端有肉。公族，公同高祖，祖廟未毀，有服之親。

麟之趾三章，章三句。　序以爲「關雎之應」，得之。

【校】

〔一〕「履」，元本、元十卷本、明正統本、明嘉靖本作「里」。全書共三十二處皆作「叶奨履反」，不再出校。另有四處不同，單獨出校。

〔二〕「仁厚貌于嗟歎辭」，七字原作「九曰黻皆繡於裳」，顯然是誤刻，據元本、元十卷本、明正統本、明嘉靖本改。

〔三〕「王」，原作「主」，據南圖宋本、宋刊明印本、元本、元十卷本、明正統本、明嘉靖本改。

周南之國十一篇，三十四章，百五十九句。按此篇首五詩皆言后妃之德。關雎舉其全體而言也，葛覃、卷耳言其志行之在己，樛木、螽斯美其德惠之及人，皆指其一事而言也。其詞雖主於后妃，然其實則皆所以著明文王身修家齊之效也。至於桃夭、兔罝、芣苢，則家齊而國治之效。漢廣、汝墳，則以南國之詩附焉，而見天下已有可平之漸矣。若麟之趾，則又王者之瑞，有非人力所致而自至者，故復以是終焉，而序者以爲「關雎之應」也。夫其所以至此，后妃之德固不爲無所助矣。然妻道無成，則亦豈得而專之哉？今言詩者，或乃專美后妃，而不本於文王，其亦誤矣。

召南一之二召，實照反，後同。○召，地名，召公奭之采邑也。舊説扶風雍縣南有召亭，即其地。今雍縣析爲岐山、天興二縣，未知召亭的在何縣。餘已見周南説〔一〕。

【校】

〔一〕「說」，元本、元十卷本、明正統本、明嘉靖本作「篇」。

維鵲有巢，維鳩居叶姬御反**之。之子于歸，百兩**如字，又音亮**御**五嫁反，叶魚據反**之。**興也。鵲、鳩，皆鳥名。鵲善爲巢，其巢最爲完固。鳩性拙，不能爲巢，或有居鵲之成巢者。之子，指夫人也。兩，一車也。一車兩輪，故謂之兩。御，迎也。諸侯之子嫁於諸侯，送御皆百兩也。○南國諸侯被文王之化，能正心修身以齊其家；其女子亦被后妃之化，而有專静純一之德。故嫁於諸侯，而其家人美之曰：維鵲有巢，則鳩來居之。是以之子于歸，而百兩迎之也。此詩之意，猶周南之有關雎也。**○維鵲有巢，維鳩方之。之子于歸，百兩將之。**興也。方，有之也。將，送也。**○維鵲有巢，維鳩盈之。之子于歸，百兩成之。**興也。盈，滿也，謂衆媵姪娣之多。成，成其禮也。

鵲巢三章，章四句。

于以采蘩？于沼于沚。于以用之？公侯之事叶上止反。○賦也。于，於也。蘩，白蒿也。沼，池也。沚，渚也。事，祭事也。○南國被文王之化，諸侯夫人能盡誠敬以奉祭祀，而其家人叙其事以美之也。或曰：蘩，所以生蠶。蓋古者后夫人有親蠶之禮。此詩亦猶周南之有葛覃也。**○于以采蘩？于澗之中。于以用**

之？公侯之宮。賦也。山夾水曰澗。宮，廟也。或曰：即記所謂「公桑蠶室」也。○被皮寄反之僮僮音同，夙夜在公。被之祁祁，薄言還歸。賦也。被，首飾也，編髮爲之。僮僮，竦敬也。夙，早也。公，公所也。祁祁，舒遲貌，去事有儀也。祭義曰：「及祭之後，陶陶遂遂，如將復入然。」不欲遽去，愛敬之無已也。或曰：公，亦即所謂「公桑」也。

采蘩三章，章四句。

喓喓於遥反草蟲，趯趯託歷反阜螽。未見君子，憂心忡忡敕中反。亦既見止，亦既覯止，我心則降户江反，叶乎攻反。○賦也。喓喓，聲也。草蟲，蝗屬，奇音，青色。趯趯，躍貌。阜螽，蠜也。忡忡，猶衝衝也。止，語辭。覯，遇。降，下也。○南國被文王之化，諸侯大夫行役在外，其妻獨居，感時物之變，而思其君子如此。亦若周南之卷耳也。○陟彼南山，言采其蕨。未見君子，憂心惙惙張劣反。亦既見止，亦既覯止，我心則説音悦。○賦也。登山，蓋託以望君子。蕨，鼈也，初生無葉時可食。亦感時物之變也。惙，憂貌。○陟彼南山，言采其薇。未見君子，我心傷悲。亦既見止，亦既覯止，我心則夷。賦也。薇，似蕨而差大，有芒而味苦，山閒人食之，謂之迷蕨。胡氏曰：「疑即莊子所謂『迷陽』者。」夷，平也。

草蟲三章，章七句。

于以采蘋？南澗之濱。于以采藻？于彼行潦音老。○賦也。蘋，水上浮萍也，江東人謂之薸。

濱，厓也。藻，聚藻也，生水底，莖如釵股，葉如蓬蒿。行潦，流潦也。○南國被文王之化，大夫妻能奉祭祀，而其家人敘其事以美之也。○于以盛音成之？維筐及筥居呂反。于以湘之？維錡宜綺反及釜符甫反。○賦也。方曰筐，圓曰筥。湘，烹也。蓋粗熟而淹以爲菹也。錡，釜屬，有足曰錡，無足曰釜。○此足以見其循序有常、嚴敬整飭之意。○于以奠之？宗室牖下叶後五反。誰其尸之？有齊側皆反季女。賦也。奠，置也。宗室，大宗之廟也。大夫、士祭於宗室。牖下，室西南隅，所謂奧也。尸，主也。齊，敬貌。季，少也。祭祀之禮，主婦主薦豆，實以菹醢。少而能敬，尤見其質之美，而化之所從來者遠矣。

采蘋三章，章四句。

蔽芾非貴反甘棠，勿翦勿伐，召伯所茇蒲曷反。○賦也。蔽芾，盛貌。甘棠，杜梨也，白者爲棠，赤者爲杜。翦，翦其枝葉也。伐，伐其條榦也。伯，方伯也。茇，草舍也。○召伯循行南國以布文王之政，或舍甘棠之下。其後人思其德，故愛其樹，而不忍傷也。○蔽芾甘棠，勿翦勿敗叶蒲寐反，召伯所憩起例反。○賦也。敗，折。憩，息也。勿敗，則非特勿伐而已，愛之愈久而愈深也。下章放此。○蔽芾甘棠，勿翦勿拜叶變制反，召伯所說始銳反。○賦也。拜，屈。說，舍也。勿拜，則非特勿敗而已。

甘棠三章，章三句。

厭於葉反浥於及反行露，豈不夙夜叶羊茹反，謂行多露。賦也。厭浥，濕意。行，道。夙，早也。○南國之人遵召伯之教，服文王之化，有以革其前日淫亂之俗，故女子有能以禮自守，而不爲强暴所污者，自述己志，作此詩以絶其人。言道間之露方濕，我豈不欲早夜而行乎？畏多露之沾濡而不敢爾。蓋以女子早夜獨行，或有强暴侵陵之患，故託以行多露而畏其沾濡也。

○誰謂雀無角叶盧谷反，何以穿我屋？誰謂女音汝無家叶音谷，何以速我獄？雖速我獄，室家不足。興也。家，謂以媒聘求爲室家之禮也。速，召致也。○貞女之自守如此，然猶或見訟，而召致於獄。因自訴而言，人皆謂雀有角，故能穿我屋。以興人皆謂汝於我嘗有求爲室家之禮，故能致我於獄。然不知汝雖能致我於獄，而求爲室家之禮初未嘗備，如雀雖能穿屋，而實未嘗有角也。

○誰謂鼠無牙叶五紅反，何以穿我墉？誰謂女無家叶各空反，何以速我訟叶祥容反？雖速我訟，亦不女從！興也。牙，牡齒也。墉，牆也。○言汝雖能致我於訟，然其求爲室家之禮有所不足，則我亦終不汝從矣。

行露三章，一章三句，二章章六句。

羔羊之皮叶蒲何反，素絲五紽徒何反。退食自公，委於危反蛇音移，叶唐何反委蛇。賦也。小曰羔，大曰羊。皮，所以爲裘，大夫燕居之服。素，白也。紽，未詳，蓋以絲飾裘之名也。退食，退朝而食於家也。自公，從公門而出也。委蛇，自得之貌。○南國化文王之政，在位皆節儉正直，故詩人美其衣服有常，而從容自得如此也。

○羔羊之革叶訖力反，素絲五緎音域。委蛇委蛇，自公退食。賦也。革，猶皮也。緎，裘之縫界也。

○羔羊之縫符龍反，素絲五總子公反。委蛇委蛇，退食自公。賦也。縫，縫皮合之，以爲裘也。總，亦未詳。

羔羊三章，章四句。

殷音隱其靁，在南山之陽。何斯違斯？莫敢或遑。振振音真君子，歸哉歸哉！興也。殷，靁聲也。山南曰陽。何斯「斯」，此人也。違斯「斯」，此所也。遑，暇也。振振，信厚也。○南國被文王之化，婦人以其君子從役在外而思念之，故作此詩。言殷殷然靁聲，則在南山之陽矣，何此君子獨去此，而不敢少暇乎？於是又美其德，且冀其早畢事而還歸也。○殷其靁，在南山之側叶莊力反。何斯違斯？莫敢遑息。振振君子，歸哉歸哉！興也。息，止也。○殷其靁，在南山之下叶後五反。何斯違斯？莫或遑處尺煮反。振振君子，歸哉歸哉！興也。

殷其靁三章，章六句。

摽婢小反有梅，其實七兮。求我庶士，迨其吉兮。賦也。摽〔一〕，落也。梅，木名，華白，實似杏而酢〔二〕。庶，衆。迨，及也。吉，吉日也。○南國被文王之化，女子知以貞信自守，懼其嫁不及時，而有强暴之辱也。故言梅落而在樹者少，以見時過而太晚矣。求我之衆士，其必有及此吉日而來者乎？○摽有梅，其實三叶疏簪反兮。求我庶士，迨其今兮。賦也。梅在樹者三，則落者又多矣。今，今日也。蓋不待吉矣。○摽有梅，頃音傾筐塈許器反之。求我庶士，迨其謂之。賦也。塈，取也。頃筐取之，則落之盡矣。謂之，則但相告語而約可定矣。

摽有梅三章，章四句。

【校】

〔一〕「摽」，原作「標」，據元本、元十卷本、明正統本、明嘉靖本改。

〔二〕「酢」，元本、元十卷本作「酸」。

嘒呼惠反彼小星，三五在東。肅肅宵征，夙夜在公。寔命不同。興也。嘒，微貌。三五，言其稀，蓋初昏或將旦時也。肅肅，齊遬貌〔一〕。宵，夜。征，行也。寔，與實同。命，謂天所賦之分也。○南國夫人承后妃之化，能不妬忌以惠其下，故其衆妾美之如此。蓋衆妾進御於君，不敢當夕，見星而往，見星而還，故因所見以起興。其於義無所取，特取「在東」、「在公」兩字之相應耳。遂言其所以如此者，由其所賦之分不同於貴者，是以深以得御於君爲夫人之惠，而不敢致怨於來往之勤也〔二〕。○嘒彼小星，維參所林反與昴叶力求反〔三〕，肅肅宵征，抱衾與裯直留反。寔命不猶。興也。參、昴，西方二宿之名。衾，被也。裯，襌被也。興亦取「與昴」、「與裯」二字相應。猶，亦同也。

小星二章，章五句。呂氏曰：「夫人無妬忌之行，而賤妾安於其命。所謂上好仁，而下必好義者也。」

【校】

〔一〕「遬」，元本、元十卷本作「整」。

〔二〕「來往」，元本、元十卷本、明正統本、明嘉靖本作「往來」。

〔三〕「林」，明正統本、明嘉靖本作「森」。

江有汜音祀，叶羊里反，**之子歸，不我以。不我以，其後也悔**叶虎洧反。○興也。水決復入爲汜。今江陵、漢陽、安復之間蓋多有之。之子，媵妾指嫡妻而言也。婦人謂嫁曰歸。我，媵自我也。能左右之曰以，謂挾己而偕行也。○是時汜水之旁，媵有待年於國，而嫡不與之偕行者。其後嫡被后妃夫人之化，乃能自悔而迎之。故媵見江水之有汜，而因以起興。言江猶有汜，而之子之歸，乃不我以。雖不我以，然其後也亦悔矣。○**江有渚，之子歸，不我與。不我與，其後也處。**興也。渚，小洲也。水岐成渚。與，猶以也。處，安也，得其所安也。○**江有沱**徒何反，**之子歸，不我過。不我過，其嘯也歌。**興也。沱〔一〕，江之別者。過，謂過我而與俱也。嘯，蹙口出聲，以舒憤懣之氣，言其悔時也。歌，則得其所處而樂也。

江有汜三章，章五句。陳氏曰：「小星之夫人惠及媵妾，而媵妾盡其心。江沱之嫡，惠不及媵妾，而媵妾不怨。蓋父雖不慈，子不可以不孝。各盡其道而已矣。」

【校】

〔一〕「沱」，原作「汜」，據元本、元十卷本、明正統本、明嘉靖本改。

野有死麕俱倫反，與春叶，**白茅包**叶補苟反**之。有女懷春，吉士誘之。**興也。麕，獐也，鹿屬，無角。懷春，當春而有懷也。吉士，猶美士也。○南國被文王之化，女子有貞潔自守，不爲强暴所污者。故詩人因所見以興其事而美之。或曰：賦也。言美士以白茅包死麕〔一〕，而誘懷春之女也。**○林有樸**蒲木反**樕**音速**，野有死鹿。白茅純**徒尊反**束，有女如玉。**興也。樸樕，小木也。鹿，獸名，有角。純束，猶包之也。如玉者，美其色也。上三句興下一句也。或曰：賦也。言以樸樕藉死鹿，束以白茅，而誘此如玉之女也。**○舒而脱脱**敕外反**兮，無感我帨**始鋭反**兮，無使尨**美邦反**也吠**符廢反**！**○賦也。舒，遲緩也。脱脱，舒緩貌。感，動。帨，巾。尨，犬也。○此章乃述女子拒之之辭。言姑徐徐而來，毋動我之帨，毋驚我之犬，以甚言其不能相及也。其凛然不可犯之意，蓋可見矣。

野有死麕三章，二章章四句，一章三句。

【校】

〔一〕「包」字下，元本、元十卷本、明正統本、明嘉靖本有「其」字。

何彼襛如容反，與雝叶**矣**〔二〕**，唐棣**徒帝反**之華**芳無、胡瓜二反。**曷不肅雝？王姬之車**斤於、尺奢二反。○興也。襛，盛也，猶曰戎戎也。唐棣，栘也，似白楊。肅，敬。雝，和也。周王之女姬姓，故曰王姬。○王姬下嫁於諸侯，車服之盛如此，而不敢挾貴以驕其夫家。故見其車者，知其能敬且和，以執婦道，於是作詩美之曰：何彼戎戎而盛乎？乃唐棣之華也。此何不肅肅而敬、雝雝而和乎？乃王姬之車也。此乃武王以後之詩，不可的知其何王之世。

然文王、大姒之教，久而不衰，亦可見矣。○**何彼襛矣，華如桃李。平王之孫，齊侯之子**叶奬履反。○興也。李，木名，華白，實可食。舊説，平，正也。武王女，文王孫，適齊侯之子。或曰：平王，即平王宜臼；齊侯，即襄公諸兒。事見春秋。未知孰是。○以桃李二物，興男女二人也。○**其釣維何？維絲伊緡。齊侯之子，平王之孫**叶須倫反。○興也。伊，亦維也。緡，綸也。絲之合而爲綸，猶男女之合而爲昏也。

何彼襛矣三章，章四句。

【校】

〔一〕「襛」，元本、元十卷本、明正統本、明嘉靖本、八卷本全篇皆作「穠」，毛詩正義作「襛」。「如」，元本、元十卷本、明正統本、明嘉靖本作「奴」。瞿鏞鐵琴銅劍樓藏書目録卷三云：「如容反，即廣韻之『而容切』，爲日母中字。廣韻又有『女容切』一音，是爲孃母中字，若作『奴容』，則爲泥母中字矣，無此音也。」認爲「如」字是，「奴」字非。

彼茁則劣反**者葭**音加〔一〕，**壹發五豝**百加反。**于**音吁，下同**嗟乎騶虞**叶音牙！○賦也。茁，生出壯盛之貌。葭，蘆也，亦名葦。發，發矢。豝，牡豕也。一發五豝，猶言中必疊雙也。騶虞，獸名，白虎黑文，不食生物者也。○南國諸侯承文王之化，修身齊家以治其國，而其仁民之餘恩，又有以及於庶類。故其春田之際，草木之茂、禽獸之多，至於如此。而詩人述其事以美之，且歎之曰：此其仁心自然，不由勉强，是即真所謂騶虞矣。○**彼茁者蓬，壹發**

五豵子公反。**于嗟乎騶虞**叶五紅反**！**○賦也。蓬，草名。一歲曰豵，亦小豕也。

騶虞二章，章三句。文王之化，始於關雎而至於麟趾，則其化之入人者深矣。形於鵲巢而及於騶虞，則其澤之及物者廣矣。蓋意誠、心正之功，不息而久，則其熏烝透徹，融液周徧，自有不能已者，非智力之私所能及也。故序以騶虞爲鵲巢之應，而見王道之成，其必有所傳矣。

【校】

〔一〕「則」，元本、明正統本、明嘉靖本作「側」。

召南之國十四篇，四十章，百七十七句。愚按：鵲巢至采蘋，言夫人、大夫妻，以見當時國君、大夫被文王之化，而能修身以正其家也。甘棠以下，又見由方伯能布文王之化，而國君能修之家以及其國也。其詞雖無及於文王者，然文王明德、新民之功，至是而其所施者溥矣。抑所謂「其民皞皞而不知爲之者」與？唯何彼襛矣之詩爲不可曉。當闕所疑耳。○周南、召南二國，凡二十五篇，先儒以爲「正風」，今姑從之。○孔子謂伯魚曰：「女爲周南、召南矣乎？人而不爲周南、召南，其猶正牆面而立也與？」○儀禮鄉飲酒、鄉射、燕禮，皆合樂周南關雎、葛覃、卷耳，召南鵲巢、采蘩、采蘋。燕禮又有「房中之樂」。鄭氏注曰：「絃歌周南、召南之詩，而不用鍾磬。云『房中』者，后夫人之所諷誦，以事其君子。」○程子曰：「天下之治，正家爲先。天下之家正，則天下治矣。二南，正家之道也。陳后妃、夫人、大夫妻之德，推之士庶人之家，一也。故使邦國至於鄉黨皆用之，自朝廷至於委巷，莫不謳吟諷誦，所以風化天下。」

詩卷第二

邶一之三 邶、鄘、衛，三國名。在禹貢冀州，西阻太行，北逾衡漳，東南跨河，以及兖州桑土之野。及商之季，而紂都焉。武王克商，分自紂城朝歌而北謂之邶，南謂之鄘，東謂之衛，以封諸侯。邶、鄘不詳其始封。衛則武王弟康叔之國也。衛本都河北，朝歌之東，淇水之北，百泉之南。其後不知何時并得邶、鄘之地。至懿公，爲狄所滅，戴公東徙渡河，野處漕邑。文公又徙居于楚丘。朝歌故城，在今衛州衛縣西二十二里，所謂殷墟。衛故都即今衛縣。漕、楚丘，皆在滑州。大抵今懷、衛、澶、相、滑、濮等州，開封、大名府界，皆衛境也。但邶、鄘地既入衛，其詩皆爲衛事，而猶繫其故國之名，則不可曉。而舊説以此下十三國皆爲「變風」焉。

汎芳劍反**彼柏舟**〔一〕**，亦汎其流。耿耿**古幸反**不寐，如有隱憂。微我無酒，以敖**五羔反**以遊。**比也。汎，流貌。柏，木名。耿耿，小明，憂之貌也。隱，痛也。微，猶非也。○婦人不得於其夫，故以柏舟自比。言以柏爲舟，堅緻牢實，而不以乘載，無所依薄，但汎然於水中而已。故其隱憂之深如此，非爲無酒可以遨遊而解之也。列女傳以此爲婦人之詩。今考其辭氣卑順柔弱，且居「變風」之首，而與下篇相類，豈亦莊姜之詩也歟？ ○**我心匪**

鑒，不可以茹如預反。亦有兄弟，不可以據。薄言往愬，逢彼之怒。賦也。鑒，鏡。茹，度。據，依。愬，告也。○言我心既非鑒而不能度物，雖有兄弟，而又不可依以爲重，故往告之，而反遭其怒也。○我心匪石，不可轉也。我心匪席，不可卷眷勉反也。威儀棣棣，不可選也。賦也。棣棣，富而閑習之貌。選，簡擇也。○言石可轉，而我心不可轉；席可卷，而我心不可卷。威儀無一不善，又不可得而簡擇取舍。皆自反而無闕之意。○憂心悄悄七小反，愠于羣小。覯古豆反閔既多，受侮不少。静言思之，寤辟避亦反有摽婢小反〔二〕。○賦也。悄悄，憂貌。愠，怒意。羣小，衆妾也。言見怒於衆妾也。覯，見。閔，病也。辟，拊心也。摽，拊心貌。○日居月諸，胡迭待結反而微？心之憂矣，如匪澣户管反衣。静言思之，不能奮飛。比也。居、諸，語辭。迭，更。微，虧也。匪澣衣，謂垢汙不濯之衣。奮飛，如鳥奮翼而飛去也。○言日當常明，月則有時而虧，猶正嫡當尊，衆妾當卑。今衆妾反勝正嫡，是日月更迭而虧。是以憂之，至於煩冤憒眊，如衣不澣之衣，恨其不能奮起而飛去也。

柏舟五章，章六句。

【校】

〔一〕「芳劍」，明正統本作「孚梵」。

〔二〕「婢」，元本、元十卷本、明正統本、明嘉靖本作「符」。

綠兮衣兮，綠衣黄裏。心之憂矣，曷維其已。比也。綠，蒼勝黄之閒色。黄，中央土之正色。閒色賤而以爲衣，正色貴而以爲裏，言皆失其所也。已，止也。○莊公惑於嬖妾，夫人莊姜賢而失位，故作此詩。言綠衣黄裏，以比賤妾尊顯而正嫡幽微，使我憂之不能自已也。○綠兮衣兮，綠衣黄裳。心之憂矣，曷維其亡。比也。上曰衣，下曰裳。記曰：「衣正色，裳閒色。」今以綠爲衣，而黄者自裏轉而爲裳，其失所益甚矣。亡之爲言忘也。○綠兮絲兮，女音汝所治平聲兮。我思古人，俾無訧音尤，叶于其反兮。比也。女，指其君子而言也。治，謂理而織之也。俾，使。訧，過也。○言綠方爲絲，而女又治之。以比妾方少艾，而女又嬖之也。然則我將如之何哉？我思古人有嘗遭此而善處之者以自厲焉〔一〕，使不至於有過而已。○絺兮綌兮，淒七西反其以風叶孚愔反。我思古人，實獲我心。比也。淒，寒風也。○絺綌而遇寒風，猶己之過時而見棄也。故思古人之善處此者，真能先得我心之所求也。

綠衣四章，章四句。莊姜事見春秋傳。此詩無所考，姑從序説。下三篇同。

【校】

〔一〕「我思古人」之「我」，元本、元十卷本、明正統本、明嘉靖本作「亦」。

燕燕于飛，差初宜反池其羽。之子于歸，遠送于野叶上與反。瞻望弗及，泣涕如雨。興也。燕，鳦也。謂之「燕燕」者，重言之也。差池，不齊之貌。之子，指戴嬀也。歸，大歸也。○莊姜無子，以陳女戴嬀之子完爲己子。莊公卒，完即位，嬖人之子州吁弑之，故戴嬀大歸于陳，而莊姜送之，作此詩也。○燕燕于飛，頡户結反之頏户郎反之。之子于歸，遠于將之。瞻望弗及，佇立以泣。興也。飛而上曰頡，飛而下曰頏。將，送也。佇立，久立也。○燕燕于飛，下上時掌反其音。之子于歸，遠送于南叶尼心反。瞻望弗及，實勞我心。興也。鳴而上曰上音，鳴而下曰下音。送于南者，陳在衛南。○仲氏任而今反只音紙，其心塞淵叶一均反。終温且惠，淑慎其身。先君之思，以勗凶肉反寡人。賦也。仲氏，戴嬀字也。以恩相信曰任。只，語辭。塞，實。淵，深。終，竟。温，和。惠，順。淑，善也。先君，謂莊公也。勗，勉也。寡人，寡德之人，莊姜自稱也。○言戴嬀之賢如此，又以先君之思勉我，使我常念之而不失其守也。楊氏曰：「州吁之暴，桓公之死，戴嬀之去，皆夫人失位，不見答於先君所致也。而戴嬀猶以先君之思勉其夫人，真可謂温且惠矣。」

燕燕四章，章六句。

日居月諸！照臨下土。乃如之人兮，逝不古處昌吕反。胡能有定？寧不我顧叶果五反？○賦也。日居月諸，呼而訴之也。之人，指莊公也。逝，發語辭。古處，未詳。或云，以古道相處也。胡、寧，皆何也。○莊姜不見答於莊公，故呼日月而訴之。言日月之照臨下土久矣，今乃有如是之人，而不以古道相處，是其心志回惑，亦何能有定哉？而何爲其獨不我顧也？見棄如此，而猶有望之之意焉。此詩之所以爲厚也。○日居月諸！下土是冒。乃如之人兮，逝不相好呼報反。胡能有定？寧不我報？賦也。冒，覆。報，答也。○日居月諸！出自東方。乃如之人兮，德音無良。胡能有定？俾也可忘。賦也。日旦必出東方，月望亦出東方。德音，美其辭。無良，醜其實也。俾也可忘，言何獨使我爲可忘者邪？○日居月諸！東方自出。父兮母兮！畜我不卒。胡能有定？報我不述。賦也。畜，養。卒，終也。不得於夫〔一〕，而歎父母養我之不終。蓋憂患疾痛之極，必呼父母，人之至情也。述，循也，言不循義理也。

日月四章，章六句。此詩當在燕燕之前〔二〕。下篇放此〔三〕。

【校】

〔一〕「於」，明正統本、明嘉靖本作「其」。

〔二〕「燕燕」後，元本、元十卷本多「詩」字。

〔三〕「下篇」後，元本、元十卷本多「皆」字。

終風且暴，顧我則笑叶音燥。謔許約反浪笑敖五報反，中心是悼。比也。終風，終日風也。暴，疾也。謔，戲言也。浪，放蕩也。悼，傷也。○莊公之爲人，狂蕩暴疾。莊姜蓋不忍斥言之，故但以「終風且暴」爲比。言雖其狂暴如此，然亦有顧我而笑之時〔一〕。但皆出於戲慢之意，而無愛敬之誠，則又使我不敢言，而心獨傷之耳。蓋莊公暴慢無常，而莊姜正静自守，所以忤其意而不見答也。○終風且霾亡皆反，叶音貍〔二〕，惠然肯來叶如字，又陵之反。莫往莫來，悠悠我思叶新才、新齎二反。○比也。霾，雨土蒙霧也。惠，順也。悠悠，思之長也。○終風且霾，以比莊公之狂惑也。雖云狂惑，然亦或惠然而肯來。但又有莫往莫來之時，則使我悠悠而思之。望其君子之深，厚之至也。○**終風且曀**於計反，**不日有曀。寤言不寐，願言則嚏**都麗反。○比也。陰而風曰曀。有，又也。不日有曀，言既曀矣，不旋日而又曀也，亦比人之狂惑暫開而復蔽也。願，思也。嚏，鼽嚏也。人氣感傷閉鬱，又爲風霧所襲，則有是疾也。○**曀曀其陰，虺虺**虚鬼反**其靁。寤言不寐，願言則懷**叶胡隈反〔三〕。○比也。曀曀，陰貌。虺虺，靁將發而未震之聲，以比人之狂惑愈深而未已也。懷，思也。

終風四章，章四句。說見上。

【校】

〔一〕「而」，明嘉靖本作「則」。

〔二〕「亡」，明正統本作「謨」。

〔三〕「隈」，明正統本作「根」，明嘉靖本作「猥」。

擊鼓其鏜吐當反，**踊躍用兵**叶晡芒反。**土國城漕，我獨南行**叶户郎反。○賦也。鏜，擊鼓聲也。踊躍，坐作擊刺之狀也。兵，謂戈戟之屬。土，土功也。國，國中也。漕，衛邑名。○衛人從軍者自言其所爲。因言衛國之民，或役土功於國，或築城於漕，而我獨南行，有鋒鏑死亡之憂，危苦尤甚也。○**從孫子仲，平陳與宋。不我以歸，憂心有忡**敕中反，叶敕衆反。○賦也。孫，氏。子仲，字。時軍帥也。平，和也，合二國之好也。舊說以此爲春秋隱公四年，州吁自立之時，宋、衛、陳、蔡伐鄭之事，恐或然也。以，猶與也。言不與我而歸也。○**爰居爰處，爰**

喪息浪反其馬叶滿補反。于以求之，于林之下叶後五反。○賦也。爰，於也。於是居，於是處，於是喪其馬，而求之於林下。見其失伍離次，無鬭志也。○死生契苦結反闊叶苦劣反，與子成説。執子之手，與子偕老叶魯吼反。○賦也。契闊，隔遠之意。成説，謂成其約誓之言。○從役者念其室家，因言始爲室家之時，期以死生契闊，不相忘棄，又相與執手，而期以偕老也。○于音吁，下同嗟闊叶苦劣反兮，不我活叶户劣反兮。于嗟洵音荀兮，不我信叶師人反兮[一]。賦也。吁嗟，歎辭也。闊，契闊也。活，生。洵，信也。信，與申同。○言昔者契闊之約如此，而今不得活；偕老之信如此，而今不得伸。意必死亡，不復得與其室家遂前約之信也。

擊鼓五章，章四句。

【校】

[一]「叶」字，明正統本、明嘉靖本無。

凱風自南叶尼心反，吹彼棘心。棘心夭夭於驕反，母氏劬勞叶音僚。○比也。南風謂之凱風，長養萬物者也。棘，小木，叢生，多刺，難長，而心又其稚弱而未成者也。夭夭，少好貌。劬勞，病苦也。○衛之淫風流行，雖有七子之母，猶不能安其室。故其子作此詩，以凱風比母，棘心比子之幼時。蓋曰：母生衆子，幼而育之，其劬勞甚矣。本其始而言，以起自責之端也。○凱風自南，吹彼棘薪。母氏聖善，我無令人。興也。聖，叡。令，善也。○棘可以爲薪，則成矣，然非美材，故以興子之壯大而無善也。復以聖善稱其母，而自謂無令人。其自責也深矣。

○爰有寒泉，在浚之下叶後五反。有子七人，母氏勞苦。興也。浚，衛邑。○諸子自責，言寒泉在浚之下，猶能有所滋益於浚，而有子七人，反不能事母，而使母至於勞苦乎？於是乃若微指其事，而痛自刻責，以感動其母心也。母以淫風流行，不能自守，而諸子自責，但以不能事母，使母勞苦爲詞。婉詞幾諫，不顯其親之惡，可謂孝矣。下章放此。○睍胡顯反睆華板反黄鳥，載好其音。有子七人，莫慰母心。興也。睍睆，清和圓轉之意。○言黄鳥猶能好其音以悦人，而我七子獨不能慰悦母心哉！

凱風四章，章四句。

雄雉于飛，泄泄移世反其羽。我之懷矣，自詒伊阻。興也。雉，野雞，雄者有冠，長尾，身有文采，善鬬。泄泄，飛之緩也。懷，思。詒，遺。阻，隔也。○婦人以其君子從役于外，故言雄雉之飛，舒緩自得如此，而我之所思者，乃從役於外，而自遺阻隔也。○雄雉于飛，下上時掌反其音。展矣君子，實勞我心。興也。下上其音，言其飛鳴自得也。展，誠也。言誠，又言實，所以甚言此君子之勞我心也。○瞻彼日月，悠悠我思叶新齎反。道之云遠，曷云能來叶陵之反？○賦也。悠悠，思之長也。見日月之往來，而思其君子從役之久也。○百爾君子，不知德行下孟反，叶户郎反。不忮之豉反不求，何用不臧？賦也。百，猶凡也。忮，害。求，貪。臧，善也。○言凡爾君子，豈不知德行乎？若能不忮害，又不貪求，則何所爲而不善哉！憂其遠行之犯患，冀其善處而得全也。

雄雉四章，章四句。

匏有苦葉，濟有深涉。深則厲，淺則揭苦例反。○比也。匏，瓠也。匏之苦者不可食，特可佩以渡水而已。然今尚有葉，則亦未可用之時也。濟，渡處也。行渡水曰涉，以衣而涉曰厲，褰衣而涉曰揭。○此刺淫亂之詩。言匏未可用而渡處方深，行者當量其深淺〔一〕，而後可渡。以比男女之際，亦當量度禮義而行也。○有瀰瀰爾反濟盈，有鷕以小反雉鳴。濟盈不濡軌居美反，叶居有反，雉鳴求其牡。比也。瀰，水滿貌。鷕，雌雉聲。軌，車轍也。飛曰雌雄，走曰牝牡。○夫濟盈必濡其轍，雉鳴當求其雄，此常理也。今濟盈而曰不濡軌，雉鳴而反求其牡，以比淫亂之人不度禮義，非其配耦，而犯禮以相求也。○雝雝鳴鴈叶魚旰反，旭許玉反日始旦。士如歸妻，迨冰未泮。賦也。雝雝，聲和也。鴈，鳥名，似鵝，畏寒，秋南春北。旭，日初出貌。昏禮，納采用鴈。親迎以昏，而納采請期以旦。歸妻以冰泮，而納采請期，迨冰未泮之時。○言古人之於婚姻，其求之不暴，而節之以禮如此，以深刺淫亂之人也。○招招照遥反舟子叶奨履反，人涉卬五郎反否叶補美反。人涉卬否，卬須我友叶羽軌反。○比也。招招，號召之貌。舟子，舟人主濟渡者。卬，我也。○舟人招人以渡，人皆從之。而我獨否者，待我友之招，而後從之也。以比男女必待其配耦而相從，而刺此人之不然也。

匏有苦葉四章，章四句。

【校】

〔一〕「深淺」，明正統本、明嘉靖本作「淺深」。

習習谷風，以陰以雨。黽勉同心，不宜有怒叶暖五反。采葑孚容反采菲妃鬼反，無以下體。德音莫違，及爾同死叶想止反。○比也。習習，和舒也。東風謂之谷風。葑，蔓菁也。菲，似葍，莖粗，葉厚而長，有毛。下體，根也。葑、菲根莖皆可食，而其根則有時而美惡。德音，美譽也。○婦人爲夫所棄，故作此詩，以叙其悲怨之情。言陰陽和而後雨澤降，如夫婦和而後家道成。故爲夫婦者，當黽勉以同心，而不宜至於有怒。又言采葑菲者，不可以其根之惡，而棄其莖之美，如爲夫婦者，不可以其顔色之衰，而棄其德音之善。但德音之不違，則可以與爾同死矣。○行道遲遲，中心有違。不遠伊邇，薄送我畿音祈。誰謂荼音徒苦？其甘如薺齊禮反[一]。宴爾新昏，如兄如弟待禮反。○賦而比也。遲遲，舒行貌。違，相背也。畿，門内也。荼，苦菜，蓼屬也，詳見良耜。薺，甘菜。宴，樂也。新昏，夫所更娶之妻也。○言我之被棄，行於道路，遲遲不進。蓋其足欲前，而心有所不忍，如相背然。而故夫之送我，乃不遠而甚邇，亦至其門内而止耳。又言荼雖甚苦，反甘如薺，以比己之見棄，其苦有甚於荼。而其夫方且宴樂其新昏，如兄如弟，而不見恤。蓋婦人從一而終，今雖見棄，猶有望夫之情，厚之至也。○涇以渭濁，湜湜音殖其沚音止。宴爾新昏，不我屑以。毋逝我梁，毋發我笱古口反。我躬不閲，遑恤我後胡口反！○比也。涇、渭，二水名。涇水出今原州百泉縣笄頭山東南，至永興軍高陵入渭。渭水出渭州渭源縣鳥鼠山，至同州馮翊縣入河。湜湜，清貌。沚，水渚也。屑，潔。以，與。逝，之也。梁，堰石障水而空其中，以通魚之往來者也。笱，以竹爲器，而承梁之空，以取魚者也。閲，容也。○涇濁渭清，然涇未屬渭之時，雖濁而未甚見。由二水既合，而清濁益分。然其別出之渚，流或稍緩，則猶有清處。婦人以自比其容貌之衰久矣，又以新昏形之，益見憔悴。然其心則固猶有可取者。但以故夫之安於新昏，故不以我爲潔而與之耳。又言毋逝我之梁，毋發我之笱，以比欲戒新昏，毋居我之處，毋行我之事。而又自思，我身且不見容，何暇恤我已去之後哉！知不能禁，而絶意之辭也。○就其深矣，方之舟之。就其淺矣，泳之游之。何有何亡，黽勉求之。凡民有喪，匍音蒲匐蒲北反救叶居尤反之〔二〕。興也。方，桴。舟，船也。潛行曰泳，浮水曰游。匍匐，手足並行，急遽之甚也。○婦人自陳其治家勤勞之事。言我隨事盡其心力而爲之，深則方舟，淺則泳游，不計其有與亡，而强勉以求之〔三〕。又周睦其鄰里鄉黨，莫不盡其道也。○不我能慉許六反，反以我爲讎。既阻我德，賈音古用不售市救反，叶市周反。昔育恐育鞫居六反〔四〕，及爾顛覆芳服反。既生既育，比予于毒。賦也。慉，養。阻，却。鞫，窮也。○承上章，言我於女家勤勞如此，而女既不我養，而反以我爲仇讎。惟其心既拒却我之善，故雖勤勞如此，而不見取，如賈之不見售也。因念其昔時相與爲生，惟恐其生理窮盡，而及爾皆至於顛覆。今既遂其生矣，乃反比我於毒而棄之乎？張子曰：「育恐，謂生於恐懼之中。育鞫，謂生於困窮之際。」亦通。○我有旨蓄敕六反，亦以御魚吕反，下同冬。宴爾新昏，以我御窮。有洸音光有潰户對反，既詒我肄以世反〔五〕。不念昔者，伊余來塈許器反。○興也。旨，美。蓄，聚。御，當也。洸，武貌。潰，怒色也。肄，勞。塈，息也。○又言我之所以蓄聚美菜者，蓋欲以禦冬月乏無之時。至於春夏，則不食之矣。今君子安於新昏而厭棄我，是但使我禦其窮苦之時，至於安樂則棄之也。又言於我極其武怒，而盡遺我以勤勞之事，曾不念昔者我之來息時也。追言其始見君子之時接禮之厚。怨之深也。

谷風六章，章八句。

【校】

〔一〕「齊禮反」，明正統本、明嘉靖本作「音泚」。

〔二〕「北」，明正統本、明嘉靖本作「卜」。

〔三〕「强勉」，明正統本、明嘉靖本作「勉强」。

〔四〕「鞫」，元本、元十卷本、明正統本、明嘉靖本、八卷本作「鞠」。下同。

〔五〕「以世」，元本、元十卷本、明正統本、明嘉靖本作「羊至」。

式微式微，胡不歸？微君之故，胡爲乎中露？賦也。式，發語辭。微，猶衰也。再言之者，言衰之甚也。微，猶非也。中露，露中也。言有霑濡之辱，而無所芘覆也。○舊説以爲黎侯失國而寓於衛，其臣勸之曰：衰微甚矣，何不歸哉！我若非以君之故，則亦胡爲而辱於此哉？**○式微式微，胡不歸？微君之躬，胡爲乎泥中？**賦也。泥中，言有陷溺之難，而不見拯救也。

式微二章，章四句。此無所考。姑從序説。

旄丘之葛叶居謁反**兮，何誕之節兮**〔一〕**？叔兮伯**叶音逼**兮，何多日也？**興也。前高後下曰旄丘。誕，闊也。叔、伯，衛之諸臣也。○舊説，黎之臣子自言久寓於衛，時物變矣，故登旄丘之上，見其葛長大，而節疏闊，因託以起興曰：旄丘之葛，何其節之闊也？衛之諸臣，何其多日而不見救也？此詩本責衛君，而但斥其臣，可見其優柔而不迫矣。○何其處也？必有與也。何其久叶舉里反也？必有以也。賦也。處，安處也。與，與國也。以，他故也。○因上章「何多日也」，而言何其安處而不來？意必有與國相俟而俱來耳。又言何其久而不來？意其或有他故，而不得來耳。詩之曲盡人情如此。○狐裘蒙戎，匪車不東。叔兮伯兮，靡所與同。賦也。大夫狐蒼裘。蒙戎，亂貌，言弊也。○又自言客久而裘弊矣。豈我之車不東告於女乎？但叔兮伯兮，不與我同心，雖往告之，而不肯來耳。至是始微諷切之。或曰：「狐裘蒙戎」指衛大夫，而譏其憒亂之意。「匪車不東」言非其車不肯東來救我也，但其人不肯與俱來耳。今按，黎國在衛西。前説近是。○瑣素果反兮尾兮，流離之子叶奬履反。叔兮伯兮，褎由救反如充耳。賦也。瑣，細。尾，末也。流離，漂散也。褎，多笑貌。充耳，塞耳也。耳聾之人恒多笑。○言黎之君臣流離瑣尾，若此其可憐也。而衛之諸臣，褎然如塞耳而無聞，何哉？至是然後盡其詞焉。流離患難之餘，而其言之有序而不迫如此，其人亦可知矣。

旄丘四章，章四句。説同上篇。

【校】

〔一〕「誕」字下，明正統本、明嘉靖本多「徒旱反」三小字。

簡兮簡兮，方將萬舞。日之方中，在前上處。賦也。簡，簡易不恭之意。萬者，舞之總名。武用干戚，文用羽籥也。日之方中，在前上處，言當明顯之處。○賢者不得志而仕於伶官，有輕世肆志之心焉，故其言如此，若自譽而實自嘲也。○**碩人俁俁**疑矩反，**公庭萬舞。有力如虎，執轡如組**音祖。○賦也。碩，大也。俁俁，大貌。轡，今之韁也。組，織絲爲之，言其柔也。御能使馬，則轡柔如組矣。○又自譽其才之無所不備，亦上章之意也。○**左手執籥**餘若反〔一〕，**右手秉翟**亭歷反，叶直角反。**赫如渥**於角反**赭**音者，叶陟略反，**公言錫爵。**賦也。執籥秉翟者，文舞也。籥，如笛而六孔，或曰三孔。翟，雉羽也。赫，赤貌。渥，厚漬也。赭，赤色也。言其顔色之充盛也。公言錫爵，即儀禮燕飲而獻工之禮也。以碩人而得此，則亦辱矣。乃反以其賚予之親洽爲榮而誇美之，亦玩世不恭之意也。○**山有榛**側巾反，**隰有苓**音零。**云誰之思？西方美人。彼美人兮，西方之人兮。**興也。榛，似栗而小。下濕曰隰。苓，一名大苦，葉似地黄，即今甘草也。西方美人，託言以指西周之盛王，如離騷亦以美人目其君也。又曰西方之人者，歎其遠而不得見之詞也。○賢者不得志於衰世之下國，而思盛際之顯王。故其言如此，而意遠矣。

簡兮四章，三章章四句，一章六句。舊三章，章六句。今改定。○張子曰：「爲禄仕而抱關擊柝，則猶恭其職也。爲伶官則雜於侏儒俳優之閒，不恭甚矣。其得謂之賢者，雖其迹如此，而其中固有以過人，又能卷而懷之，是亦可以爲賢矣。東方朔似之。」

【校】

〔一〕「餘」，明嘉靖本作「余」。

毖悲位反彼泉水，亦流于淇。有懷于衛，靡日不思叶新齎反。孌力轉反彼諸姬，聊與之謀叶謨悲反。○興也。毖，泉始出之貌。泉水，即今衛州共城之百泉也。淇水出相州林慮縣東流，泉水自西北而東南來注之。孌，好貌。諸姬，謂姪娣也。○衛女嫁於諸侯，父母終，思歸寧而不得，故作此詩。言毖然之泉水，亦流于淇矣。我之有懷于衛，則亦無日而不思矣。是以即諸姬而與之謀爲歸衛之計，如下兩章之云也。

出宿于泲子禮反，飲餞音踐于禰乃禮反。女子有行，遠于萬反父母兄弟待禮反〔一〕。問我諸姑，遂及伯姊叶奬禮反。○賦也。泲，地名。飲餞者，古之行者必有祖道之祭。祭畢，處者送之，飲於其側，而後行也。禰，亦地名，皆自衛來時所經之處也。諸姑、伯姊，即所謂諸姬也。○言始嫁來時，則固已遠其父母兄弟矣。況今父母既終，而復可歸哉？是以問於諸姑、伯姊，而謀其可否云爾。鄭氏曰：「國君夫人，父母在則歸寧，没則使大夫寧於兄弟。」

○出宿于干叶居焉反，飲餞于言。載脂載舝胡瞎反，叶下介反，還音旋車言邁。遄市專反臻于衛此字本與邁、害叶，今讀誤，不瑕有害。賦也。干、言，地名，適衛所經之地也。脂，以脂膏塗其舝，使滑澤也。舝，車軸也，不駕則脱之，設之而後行也。還，回旋也，旋其嫁來之車也。遄，疾。臻，至也。瑕，何，古音相近，通用。○言如是則其至衛疾矣，然豈不害於義理乎？疑之而不敢遂之辭也。

○我思肥泉，兹之永歎叶它涓反。思須與漕叶徂侯反，我心悠悠。駕言出遊，以寫我憂。賦也。肥泉，水名。須、漕，衛邑也。悠悠，思之長也。寫，除也。○既不敢歸，然其思衛地，不能忘也。安得出遊於彼，而寫其憂哉！

泉水四章，章六句。楊氏曰：「衛女思歸，發乎情也。其卒也不歸，止乎禮義也。聖人著之於經，以示後世，使知適異國者，父母終，無歸寧之義，則能自克者，知所處矣。」

【校】

〔一〕「萬」，明正統本作「願」。

出自北門叶眉貧反，**憂心殷殷。終窶**其矩反**且貧，莫知我艱**叶居銀反。**已焉哉**叶將其反，下同！**天實爲之，謂之何哉！**　比也。北門，背陽向陰。殷殷，憂也。窶者，貧而無以爲禮也。○衛之賢者處亂世，事暗君，不得其志，故因出北門，而賦以自比。又歎其貧窶，人莫知之，而歸之於天也。

○王事適我，政事一埤避支反**益我。我入自外，室人交徧讁**知革反，叶竹棘反**我。已焉哉！天實爲之，謂之何哉！**　賦也。王事，王命使爲之事也。適，之也。政事，其國之政事也。一，猶皆也。埤，厚。室，家。讁，責也。○王事既適我矣，政事又一切以埤益我。其勢如此，而窶貧又甚，室人至無以自安，而交徧讁我。則其困於內外極矣。

○王事敦叶都回反**我，政事一埤遺**唯季反，叶夷回反**我。我入自外，室人交徧摧**徂回反**我。已焉哉！天實爲之，謂之何哉！**　賦也。敦，猶投擲也。遺，加。摧，沮也。

北門三章，章七句。　楊氏曰：「忠信重祿，所以勸士也。衛之忠臣，至於窶貧，而莫知其艱，則無勸士之道矣。仕之所以不得志也。先王視臣如手足，豈有以事投遺之而不知其艱哉？然不擇事而安之，無懟憾之辭，知其無可奈何，而歸之於天，所以爲忠臣也。」

北風其涼，雨于付反雪其雱普康反。惠而好呼報反，下同我，攜手同行叶户郎反。其虚其邪音徐，下同，既亟只音紙，下同且子餘反，下同！○比也。北風，寒涼之風也。涼，寒氣也。雱，雪盛也〔一〕。惠，愛。行，去也。虚，寬貌。邪，一作徐，緩也。亟，急也。只且，語助辭。○言北風雨雪，以比國家危亂將至，而氣象愁慘也。故欲與其相好之人去而避之，且曰：是尚可以寬徐乎？彼其禍亂之迫已甚，而去不可不速矣！○北風其喈音皆，叶居奚反，雨雪其霏芳非反。惠而好我，攜手同歸。其虚其邪，既亟只且！比也。喈，疾聲也。霏，雨雪分散之狀。歸者，去而不反之辭也。○莫赤匪狐，莫黑匪烏。惠而好我，攜手同車。其虚其邪，既亟只且！比也。狐，獸名，似犬，黄赤色。烏，鵶，黑色。皆不祥之物，人所惡見者也。所見無非此物，則國將危亂可知。同行、同歸，猶賤者也。同車，則貴者亦去矣。

北風三章，章六句。

【校】

〔一〕「也」，明正統本、明嘉靖本作「貌」。

○靜女其孌，靜女其姝赤朱反，俟我於城隅。愛而不見，搔蘇刀反首踟直知反躕直誅反。○賦也。靜者，閒雅之意。姝，美色也。城隅，幽僻之處。不見者，期而不至也。踟躕，猶躑躅也。此淫奔期會之詩也。

貽我彤徒冬反管叶古究反。彤管有煒于鬼反，説音悦懌音亦女美。賦也。孌，好貌。於是則見之矣。彤管，未詳何物，蓋相贈以結慇懃之意耳。煒，赤貌。言既得此物，而又悦懌此女之美也。○自牧歸荑徒兮、徒計二反，洵美且異夷、曳二音。匪女音汝之爲美，美人之貽與異同。○賦也。牧，外野也。歸，亦貽也。荑，茅之始生者。洵，信也。女，指荑而言也。○言静女又贈我以荑，而其荑亦美且異。然非此荑之爲美也，特以美人之所贈，故其物亦美耳。

静女三章，章四句。

新臺有泚此禮反，河水瀰瀰莫邇反。燕婉之求，籧音蘧篨音除不鮮斯踐反，叶想止反〔一〕。○賦也。泚，鮮明也。瀰瀰，盛也。燕，安。婉，順也。籧篨，不能俯，疾之醜者也。蓋籧篨本竹席之名，人或編以爲囷，其狀如人之擁腫而不能俯者，故又因以名此疾也。鮮，少也。○舊説以爲衛宣公爲其子伋娶於齊，而聞其美，欲自娶之，乃作新臺於河上而要之。國人惡之，而作此詩以刺之。言齊女本求與伋爲燕婉之好，而反得宣公醜惡之人也。○新臺有洒七罪反，叶先典反，河水浼浼每罪反，叶美辯反〔二〕。燕婉之求，籧篨不殄。賦也。洒，高峻也。浼浼，平也。殄，絶也。言其病不已也。○魚網之設，鴻則離之。燕婉之求，得此戚施。興也。鴻，鴈之大者。離，麗也。戚施，不能仰，亦醜疾也。○言設魚網而反得鴻，以興求燕婉而反得醜疾之人，所得非所求也。

新臺三章，章四句。凡宣姜事首末，見春秋傳。然於詩，則皆未有考也。諸篇放此。

【校】

〔一〕「蕖」，元本、元十卷本作「渠」。「斯」，原作「期」，當誤，據元本、元十卷本、經典釋文改。明正統本、明嘉靖本「踐」作「淺」，亦可。

〔二〕「辯」，明正統本、明嘉靖本作「辨」。

二子乘舟，汎汎芳劍反其景叶舉兩反。願言思子，中心養養以兩反。○賦也。二子，謂伋、壽也。乘舟，渡河如齊也。景，古影字。養養，猶漾漾，憂不知所定之貌。○舊説以爲：宣公納伋之妻，是爲宣姜，生壽及朔。朔與宣姜愬伋於公，公令伋之齊，使賊先待於隘而殺之。壽知之，以告伋。伋曰：「君命也。不可以逃。」壽竊其節而先往，賊殺之。伋至，曰：「君命殺我，壽有何罪？」賊又殺之。國人傷之，而作是詩也。○二子乘舟，汎汎其逝此字本與害叶，今讀誤。願言思子，不瑕有害？賦也。逝，往也。不瑕，疑詞。義見泉水。此則見其不歸，而疑之也。

二子乘舟二章，章四句。太史公曰：「今讀世家言〔一〕，至於宣公之子以婦見誅，弟壽争死以相讓，此與晉太子申生不敢明驪姬之過同，俱惡傷父之志。然卒死亡，何其悲也！或父子相殺，兄弟相戮，亦獨何哉？」

【校】

〔一〕「今」，史記衛康叔世家、元本、元十卷本、明正統本、明嘉靖本均作「余」。

邶十九篇，七十二章，三百六十三句。

詩卷第三

鄘一之四說見上篇。

汎彼柏舟，在彼中河。髧徒坎反彼兩髦音毛，實維我儀叶牛何反。之死矢靡他湯河反！母也天叶鐵因反只音紙，下同，不諒人只！　興也。中河，中於河也。髧，髮垂貌。兩髦者，翦髮夾囟〔一〕，子事父母之飾，親死然後去之。此蓋指共伯也。我，共姜自我也。儀，匹。之，至。矢，誓。靡，無也。只，語助辭。諒，信也。○舊說以爲，衛世子共伯蚤死，其妻共姜守義，父母欲奪而嫁之，故共姜作此以自誓。言柏舟則在彼中河，兩髦則實我之匹。雖至於死，誓無他心。母之於我，覆育之恩如天罔極，而何其不諒我之心乎？不及父者，疑時獨母在，或非父意耳。

○汎彼柏舟，在彼河側。髧彼兩髦，實維我特。之死矢靡慝他得反！母也天只，不諒人只！　興也。特，亦匹也。慝，邪也。以是爲慝，則其絶之甚矣。

柏舟二章，章七句。

【校】

〔一〕「凶」，原作「匈」，據元本、元十卷本、明正統本、明嘉靖本改。

牆有茨，不可埽叶蘇后反也。中冓古候反之言，不可道叶徒厚反也。所可道也，言之醜也。

興也。茨，蒺藜也，蔓生，細葉，子有三角，刺人。中冓，謂舍之交積材木也。道，言。醜，惡也。○舊説以爲，宣公卒，惠公幼，其庶兄頑烝於宣姜，故詩人作此詩以刺之，言其閨中之事皆醜惡而不可言。理或然也。

○牆有茨，不可襄也。中冓之言，不可詳也。所可詳也，言之長也。

興也。襄，除也。詳，詳言之也。言之長者，不欲言，而託以語長難竟也。

○牆有茨，不可束也。中冓之言，不可讀也。所可讀也，言之辱也。

興也。束，束而去之也。讀，誦言也。辱，猶醜也。

牆有茨三章，章六句。

楊氏曰：「公子頑通乎君母，閨中之言至不可讀，其汙甚矣。聖人何取焉，而著之於經也？蓋自古淫亂之君，自以謂密於閨門之中〔一〕，世無得而知者，故自肆而不反。聖人所以著之於經，使後世爲惡者，知雖閨中之言，亦無隱而不彰也。其爲訓戒深矣。」

【校】

〔一〕「謂」，明正統本、明嘉靖本作「爲」。

君子偕老，副笄六珈音加，叶居河反。委委於危反佗佗待何反，如山如河，象服是宜叶牛何反。子之不淑，云如之何？ 賦也。君子，夫也。偕老，言偕生而偕死也。女子之生，以身事人，則當與之同生，與之同死。故夫死，稱「未亡人」，言亦待死而已，不當復有他適之志也。副，祭服之首飾，編髮爲之。笄，衡笄也，垂于副之兩旁當耳，其下以紞懸瑱。珈之言加也，以玉加於笄而爲飾也。委委佗佗，雍容自得之貌。如山，安重也。如河，弘廣也。象服，法度之服也。淑，善也。○言夫人當與君子偕老，故其服飾之盛如此，而雍容自得，安重寬廣，又有以宜其象服。今宣姜之不善乃如此，雖有是服，亦將如之何哉？言不稱也。

○玼音此兮玼兮，其之翟叶去聲也。鬒真忍反髮如雲，不屑蘇節反髢徒帝反也(一)。玉之瑱吐殿反也，象之揥敕帝反也，揚且子餘反之晳星曆反，叶征例反也。胡然而天也！胡然而帝也！ 賦也。玼，鮮盛貌。翟衣，祭服，刻繒爲翟雉之形，而彩畫之以爲飾也。鬒，黑也。如雲，言多而美也。屑，潔也。髢，髲髢也。人少髮則以髢益之，髮自美則不潔於髢而用之矣。瑱，塞耳也。象，象骨也。揥，所以摘髮也。揚，眉上廣也。且，語助辭(二)。晳，白也。胡然而天，胡然而帝，言其服飾容貌之美，見者驚猶鬼神也。

○瑳七我反兮瑳兮，其之展陟戰反，叶諸延反也。蒙彼縐側救反絺，是紲息列反袢薄慢反，叶汾乾反也。子之清揚，揚且之顔叶魚堅反也。展如之人兮，邦之媛于眷反，叶于權反也。 賦也。瑳，亦鮮盛貌。展衣者，以禮見於君，及見賓客之服也。蒙，覆也。縐絺，絺之蹙蹙者，當暑之服也。紲袢，束縛意。以展衣蒙絺綌而爲之紲袢，所以自斂飭也。或曰：蒙，謂加絺綌於褻衣之上，所謂表而出之也。清，視清明也。揚，眉上廣也。顔，額角豐滿也。展，誠也。美女曰媛。見其徒有美色，而無人君之德也。

君子偕老三章，一章七句，一章九句，一章八句。東萊呂氏曰：「首章之末云：『子之不淑，云如之何？』責之也。二章之末云：『胡然而天也！胡然而帝也！』問之也。三章之末云：『展如之人兮，邦之媛也。』惜之也。辭益婉而意益深矣。」

【校】

〔一〕「節」，元本、元十卷本作「即」，明正統本、明嘉靖本「蘇節」作「先結」。

〔二〕「語助」，明正統本、明嘉靖本作「助語」。

爰采唐矣，沬音妹之鄉矣。云誰之思？美孟姜矣。期我乎桑中叶諸良反，要於遥反我乎上宮叶居王反，送我乎淇之上叶辰羊反矣。賦也。唐，蒙菜也，一名兔絲。沬，衛邑也，書所謂「妹邦」者也。孟，長也。姜，齊女，言貴族也。桑中、上宮、淇上，又沬鄉之中小地名也〔一〕。要，猶迎也。○衛俗淫亂，世族在位，相竊妻妾。故此人自言將采唐於沬，而與其所思之人，相期會迎送如此也。○爰采麥叶訖力反矣，沬之北矣。云誰之思？美孟弋矣。期我乎桑中，要我乎上宮，送我乎淇之上矣。賦也。麥，穀名，秋種夏熟者。弋，春秋或作「姒」，蓋杞女，夏后氏之後，亦貴族也。○爰采葑矣，沬之東矣。云誰之思？美孟庸矣。期我乎桑中，要我乎上宮，送我乎淇之上矣。賦也。葑，蔓菁也。庸，未聞，疑亦貴姓也〔二〕。

桑中三章，章七句。樂記曰：「鄭衛之音，亂世之音也，比於慢矣。桑間濮上之音，亡國之音也。其政散，其民流，誣上行私，而不可止也。」按「桑閒」即此篇，故小序亦用樂記之語。

【校】

〔一〕「妹」，元本、元十卷本、明正統本、明嘉靖本作「沬」。

〔二〕「姓」，明正統本、明嘉靖本作「族」。

鶉音純**之奔奔，鵲之彊彊**音姜。**人之無良，我以爲兄**叶虚王反。○興也。鶉，鵪屬。奔奔、彊彊，居有常匹，飛則相隨之貌。人，謂公子頑。良，善也。○衛人刺宣姜與頑非匹耦而相從也，故爲惠公之言以刺之曰：人之無良，鶉鵲之不若，而我反以爲兄，何哉？○**鵲之彊彊，鶉之奔奔**叶逋珉反。**人之無良，我以爲君。**興也。人，謂宣姜。君，小君也。

鶉之奔奔二章，章四句。范氏曰：「宣姜之惡，不可勝道也。國人疾而刺之，或遠言焉，或切言焉。遠言之者，君子偕老是也。切言之者，鶉之奔奔是也。衛詩至此，而人道盡，天理滅矣。中國無以異於夷狄，人類無以異於禽獸，而國隨以亡矣。」胡氏曰：「楊時有言，詩載此篇，以見衛爲狄所滅之因也，故在定之方中之前。因以是説考於歷代，凡淫亂者，未有不至於殺身敗國而亡其家者。然後知古詩垂戒之大。而近世有獻議，乞於經筵不以國風進講者，殊失聖經之旨矣。」

定丁佞反之方中，作于楚宮。揆之以日，作于楚室。樹之榛栗，椅於宜反桐梓漆，爰伐琴瑟。賦也。定，北方之宿，營室星也。此星昏而正中，夏正十月也。於是時可以營制宮室，故謂之營室。楚宮，楚丘之宮也。揆，度也。樹八尺之臬，而度其日出入之景，以定東西。又參日中之景，以正南北也。楚室，猶楚宮，互文以協韻耳。榛、栗，二木。其實榛小栗大，皆可供籩實。椅，梓實桐皮。桐，梧桐也。梓，楸之疏理白色而生子者。漆，木有液黏黑，可飾器物。四木皆琴瑟之材也。爰，於也。○衛爲狄所滅，文公徙居楚丘，營立宮室。國人悦之，而作是詩以美之。蘇氏曰：「種木者，求用於十年之後，其不求近功，凡此類也。」○升彼虛起居反，叶起吕反矣，以望楚矣。望楚與堂，景山與京叶居良反。降觀于桑，卜云其吉，終然允臧〔一〕。賦也。虛，故城也。楚，楚丘也。堂，楚丘之旁邑也。景，測景以正方面也，與「既景廼岡」之「景」同。或曰：景，山名，見商頌。京，高丘也。桑，木名，葉可飼蠶者。觀之，以察其土宜也。允，信。臧，善也。○此章本其始之望景觀卜而言，以至於終，而果獲其善也。○靈雨既零，命彼倌音官人。星言夙駕，說始鋭反于桑田叶徒因反。匪直也人，秉心塞淵叶一均反。騋音來牝三千叶倉新反。○賦也。靈，善。零，落也。倌人，主駕者也。星，見星也。說，舍止也。秉，操。塞，實。淵，深也。馬七尺以上爲騋。○言方春時雨既降，而農桑之務作。文公於是命主駕者晨起駕車，亟往而勞勸之。然非獨此人所以操其心者誠實而淵深也，蓋其所畜之馬，七尺而牝者，亦已至於三千之衆矣。蓋人操心誠實而淵深，則無所爲而不成，其致此富盛宜矣。記曰：「問國君之富，數馬以對。」〔二〕今言騋牝之衆如此，則生息之蕃可見，而衛國之富亦可知矣。此章又要其終而言也。

定之方中三章，章七句。按春秋傳，衛懿公九年冬，狄入衛。懿公及狄人戰于熒澤，而敗死焉。宋桓公迎衛之遺民渡河而南，立宣姜子申，以廬於漕，是爲戴公。是年卒。立其弟燬，是爲文公。於是齊桓公合諸侯，以城楚丘而遷衛焉。文公大布之衣，大帛之冠，務材訓農，通商惠工，敬教勸學，授方任能。元年革車三十乘，季年乃三百乘。

【校】

〔一〕「然」，元本、元十卷本、明正統本、明嘉靖本、八卷本作「焉」，許多詩經古本亦作「焉」，皆誤。按「然」字是也。毛詩正義作「然」，阮校曰：「案正義云『終然信善』，又云『何害終然允臧也』，皆可證。」

〔二〕「記曰：『問國君之富，數馬以對。』」按：禮記曲禮：「問國君之富，數地以對。」文字稍異。

蝃丁計反蝀都動反在東，莫之敢指。女子有行，遠于萬反父母兄弟叶待里反〔一〕。○比也。蝃蝀，虹也。日與雨交，倏然成質，似有血氣之類，乃陰陽之氣不當交而交者，蓋天地之淫氣也。在東者，莫虹也。虹隨日所映，故朝西而莫東也。○此刺淫奔之詩。言蝃蝀在東，而人不敢指，以比淫奔之惡，人不可道。況女子有行，又當遠其父母兄弟，豈可不顧此而冒行乎？ ○朝隮子西反于西，崇朝其雨。女子有行，遠兄弟父母叶滿補反。○比也。隮，升也。周禮「十煇」，「九曰隮」。注以爲虹。蓋忽然而見，如自下而升也。崇，終也。從旦至食時爲終朝。言方雨而虹見，則其雨終朝而止矣。蓋淫慝之氣有害於陰陽之和也。今俗謂虹能截雨，信然。○乃如之人也，懷昏姻也，大無信叶斯人反也，不知命叶彌并反也。賦也。乃如之人，指淫奔者而言。昏姻，謂男女之欲。程子曰：「女子以不自失爲信。」命，正理也。○言此淫奔之人，但知思念男女之欲，是不能自守其貞信之節，而不知天理之正也。程子曰：「人雖不能無欲，然當有以制之。無以制之，而惟欲之從，則人道廢而入於禽獸矣。以道制欲，則能順命。」

蝃蝀三章，章四句。

【校】

〔一〕「萬」，明正統本作「願」。

相息亮反鼠有皮叶蒲何反，人而無儀叶牛何反。人而無儀，不死何爲叶吾禾反〔一〕！○興也。相，視也。鼠，蟲之可賤惡者。○言視彼鼠，而猶必有皮，可以人而無儀乎？人而無儀，則其不死亦何爲哉！○相鼠有齒，人而無止。人而無止，不死何俟叶羽已反，又音始！○興也。止，容止也。俟，待也。○相鼠有體，人而無禮。人而無禮，胡不遄死叶想止反！○興也。體，支體也。遄，速也。

相鼠三章，章四句。

【校】

〔一〕「禾」，明正統本、明嘉靖本作「何」。

孑孑居熱反干旄，在浚蘇俊反之郊叶音高。素絲紕符至反之〔一〕，良馬四之。彼姝赤朱反者子，何以畀必寐反之？賦也。孑孑，特出之貌。干旄，以旄牛尾注於旗干之首，而建之車後也。浚，衛邑名。邑外謂之郊。紕，織組也。蓋以素絲織組而維之也。四之，兩服、兩驂，凡四馬以載之也。姝，美也。子，指所見之人也。畀，與也。○言衛大夫乘此車馬，建此旌旄，以見賢者。彼其所見之賢者，將何以畀之，而答其禮意之勤乎？○孑孑干旟，在浚之都。素絲組音祖之，良馬五之。彼姝者子，何以予音與之？賦也。旟，州里所建鳥隼之旗也。上設旌旄，其下繫斿，斿下屬縿，皆畫鳥隼也。下邑曰都。五之，五馬，言其盛也。○孑孑干旌，在浚之城。素絲祝之，良馬六之。彼姝者子，何以告姑沃反之？賦也。析羽爲旌。干旌，蓋析翟羽設於旗干之首也。城，都城也。祝，屬也。六之，六馬，極其盛而言也。

干旄三章，章六句。此上三詩，小序皆以爲文公時詩。蓋見其列於定中、載馳之閒故爾。他無所考也。然衛本以淫亂無禮、不樂善道而亡其國，今破滅之餘，人心危懼，正其有以懲創往事，而興起善端之時也，故其爲詩如此。蓋所謂「生於憂患，死於安樂」者。小序之言，疑亦有所本云。

【校】

〔一〕「符」，明正統本作「毗」。

載馳載驅叶祛尤反，歸唁衛侯。驅馬悠悠，言至於漕叶徂侯反〔一〕。大夫跋蒲末反涉，我心則憂。賦也。載，則也。弔失國曰唁。悠悠，遠而未至之貌。草行曰跋，水行曰涉。○宣姜之女爲許穆公夫人，閔衛之亡，馳驅而歸，將以唁衛侯於漕邑。未至，而許之大夫有奔走跋涉而來者。夫人知其必將以不可歸之義來告，故心以爲憂也。既而終不果歸，乃作此詩，以自言其意爾。

○既不我嘉，不能旋反。視爾不臧，我思不遠。既不我嘉，不能旋濟。視爾不臧，我思不閟。賦也。嘉、臧，皆善也。遠，猶忘也。濟，渡也。自許歸衛，必有所渡之水也。閟，閉也，止也。言思之不止也。○言大夫既至，而果不以我歸爲善，則我亦不能旋反而濟，以至於衛矣。雖視爾不以我爲善，然我之所思，終不能自已也。

○陟彼阿丘，言采其蝱音盲，叶謨郎反。女子善懷，亦各有行叶户郎反。許人尤之，衆穉直吏反且狂。賦也。偏高曰阿丘。蝱，貝母也，主療鬱結之病〔二〕。善懷，多憂思也，猶漢書云「岸善崩」也。行，道。尤，過也。○又言以其既不適衛，而思終不止也。故其在塗，或升高以舒憂想之情，或采蝱以療鬱結之病。蓋女子所以善懷者，亦各有道。而許國之衆人以爲過，則亦少不更事而狂妄之人爾。許人守禮，非穉且狂也，但以其不知己情之切至，而言若是爾。然而卒不敢違焉，則亦豈真以爲穉且狂哉！

○我行其野，芃芃蒲紅反其麥叶訖力反。控苦貢反于大邦，誰因誰極？大夫君子，無我有尤叶于其反。百爾所思叶新齎反，不如我所之。賦也。芃芃，麥盛長貌。控，持而告之也。因，如「因魏莊子」之因。極，至也。大夫，即跋涉之大夫。君子，謂許國之衆人也。○又言歸途在野，而涉芃芃之麥。又自傷許國之小，而力不能救，故思欲爲之控告于大邦，而又未知其將何所因、而何所至乎？大夫君子，無以我爲有過。雖爾所以處此百方，然不如使我得自盡其心之爲愈也。

載馳四章，二章章六句，二章章八句。事見春秋傳。舊説此詩五章，一章六句，二章、三章四句，四章六句，五章八句。蘇氏合二章、三章以爲一章。按春秋傳，叔孫豹賦載馳之四章，而取其「控于大邦，誰因誰極」之意，與蘇説合，今從之。范氏曰：「先王制禮，父母没則不得歸寧者，義也。雖國滅君死，不得往赴焉，義重於亡故也。」

【校】

〔一〕「徂」，元本作「祖」。

〔二〕「病」，元本、元十卷本、明正統本、明嘉靖本作「疾」。下同。

鄘國十篇，二十九章，百七十六句。

衛一之五

瞻彼淇奥於六反，緑竹猗猗於宜反，叶於何反。有匪君子，如切如磋七河反，如琢如磨。瑟兮僩遐版反，下同兮，赫兮咺況晚反，下同兮。有匪君子，終不可諼況元反，叶況遠反，下並同兮。興也。淇，水名。奥，隈也。緑，色也。淇上多竹，漢世猶然，所謂「淇園之竹」是也。猗猗，始生柔弱而美盛也。匪，斐通，文章著見之貌也。君子，指武公也。治骨角者，既切以刀斧，而復磋以鑢鐋。治玉石者，既琢以槌鑿，而復磨以沙石。言其德之修飭，有進而無已也。瑟，矜莊貌。僩，威嚴貌。咺，宣著貌。諼，忘也。○衛人美武公之德，而以緑竹始生之美盛，興其學問自修之進益也。大學傳曰：「『如切如磋』者，道學也；『如琢如磨』者，自修也。『瑟兮僩兮』者，恂慄也；『赫兮喧兮』者〔一〕，威儀也。『有斐君子，終不可諠兮』者〔二〕，道盛德至善，民之不能忘也。」**○瞻彼淇奧，緑竹青青**子丁反。**有匪君子，充耳琇瑩**音營〔三〕，**會**古外反**弁如星。瑟兮僩兮，赫兮咺兮。有匪君子，終不可諼兮。**興也。青青，堅剛茂盛之貌。充耳，瑱也。琇瑩，美石也。天子玉瑱，諸侯以石。會，縫也。弁，皮弁也。以玉飾皮弁之縫中，如星之明也。○以竹之堅剛茂盛，興其服飾之尊嚴，而見其德之稱也。**○瞻彼淇奧，緑竹如簀**音責，叶側歷反。**有匪君子，如金如錫，如圭如璧。寬兮綽兮，猗**於綺反**重**直恭反**較**古岳反**兮。善戲謔兮，不爲虐兮。**興也。簀，棧也。竹之密比似之，則盛之至也。金、錫，言其鍛鍊之精純。圭、璧，言其生質之温潤。寬，宏裕也。綽，開大也。猗，歎辭也。重較，卿士之車也。較，兩輢上出軾者，謂車兩傍也。善戲謔、不爲虐者，言其樂易而有節也。○以竹之至盛，興其德之成就，而又言其寬廣而自如，和易而中節也。蓋寬綽，無斂束之意；戲謔，非莊厲之時。皆常情所忽而易致過差之地也。然猶可觀而必有節焉，則其動容周旋之閒，無適而非禮，亦可見矣。禮曰：「張而不弛，文武不能也；弛而不張，文武不爲也；一張一弛，文武之道也。」此之謂也。

淇奧三章，章九句。按國語，武公年九十有五，猶箴儆于國曰：「自卿以下，至于師長士，苟在朝者，無謂我老耄而舍我，必恪恭於朝，以交戒我。」遂作懿戒之詩以自警〔四〕。而賓之初筵，亦武公悔過之作，則其有文章，而能聽規諫，以禮自防也，可知矣。衛之他君，蓋無足以及此者。故序以此詩爲美武公，而今從之也。

【校】

〔一〕「喧」，與禮記大學引文相符。明正統本、明嘉靖本作「咺」，與詩經正文相符。

〔二〕「諠」，明正統本、明嘉靖本作「諼」，與詩經正文相符。禮記大學各本，引文作「諠」、「諼」者互見。

〔三〕「謍」，元本作「云」。

〔四〕「警」，明嘉靖本作「儆」。

考槃在澗叶居賢反，碩人之寬叶區權反。獨寐寤言，永矢弗諼況元反。○賦也。考，成也。槃，盤桓之意。言成其隱處之室也。陳氏曰：「考，扣也。槃，器名。蓋扣之以節歌，如鼓盆拊缶之爲樂也。」二説未知孰是。山夾水曰澗。碩，大。寬，廣。永，長。矢，誓。諼，忘也。○詩人美賢者隱處澗谷之間，而碩大寬廣，無戚戚之意。雖獨寐而寤言，猶自誓其不忘此樂也。

考槃在阿，碩人之薖苦禾反。獨寐寤歌，永矢弗過古禾反。○賦也。曲陵曰阿。薖，義未詳。或云：亦寬大之意也。永矢弗過，自誓所願不踰於此，若將終身之意也。

考槃在陸，碩人之軸。獨寐寤宿，永矢弗告姑沃反。○賦也。高平曰陸。軸，盤桓不行之意。寤宿，已覺而猶卧也。弗告者，不以此樂告人也。

考槃三章，章四句。

碩人其頎其機反，衣於既反錦褧苦迥反衣。齊侯之子，衛侯之妻。東宮之妹，邢侯之姨，譚公維私息夷反。○賦也。碩人，指莊姜也。頎，長貌。錦，文衣也。褧，襌也。錦衣而加褧焉，爲其文之太著也。東宮，太子所居之宮，齊太子得臣也。繫太子言之者，明與同母，言所生之貴也。女子後生曰妹，妻之姊妹曰姨，姊妹之夫曰私。邢侯、譚公，皆莊姜姊妹之夫，互言之也。諸侯之女嫁於諸侯則尊同，故歷言之。○莊姜事見邶風緑衣等篇。春秋傳曰：「莊姜美而無子，衛人爲之賦碩人。」即謂此詩。而其首章極稱其族類之貴，以見其爲正嫡小君，所宜親厚，而重歎莊公之昏惑也。○手如柔荑徒奚反，膚如凝脂。領如蝤似修反蠐音齊，齒如瓠户故反犀，螓音秦首蛾我波反眉。巧笑倩七薦反兮，美目盼匹莧反，叶匹見反兮！賦也。茅之始生曰荑，言柔而白也。凝脂，脂寒而凝者，亦言白也。領，頸也。蝤蠐，木蠹之白而長者(一)。瓠犀，瓠中之子，方正潔白，而比次整齊也。螓，如蟬而小，其額廣而方正。蛾，蠶蛾也，其眉細而長曲。倩，口輔之美也。盼，白黑分明也(二)。○此章言其容貌之美，猶前章之意也。○碩人敖敖五刀反，説始鋭反于農郊叶音高。四牡有驕起橋反，叶音高，朱幩符云反鑣鑣表驕反，叶音褒，翟茀音弗以朝直遥反，叶直豪反。大夫夙退，無使君勞。賦也。敖敖，長貌。説，舍也。農郊，近郊也。四牡，車之四馬。驕，壯貌。幩，鑣飾也。鑣者，馬銜外鐵，人君以朱纏之也。鑣鑣，盛也。翟，翟車也，夫人以翟羽飾車。茀，蔽也。婦人之車，前後設蔽。夙，早也。玉藻曰：「君日出而視朝，退適路寢聽政。使人視大夫，大夫退，然後適小寢釋服。」○此言莊姜自齊來嫁，舍止近郊，乘是車馬之盛，以入君之朝。國人樂得以爲莊公之配，故謂諸大夫朝於君者宜早退，無使君勞於政事，不得與夫人相親，而歎今之不然也。○河水洋洋，北流活活古闊反，叶户劣反。施罛音孤濊濊呼活反，叶許月反，鱣陟連反鮪于軌反發發補末反，叶方月反。葭音加菼他覽反揭揭居謁反，庶姜孼孼魚竭反，庶士有朅欺列反。○賦也。河在齊西衛東，北流入海。洋洋，盛大貌。活活，流貌。施，設也。罛，魚罟也。濊濊，罟入水聲也。鱣，魚似龍，黄色，鋭頭，口在頷下，背上腹下皆有甲，大者千餘斤。鮪，似鱣而小，色青黑。發發，盛貌。菼，薍也，亦謂之荻。揭揭，長也。庶姜，謂姪娣。孼孼，盛飾也。庶士，謂媵臣。朅，武貌。○言齊地廣饒，而夫人之來，士女佼好，禮儀盛備如此。亦首章之意也。

碩人四章，章七句。

【校】

〔一〕「蠱」，元本、元十卷本、明正統本、明嘉靖本作「蟲」。

〔二〕「白黑」，明正統本、明嘉靖本作「黑白」。

氓之蚩蚩尺之反，**抱布貿**莫豆反**絲**叶新齎反〔一〕。**匪來貿絲，來即我謀**叶謨悲反。**送子涉淇，至于頓丘**叶祛奇反。**匪我愆期，子無良媒**叶謨悲反。**將**七羊反**子無怒，秋以爲期。**賦也。氓，民也，蓋男子而不知其誰何之稱也。蚩蚩，無知之貌，蓋怨而鄙之也。布，幣。貿，買也。貿絲，蓋初夏時也。頓丘，地名。愆，過也。將，願也，請也。○此淫婦爲人所棄，而自叙其事，以道其悔恨之意也。夫既與之謀而不遂往，又責所無以難其事，再爲之約以堅其志，此其計亦狡矣。以御蚩蚩之氓，宜其有餘，而不免於見棄。蓋一失其身，人所賤惡。始雖以欲而迷，後必有時而悟〔二〕。是以無往而不困耳。士君子立身一敗，而萬事瓦裂者，何以異此？可不戒哉！

○乘彼垝俱毁反**垣**音袁，**以望復關**叶圭員反。**不見復關，泣涕漣漣**音連。**既見復關，載笑載言。爾卜爾筮，體無咎言。以爾車來，以我賄**呼罪反**遷。**賦也。垝，毁。垣，牆也。復關，男子之所居也。不敢顯言其人，故託言之耳。龜曰卜，蓍曰筮。體，兆卦之體也。賄，財。遷，徙也。○與之期矣，故及期而乘垝垣以望之。既見之矣，於是問其卜筮所得卦兆之體，若無凶咎之言，則以爾之車來迎，當以我之賄往遷也。〇桑之未落，其葉沃若。于音吁，下同嗟鳩兮，無食桑葚音甚，叶知林反。于嗟女兮，無與士耽叶持林反。士之耽兮，猶可説也。女之耽兮，不可説也。比而興也。沃若，潤澤貌。鳩，鶻鳩也，似山雀而小，短尾，青黑色，多聲。葚，桑實也。鳩食葚多，則致醉。耽，相樂也。説，解也。〇言桑之潤澤，以比己之容色光麗。然又念其不可恃此而從欲忘反，故遂戒鳩無食桑葚，以興下句戒女無與士耽也。士猶可説，而女不可説者，婦人被棄之後深自愧悔之辭。主言婦人無外事，唯以貞信爲節，一失其正，則餘無可觀爾〔三〕。不可便謂士之耽惑實無所妨也。〇桑之落矣，其黄而隕叶于貧反。自我徂爾，三歲食貧。淇水湯湯音傷，漸子廉反車帷裳。女也不爽叶師莊反，士貳其行下孟反，叶户郎反。士也罔極，二三其德。比也。隕，落。徂，往也。湯湯，水盛貌。漸，漬也。帷裳，車飾，亦名童容，婦人之車則有之。爽，差。極，至也。〇言桑之黄落，以比己之容色凋謝。遂言自我往之爾家，而值爾之貧，於是見棄，復乘車而度水以歸。復自言其過不在此，而在彼也。〇三歲爲婦，靡室勞矣。夙興夜寐，靡有朝叶直豪反矣。言既遂矣，至于暴矣。兄弟不知，咥許意反其笑叶音燥矣。静言思之，躬自悼矣。賦也。靡，不。夙，早。興，起也。咥，笑貌。〇言我三歲爲婦，盡心竭力，不以室家之務爲勞。早起夜卧，無有朝旦之暇。與爾始相謀約之言既遂，而爾遽以暴戾加我。兄弟見我之歸，不知其然，但咥然其笑而已。蓋淫奔從人，不爲兄弟所齒。故其見棄而歸，亦不爲兄弟所恤，理固有必然者，亦何所歸咎哉？但自痛悼而已。〇及爾偕老，老使我怨。淇則有岸叶魚戰反，隰則有泮音畔，叶匹見反。總角之宴，言笑晏晏叶伊佃反。信誓旦旦叶得絹反，不思其反叶孚絢反。反是不思叶新齎反，亦已焉哉叶將黎反！〇賦而興也。及，與也。泮，涯也，高下之判也。總角，女子未許嫁則未笄，但結髮爲飾也。晏晏，和柔也。旦旦，明也。○言我與女本期偕老，不知老而見棄如此，徒使我怨也。淇則有岸矣，隰則有泮矣，而我總角之時，與爾宴樂言笑，成此信誓，曾不思其反復以至於此也。此則興也。既不思其反復而至此矣，則亦如之何哉？亦已而已矣。傳曰：「思其終也，思其復也。」思其反之謂也。

氓六章，章十句。

【校】

〔一〕「齎」，明正統本、明嘉靖本作「齊」。

〔二〕「有」，明正統本、明嘉靖本作「以」。

〔三〕「可」，明正統本、明嘉靖本作「足」。

籊籊他歷反竹竿，以釣於淇。豈不爾思？遠莫致之。賦也。籊籊，長而殺也。竹，衛物。淇，衛地也。○衛女嫁於諸侯，思歸寧而不可得，故作此詩。言思以竹竿釣于淇水，而遠不可至也。○泉源在左，淇水在右叶羽軌反。女子有行，遠于萬反兄弟父母叶滿彼反〔一〕。○賦也。泉源，即百泉也，在衛之西北，而東南流入淇，故曰「在左」。淇在衛之西南，而東流與泉源合，故曰「在右」。○思二水之在衛，而自歎其不如也。○淇水在右，泉源在左。巧笑之瑳七可反，佩玉之儺乃可反。○賦也。瑳，鮮白色。笑而見齒，其色瑳然，猶所謂粲然，皆笑也。儺，行有度也。○承上章，言二水在衛，而自恨其不得笑語遊戲於其閒也。○淇水滺滺音由，檜楫松舟。駕言出遊，以寫我憂。○賦也。滺滺，流貌。檜，木名，似柏。楫，所以行舟也。○與泉水之卒章同意。

竹竿四章，章四句。

【校】

〔一〕「彼」，明正統本、明嘉靖本作「被」。

芄音丸蘭之支，童子佩觿許規反。雖則佩觿，能不我知。容兮遂兮，垂帶悸其季反兮。興也。芄蘭，草，一名蘿摩，蔓生，斷之有白汁，可啖。支、枝同。觿，錐也，以象骨爲之，所以解結，成人之佩，非童子之飾也。知，猶智也。言其才能不足以知於我也。容、遂，舒緩放肆之貌。悸，帶下垂之貌。○芄蘭之葉，童子佩韘失涉反。雖則佩韘，能不我甲叶古協反。容兮遂兮，垂帶悸兮。興也。韘，決也，以象骨爲之，著右手大指，所以鉤弦闓體。鄭氏曰：沓也，即大射所謂「朱極三」是也，以朱韋爲之，用以彄沓右手食指、將指、無名指也。甲，長也，言其才能不足以長於我也。

芄蘭二章，章六句。此詩不知所謂，不敢强解。

誰謂河廣？一葦韋鬼反杭户郎反之。誰謂宋遠？跂丘豉反予望叶武方反之。賦也。葦，蒹葭之屬。杭，度也。衛在河北，宋在河南。○宣姜之女爲宋桓公夫人，生襄公而出歸于衛。襄公即位，夫人思之，而義不可往。蓋嗣君承父之重，與祖爲體。母出，與廟絶，不可以私反，故作此詩。言誰謂河廣乎？但以一葦加之，則可以渡矣。誰謂宋國遠乎？但一跂足而望，則可以見矣。明非宋遠而不可至也，乃義不可而不得往耳。○**誰謂河廣？曾不容刀。誰謂宋遠？曾不崇朝。**賦也。小船曰刀。不容刀，言小也。崇，終也。行不終朝而至，言近也。

河廣二章，章四句。范氏曰：「夫人之不往，義也。天下豈有無母之人歟？有千乘之國，而不得養其母，則人之不幸也。爲襄公者，將若之何？生則致其孝，没則盡其禮而已。衛有婦人之詩，自共姜至於襄公之母，六人焉，皆止於禮義，而不敢過也。夫以衛之政教淫僻，風俗傷敗，然而女子乃有知禮而畏義如此者，則以先王之化猶有存焉故也。」

伯兮朅丘列反**兮，邦之桀兮。伯也執殳**市朱反**，爲**于僞反**王前驅。**賦也。伯，婦人目其夫之字也。朅，武貌。桀，才過人也。殳，長丈二而無刃。○婦人以夫久從征役，而作是詩。言其君子之才之美如是，今方執殳，而爲王前驅也。○**自伯之東，首如飛蓬。豈無膏沐？誰適**都歷反**爲容！**賦也。蓬，草名，其華似柳絮〔一〕，聚而飛，如亂髮也。膏，所以澤髮者。沐，滌首去垢也。適，主也。○言我髮亂如此，非無膏沐可以爲容。所以不爲者，君子行役，無所主而爲之故也。傳曰：女爲説己容。○**其雨其雨，杲杲**古老反**出日。願言思伯，甘心首疾。**比也。其者，冀其將然之辭。○冀其將雨，而杲然日出，以比望其君子之歸，而不歸也。是以不堪憂思之苦，而寧甘心於首疾也。○**焉**於虔反**得諼**況袁反**草，言樹之背**音佩。**願言思伯，使我心痗**呼内反。○賦也。諼，忘也。諼草，合歡，食之令人忘憂者。背，北堂也。痗，病也。○言焉得忘憂之草，樹之於北堂，以忘吾憂乎？

然終不忍忘也。是以寧不求此草，而但願言思伯，雖至於心痗，而不辭爾。心痗則其病益深，非特首疾而已也。

伯兮四章，章四句。范氏曰：「居而相離則思，期而不至則憂，此人之情也。文王之遣戍役，周公之勞歸士，皆叙其室家之情、男女之思以閔之，故其民悦而忘死。聖人能通天下之志，是以能成天下之務。兵者，毒民於死者也，孤人之子，寡人之妻，傷天地之和，召水旱之災，故聖王重之。如不得已而行，則告以歸期，念其勤勞，哀傷慘怛，不啻在己。是以治世之詩，則言其君上閔恤之情；亂世之詩，則録其室家怨思之苦，以爲人情不出乎此也。」

【校】

〔一〕「似」，元本、元十卷本、明正統本、明嘉靖本作「如」。

有狐綏綏，在彼淇梁。心之憂矣，之子無裳。比也。狐者，妖媚之獸。綏綏，獨行求匹之貌。石絶水曰梁。在梁，則可以裳矣。○國亂民散，喪其妃耦。有寡婦見鰥夫而欲嫁之，故託言有狐獨行，而憂其無裳也。○

有狐綏綏，在彼淇厲。心之憂矣，之子無帶叶丁計反。○比也。厲，深水可厲處也〔一〕。帶，所以申束衣也。在厲，則可以帶矣。○

有狐綏綏，在彼淇側。心之憂矣，之子無服叶蒲北反。○比也。濟乎水，則可以服矣。

有狐三章，章四句。

【校】

〔一〕「厲」，明正統本、明嘉靖本作「涉」。

投我以木瓜叶攻乎反，報之以瓊琚音居。匪報也，永以爲好呼報反也。比也。木瓜，楙木也，實如小瓜，酢可食。瓊，玉之美者。琚，佩玉名。○言人有贈我以微物，我當報之以重寶。而猶未足以爲報也，但欲其長以爲好而不忘耳。疑亦男女相贈答之詞，如静女之類。○投我以木桃，報之以瓊瑶。匪報也，永以爲好也。比也。瑶，美玉也。○投我以木李，報之以瓊玖音久，叶舉里反。匪報也，永以爲好也。比也。玖，亦玉名也。

木瓜三章，章四句。

衛國十篇，三十四章，二百三句。張子曰：「衛國地濱大河，其地土薄，故其人氣輕浮；其地平下，故其人質柔弱；其地肥饒，不費耕耨，故其人心怠惰。其人情性如此，則其聲音亦淫靡。故聞其樂，使人懈慢而有邪僻之心也。」鄭詩放此。

詩卷第四

王一之六王，謂周東都洛邑王城畿内方六百里之地，在禹貢豫州，太華、外方之間。北得河陽，漸冀州之南也。周室之初，文王居豐，武王居鎬。至成王時，周公始營洛邑，爲時會諸侯之所。以其土中，四方來者道里均故也。自是謂豐鎬爲西都，而洛邑爲東都。至幽王嬖褒姒，生伯服，廢申后及太子宜臼，宜臼奔申。申侯怒，與犬戎攻宗周，弑幽王于戲。晉文侯、鄭武公迎宜臼于申而立之〔一〕，是爲平王。徙居東都王城。於是王室遂卑，與諸侯無異，故其詩不爲雅而爲風。然其王號未替也，故不曰周，而曰王。其地則今河南府及懷、孟等州是也。

【校】

〔一〕「之」，原闕，據南圖宋本、宋刊明印本、元本、元十卷本、明正統本、明嘉靖本補。

彼黍離離，彼稷之苗。行邁靡靡，中心摇摇。知我者，謂我心憂。不知我者，謂我何求。悠悠蒼天叶鐵因反，下同，此何人哉！賦而興也。黍，穀名，苗似蘆，高丈餘，穗黑色，實圓重。離離，垂貌。稷，亦穀也，一名穄，似黍而小，或曰粟也。邁，行也。靡靡，猶遲遲也。搖搖，無所定也。悠悠，遠意〔一〕。蒼天者，據遠而視之，蒼蒼然也。○周既東遷，大夫行役至于宗周，過故宗廟宮室，盡爲禾黍。閔周室之顛覆，徬徨不忍去〔二〕，故賦其所見黍之離離，與稷之苗，以興行之靡靡，心之搖搖。既歎時人莫識己意，又傷所以致此者，果何人哉？追怨之深也。

○彼黍離離，彼稷之穗音遂。**行邁靡靡，中心如醉。知我者，謂我心憂。不知我者，謂我何求。悠悠蒼天，此何人哉！**賦而興也。穗，秀也。稷穗下垂，如心之醉，故以起興。

○彼黍離離，彼稷之實。行邁靡靡，中心如噎於結反，叶於悉反。**知我者，謂我心憂。不知我者，謂我何求。悠悠蒼天，此何人哉！**賦而興也。噎，憂深不能喘息，如噎之然。稷之實，猶心之噎〔三〕，故以起興。

黍離三章，章十句。元城劉氏曰：「常人之情，於憂樂之事，初遇之則其心變焉，次遇之則其變少衰，三遇之則其心如常矣。至於君子忠厚之情則不然。其行役往來，固非一見也。初見稷之苗矣，又見稷之穗矣，又見稷之實矣，而所感之心終始如一，不少變而愈深，此則詩人之意也。」

【校】

〔一〕「意」，明正統本、明嘉靖本作「貌」。

〔二〕「徬」，原作「傍」，據明正統本、明嘉靖本改。

〔三〕「猶」，明正統本、明嘉靖本作「如」。

君子于役，不知其期。曷至哉叶將黎反？雞棲音西于塒音時，日之夕矣，羊牛下來叶陵之反。君子于役，如之何勿思叶新齎反！○賦也。君子，婦人目其夫之辭。鑿牆而棲曰塒。日夕則羊先歸，而牛次之。○大夫久役于外，其室家思而賦之曰：君子行役，不知其還反之期〔一〕，且今亦何所至哉？雞則棲于塒矣，日則夕矣，羊牛則下來矣〔二〕。是則畜産出入，尚有旦暮之節。而行役之君子，乃無休息之時。使我如何而不思也哉！

○君子于役，不日不月，曷其有佸户括反，叶户劣反？雞棲于桀，日之夕矣，羊牛下括古活反，叶古劣反。君子于役，苟無飢渴叶巨列反！○賦也。佸，會。桀，杙。括，至。苟，且也。○君子行役之久，不可計以日月，而又不知其何時可以來會也。亦庶幾其免於飢渴而已矣。此憂之深而思之切也。

君子于役二章，章八句。

【校】

〔一〕「還反」，明正統本、明嘉靖本作「反還」。

〔二〕「羊牛」，明正統本、明嘉靖本作「牛羊」。

君子陽陽，左執簧音黃，右招我由房。其樂音洛只音止且子徐反〔一〕。○賦也。陽陽，得志之貌。簧，笙、竽管中金葉也。蓋笙、竽皆以竹管植於匏中，而竅其管底之側，以薄金葉障之，吹則鼓之而出聲，所謂簧也。故笙、竽皆謂之簧。笙十三簧，或十九簧。竽三十六簧也〔二〕。由，從也。房，東房也。只且，語助聲〔三〕。○此詩疑亦前篇婦人所作。蓋其夫既歸，不以行役爲勞，而安於貧賤以自樂。其家人又識其意，而深歎美之。皆可謂賢矣。豈非先王之澤哉！或曰，序説亦通。宜更詳之。○君子陶陶，左執翿徒刀反，右招我由敖五刀反。其樂只且！

賦也。陶陶，和樂之貌。翿，舞者所持羽旄之屬。敖，舞位也。

君子陽陽二章，章四句。

【校】

〔一〕「徐」，元本、元十卷本、明正統本、明嘉靖本作「餘」。

〔二〕明正統本、明嘉靖本無「三」。

〔三〕「聲」，明正統本、明嘉靖本作「辭」。

揚之水，不流束薪。彼其音記之子，不與我戍申。懷叶胡威反，下同哉懷哉，曷月予還音旋，下同歸哉？

興也。揚，悠揚也，水緩流之貌。彼其之子，戍人指其室家而言也。戍，屯兵以守也。申，姜姓之國，平王之母家也，在今鄧州信陽軍之境。懷，思。曷，何也。○平王以申國近楚，數被侵伐，故遣畿内之民戍之。而戍者怨思，作此詩也。興取「之」、「不」二字，如小星之例。○揚之水，不流束楚。彼其之子，不與我戍甫。懷哉懷哉，曷月予還歸哉？

興也。楚，木也。甫，即吕也，亦姜姓。書「吕刑」，禮記作「甫刑」。而孔氏以爲吕侯「後爲甫侯」是也。當時蓋以申故而并戍之。今未知其國之所在，計亦不遠於申、許也。○揚之水，不流束蒲叶滂古反。**彼其之子，不與我戍許。懷哉懷哉，曷月予還歸哉？**興也。蒲，蒲柳。春秋傳云：「董澤之蒲。」杜氏云「蒲，楊柳，可以爲箭」者是也。許，國名，亦姜姓，今潁昌府許昌縣是也。

揚之水三章，章六句。申侯與犬戎攻宗周而弒幽王，則申侯者，王法必誅不赦之賊，而平王與其臣庶不共戴天之讎也。今平王知有母而不知有父，知其立己爲有德，而不知其弒父爲可怨，至使復讎討賊之師，反爲報施酬恩之舉，則其忘親逆理，而得罪於天已甚矣。又況先王之制，諸侯有故，則方伯連帥以諸侯之師討之；王室有故，則方伯連帥以諸侯之師救之。天子鄉遂之民，供貢賦、衛王室而已。今平王不能行其威令於天下，無以保其母家，乃勞天子之民遠爲諸侯戍守。故周人之戍申者，又以非其職而怨思焉。則其衰懦微弱而得罪於民，又可見矣。嗚呼，「詩亡而後春秋作」，其不以此也哉！〔一〕

【校】

〔一〕「嗚呼詩亡而後春秋作其不以此也哉」，此十五字原闕，據元本、元十卷本、明正統本、明嘉靖本補。

中谷有蓷吐雷反**，暵**呼但反**其乾矣。有女仳**匹指反**離，嘅**口愛反**其嘆**土丹反**矣。嘅其嘆矣，遇人之艱難矣！**興也。蓷，鵻也，葉似萑，方莖，白華，華生節間，即今益母草也。暵，燥。仳，別也。嘅，歎聲。艱難，窮厄也。○凶年饑饉，室家相棄，婦人覽物起興，而自述其悲歎之詞也。**○中谷有蓷，暵其脩**叶先竹反**矣**〔一〕。**有女仳離，條其歗**叶息六反**矣。條其歗矣，遇人之不淑矣！**興也。脩，長也，或曰乾也，如脯之謂脩也。條，條然歗貌。歗，蹙口出聲也。悲恨之深，不止於嘆矣。淑，善也。古者謂死喪饑饉，皆曰不淑。蓋以吉慶爲善事，凶禍爲不善事，雖今人語猶然也。○曾氏曰：「凶年而遽相棄背，蓋衰薄之甚者，而詩人乃曰『遇斯人之艱難』，『遇斯人之不淑』，而無怨懟過甚之辭焉，厚之至也。」○**中谷有蓷，暵其濕矣。有女仳離，啜**張劣反**其泣矣。啜其泣矣，何嗟及矣！**興也。暵濕者，旱甚，則草之生於濕者亦不免也。啜，泣貌。何嗟及矣，言事已至此，末如之何，窮之甚也。

中谷有蓷三章，章六句。范氏曰：「世治則室家相保者，上之所養也。世亂則室家相棄者，上之所殘也。其使之也勤，其取之也厚，則夫婦日以衰薄，而凶年不免於離散矣。伊尹曰：『匹夫匹婦不獲自盡，民主罔與成厥功。』故讀詩者，於一物失所，而知王政之惡；一女見棄，而知人民之困。周之政荒民散，而將無以爲國，於此亦可見矣。」

【校】

〔一〕「先」，元本、元十卷本、明正統本、明嘉靖本作「式」。

有兔爰爰，雉離于羅。我生之初，尚無爲叶吾禾反。**我生之後，逢此百罹**叶良何反。**尚寐無吪！**比也。兔性陰狡。爰爰，緩意。雉性耿介。離，麗。羅，網。尚，猶。罹，憂也。尚，庶幾也。吪，動也。○周室衰微，諸侯背叛，君子不樂其生，而作此詩。言張羅本以取兔，今兔狡得脱，而雉以耿介，反離于羅。以比小人致亂，而以巧計幸免；君子無辜，而以忠直受禍也。爲此詩者，蓋猶及見西周之盛。故曰：方我生之初，天下尚無事。及我生之後，而逢時之多難如此。然既無如之何，則但庶幾寐而不動以死耳。或曰：興也。以兔爰興無爲，以雉離興百罹也。下章放此。○有兔爰爰，雉離于罦音孚，叶步廟反。我生之初，尚無造。我生之後，逢此百憂叶一笑反。尚寐無覺居孝反，叶居笑反！○比也。罦，覆車也，可以掩兔。造，亦爲也。覺，寤也。○有兔爰爰，雉離于罿昌鍾反〔一〕。我生之初，尚無庸。我生之後，逢此百凶。尚寐無聰！比也。罿，罬也，即罦也。或曰：施羅於車上也。庸，用。聰，聞也。無所聞，則亦死耳。

兔爰三章，章七句。

【校】

〔一〕「昌鍾反」，明正統本、明嘉靖本作「音衝」。

緜緜葛藟力軌反，在河之滸呼五反。終遠于萬反兄弟〔一〕，謂他人父叶夫矩反〔二〕。謂他人父，亦莫我顧叶公五反〔三〕。○興也。緜緜，長而不絕之貌。岸上曰滸。○世衰民散，有去其鄉里家族而流離失所者，作此詩以自歎。言緜緜葛藟〔四〕，則在河之滸矣。今乃終遠兄弟，而謂他人爲己父。己雖謂彼爲父，而彼亦不我顧，則其窮也甚矣。○緜緜葛藟，在河之涘音俟，叶矣、始二音。終遠兄弟，謂他人母叶滿彼反。謂他人母，亦莫我有叶羽已反。○興也。水涯曰涘。謂他人父者，其妻則母也。有，識有也。春秋傳曰：「不有寡君。」○緜緜葛藟，在河之漘順春反。終遠兄弟，謂他人昆叶古勻反。謂他人昆，亦莫我聞叶微勻反。

○興也。夷上洒下曰漘，漘之爲言脣也。昆，兄也。聞，相聞也。

葛藟三章，章六句。

【校】

〔一〕「萬」，明正統本作「願」。

〔二〕「叶」字，元本、元十卷本、明正統本、明嘉靖本無。

〔三〕「公」，元本、元十卷本、明正統本、明嘉靖本作「果」。

〔四〕「緜緜」，原作「綿綿」，據詩經正文及元本、元十卷本、明正統本、明嘉靖本改。

彼采葛叶居謁反**兮，一日不見，如三月兮！**賦也。采葛，所以爲絺綌，蓋淫奔者託以行也。故因以指其人，而言思念之深，未久而似久也。**○彼采蕭**叶疏鳩反**兮，一日不見，如三秋兮！**賦也。蕭，荻也〔一〕，白葉，莖粗，科生，有香氣，祭則焫以報氣，故采之。曰三秋，則不止三月矣。**○彼采艾兮，一日不見，如三歲**本與艾叶**兮！**賦也。艾，蒿屬，乾之可灸，故采之。曰三歲，則不止三秋矣。

采葛三章，章三句。

【校】

〔一〕「萩」，元本、元十卷本、明正統本、明嘉靖本、八卷本等訛作「荻」。清代史榮風雅遺音云：「荻非蕭類，亦安得有香氣，此必『萩』字之訛。今爾雅釋草並相沿爲『荻』，惟釋文是『萩』字，可考。」史榮未見宋本，然推論正確。阮校亦謂「萩」是「荻」非。

大車檻檻，毳尺鋭反衣如菼吐敢反。豈不爾思？畏子不敢。賦也。大車，大夫車。檻檻，車行聲也。毳衣，天子大夫之服。菼，蘆之始生也。毳衣之屬，衣繪而裳繡，五色皆備，其青者如菼。爾，淫奔者相命之辭也。子，大夫也。不敢，不敢奔也。○周衰，大夫猶有能以刑政治其私邑者，故淫奔者畏而歌之如此。然其去二南之化則遠矣。此可以觀世變也。

○大車啍啍他敦反，毳衣如璊音門。豈不爾思？畏子不奔。賦也。啍啍，重遲之貌。璊，玉赤色。五色備，則有赤。

○穀則異室，死則同穴叶户橘反。謂予不信，有如皦古了反日！賦也。穀，生。穴，壙。皦，白也。○民之欲相奔者，畏其大夫，自以終身不得如其志也，故曰：生不得相奔以同室，庶幾死得合葬以同穴而已。「謂予不信，有如皦日」，約誓之辭也。

大車三章，章四句。

丘中有麻，彼留子嗟。彼留子嗟，將七羊反其來施施叶時遮反。○賦也。麻，穀名，子可食，皮可績爲布者。子嗟，男子之字也。將，願也。施施，喜悦之意。○婦人望其所與私者而不來，故疑丘中有麻之處，復有與之私而留之者，今安得其施施然而來乎？

○**丘中有麥，彼留子國。彼留子國，將其來食。**賦也。子國，亦男子字也。來食，就我而食也。

○**丘中有李，彼留之子**叶奨履反。**彼留之子，貽我佩玖**叶舉里反。○賦也。之子，併指前二人也。貽我佩玖，冀其有以贈己也。

丘中有麻三章，章四句。

王國十篇，二十八章，百六十二句。

鄭一之七

鄭，邑名，本在西都畿内咸林之地。宣王以封其弟友爲采地。後爲幽王司徒，而死於犬戎之難，是爲桓公。其子武公掘突，定平王於東都，亦爲司徒，又得虢、檜之地。乃徙其封，而施舊號於新邑，是爲新鄭。咸林在今華州鄭縣，新鄭即今之鄭州是也。其封域山川，詳見檜風。

緇衣之宜兮，敝予又改爲兮。適子之館叶古玩反**兮，還予授子之粲兮。**賦也。緇，黑色。緇衣，卿大夫居私朝之服也。宜，稱。改，更。適，之。館，舍。粲，餐也。或曰：粲，粟之精鑿者。○舊説鄭桓公、武公相繼爲周司徒，善於其職。周人愛之，故作是詩。言子之服緇衣也甚宜，敝則我將爲子更爲之。且將適子之館，既還而又授子以粲。言好之無已也。

○**緇衣之好兮，敝予又改造**叶在早反**兮。適子之館兮，還予授子之粲**

兮。賦也。好，猶宜也。○緇衣之蓆叶祥龠反兮，敝予又改作兮。適子之館兮，還予授子之粲兮。賦也。蓆，大也。程子曰：「蓆有安舒之義。服稱其德，則安舒也。」

緇衣三章，章四句。記曰：「好賢如緇衣。」又曰：「於緇衣見好賢之至。」〔一〕

【校】

〔一〕「於緇衣見好賢之至」不見於今本禮記，而出於孔叢子記義，作：「於緇衣見好賢之心至也。」

將七羊反仲子兮，無踰我里，無折之舌反我樹杞。豈敢愛之？畏我父母叶滿彼反。仲可懷叶胡威反，下同也，父母之言，亦可畏叶於非反也。賦也。將，請也。仲子，男子之字也。我，女子自我也。里，二十五家所居也。杞，柳屬也，生水傍，樹如柳，葉粗而白，色理微赤。蓋里之地域溝樹也。○莆田鄭氏曰：「此淫奔者之辭。」○將仲子兮，無踰我墻，無折我樹桑。豈敢愛之？畏我諸兄叶虛王反〔一〕。仲可懷也，諸兄之言，亦可畏也。賦也。墻，垣也。古者樹墻下以桑。○將仲子兮，無踰我園，無折我樹檀叶徒沿反。豈敢愛之？畏人之多言。仲可懷也，人之多言，亦可畏也。賦也。園者，圃之藩，其內可種木也。檀，皮青滑澤，材彊韌，可爲車。

將仲子三章，章八句。

【校】

〔一〕「王」，元本、元十卷本、明正統本、明嘉靖本作「陽」。

叔于田叶地因反，巷無居人。豈無居人？不如叔也，洵美且仁。賦也。叔，莊公弟共叔段也，事見春秋。田，取禽也。巷，里塗也。洵，信。美，好也。仁，愛人也。○段不義而得衆，國人愛之，故作此詩。言叔出而田〔一〕，則所居之巷若無居人矣。非實無居人也，雖有而不如叔之美且仁，是以若無人耳。或疑此亦民閒男女相説之詞也。

○叔于狩叶始九反，巷無飲酒。豈無飲酒？不如叔也，洵美且好叶許厚反。○賦也。冬獵曰狩。

○叔適野叶上與反，巷無服馬叶滿補反。豈無服馬？不如叔也，洵美且武。賦也。適，之也。郊外曰野。服，乘也。

叔于田三章，章五句。

【校】

〔一〕「而」，明嘉靖本作「于」。

叔于田，乘乘下繩證反馬叶滿補反。執轡如組音祖，兩驂如舞。叔在藪素口反，叶素苦反，火烈具舉。襢音但裼素歷反暴虎，獻於公所。將七羊反叔無狃女九反，叶女古反，戒其傷女音汝。○賦也。叔，亦段也。車衡外兩馬曰驂。如舞，謂諧和中節。皆言御之善也。藪，澤也。火，焚而射也。烈，熾盛貌。具，俱也。襢裼，肉袒也。暴，空手搏獸也。公，莊公也。狃，習也。國人戒之曰：請叔無習此事，恐其或傷女也。蓋叔多材好勇，而鄭人愛之如此。○叔于田，乘乘黃。兩服上襄，兩驂鴈行户郎反。叔在藪，火烈具揚。叔善射忌音記，又良御叶魚駕反忌。抑磬苦定反控口貢反忌，抑縱送忌。賦也。乘黃，四馬皆黃也。衡下夾轅兩馬曰服。襄，駕也。馬之上者爲上駕，猶言上駟也。鴈行者，驂少次服後，如鴈行也。揚，起也。忌、抑，皆語助辭。騁馬曰磬，止馬曰控。舍拔曰縱，覆簫曰送〔一〕。○叔于田，乘乘鴇音保，叶補苟反。兩服齊首，兩驂如手。叔在藪，火烈具阜符有反。叔馬慢叶黃半反忌〔二〕，叔發罕叶虛旰反忌。抑釋掤音冰忌，抑鬯敕亮反弓叶姑弘反忌。賦也。驪白雜毛曰鴇，今所謂烏驄也。齊首、如手，兩服並首在前，而兩驂在旁，稍次其後，如人之兩手也。阜，盛。慢，遲也。發，發矢也。罕，希。釋，解也。掤，矢筩蓋，春秋傳作「冰」。鬯，弓囊也，與韔同。言其田事將畢，而從容整暇如此，亦喜其無傷之詞也。

大叔于田三章，章十句。陸氏曰：「首章作『大叔于田』者誤。」蘇氏曰：「二詩皆曰『叔于田』，故加『大』以別之。不知者乃以段有『大叔』之號，而讀曰泰，又加『大』于首章，失之矣。」

【校】

〔一〕「簫」，明正統本、明嘉靖本作「彇」。

〔一〕「黄」，明正統本作「莫」。

清人在彭叶普郎反，**駟介旁旁**補彭反，叶補岡反〔一〕。**二矛重**直龍反**英**叶於良反，**河上乎翱翔。**

賦也。清，邑名。清人，清邑之人也。彭，河上地名。駟介，四馬而被甲也。旁旁，馳驅不息之貌。二矛，酋矛、夷矛也。英，以朱羽爲矛飾也。酋矛長二丈，夷矛長二丈四尺，並建於車上，則其英重累而見〔二〕。翱翔，遊戲之貌。○鄭文公惡高克，使將清邑之兵禦狄于河上，久而不召，師散而歸，鄭人爲之賦此詩。言其師出之久，無事而不得歸〔三〕，但相與遊戲如此，其勢必至於潰敗而後已爾〔四〕。○**清人在消，駟介麃麃**表驕反。**二矛重喬，河上乎逍遥。**賦也。消，亦河上地名。麃麃，武貌。矛之上句曰喬，所以懸英也。英弊而盡，所存者喬而已。○**清人在軸**叶音胄，**駟介陶陶**徒報反，叶徒候反。**左旋右抽**叶敕救反，**中軍作好**呼報反，叶許候反。○賦也。軸，亦河上地名。陶陶，樂而自適之貌。左，謂御，在將車之左〔五〕，執轡而御馬者也。旋，還車也。右，謂勇力之士，在將車之右，執兵以擊刺者也。抽，拔刃也。中軍，謂將，在鼓下，居車之中，即高克也。好，謂容好。○東萊吕氏曰：「言師久而不歸，無所聊賴，姑遊戲以自樂，必潰之勢也。不言已潰，而言將潰，其詞深，其情危矣。」

清人三章，章四句。事見春秋。○胡氏曰：「人君擅一國之名寵，生殺予奪，惟我所制爾。使高克不臣之罪已著，按而誅之可也；情狀未明，黜而退之可也；愛惜其才，以禮馭之，亦可也。烏可假以兵權〔六〕，委諸竟上，坐視其離散，而莫之恤乎？」春秋書曰：「鄭棄其師。」其責之深矣。

【校】

〔一〕「補彭反」，明嘉靖本作「音崩」。

〔二〕「累」，明正統本、明嘉靖本作「疊」。

〔三〕明正統本無「得」。

〔四〕「敗」，明正統本、明嘉靖本作「散」。

〔五〕「車」，明嘉靖本作「軍」。下同。

〔六〕「烏」，元十卷本作「焉」。

羔裘如濡叶而朱、而由二反，洵直且侯叶洪姑、洪鉤二反。彼其音記之子，舍音赦命不渝叶容朱、容周二反。○賦也。羔裘，大夫服也。如濡，潤澤也。洵，信。直，順。侯，美也。其，語助辭。舍，處。渝，變也。○言此羔裘潤澤，毛順而美。彼服此者，當生死之際，又能以身居其所受之理，而不可奪。蓋美其大夫之詞，然不知其所指矣。

○羔裘豹飾，孔武有力。彼其之子，邦之司直。賦也。飾，緣袖也。禮，君用純物，臣下之，故羔裘而以豹皮爲飾也。孔，甚也。豹甚武而有力，故服其所飾之裘者如之。司，主也。

○羔裘晏兮，三英粲兮。彼其之子，邦之彦叶魚旰反兮。賦也。晏，鮮盛也。三英，裘飾也，未詳其制。粲，光明也。彦者，士之美稱。

羔裘三章，章四句。

遵大路兮，摻所覽反執子之袪叶起據反兮。無我惡烏路反兮，不寁市坎反故也。賦也。遵，循。摻，擥。袪，袂。寁，速。故，舊也。○淫婦爲人所棄，故於其去也，擥其袪而留之曰：子無惡我而不留，故舊不可以遽絶也。宋玉賦有「遵大路兮攬子袪」之句，亦男女相説之詞也。○遵大路兮，摻執子之手兮。無我魗市由反，叶齒九反兮，不寁好叶許口反也。賦也。魗，與醜同。欲其不以己爲醜而棄之也。好，情好也。

遵大路二章，章四句。

女曰雞鳴，士曰昧旦。子興視夜，明星有爛。將翺將翔，弋鳧音符與鴈。賦也。昧，晦。旦，明也。昧旦，天欲旦，晦明未辯之際也〔一〕。明星，啓明之星，先日而出者也。弋，繳射，謂以生絲繫矢而射也。鳧，水鳥，如鴨，青色，背上有文。○此詩人述賢夫婦相警戒之詞。言女曰雞鳴，以警其夫。而士曰昧旦，則不止於雞鳴矣。婦人又語其夫曰：若是，則子可以起而視夜之如何。意者明星已出而爛然，則當翺翔而往，弋取鳧鴈而歸矣。其相與警戒之言如此，則不留於宴昵之私，可知矣。○弋言加叶居之、居何二反之，與子宜叶魚奇、魚何二反之。宜言飲酒，與子偕老叶魯吼反〔二〕。琴瑟在御，莫不静好叶許厚反。○賦也。加，中也。史記所謂「以弱弓微繳加諸鳧鴈之上」是也。宜，和其所宜也。內則所謂「鴈宜麥」之屬是也。○射者，男子之事；而中饋，婦人之職。故婦謂其夫：既得鳧鴈以歸，則我當爲子和其滋味之所宜，以之飲酒相樂，期於偕老。而琴瑟之在御者，亦莫不安静而和好。其和樂而不淫，可見矣。○知子之來叶六直反之，雜佩以贈叶音則之。知子之順之，雜佩以問之。

知子之好呼報反之，雜佩以報之。賦也。來之，致其來者，如所謂「修文德以來之」。雜佩者，左右佩玉也。上橫曰珩，下繫三組，貫以蠙珠。中組之半，貫一大珠，曰瑀；末懸一玉，兩端皆鋭，曰衝牙。兩旁組半，各懸一玉，長博而方，曰琚；其末各懸一玉，如半璧而内向，曰璜。又以兩組貫珠，上繫珩兩端，下交貫於瑀，而下繫於兩璜。行則衝牙觸璜，而有聲也。呂氏曰：「非獨玉也。觿燧箴管，凡可佩者皆是也。」贈，送。順，愛。問，遺也。○婦又語其夫曰：我苟知子之所致而來，及所親愛者，則將解此雜佩〔三〕，以送遺報答之。蓋不唯治其門内之職，又欲其君子親賢友善，結其驩心，而無所愛於服飾之玩也。

女曰雞鳴三章，章六句。

【校】

〔一〕「晦明」，明正統本、明嘉靖本作「昧晦」。

〔二〕「魯」，明正統本、明嘉靖本作「呂」。

〔三〕「將」，明正統本、明嘉靖本作「當」。

有女同車，顏如舜華叶芳無反。將翺將翔，佩玉瓊琚。彼美孟姜，洵美且都。賦也。舜，木槿也，樹如李，其華朝生暮落。孟，字。姜，姓。洵，信。都，閑雅也。○此疑亦淫奔之詩。言所與同車之女，其美如此，而又歎之曰：彼美色之孟姜，信美矣，而又都也。○有女同行叶户郎反，顏如舜英叶於良反。將翺將翔，佩玉將將七羊反。彼美孟姜，德音不忘。賦也。英，猶華也。將將，聲也。德音不忘，言其賢也。

有女同車二章，章六句。

山有扶蘇，隰有荷華叶芳無反。不見子都，乃見狂且子餘反。○興也。扶蘇，扶胥，小木也。荷華，扶渠也〔一〕。子都，男子之美者也。狂，狂人也。且，辭也〔二〕。○淫女戲其所私者曰：山則有扶蘇矣，隰則有荷華矣。今乃不見子都，而見此狂人，何哉？○山有橋松，隰有游龍。不見子充，乃見狡童。興也。上竦無枝曰橋，亦作喬。游，枝葉放縱也。龍，紅草也，一名馬蓼，葉大而色白，生水澤中，高丈餘。子充，猶子都也。狡童，狡獪之小兒也。

山有扶蘇二章，章四句。

【校】

〔一〕「扶渠」，明正統本、明嘉靖本作「芙蕖」。

〔二〕「辭」前，明正統本、明嘉靖本多「語」字。

蘀他落反兮蘀兮，風其吹女音汝。叔兮伯兮，倡昌亮反予和胡卧反，叶户圭反女。興也。蘀，木槁而將落者也。女，指蘀而言也。叔、伯，男子之字也。予，女子自予也。女，叔伯也。○此淫女之詞。言蘀兮蘀兮，則風將吹女矣。叔兮伯兮，則盍倡予，而予將和女矣。○蘀兮蘀兮，風其漂匹遥反女。叔兮伯兮，倡予要於遥反女。興也。漂、飄同。要，成也。

蘀兮二章，章四句。

彼狡童兮，不與我言兮。維子之故，使我不能餐七丹反，叶七宣反兮？賦也。此亦淫女見絶，而戲其人之詞。言悦己者衆，子雖見絶，未至於使我不能餐也。○彼狡童兮，不與我食兮。維子之故，使我不能息兮？賦也。息，安也。

狡童二章，章四句。

子惠思我，褰裳涉溱側巾反。子不我思，豈無他人？狂童之狂也且子餘反！○賦也。惠，愛也。溱，鄭水名。狂童，猶狂且狡童也。且，語辭也。○淫女語其所私者曰：子惠然而思我，則將褰裳而涉溱以從子。子不我思，則豈無他人之可從，而必於子哉！「狂童之狂也且」，亦謔之之辭。○子惠思我，褰裳涉洧叶于己反。子不我思，豈無他士鉏里反？狂童之狂也且！賦也。洧，亦鄭水名。士，未娶者之稱。

褰裳二章，章五句。

子之丰芳容反，叶芳用反兮，俟我乎巷叶胡貢反兮。悔予不送兮！賦也。丰，豐滿也。巷，門外也。○婦人所期之男子已俟乎巷，而婦人以有異志不從，既則悔之，而作是詩也。○子之昌兮，俟我乎堂兮。悔予不將兮！賦也。昌，盛壯貌。將，亦送也。○衣於既反錦褧苦迥反衣，裳錦褧裳。叔兮伯兮，駕予與行叶户郎反！○賦也。褧，禪也。叔、伯，或人之字也。○婦人既悔其始之不送而失此人也，則曰：我之服飾既盛備矣，豈無駕車以迎我而偕行者乎？○裳錦褧裳，衣錦褧衣。叔兮伯兮，駕予與歸。賦也。婦人謂嫁曰歸。

丰四章，二章章三句，二章章四句。

東門之墠音善，叶上演反，茹音如藘力於反在阪音反，叶孚臠反。其室則邇，其人甚遠。賦也。東門，城東門也。墠，除地町町者。茹藘，茅蒐也，一名茜，可以染絳。陂者曰阪。門之旁有墠，墠之外有阪，阪之上有草，識其所與淫者之居也。室邇人遠者，思之而未得見之詞也。○東門之栗，有踐家室。豈不爾思？子不我即。賦也。踐，行列貌。門之旁有栗，栗之下有成行列之家室，亦識其處也。即，就也。

東門之墠二章，章四句。

風雨淒淒子西反，雞鳴喈喈音皆，叶居奚反。既見君子，云胡不夷！賦也。淒淒，寒涼之氣。喈喈，雞鳴之聲。風雨晦冥，蓋淫奔之時。君子，指所期之男子也。夷，平也。○淫奔之女言當此之時，見其所期之人，而心悦也。○**風雨瀟瀟，雞鳴膠膠**叶音驕。**既見君子，云胡不瘳**叶憐蕭反**！**○賦也。瀟瀟，風雨之聲。膠膠，猶喈喈也。瘳，病癒也。言積思之病，至此而愈也。○**風雨如晦**叶呼洧反，**雞鳴不已。既見君子，云胡不喜！**賦也。晦，昏。已，止也。

風雨三章，章四句。

青青子衿音金，**悠悠我心。縱我不往，子寧不嗣音？**賦也。青青，純緣之色。具父母，衣純以青。子，男子也。衿，領也。悠悠，思之長也。我，女子自我也。嗣音，繼續其聲問也。此亦淫奔之詩。○**青青子佩**叶蒲眉反，**悠悠我思**叶新齎反。**縱我不往，子寧不來**叶陵之反**？**○賦也。青青，組綬之色。佩，佩玉也。○**挑**他刁反**兮達**他末反，叶他悦反**兮，在城闕兮。一日不見，如三月兮！**賦也。挑，輕儇跳躍之貌。達，放恣也。

子衿三章，章四句。

揚之水，不流束楚。終鮮息淺反**兄弟，維予與女**女、汝同。**無信人之言，人實迋**居望反**女。**興也。兄弟，婚姻之稱，禮所謂「不得嗣爲兄弟」是也。予、女，男女自相謂也。人，它人也。迋，與誑同。○淫者相謂，言揚之水，則不流束楚矣。終鮮兄弟，則維予與女矣。豈可以它人離間之言而疑之哉？彼人之言，特誑女耳。○揚之水，不流束薪。終鮮兄弟，維予二人。無信人之言，人實不信叶斯人反。○興也。

揚之水二章，章六句。

出其東門，有女如雲。雖則如雲，匪我思存。縞古老反衣綦巨基反巾，聊樂音洛我員于云反。○賦也。如雲，美且衆也。縞，白色。綦，蒼艾色。縞衣綦巾，女服之貧陋者，此人自目其室家也。員，與云同，語詞也。○人見淫奔之女，而作此詩。以爲此女雖美且衆，而非我思之所存。不如己之室家，雖貧且陋，而聊可自樂也。是時淫風大行，而其間乃有如此之人，亦可謂能自好，而不爲習俗所移矣。「羞惡之心，人皆有之」，豈不信哉！○出其闉音因闍音都，有女如荼音徒。雖則如荼，匪我思且子餘反。縞衣茹藘，聊可與娛。賦也。闉，曲城也。闍，城臺也。荼，茅華，輕白可愛者也。且，語助詞。茹藘，可以染絳，故以名衣服之色。娛，樂也。

出其東門二章，章六句。

野有蔓草，零露漙徒端反，叶上兖反兮。有美一人，清揚婉兮。邂逅相遇，適我願叶五遠反兮。賦而興也。蔓，延也。漙，露多貌。清揚，眉目之間婉然美也。邂逅，不期而會也。○男女相遇於野田草露之間，故賦其所在以起興。言野有蔓草，則零露漙矣。有美一人，則清揚婉矣。邂逅相遇，則得以適我願矣。○野有蔓草，零露瀼瀼。有美一人，婉如清揚。邂逅相遇，與子偕臧。賦而興也。瀼瀼，亦露多貌。臧，美也。與子偕臧，言各得其所欲也。

野有蔓草二章，章六句。

溱與洧，方渙渙叶于元反兮。士與女，方秉蕑古顏反，叶古賢反兮。女曰「觀乎？」士曰「既且子餘反。」「且往觀乎？洧之外，洵訏况于反且樂音洛。」維士與女，伊其相謔，贈之以勺藥。賦而興也。渙渙，春水盛貌。蓋冰解而水散之時也。蕑，蘭也，其莖葉似澤蘭，廣而長節，節中赤，高四五尺。且，語辭。洵，信。訏，大也。勺藥，亦香草也，三月開華，芳色可愛。○鄭國之俗，三月上巳之辰，采蘭水上，以祓除不祥。故其女問於士曰：盍往觀乎？士曰：吾既往矣。女復要之曰：且往觀乎？蓋洧水之外，其地信寬大而可樂也。於是士女相與戲謔，且以勺藥相贈〔一〕，而結恩情之厚也。此詩淫奔者自叙之詞。○溱與洧，瀏音留其清矣。士與女，殷其盈矣。女曰「觀乎？」士曰「既且。」「且往觀乎？洧之外，洵訏且樂。」維士與女，伊其將謔，贈之以勺藥。賦而興也。瀏，深貌。殷，衆也。將，當作「相」，聲之誤也。

溱洧二章，章十二句。

【校】

〔一〕「相」，明正統本、明嘉靖本作「爲」。

鄭國二十一篇，五十三章，二百八十三句。鄭、衛之樂，皆爲淫聲。然以詩考之，衛詩三十有九，而淫奔之詩才四之一。鄭詩二十有一，而淫奔之詩已不翅七之五。衛猶爲男悦女之詞，而鄭皆爲女惑男之語。衛人猶多刺譏懲創之意，而鄭人幾於蕩然無復羞愧悔悟之萌。是則鄭聲之淫，有甚於衛矣。故夫子論爲邦，獨以鄭聲爲戒，而不及衛，蓋舉重而言，固自有次第也。詩可以觀，豈不信哉！

詩卷第五

齊一之八

齊，國名。本少昊時爽鳩氏所居之地，在禹貢爲青州之域，周武王以封太公望。東至于海，西至于河，南至于穆陵，北至于無棣。太公，姜姓，本四岳之後，既封於齊，通工商之業，便魚鹽之利，民多歸之，故爲大國。今青、齊、淄、濰、德、棣等州，是其地也。

雞既鳴矣，朝音潮**既盈矣。匪雞則鳴，蒼蠅之聲。**賦也。言古之賢妃御於君所，至於將旦之時，必告君曰：雞既鳴矣，會朝之臣既已盈矣。欲令君早起而視朝也。然其實非雞之鳴也，乃蒼蠅之聲也。蓋賢妃當夙興之時，心常恐晚，故聞其似者而以爲真。非其心存警畏而不留於逸欲，何以能此？故詩人叙其事而美之也。○**東方明**叶謨郎反**矣，朝既昌矣。匪東方則明**同上**，月出之光。**賦也。東方明，則日將出矣。昌，盛也。此再告也。○**蟲飛薨薨，甘與子同夢**叶莫滕反。**會且歸矣，無庶予子憎。**賦也。蟲飛，夜將旦而百蟲作也。甘，樂。會，朝也。○此三告也。言當此時，我豈不樂與子同寢而夢哉？然羣臣之會於朝者，俟君不出，將散而歸矣。無乃以我之故，而並以子爲憎乎。

雞鳴三章，章四句。

子之還音旋兮，遭我乎峱乃刀反之閒叶居賢反兮。並驅從兩肩兮，揖我謂我儇許全反兮。賦也。還，便捷之貌。峱，山名也。從，逐也。獸三歲曰肩。儇，利也。○獵者交錯於道路，且以便捷輕利相稱譽如此，而不自知其非也。則其俗之不美可見，而其來亦必有所自矣。○子之茂叶莫口反兮，遭我乎峱之道叶徒厚反兮。並驅從兩牡兮，揖我謂我好叶許厚反兮。賦也。茂，美也。○子之昌兮，遭我乎峱之陽兮。並驅從兩狼兮，揖我謂我臧兮。賦也。昌，盛也。山南曰陽。狼，似犬，鋭頭，白頰，高前廣後。臧，善也。

還三章，章四句。

俟我於著直據反，叶直居反乎而，充耳以素叶孫租反乎而，尚之以瓊華叶芳無反乎而。賦也。俟，待也。我，嫁者自謂也。著，門屏之閒也。充耳，以纊懸瑱，所謂紞也。尚，加也。瓊華，美石似玉者，即所以爲瑱也。○東萊吕氏曰：「昏禮，壻往婦家親迎，既奠鴈，御輪而先歸，俟于門外。婦至，則揖以入。時齊俗不親迎，故女至壻門，始見其俟己也。」○俟我於庭乎而，充耳以青乎而，尚之以瓊瑩音縈乎而。賦也。庭，在大門之內，寢門之外。瓊瑩，亦美石似玉者。○吕氏曰：「此昏禮所謂壻道婦，『及寢門，揖入』之時也。」〔一〕○俟我於堂乎而，充耳以黄乎而，尚之以瓊英叶於良反乎而。賦也。瓊英，亦美石似玉者。○吕氏曰：「升階而後至堂，此昏禮所謂『升自西階』之時也。」

著三章，章三句。

【校】

〔一〕「謂」上之「所」，「時」上之「之」，二字原闕，據元本、元十卷本、明正統本、明嘉靖本補。

東方之日兮，彼姝赤朱反者子，在我室兮。在我室兮，履我即兮。興也。履，躡。即，就也。言此女躡我之跡而相就也。○東方之月兮，彼姝者子，在我闥叶它悦反兮。在我闥兮，履我發叶方月反兮。興也。闥，門内也。發，行去也。言躡我而行去也。

東方之日二章，章五句。

東方未明叶謨郎反，顛倒都老反衣裳。顛之倒叶都妙反之，自公召之。賦也。自，從也。羣臣之朝，別色始入。○此詩人刺其君興居無節，號令不時。言東方未明而顛倒其衣裳，則既早矣，而又已有從君所而來召之者焉，蓋猶以爲晚也。或曰：所以然者，以有自公所而召之者故也。○東方未晞，顛倒裳衣。倒之顛叶典因反之，自公令力證反，叶力呈反之。賦也。晞，明之始升也。令，號令也。○折音哲柳樊圃叶博故反〔一〕，狂夫瞿瞿俱具反。不能辰夜叶羊茹反〔二〕，不夙則莫音慕。○比也。柳，楊之下垂者，柔脆之木也。樊，藩也。

圃，菜園也。瞿瞿，驚顧之貌。夙，早也。○折柳樊圃，雖不足恃，然狂夫見之，猶驚顧而不敢越。以比辰夜之限甚明，人所易知，今乃不能知，而不失之早，則失之莫也。

東方未明三章，章四句。

【校】

〔一〕「叶」，原闕，據元本、元十卷本、明正統本、明嘉靖本補。

〔二〕「辰」，元本、元十卷本、明正統本、明嘉靖本作「晨」。下同。毛詩正義作「辰」，阮校云：「各本皆同，案考文古本『辰』作『晨』，誤也。」

南山崔崔子雖反，雄狐綏綏。魯道有蕩，齊子由歸。既曰歸止，曷又懷叶胡威反止？　比也。南山，齊南山也。崔崔，高大貌。狐，邪媚之獸。綏綏，求匹之貌。魯道，適魯之道也。蕩，平易也。齊子，襄公之妹，魯桓公夫人文姜，襄公通焉者也。由，從也。婦人謂嫁曰歸。懷，思也。止，語辭。○言南山有狐，以比襄公居高位而行邪行。且文姜既從此道歸乎魯矣，襄公何爲而復思之乎？

○葛屨五兩如字，又音亮，冠緌如誰反雙叶所終反止〔一〕。魯道有蕩，齊子庸止。既曰庸止，曷又從止？　比也。兩，二屨也。緌，冠上飾也。屨必兩，緌必雙，物各有偶，不可亂也。庸，用也，用此道以嫁于魯也。從，相從也。

○蓺麻如之何？衡音横從子容反其畝莫後反。取七喻反妻如之何？必告工毒反父母莫後反。既曰告同上止，曷又鞠居六反止？

興也。蓺，樹。鞠，窮也。○欲樹麻者，必先縱横耕治其田畝。欲取妻者，必先告其父母。今魯桓公既告父母而取妻矣，又曷爲使之得窮其欲而至此哉？

○析薪如之何？匪斧不克。取妻如之何？匪媒不得。既曰得止，曷又極止？ 興也。克，能也。極，亦窮也。

南山四章，章六句。 春秋桓公十八年：「公與夫人姜氏如齊」，「公薨于齊」。傳曰：「公將有行，遂與姜氏如齊。申繻曰：『女有家，男有室，無相瀆也，謂之有禮。易此必敗。』公會齊侯于濼，遂及文姜如齊。齊侯通焉。公謫之。以告。夏四月，享公。使公子彭生乘公，公薨于車。」此詩前二章刺齊襄，後二章刺魯桓也。

【校】

〔一〕「如」，原作「加」，據經典釋文、元本、元十卷本、明正統本、明嘉靖本改。

無田音佃**甫田，維莠**羊九反**驕驕**叶音高。**無思遠人，勞心忉忉**音刀。○比也。田，謂耕治之也。甫，大也。莠，害苗之草也。驕驕，張王之意。忉忉，憂勞也。○言無田甫田也，田甫田而力不給，則草盛矣。無思遠人也，思遠人而人不至，則心勞矣。以戒時人厭小而務大，忽近而圖遠，將徒勞而無功也。

○無田甫田，維莠桀桀。無思遠人，勞心怛怛叶旦悦反。○比也。桀桀，猶驕驕也。怛怛，猶忉忉也。

○婉兮孌叶龍眷反**兮，總角丱**古患反，叶古縣反**兮。未幾**居豈反**見兮，突而弁兮。** 比也。婉、孌，少好貌。丱，兩角貌。未幾，未多時也。突，忽然高出之貌。弁，冠名。○言總角之童，見之未久，而忽然戴弁以出者，非其躐等而强求之也，蓋循其序而勢有必至耳。此又以明小之可大，邇之可遠，能循其序而修之，則可以忽然而至其極。若躐等而欲速，則反有所不達矣。

甫田三章，章四句。

盧令令音零，其人美且仁。賦也。盧，田犬也。令令，犬頷下環聲。○此詩大意與還略同。○盧重直龍反環，其人美且鬈音權。○賦也。重環，子母環也。鬈，鬚鬢好貌。○盧重鋂音梅，其人美且偲七才反。○賦也。鋂，一環貫二也。偲，多鬚之貌。春秋傳所謂「于思」，即此字，古通用耳。

盧令三章，章二句。

敝笱在梁，其魚魴鰥古頑反，叶古倫反。齊子歸止，其從才用反如雲。比也。敝，壞。笱，罟也。魴、鰥，大魚也。歸，歸齊也。如雲，言衆也。○齊人以敝笱不能制大魚，比魯莊公不能防閑文姜，故歸齊而從之者衆也。○敝笱在梁，其魚魴鱮才呂反。齊子歸止，其從如雨。比也。鱮，似魴，厚而頭大，或謂之鰱。如雨，亦多也。○敝笱在梁，其魚唯唯唯癸反。齊子歸止，其從如水。比也。唯唯，行出入之貌。如水，亦多也。

敝笱三章，章四句。按春秋，魯莊公二年，「夫人姜氏會齊侯于禚」。四年，「夫人姜氏享齊侯于祝丘」。五年，「夫人姜氏如齊師」。七年，「夫人姜氏會齊侯于防」，又「會齊侯于穀」。

載驅薄薄普各反，簟茀朱鞹苦郭反。魯道有蕩，齊子發夕叶祥龠反。○賦也。薄薄，疾驅聲。簟，方文席也。茀，車後户也。朱，朱漆也。鞹，獸皮之去毛者。蓋車革質而朱漆也。夕，猶宿也。發夕，謂離於所宿之舍。○齊人刺文姜乘此車而來會襄公也。○四驪力馳反濟濟子禮反〔一〕，垂轡濔濔乃禮反。魯道有蕩，齊子豈開改反，後同弟叶待禮反。○賦也。驪，馬黑色也。濟濟，美貌。濔濔，柔貌。豈弟，樂易也。言無忌憚羞愧之意也〔二〕。○汶音問水湯湯失章反，行人彭彭必亡反。魯道有蕩，齊子翱翔。賦也。汶，水名，在齊南魯北，二國之竟。湯湯，水盛貌。彭彭，多貌。言行人之多，亦以見其無恥也。○汶水滔滔吐刀反，行人儦儦表驕反，叶音褒。魯道有蕩，齊子遊遨〔三〕。賦也。滔滔，流貌。儦儦，衆貌。遊遨〔四〕，猶翱翔也。

載驅四章，章四句。

【校】

〔一〕「禮」，元本、元十卷本作「力」。

〔二〕「愧」，明正統本、明嘉靖本作「恥」。

〔三〕「遨」，明正統本、明嘉靖本作「敖」。

〔四〕「遨」，元本、元十卷本、明正統本、明嘉靖本作「敖」。

猗嗟昌兮，頎音祈而長兮。抑若揚兮，美目揚兮。巧趨蹌兮，射則臧兮。賦也。猗嗟，歎辭。昌，盛也。頎，長貌。抑而若揚，美之盛也。揚，目之動也。蹌，趨翼如也。臧，善也。○齊人極道魯莊公威儀技藝之美如此，所以刺其不能以禮防閑其母，若曰：惜乎，其獨少此耳！○**猗嗟名兮，美目清兮。儀既成兮，終日射**食亦反**侯，不出正**音征**兮。展我甥**叶桑經反**兮。**賦也。名，猶稱也。言其威儀技藝之可名也。清，目清明也。儀既成，言其終事而禮無違也。侯，張布而射之者也。正，設的於侯中而射之者也。大射，則張皮侯而設鵠。賓射，則張布侯而設正。展，誠也。姊妹之子曰甥。言稱其爲齊之甥，而又以明非齊侯之子。此詩人之微詞也。按春秋，桓公三年〔一〕，「夫人姜氏至自齊」。六年九月，「子同生」，即莊公也。十八年，桓公乃與夫人如齊。則莊公誠非齊侯之子也。○**猗嗟孌**叶龍眷反**兮，清揚婉**叶紆願反**兮**〔二〕**。舞則選**雪戀反**兮，射則貫**叶扃縣反**兮。四矢反**叶孚絢反**兮，以禦亂**叶靈眷反**兮。**賦也。孌，好貌。清，目之美也。揚，眉之美也。婉，亦好貌。選，異於衆也。或曰：齊於樂節也。貫，中而貫革也。四矢，禮射每發四矢。反，復也，中皆得其故處也。言莊公射藝之精，可以禦亂。如以金僕姑射南宮長萬，可見矣。

猗嗟三章，章六句。或曰：「子可以制母乎？」趙子曰：「夫死從子，通乎其下，況國君乎？君者，人神之主，風教之本也。不能正家，如正國何？若莊公者，哀痛以思父，誠敬以事母，威刑以馭下，車馬僕從莫不俟命，夫人徒往乎？夫人之往也，則公哀敬之不至，威命之不行耳。」東萊吕氏曰：「此詩三章，譏刺之意皆在言外，嗟歎再三，則莊公所大闕者，不言可見矣。」

【校】

〔一〕「三」，原作「二」，據春秋經文、明正統本、明嘉靖本改。

〔二〕「紆」，元本、元十卷本、明正統本、明嘉靖本皆作「許」。

齊國十一篇，三十四章，一百四十三句。

魏一之九

魏，國名。本舜、禹故都，在禹貢冀州，雷首之北，析城之西，南枕河曲，北涉汾水。其地陿隘，而民貧俗儉，蓋有聖賢之遺風焉。周初以封同姓，後爲晉獻公所滅而取其地。今河中府解州即其地也。蘇氏曰：「魏地入晉久矣，其詩疑皆爲晉而作，故列於唐風之前，猶邶、鄘之於衛也。」今按：篇中「公行」、「公路」、「公族」，皆晉官，疑實晉詩。又恐魏亦嘗有此官，蓋不可考矣。

糾糾吉黝反葛屨，可以履霜。摻摻所銜反女手，可以縫裳。要於遥反之襋紀力反之，好人服叶蒲北反之。興也。糾糾，繚戾寒涼之意。夏葛屨，冬皮屨。摻摻，猶纖纖也。女，婦未廟見之稱也。娶婦三月廟見，然後執婦功。要，裳要。襋，衣領。好人，猶大人也。○魏地陿隘，其俗儉嗇而褊急，故以葛屨履霜起興，而刺其使女縫裳，又使治其要襋，而遂服之也。此詩疑即縫裳之女所作。

○好人提提徒兮反，宛於阮反然左辟音避，佩其象揥敕帝反。維是褊心，是以爲刺叶音砌。○賦也。提提，安舒之意。宛然，讓之貌也。讓而辟者必左。揥，所以摘髮，用象爲之，貴者之飾也。其人如此，若無有可刺矣。所以刺之者，以其褊迫急促，如前章之云耳。

葛屨二章，一章六句，一章五句。廣漢張氏曰：「夫子謂：『與其奢也，寧儉。』則儉雖失中，本非惡德。

然而儉之過，則至於吝嗇迫隘，計較分毫之閒，而謀利之心始急矣。葛屨、汾沮洳、園有桃三詩，皆言其急迫瑣碎之意。」

彼汾沮洳〔一〕，言采其莫音慕。彼其音記之子，美無度。美無度，殊異乎公路。興也。汾，水名，出太原府晉陽山，西南入河。沮洳，水浸處，下濕之地。莫，菜也，似柳葉，厚而長，有毛刺，可爲羹。無度，言不可以尺寸量也。公路者，掌公之路車，晉以卿大夫之庶子爲之。○此亦刺儉不中禮之詩。言若此人者，美則美矣，然其儉嗇褊急之態，殊不似貴人也。○彼汾一方，言采其桑。彼其之子，美如英叶於良反。美如英，殊異乎公行户郎反。○興也。一方，彼一方也。史記：扁鵲「視見垣一方人」。英，華也。公行，即公路也，以其主兵車之行列，故以謂之公行也〔二〕。○彼汾一曲，言采其藚音續。彼其之子，美如玉。美如玉，殊異乎公族。興也。一曲，謂水曲流處。藚，水舄也，葉如車前草。公族，掌公之宗族，晉以卿大夫之適子爲之。

汾沮洳三章，章六句。

【校】

〔一〕明正統本、明嘉靖本，均于「汾」字下多「扶云反」三小字，「沮」字下多「子豫反」三小字，「洳」字下多「如豫反」三小字。

〔二〕「以」字，明嘉靖本無。可通。

園有桃，其實之殽。心之憂矣，我歌且謡音遥。不我知者〔一〕，謂我士也驕。彼人是哉叶將黎反，子曰何其音基？心之憂矣，其誰知之？其誰知之，蓋亦勿思叶新齎反。○興也。殽，食也。合曲曰歌，徒歌曰謡。其，語辭。○詩人憂其國小而無政，故作是詩。言園有桃，則其實之殽矣；心有憂，則我歌且謡矣。然不知我之心者，見其歌謡，而反以爲驕，且曰：彼之所爲已是矣，而子之言獨何爲哉？蓋舉國之人莫覺其非，而反以憂之者爲驕也。於是憂者重嗟歎之，以爲此之可憂，初不難知。彼之非我，特未之思耳。誠思之，則將不暇非我，而自憂矣。○園有棘，其實之食。心之憂矣，聊以行國叶于逼反。不我知者，謂我士也罔極。彼人是哉，子曰何其？心之憂矣，其誰知之？其誰知之，蓋亦勿思。興也。棘，棗之短者。聊，且略之辭也。歌謡之不足，則出遊於國中而寫憂也。極，至也。罔極，言其心縱恣，無所至極。

園有桃二章，章十二句。

【校】

〔一〕「不我知者」，元本、元十卷本、明正統本、明嘉靖本作「不知我者」，下章同。毛詩正義作「不我知者」，阮校云：「『不我知者』，唐石經、小字本同。相臺本作『不知我者』，閩本、明監本、毛本同。案相臺本非也，箋倒經作『不知我者』，正義依之耳，不可據以改經。下章同。」此宋本詩集傳亦可爲一旁證矣。

陟彼岵音户兮，瞻望父兮。父曰：「嗟予子行役，夙夜無已。上慎旃哉，猶來無止！」賦也。山無草木曰岵。上，猶尚也。○孝子行役，不忘其親，故登山以望其父之所在。因想像其父念己之言曰：嗟乎！我之子行役，夙夜勤勞，不得止息。又祝之曰：庶幾慎之哉，猶可以來歸，無止於彼而不來也！蓋生則必歸，死則止而不來矣。或曰：止，獲也。言無爲人所獲也。○**陟彼屺**音起**兮，瞻望母**叶滿彼反**兮。母曰：「嗟予季行役，夙夜無寐。上慎旃哉，猶來無棄！」**賦也。山有草木曰屺。季，少子也。尤憐愛少子者，婦人之情也。無寐，亦言其勞之甚也。棄，謂死而棄其屍也。○**陟彼岡兮，瞻望兄**叶虛王反**兮。兄曰：「嗟予弟行役，夙夜必偕**叶舉里反。**上慎旃哉，猶來無死**叶想止反**！」**○賦也。山脊曰岡。必偕，言與其儕同作同止，不得自如也。

陟岵三章，章六句。

十畝之閒叶居賢反**兮，桑者閑閑**叶胡田反**兮，行與子還**叶音旋**兮。**賦也。十畝之閒，郊外所受場圃之地也。閑閑，往來者自得之貌。行，猶將也。還，猶歸也。○政亂國危，賢者不樂仕於其朝，而思與其友歸於農圃，故其詞如此。○**十畝之外**叶五墜反**兮，桑者泄泄**以世反**兮，行與子逝兮。**賦也。十畝之外，鄰圃也。泄泄，猶閑閑也。逝，往也。

十畝之閒二章，章三句。

坎坎伐檀叶徒沿反**兮，寘之河之干**叶居焉反**兮，河水清且漣**力廛反**猗**於宜反（一）。**不稼不穡，胡取禾三百廛**直連反**兮？不狩不獵，胡瞻爾庭有縣**音玄**貆**音喧**兮？彼君子兮，不素餐**七丹反，叶七宣反兮。賦也〔二〕。坎坎，用力之聲。檀，木可爲車者。寘，與置同。干，厓也。漣，風行水成文也。猗，與兮同，語詞也。書「斷斷猗」，大學作「兮」，莊子亦云「而我猶爲人猗」是也。種之曰稼，斂之曰穡。胡，何也。一夫所居曰廛。狩，亦獵也。貆，貉類。素，空。餐，食也。○詩人言有人於此用力伐檀，將以爲車而行陸也。今乃寘之河干，則河水清漣，而無所用。雖欲自食其力，而不可得矣。然其志則自以爲不耕則不可以得禾，不獵則不可以得獸，是以甘心窮餓而不悔也。詩人述其事而歎之，以爲是真能不空食者。後世若徐穉之流，非其力不食，其厲志蓋如此。

○坎坎伐輻音福，叶筆力反兮，寘之河之側叶莊力反兮，河水清且直猗。不稼不穡，胡取禾三百億兮？不狩不獵，胡瞻爾庭有縣特兮？彼君子兮，不素食兮。賦也。輻，車輻也。伐木以爲輻也。直，波文之直也。十萬曰億，蓋言禾秉之數也。獸三歲曰特。

○坎坎伐輪兮，寘之河之漘順倫反兮，河水清且淪猗。不稼不穡，胡取禾三百囷丘倫反兮？不狩不獵，胡瞻爾庭有縣鶉音純兮？彼君子兮，不素飧素門反，叶素倫反兮。賦也。輪，車輪也。伐木以爲輪也。淪，小風水成文，轉如輪也。囷，圓倉也。鶉，鴾屬。熟食曰飧。

伐檀三章，章九句。

【校】

〔一〕「廛」，元本、元十卷本作「田」。

〔二〕「賦」，原作「比」，據元本、元十卷本、明正統本、明嘉靖本改。下二章同。

碩鼠碩鼠，無食我黍！三歲貫古亂反女音汝，莫我肯顧叶公五反〔一〕。逝將去女，適彼樂音洛，下同土。樂土樂土，爰得我所！比也。碩，大也。三歲，言其久也。貫，習。顧，念。逝，往也。樂土，有道之國也。爰，於也。○民困於貪殘之政，故託言大鼠害己而去之也。○碩鼠碩鼠，無食我麥叶訖力反！三歲貫女，莫我肯德。逝將去女，適彼樂國叶于逼反。樂國樂國，爰得我直！比也。德，歸恩也。直，猶宜也。○碩鼠碩鼠，無食我苗叶音毛！三歲貫女，莫我肯勞。逝將去女，適彼樂郊叶音高。樂郊樂郊，誰之永號户毛反〔二〕！○比也。勞，勤勞也〔三〕。謂不以我爲勤勞也。永號，長呼也。言既往樂郊，則無復有害己者，當復爲誰而永號乎？

碩鼠三章，章八句。

【校】

〔一〕「公」，元本、元十卷本、明正統本、明嘉靖本作「果」。

〔二〕「户」，原作「尸」，據經典釋文、元本、元十卷本、明正統本、明嘉靖本改。

〔三〕「勤勞」，胡一桂纂疏、劉瑾通釋、朱公遷疏義、明正統本、明嘉靖本作「勤苦」。

魏國七篇，十八章，一百二十八句。

詩卷第六

唐一之十唐，國名。本帝堯舊都，在禹貢冀州之域，太行、恒山之西，太原、太岳之野，周成王以封弟叔虞爲唐侯。南有晉水。至子燮乃改國號曰晉。後徙曲沃，又徙居絳。其地土瘠民貧，勤儉質朴，憂深思遠，有堯之遺風。其詩不謂之晉而謂之唐，蓋仍其始封之舊號耳。唐叔所都在今太原府，曲沃及絳皆在今絳州。

蟋蟀在堂，歲聿允橘反其莫音慕。今我不樂音洛，下同，日月其除直慮反。無已大音泰康，職思其居叶音據。好呼報反樂無荒，良士瞿瞿俱具反。○賦也。蟋蟀，蟲名，似蝗而小，正黑，有光澤如漆，有角翅，或謂之促織，九月在堂。聿，遂。莫，晚。除，去也。大康，過於樂也。職，主也。瞿瞿，却顧之貌。○唐俗勤儉，故其民閒終歲勞苦，不敢少休。及其歲晚務閒之時，乃敢相與燕飲爲樂。而言今蟋蟀在堂，而歲忽已晚矣。當此之時而不爲樂，則日月將舍我而去矣。然其憂深而思遠也，故方燕樂而又遽相戒曰：今雖不可以不爲樂，然不已過於樂乎？盍亦顧念其職之所居者，使其雖好樂而無荒，若彼良士之長慮却顧焉，則可以不至於危亡也。蓋其民俗之厚，而前聖遺風之遠如此。

○蟋蟀在堂，歲聿其逝。今我不樂，日月其邁叶力制反。無已大康，職思其外叶五隊反〔一〕。好樂無荒，良士蹶蹶俱衛反。○賦也。逝、邁，皆去也。外，餘也。其所治之事，固當思之；而所治之餘，亦不敢忽。蓋以事變或出於平常思慮之所不及〔二〕，故當過而備之也。蹶蹶，動而敏於事也。○蟋蟀在堂，役車其休。今我不樂，日月其慆吐刀反，叶佗侯反。無已大康，職思其憂。好樂無荒，良士休休。賦也。庶人乘役車。歲晚則百工皆休矣。慆，過也。休休，安閑之貌。樂而有節，不至於淫，所以安也。

蟋蟀三章，章八句。

【校】

〔一〕「隊」，元本、元十卷本、明正統本、明嘉靖本作「墜」。

〔二〕「以」，明正統本、明嘉靖本作「其」。

山有樞烏侯、昌朱二反，隰有榆夷周、以朱二反。子有衣裳，弗曳弗婁力侯、力俱二反。子有車馬，弗馳弗驅祛尤、虧于二反。宛於阮反其死矣，他人是愉他侯、以朱二反。○興也。樞，荎也，今刺榆也。榆，白枌也〔一〕。婁，亦曳也。馳，走。驅，策也。宛，坐見貌。愉，樂也。○此詩蓋以答前篇之意〔二〕，而解其憂。故言山則有樞矣，隰則有榆矣，子有衣裳車馬，而不服不乘，則一旦宛然以死，而它人取之以爲己樂矣。蓋言不可不及時爲樂，然其憂愈深，而意愈蹙矣。○山有栲音考，叶去九反，隰有杻女九反。子有廷內，弗洒弗埽叶蘇后反。子有鍾鼓，弗鼓弗考叶去九反。宛其死矣，他人是保叶補苟反。○興也。栲，山樗也，似樗，色小白，葉差狹。杻，檍也，葉似杏而尖，白色，皮正赤，其理多曲少直，材可爲弓弩幹者也。考，擊也。保，居有也。○山有漆音七，隰有栗。子有酒食，何不日鼓瑟？且以喜樂音洛，且以永日。宛其死矣，他人入室。興也。君子無故，琴瑟不離於側。永，長也。人多憂，則覺日短。飲食作樂，可以永長此日也。

山有樞三章，章八句。

【校】

〔一〕「白」，原作「曰」，據元本、元十卷本、明正統本、明嘉靖本改。

〔二〕「以」，明正統本、明嘉靖本作「亦」。

揚之水，白石鑿鑿子洛反。素衣朱襮音博，從子于沃叶鬱鎛反。既見君子，云何不樂音洛！○比也。鑿鑿，巉巖貌。襮，領也。諸侯之服，繡黼領而丹朱純也。子，指桓叔也。沃，曲沃也。○晉昭侯封其叔父成師于曲沃，是爲桓叔。其後沃盛强而晉微弱，國人將叛而歸之，故作此詩。言水緩弱而石巉巖，以比晉衰而沃盛。故欲以諸侯之服，從桓叔于曲沃，且自喜其見君子而無不樂也。○揚之水，白石皓皓古老反〔一〕，叶胡暴反。素衣朱繡叶先妙反，從子于鵠叶居號反。既見君子，云何其憂叶一笑反！○比也。朱繡，即朱襮也。鵠，曲沃邑也。○揚之水，白石粼粼利新反。我聞有命叶彌賓反〔二〕，不敢以告人！比也。粼粼，水清石見之貌。聞其命而不敢以告人者，爲之隱也。桓叔將以傾晉，而民爲之隱，蓋欲其成矣。○李氏曰：「古者不軌之臣欲行其志，必先施小惠以收衆情，然後民翕然從之。田氏之於齊，亦猶是也。故其召公子陽生於魯，國人皆知其已至而不言，所謂『我聞有命，不敢以告人』也。」

揚之水三章，二章章六句，一章四句。

【校】

〔一〕「古」，明正統本、明嘉靖本作「胡」。

〔二〕「賓」，元本、元十卷本、明正統本、明嘉靖本作「并」。

椒聊之實，蕃衍盈升。彼其音記之子，碩大無朋。椒聊且子餘反，遠條且。興而比也。椒，樹似茱萸，有針刺，其實味辛而香烈。聊，語助也。朋，比也。且，歎詞。遠條，長枝也。○椒之蕃盛，則采之盈升矣。彼其之子，則碩大而無朋矣。「椒聊且，遠條且」，歎其枝遠而實益蕃也。此不知其所指，序亦以爲沃也。○椒聊之實，蕃衍盈匊九六反。彼其之子，碩大且篤〔一〕。椒聊且，遠條且。興而比也。兩手曰匊。篤，厚也。

椒聊二章，章六句。

【校】

〔一〕「碩」，明正統本、明嘉靖本作「實」，當誤。毛詩正義作「碩」，阮校云：「唐石經、小字本、相臺本同，閩本、明監本、毛本「碩」誤「實」。」

綢直留反繆芒侯反束薪〔一〕，三星在天叶鐵因反。今夕何夕？見此良人。子兮子兮，如此良人何！興也。綢繆，猶纏綿也。三星，心也。在天，昏始見於東方，建辰之月也。良人，夫稱也。○國亂民貧，男女有失其時，而後得遂其婚姻之禮者。詩人叙其婦語夫之詞曰：方綢繆以束薪也，而仰見三星之在天。今夕不知何夕也？而忽見良人之在此〔二〕。既又自謂曰：子兮子兮，其將奈此良人何哉〔三〕！喜之甚而自慶之詞也。○綢繆束芻叶側九反，三星在隅叶語口反。今夕何夕？見此邂户懈反逅胡豆反〔四〕，叶很口反。子兮子兮，如此邂逅何！興也。隅，東南隅也。昏見之星至此，則夜久矣。邂逅，相遇之意。此爲夫婦相語之詞也。○綢繆束楚，三星在户侯古反。今夕何夕？見此粲采旦反者叶章與反。子兮子兮，如此粲者何！興也。户，室户也。户必南出，昏見之星至此，則夜分矣。粲，美也。此爲夫語婦之詞也。或曰：女三爲粲，一妻二妾也。

綢繆三章，章六句。

【校】

〔一〕「芒侯反」，明正統本作「莫彪反」。

〔二〕「良」，原作「艮」，據南圖宋本、元本、元十卷本、明正統本、明嘉靖本改。

〔三〕「此」，原作「比」，據元本、元十卷本、明正統本、明嘉靖本改。

〔四〕「懈」，明正統本、明嘉靖本作「觧」。

有杕之杜〔一〕，其葉湑湑私叙反。獨行踽踽俱禹反，豈無他人？不如我同父扶雨反。嗟行之人，胡不比毗志反焉〔二〕？人無兄弟，胡不佽七利反焉？興也。杕，特也。杜，赤棠也。湑湑，盛貌。踽踽，無所親之貌。同父，兄弟也。比，輔。佽，助也。○此無兄弟者自傷其孤特，而求助於人之詞。言杕然之杜，其葉猶湑湑然；而人無兄弟，則獨行踽踽，曾杜之不如矣。然豈無他人之可與同行也哉？特以其不如我兄弟，是以不免於踽踽耳。於是嗟歎：行路之人，何不閔我之獨行而見親，憐我之無兄弟而見助乎？○有杕之杜，其葉菁菁子零反。獨行睘睘求螢反，豈無他人？不如我同姓叶桑經反。嗟行之人，胡不比焉？人無兄弟，胡不佽焉？興也。菁菁，亦盛貌。睘睘，無所依貌。

杕杜二章，章九句。

【校】

〔一〕「杕」字下，明正統本多「徒細反」三小字。

〔二〕「志」，明正統本、明嘉靖本作「至」。

羔裘豹祛起居、起據二反，自我人居居斤於、斤御二反。豈無他人？維子之故攻乎、古慕二反。

○賦也。羔裘，君純羔，大夫以豹飾。袪，袂也。居居，未詳。○羔裘豹褎徐救反，自我人究究。豈無他人？維子之好呼報反，叶呼候反。○賦也。褎，猶袪也。究究，亦未詳。

羔裘二章，章四句。此詩不知所謂，不敢强解。

肅肅鴇羽，集于苞栩況禹反。王事靡盬音古，不能蓺稷黍。父母何怙候古反？悠悠蒼天，曷其有所？比也。肅肅，羽聲。鴇，鳥名，似鴈而大，無後趾。集，止也。苞，叢生也。栩，柞櫟也。其子爲皁斗，殼可以染皂者是也。盬，不攻緻也。蓺，樹。怙，恃也。○民從征役，而不得養其父母，故作此詩。言鴇之性不樹止，而今乃飛集于苞栩之上。如民之性本不便於勞苦，今乃久從征役，而不得耕田以供子職也。悠悠蒼天，何時使我得其所乎？○肅肅鴇翼，集于苞棘。王事靡盬，不能蓺黍稷。父母何食？悠悠蒼天，曷其有極？比也。極，已也。○肅肅鴇行户郎反，集于苞桑。王事靡盬，不能蓺稻粱。父母何嘗？悠悠蒼天，曷其有常？比也。行，列也。稻，即今南方所食稻米，水生而色白者也。粱，粟類也，有數色。嘗，食也。常，復其常也。

鴇羽三章，章七句。

豈曰無衣七兮？不如子之衣，安且吉兮。賦也。侯伯七命，其車旗衣服皆以七爲節。子，天子也。○史記，曲沃桓叔之孫武公伐晉[一]，滅之。盡以其寶器賂周釐王，王以武公爲晉君，列於諸侯。此詩蓋述其請命之意。

言我非無是七章之衣也，而必請命者，蓋以不如天子之命服之爲安且吉也。蓋當是時，周室雖衰，典刑猶在。武公既負弑君篡國之罪，則人得討之，而無以自立於天地之間。故賂王請命，而爲説如此。然其倨慢無禮，亦已甚矣。釐王貪其寶玩，而不思天理民彝之不可廢，是以誅討不加，而爵命行焉。則王綱於是乎不振，而人紀或幾乎絶矣。嗚呼，痛哉！

○**豈曰無衣六兮？不如子之衣，安且燠**於六反**兮。**賦也。天子之卿六命。變七言六者，謙也。不敢必當侯伯之命，得受六命之服，比於天子之卿，亦幸矣。燠，煖也。言其可以久也。

無衣二章，章三句。

【校】

〔一〕「孫」，原作「子」，據左傳、史記、元十卷本、明正統本、明嘉靖本改。

有杕之杜，生于道左。彼君子兮，噬韓詩作逝**肯適我。中心好**呼報反**之，曷飲**於鴆反**食**音嗣**之？**比也。左，東也。噬，發語詞也。曷，何也。○此人好賢，而恐不足以致之。故言此杕然之杜，生于道左，其蔭不足以休息，如己之寡弱，不足恃賴，則彼君子者，亦安肯顧而適我哉？然其中心好之，則不已也。但無自而得飲食之耳。大以好賢之心如此，則賢者安有不至，而何寡弱之足患哉？

○**有杕之杜，生于道周。彼君子兮，噬肯來遊。中心好之，曷飲食之？**比也。周，曲也。

有杕之杜二章，章六句。

葛生蒙楚，蘞音廉**蔓于野**叶上與反。**予美亡此，誰與獨處？**興也。蘞，草名，似栝樓〔一〕，葉盛而細。蔓，延也。予美，婦人指其夫也。○婦人以其夫久從征役而不歸，故言葛生而蒙於楚，蘞生而蔓于野，各有所依託。而予之所美者，獨不在是，則誰與而獨處於此乎？**○葛生蒙棘，蘞蔓于域。予美亡此，誰與獨息？**興也。域，塋域也。息，止也。**○角枕粲兮，錦衾爛兮。予美亡此，誰與獨旦？**賦也。粲、爛，華美鮮明之貌。獨旦，獨處至旦也。**○夏之日，冬之夜**叶羊茹反，**百歲之後，歸于其居**叶姬御反。○賦也。夏日永，冬夜永。居，墳墓也。○夏日冬夜，獨居憂思，於是爲切。然君子之歸無期，不可得而見矣，要死而相從耳。鄭氏曰：「言此者，婦人專一，義之至，情之盡。」蘇氏曰：「思之深而無異心，此唐風之厚也。」**○冬之夜**同上，**夏之日，百歲之後**叶胡故反〔二〕，**歸于其室。**賦也。室，壙也。

葛生五章，章四句。

【校】

〔一〕「栝」，原作「括」，據元本、元十卷本、明正統本、明嘉靖本改。

〔二〕「胡故反」，元本、元十卷本、明正統本、明嘉靖本皆作「音户」。

采苓采苓，首陽之巔叶典因反。**人之爲言，苟亦無信**叶斯人反。**舍**音捨，下同**旃**之然反**舍旃，**

苟亦無然。人之爲言，胡得焉！比也。首陽，首山之南也。巔，山頂也。旃，之也。○此刺聽讒之詩。言子欲采苓於首陽之巔乎？然人之爲是言以告子者，未可遽以爲信也。姑舍置之，而無遽以爲然。徐察而審聽之，則造言者無所得，而讒止矣。或曰：興也。下章放此。○采苦采苦，首陽之下叶後五反。人之爲言，苟亦無與。舍旃舍旃，苟亦無然。人之爲言，胡得焉！比也。苦，苦菜，生山田及澤中，得霜甜脆而美。與，許也。○采葑采葑，首陽之東。人之爲言，苟亦無從。舍旃舍旃，苟亦無然。人之爲言，胡得焉！比也。從，聽也。

采苓三章，章八句。

唐國十二篇，三十三章，二百三句。

秦一之十一秦，國名。其地在禹貢雍州之域，近鳥鼠山。初伯益佐禹治水有功，賜姓嬴氏。其後中潏居西戎，以保西垂。六世孫大駱生成及非子。非子事周孝王，養馬於汧、渭之閒，馬大繁息。孝王封爲附庸，而邑之秦。至宣王時，犬戎滅成之族。宣王遂命非子曾孫秦仲爲大夫，誅西戎，不克，見殺。及幽王爲西戎、犬戎所殺，平王東遷，秦仲孫襄公以兵送之。王封襄公爲諸侯，曰：「能逐犬戎，即有岐豐之地。」襄公遂有周西都畿内八百里之地。至玄孫德公，又徙於雍。秦，即今之秦州。雍，今京兆府興平縣是也。

有車鄰鄰，有馬白顛都田反，叶典因反。未見君子，寺人之令力呈反〔一〕。○賦也。鄰鄰，衆車之聲。白顛，額有白毛，今謂之的顙。君子，指秦君。寺人，內小臣也。令，使也。○是時秦君始有車馬及此寺人之官，將見者，必先使寺人通之。故國人創見而誇美之也。○阪音反有漆，隰有栗。既見君子，並坐鼓瑟。今者不樂音洛，逝者其耋田節反，叶地一反〔二〕。○興也。八十曰耋。○阪則有漆矣，隰則有栗矣。既見君子，則並坐鼓瑟矣。失今不樂，則逝者其耋矣。○阪有桑，隰有楊。既見君子，並坐鼓簧音黄。今者不樂，逝者其亡。興也。簧，笙中金葉，吹笙則鼓動之以出聲者也。

車鄰三章，一章四句，二章章六句。

【校】

〔一〕「呈」，明正統本、明嘉靖本作「星」。

〔二〕「節」，明正統本、明嘉靖本作「結」。

駟驖田結反孔阜符有反，六轡在手。公之媚眉冀反子，從公于狩叶始九反。○賦也。駟驖，四馬皆黑色如鐵也。孔，甚也。阜，肥大也。六轡者，兩服兩驂各兩轡，而驂馬兩轡納之於觖〔一〕，故惟六轡在手也。媚子，所親愛之人也。此亦前篇之意也。○奉時辰牡，辰牡孔碩叶常灼反。公曰左之，舍音捨拔蒲末反則獲叶黄郭反。○賦也。時，是。辰，時也。牡，獸之牡者也。辰牡者，冬獻狼，夏獻麋，春秋獻鹿豕之類〔二〕。奉之者，虞人翼以待射也。碩，肥大也。公曰左之者，命御者使左其車，以射獸之左也。蓋射必中其左，乃爲中殺。「五御」所謂「逐禽左」者，爲是故也。拔，矢括也。曰左之而捨拔無不獲者，言獸之多，而射御之善也。**○遊于北園，四馬既閑**叶胡田反。**輶**音由**車鸞鑣**彼驕反，**載獫**力驗反**歇**許竭反**驕**許喬反。○賦也。田事已畢，故遊于北園。閑，調習也。輶，輕也。鸞，鈴也，效鸞鳥之聲。鑣，馬銜也。驅逆之車，置鸞於馬銜之兩旁〔三〕。乘車，則鸞在衡，和在軾也。獫、歇驕，皆田犬名。長喙曰獫，短喙曰歇驕。以車載犬，蓋以休其足力也。韓愈畫記有「騎擁田犬者」，亦此類。

駟驖三章，章四句。

【校】

〔一〕「馬」字下，明正統本多「內」字。

〔二〕「秋」原闕，據明正統本、明嘉靖本補。按毛傳：「冬獻狼，夏獻麋，春秋獻鹿豕羣獸。」

〔三〕「銜」，原作「御」，據元十卷本、明正統本、明嘉靖本改。

小戎俴錢淺反**收，五楘**音木**梁輈**陟留反。**游環脅驅**叶居懼反，又居録反〔一〕，**陰靷**音胤**鋈**音沃**續**叶辭屢反，又如字。**文茵**音因**暢**敕亮反**轂**叶又，去聲，**駕我騏**音其**馵**之樹反，又之録反。**言念君子，温其如玉。在其板屋，亂我心曲。**賦也。小戎，兵車也。俴，淺也。收，軫也，謂車前後兩端橫木，所以收斂所載者也。凡車之制，廣皆六尺六寸。其平地任載者爲大車，則軫深八尺，兵車則軫深四尺四寸。故曰「小戎俴收」也。五，五束也。棨，歷録然文章之貌也。梁輈，從前軫以前稍曲而上，至衡則向下鉤之，衡横於輈下〔二〕，而輈形穹隆上曲，如屋之梁，又以皮革五處束之，其文章歷録然也。游環，靷環也。以皮爲環，當兩服馬之背上，游移前却無定處，引兩驂馬之外轡，貫其中而執之，所以制驂馬，使不得外出。左傳曰「如驂之有靳」是也〔三〕。脅驅，亦以皮爲之，前係於衡之兩端，後係於軫之兩端，當服馬脅之外，所以驅驂馬，使不得内入也。陰，揜軓也〔四〕。軓在軾前，而以板横側揜之。以其陰映此軓，故謂之陰也。靷，以皮二條前係驂馬之頸，後係陰版之上也。鋈續，陰板之上有續靷之處，消白金沃灌其環以爲飾也。蓋車衡之長六尺六寸，止容二服，驂馬之頭不當於衡〔五〕，故别爲二靷以引車，亦謂之靳。左傳曰「兩靷將絶」是也。文茵，車中所坐虎皮褥也。暢，長也。轂者〔六〕，車輪之中，外持輻、内受軸者也。大車之轂一尺有半，兵車之轂長三尺二寸，故兵車曰暢轂。騏，騏文也。馬左足白曰馵。君子，婦人目其夫也。温其如玉，美之之詞也。板屋者，西戎之俗，以板爲屋。心曲，心中委曲之處也。○西戎者，秦之臣子所與不共戴天之讎也。襄公上承天子之命，率其國人往而征之，故其從役者之家人，先誇車甲之盛如此，而後及其私情。蓋以義興師，則雖婦人亦知勇於赴敵，而無所怨矣。

○四牡孔阜扶有反，六轡在手。騏騮音留是中叶諸仍反，騧古花反驪是驂叶疏簪反。龍盾順允反之合，鋈以觼古穴反軜音納。言念君子，温其在邑叶烏合反〔七〕。方何爲期？胡然我念之。賦也。赤馬黑鬣曰騮。中，兩服馬也。黄馬黑喙曰騧。驪，黑色也。盾，干也。畫龍於盾，合而載之，以爲車上之衛。必載二者，備破毁也。觼，環之有舌者。軜，驂内轡也。置觼於軾前以係軜，故謂之觼軜，亦消沃白金以爲飾也。邑，西鄙之邑也。方，將也。將以何時爲歸期乎？何爲使我思念之極也。

○俴駟孔羣，厹音求矛鋈錞徒對反，叶朱倫反。蒙伐有苑叶音氳，虎韔敕亮反鏤膺〔八〕。交韔二弓叶姑弘反，竹閉緄古本反縢直登反。言念君子，載寢載興。厭厭於鹽反良人，秩秩德音叶一陵反。○賦也。俴駟，四馬皆以淺薄之金爲甲，欲其輕而易於馬之旋習也。孔，甚。羣，和也。厹矛，三隅矛也。鋈錞，以白金沃矛之下端平底者也。蒙，雜也。伐，中干也，盾之别名。苑，文貌。畫雜羽之文於盾上也。虎韔，以虎皮爲弓室也。鏤膺，鏤金以飾馬當胸帶也。交韔，交二弓於韔中，謂顛倒安置之。必二弓，以備壞也。閉，弓檠也。儀禮作鞑。緄，繩。縢，約也。以竹爲閉，而以繩約之於弛弓之裏，檠弓體使正也。載寢載興，言思之深而起居不寧也。厭厭，安也。秩秩，有序也。

小戎三章，章十句。

【校】

〔一〕「叶居懼反」之「居」，明正統本、明嘉靖本作「俱」。「録」，元本、元十卷本作「六」。

〔二〕「衡横」，明嘉靖本作「横衡」。

〔三〕「靳」，左傳同，明嘉靖本作「靷」。

〔四〕「軜」，原作「軓」，據明正統本、明嘉靖本、八卷本改。按毛詩正義作「軓」，阮校曰：「小字本同。相臺本『軓』作『軜』，閩本、明監本、毛本作『軜』，案『軓』字是也。」説文車部：「軓，車軾前也。從車，凡聲。周禮曰：『立當前軓。』」段玉裁注引戴先生（震）云：「車旁曰輢，式前曰軓，皆揜輿版也。軓以揜式前，故漢人亦呼曰揜軓，詩謂之陰。」軓字底本多見，除本詩外，均釐定爲「軜」字。

〔五〕「頭」，明嘉靖本作「頸」。

〔六〕「者」，原闕，據元本、元十卷本、明正統本、明嘉靖本補。

〔七〕「烏」，明正統本、明嘉靖本作「於」。

〔八〕「鏤」字下，明正統本、明嘉靖本多「音漏」二小字。

蒹古恬反葭音加蒼蒼，白露爲霜。所謂伊人，在水一方。遡蘇路反洄音回從之〔一〕，道阻且長。遡遊從之，宛在水中央。賦也。蒹，似萑而細，高數尺，又謂之薕。葭，蘆也。蒹葭未敗，而露始爲霜，秋水時至，百川灌河之時也。伊人，猶言彼人也。一方，彼一方也。遡洄，逆流而上也。遡遊，順流而下也。宛然，坐見貌。在水之中央，言近而不可至也。○言秋水方盛之時，所謂彼人者，乃在水之一方，上下求之而皆不可得。然不知其何所指也。○蒹葭淒淒，白露未晞。所謂伊人，在水之湄。遡洄從之，道阻且躋。遡游從之，宛在水中坻直尸反。○賦也。淒淒，猶蒼蒼也。晞，乾也。湄，水草之交也。躋，升也。言難至也。小渚曰坻。○蒹葭采采叶此履反，白露未已。所謂伊人，在水之涘叶以、始二音〔二〕。遡洄從之，道阻且右叶羽軌反。遡游從之，宛在水中沚。賦也。采采，言其盛而可采也。已，止也。右，不相直而出其右也。小渚曰沚。

蒹葭三章，章八句。

【校】

〔一〕「蘇」，明嘉靖本作「所」。

〔二〕「音」，原作「反」，據元本、元十卷本、明正統本、明嘉靖本改。

終南何有？有條有梅叶莫悲反。君子至止，錦衣狐裘叶渠之反。顏如渥於角反丹，其君也哉叶將黎反！○興也。終南，山名，在今京兆府南。條，山楸也，皮葉白，色亦白，材理好，宜爲車板。君子，指其君也。至止，至終南之下也。錦衣狐裘，諸侯之服也。玉藻曰：「君衣狐白裘，錦衣以裼之。」渥，漬也。其君也哉，言容皃衣服稱其爲君也。此秦人美其君之詞，亦車鄰、駟驖之意也。○終南何有？有紀有堂。君子至止，黻音弗衣繡裳。佩玉將將七羊反，壽考不忘。興也。紀，山之廉角也。堂，山之寬平處也。黻之狀「亞」，兩「己」相戾也。繡，刺繡也。將將，佩玉聲也。壽考不忘者，欲其居此位、服此服，長久而安寧也。

終南二章，章六句。

交交黃鳥，止于棘。誰從穆公？子車奄息。維此奄息，百夫之特。臨其穴叶户橘反，惴惴其慄。彼蒼者天叶鐵因反，殲子廉反我良人！如可贖兮，人百其身！興也。交交，飛而往來之貌。從穆公，從死也。子車，氏。奄息，名。特，傑出之稱。穴，壙也。惴惴，懼貌。慄，懼。殲，盡。良，善。贖，貿也。○秦穆公卒，以子車氏之三子爲殉，皆秦之良也。國人哀之，爲之賦黃鳥。事見春秋傳，即此詩也。言交交黃鳥，則止于棘矣；誰從穆公？則子車奄息也。蓋以所見起興也。臨穴而惴慄〔一〕，蓋生納之壙中也。三子皆國之良，而一旦殺之。若可貿以它人，則人皆願百其身以易之矣。○交交黃鳥，止于桑。誰從穆公？子車仲行户郎反。維此仲行，百夫之防。臨其穴，惴惴其慄。彼蒼者天，殲我良人！如可贖兮，人百其身！興也。防，當也。言一人可當百夫也。○交交黃鳥，止于楚。誰從穆公？子車鍼虎〔二〕。維此鍼虎，百夫之禦。臨其穴，惴惴其慄。彼蒼者天，殲我良人！如可贖兮，人百其身！興也。禦，猶當也。

黃鳥三章，章十二句。春秋傳曰：「君子曰：『秦穆之不爲盟主也宜哉〔三〕！死而棄民。先王違世，猶詒之法。而況奪之善人乎？（略）今縱無法以遺後嗣，而又收其良以死，難以在上矣。』君子是以知秦之不復東征也。」愚按：穆公於此，其罪不可逃矣。但或以爲穆公遺命如此，而三子自殺以從之，則三子亦不得爲無罪。今觀臨穴惴慄之言，則是康公從父之亂命，迫而納之於壙，其罪有所歸矣。又按史記：秦武公卒，初以人從死，死者六十六人。至穆公遂用百七十七人，而三良與焉。蓋其初特出於戎翟之俗，而無明王賢伯以討其罪，於是習以爲常，則雖以穆公之賢而不免。論其事者，亦徒閔三良之不幸，而歎秦之衰。至於王政不綱，諸侯擅命，殺人不忌，至於如此，則莫知其爲非也。嗚呼，俗之弊也久矣！其後始皇之葬，後宮皆令從死，工匠生閉墓中，尚何怪哉！

【校】

〔一〕「慄」，元本、元十卷本、明嘉靖本作「惴」。

〔二〕「鍼」字下，明正統本、明嘉靖本多「其廉反」三小字。

〔三〕「秦穆」，左傳同，明正統本、明嘉靖本作「秦穆公」。

鴥伊橘反彼晨風叶孚愔反，鬱彼北林。未見君子，憂心欽欽。如何如何，忘我實多！興也。鴥，疾飛貌。晨風，鸇也。鬱，茂盛貌。君子，指其夫也。欽欽，憂而不忘之貌。○婦人以夫不在，而言鴥彼晨風，則歸于鬱然之北林矣；故我未見君子，而憂心欽欽也。彼君子者，如之何而忘我之多乎！此與扊扅之歌同意，蓋秦俗也。

○山有苞櫟盧狄反，叶歷各反，隰有六駮邦角反。未見君子，憂心靡樂音洛。如何如何，忘我實多！興也。駮，梓榆也，其皮青白如駮。○山則有苞櫟矣，隰則有六駮矣。未見君子，則憂心靡樂矣。靡樂，則憂之甚也。○山有苞棣音悌，隰有樹檖。未見君子，憂心如醉。如何如何，忘我實多！興也。棣，唐棣也。檖，赤羅也，實似梨而小，酢可食。如醉，則憂又甚矣。

晨風三章，章六句。

豈曰無衣？與子同袍抱毛反，叶步謀反。王于興師，修我戈矛，與子同仇。賦也。袍，襺也。戈，長六尺六寸。矛，長二丈。王于興師，以天子之命而興師也。○秦俗强悍，樂於戰鬭。故其人平居而相謂曰：豈以子之無衣，而與子同袍乎？蓋以王于興師，則將修我戈矛，而與子同仇也。其歡愛之心，足以相死如此。蘇氏曰：「秦本周地，故其民猶思周之盛時，而稱先王焉。」或曰：興也。取「與子同」三字爲義。後章放此。○豈曰無衣？與子同澤叶徒洛反。王于興師，修我矛戟叶訖約反，與子偕作。賦也。澤，裏衣也。以其親膚，近於垢澤，故謂之澤。戟，車戟也，長丈六尺。○豈曰無衣？與子同裳。王于興師，修我甲兵叶晡茫反，與子偕行叶户郎反。○賦也。行，往也。

無衣三章，章五句。秦人之俗，大抵尚氣概，先勇力，忘生輕死，故其見於詩如此。然本其初而論之，岐豐之地，文王用之以興；二南之化，如彼其忠且厚也。秦人用之未幾，而一變其俗至於如此，則已悍然有招八州而朝同列之氣矣。何哉？雍州土厚水深，其民厚重質直，無鄭、衛驕惰浮靡之習。以善導之，則易以興起，而篤於仁義；以猛驅之，則其强毅果敢之資，亦足以强兵力農，而成富强之業，非山東諸國所及也。嗚呼！後世欲爲定都立國之計者，誠不可不監乎此；而凡爲國者，其於導民之路，尤不可以不審其所之也。

我送舅氏，曰至渭陽。何以贈之？路車乘成證反**黄**〔一〕。賦也。舅氏，秦康公之舅，晉公子重耳也，出亡在外，穆公召而納之。時康公爲太子，送之渭陽，而作此詩。渭，水名。秦時都雍，至渭陽者，蓋東行送之於咸陽之地也。路車，諸侯之車也。乘黄，四馬皆黄也。

○我送舅氏，悠悠我思叶新齎反。**何以贈之？瓊瑰**古回反**玉佩**叶蒲眉反。○賦也。悠悠，長也。序以爲時康公之母穆姬已卒，故康公送其舅，而念母之不見也。或曰：穆姬之卒不可考，此但别其舅而懷思耳。瓊瑰，石而次玉。

渭陽二章，章四句。按春秋傳：晉獻公烝於齊姜，生秦穆夫人、太子申生。娶大戎胡姬，生重耳。小戎子生夷吾。驪姬生奚齊，其娣生卓子。驪姬譖申生，申生自殺。又譖二公子，二公子皆出奔。獻公卒，奚齊、卓子繼立，皆爲大夫里克所弑。秦穆公納夷吾，是爲惠公。卒，子圉立，是爲懷公。立之明年，秦穆公又召重耳而納之，是爲文公。王氏曰：「至渭陽者，送之遠也。悠悠我思者，思之長也。路車乘黄、瓊瑰玉佩者，贈之厚也。」廣漢張氏曰：「康公爲太子，送舅氏而念母之不見，是固良心也。而卒不能自克於令狐之役，怨欲害乎良心也。使康公知循是心，養其端而充之，則怨欲可消矣。」

【校】

〔一〕「成」，經典釋文、胡一桂纂疏、劉瑾通釋、朱公遷疏義、明正統本、明嘉靖本作「繩」。

於我乎！夏屋渠渠，今也每食無餘。于音吁**嗟乎，不承權輿！**賦也。夏，大也。渠渠，深廣皃。承，繼也。權輿，始也。○此言其君始有渠渠之夏屋以待賢者，而其後禮意寖衰，供億寖薄，至於賢者每食而無餘，於是歎之，言不能繼其始也。**○於我乎！每食四簋**叶已有反，**今也每食不飽**叶補苟反〔一〕。**于嗟乎，不承權輿！**賦也。簋，瓦器，容斗二勝〔二〕。方曰簠，圓曰簋。簠盛稻粱，簋盛黍稷。四簋，禮食之盛也。

權輿二章，章五句。漢楚元王敬禮申公、白公、穆生。穆生不耆酒，元王每置酒，嘗爲穆生設醴。及王戊即位，常設，後忘設焉。穆生退曰：「可以逝矣。醴酒不設，王之意怠。不去，楚人將鉗我於市。」遂稱疾。申公、白公强起之曰：「獨不念先王之德歟？今王一旦失小禮，何足至此？」穆生曰：「先王之所以禮吾三人者，爲道之存故也。今而忽之，是忘道也。忘道之人，胡可與久處！豈爲區區之禮哉〔三〕？」遂謝病去。亦此詩之意也。

【校】

〔一〕「補」，明正統本、明嘉靖本作「捕」。

〔二〕「勝」，明嘉靖本作「升」。

〔三〕「禮」，元本、元十卷本作「醴」。

秦國十篇，二十七章，一百八十一句。

詩卷第七

陳一之十二

陳，國名，太皞伏羲氏之墟，在禹貢豫州之東。其地廣平，無名山大川。西望外方，東不及孟諸。周武王時，帝舜之胄有虞閼父爲周陶正。武王賴其利器用，與其神明之後，以元女大姬妻其子滿，而封之於陳，都於宛丘之側。與黄帝、帝堯之後共爲「三恪」，是爲胡公。大姬婦人尊貴，好樂巫覡歌舞之事，其民化之。今之陳州，即其地也。

子之湯他郎、他浪二反**兮，宛丘之上**辰羊、辰亮二反**兮。洵**音荀**有情兮，而無望**武方、武放二反**兮。**

賦也。子，指遊蕩之人也。湯，蕩也。四方高，中央下，曰宛丘。洵，信也。望，人所瞻望也。○國人見此人常遊蕩於宛丘之上，故叙其事以刺之。言雖信有情思而可樂矣，然無威儀可瞻望也。

○坎其擊鼓，宛丘之下叶後五反。**無冬無夏**叶與，下同，**值**直置反**其鷺羽。**

賦也。坎，擊鼓聲。值，植也。鷺，舂鉏，今鷺鷥，好而潔白，頭上有長毛十數枚。羽，以其羽爲翳，舞者持以指麾也。言無時不出遊，而鼓舞於是也。

○坎其擊缶方有反，**宛丘之道**叶徒厚反。**無冬無夏，值其鷺翿**音導，叶殖有反。

○賦也。缶，瓦器，可以節樂。翿，翳也。

宛丘三章，章四句。

東門之枌符云反〔一〕，宛丘之栩況浦反〔二〕。子仲之子，婆娑素何反其下叶後五反。○賦也。枌，白榆也，先生葉，卻著莢，皮色白。子仲之子，子仲氏之女也。婆娑，舞貌。○此男女聚會歌舞，而賦其事以相樂也。○穀旦于差初佳反，叶七何反〔三〕，南方之原無韻，未詳。不績其麻叶謨婆反，市也婆娑。賦也。穀，善。差，擇也。○既差擇善旦以會于南方之原，於是棄其業以舞於市，而往會也。○穀旦于逝，越以鬷子公反邁叶力制反〔四〕。視爾如荍祁饒反〔五〕，貽我握椒。賦也。逝，往。越，於。鬷，衆也。邁，行也。荍，芘芣也，又名荊葵，紫色。椒，芬芳之物也。○言又以善旦而往，於是其衆行〔六〕，而男女相與道其慕悦之詞曰：我視女顏色之美〔七〕，如芘芣之華。於是遺我以一握之椒，而交情好也。

東門之枌三章，章四句。

【校】

〔一〕「符云反」，明嘉靖本作「音文」。

〔二〕「況浦反」，明嘉靖本作「音許」。

〔三〕「初佳反」，明嘉靖本作「音釵」。

〔四〕「子公反」，明嘉靖本作「音宗」。

〔五〕「祁饒反」，明嘉靖本作「音翹」。

〔六〕「是」字下，元本、元十卷本、明正統本、明嘉靖本多「以」字。

〔七〕「女」，明正統本、明嘉靖本作「爾」。

衡門之下，可以棲音西遲。泌悲位反之洋洋，可以樂音洛飢。賦也。衡門，横木爲門也。門之深者有阿塾堂宇，此惟横木爲之。棲遲，游息也。泌，泉水也。洋洋，水流貌。○此隱居自樂而無求者之詞。言衡門雖淺陋，然亦可以遊息。泌水雖不可飽，然亦可以玩樂而忘飢也。○豈其食魚，必河之魴音房？豈其取音娶妻，必齊之姜？賦也。姜，齊姓。○豈其食魚，必河之鯉？豈其取妻，必宋之子叶奬履反？○賦也。子，宋姓。

衡門三章，章四句。

東門之池，可以漚烏豆反麻叶謨婆反。彼美淑姬，可與晤五故反歌。興也。池，城池也。漚，漬也。治麻者，必先以水漬之。晤，猶解也。○此亦男女會遇之詞。蓋因其會遇之地、所見之物以起興也。○東門之池，可以漚紵直吕反。彼美淑姬，可與晤語。興也。紵，麻屬。○東門之池，可以漚菅古顔反，叶居賢反。彼美淑姬，可與晤言。興也。菅，葉似茅而滑澤，莖有白粉，柔韌，宜爲索也。

東門之池三章，章四句。

東門之楊，其葉牂牂子桑反。**昏以爲期，明星煌煌。**興也。東門，相期之地也。楊，柳之揚起者也。牂牂，盛貌。明星，啓明也。煌煌，大明貌。○此亦男女期會，而有負約不至者，故因其所見以起興也。○**東門之楊，其葉肺肺**普計反。**昏以爲期，明星晢晢**之世反。○興也。肺肺，猶牂牂也。晢晢，猶煌煌也。

東門之楊二章，章四句。

墓門有棘，斧以斯所宜反**之**〔一〕。**夫也不良，國人知之。知而不已，誰昔然矣。**興也。墓門，凶僻之地，多生荆棘。斯，析也。夫，指所刺之人也。誰昔，昔也，猶言疇昔也。○言墓門有棘，則斧以斯之矣。此人不良，則國人知之矣。國人知之，而猶不自改，則自疇昔而已然，非一日之積矣。所謂不良之人，亦不知其何所指也。○**墓門有梅，有鴞萃止。夫也不良，歌以訊**叶息悴反**之。訊予不顧**叶果五反，**顛倒思予**叶演女反。○興也。鴟鴞，惡聲之鳥也。萃，集。訊，告也。顛倒，狼狽之狀。○墓門有梅，則有鴞萃之矣。夫也不良，則有歌其惡以訊之者矣。訊之而不予顧，至於顛倒，然後思予，則豈有所及哉？或曰：訊予之「予」，疑當依前章作「而」字。

墓門二章，章六句。

【校】

〔一〕「反」，原作「也」，據元本、元十卷本、明正統本、明嘉靖本改。

防有鵲巢，邛其恭反有旨苕徒雕反，叶徒刀反。誰侜陟留反予美？心焉忉忉都勞反。○興也。防，人所築以捍水者。邛，丘。旨，美也。苕，苕饒也，莖如勞豆而細，葉似蒺藜而青，其莖葉緑色，可生食，如小豆藿也。侜，侜張也，猶鄭風之所謂「迋」也。予美，指所與私者也。忉忉，憂貌。○此男女之有私，而憂或閒之之詞。故曰：防則有鵲巢矣，邛則有旨苕矣。今此何人，而侜張予之所美，使我憂之而至於忉忉乎？○中唐有甓蒲歷反，邛有旨鷊五歷反。誰侜予美？心焉惕惕吐歷反。○興也。廟中路謂之唐。甓，瓴甋也。鷊，小草，雜色如綬。惕惕，猶忉忉也。

防有鵲巢二章，章四句。

月出皎兮，佼古卯反人僚音了兮。舒窈烏了反糾己小反兮，勞心悄七小反兮。興也。皎，月光也。佼人，美人也。僚，好貌。窈，幽遠也。糾，愁結也。悄，憂也。○此亦男女相悦而相念之辭。言月出則皎然矣，佼人則僚然矣。安得見之而舒窈糾之情乎？是以爲之勞心而悄然也。○月出皓胡老反兮，佼人懰力久反，叶朗老反兮。舒懮於久反受叶時倒反兮，勞心慅七老反兮。興也。懰，好貌。懮受，憂思也。慅，猶悄也。○月出照兮，佼人燎力召反兮。舒夭於表反紹實照反兮，勞心慘當作「懆」，七弔反兮。興也。燎，明也。夭紹，糾緊之意。慘，憂也。

月出三章，章四句。

胡爲乎株林？從夏戶雅反南叶尼心反，下同。匪適株林，從夏南。賦也。株林，夏氏邑也。夏南，徵舒字也。○靈公淫於夏徵舒之母，朝夕而往夏氏之邑，故其民相與語曰：君胡爲乎株林乎？曰：從夏南耳。然則非適株林也，特以從夏南故耳。蓋淫乎夏姬，不可言也，故以從其子言之。詩人之忠厚如此。○駕我乘繩證反馬叶滿補反，說音税于株野叶上與反。乘我乘駒〔一〕，朝食于株。賦也。說，舍也。馬六尺以下曰駒。

株林二章，章四句。春秋傳：夏姬，鄭穆公之女也，嫁於陳大夫夏御叔。靈公與其大夫孔寧、儀行父通焉。洩冶諫，不聽而殺之。後卒爲其子徵舒所弒，而徵舒復爲楚莊王所誅。

【校】

〔一〕「乘我」之「乘」字下，明正統本、明嘉靖本多「平聲」二小字。

彼澤之陂叶音波，有蒲與荷音何。有美一人，傷如之何！寤寐無爲，涕他弟反泗音四滂普光反沱徒何反。○興也。陂，澤障也。蒲，水草可爲席者。荷，芙蕖也。自目曰涕，自鼻曰泗。○此詩大旨與月出相類。言彼澤之陂，則有蒲與荷矣。有美一人，而不可見，則雖憂傷，而如之何哉！寤寐無爲，涕泗滂沱而已矣。○彼澤之陂，有蒲與蕑古顏反，叶居賢反〔一〕。有美一人，碩大且卷其員反。寤寐無爲，中心悁悁烏玄反。○興也。蕑，蘭也。卷，鬈髮之美也。悁悁，猶悒悒也。○彼澤之陂，有蒲菡户感反萏大感反，叶待檢反。有美一人，碩大且儼魚檢反。寤寐無爲，輾轉伏枕叶知險反〔二〕。○興也。菡萏，荷華也。儼，矜莊貌。輾轉伏枕，卧而不寐，思之深且久也。

澤陂三章，章六句。

【校】

〔一〕「居」，明嘉靖本作「古」。

〔二〕「險」，明嘉靖本作「檢」。

陳國十篇，二十六章，一百一十四句〔一〕。東萊吕氏曰：「『變風』終於陳靈。其閒男女夫婦之詩一何多邪？曰：有天地然後有萬物，有萬物然後有男女，有男女然後有夫婦，有夫婦然後有父子，有父子然後有君臣，有君臣然後有上下，有上下然後禮義有所錯。男女者，三綱之本，萬事之先也。『正風』之所以爲正者，舉其正者以勸之也。『變風』之所以爲變者，舉其不正者以戒之也。道之升降，時之治亂，俗之汙隆，民之死生，於是乎在。録之煩悉，篇之重複，亦何疑哉！」

【校】

〔一〕「一百一十四」，原作「百二十四」。據朱熹陳風各篇篇末注及八卷本改。

檜一之十三

檜，國名，高辛氏火正祝融之墟。在禹貢豫州，外方之北，滎、波之南，居溱、洧之閒。其君妘姓，祝融之後。周衰，爲鄭武公所滅〔一〕，而遷國焉。今之鄭州即其地也。蘇氏以爲檜詩皆爲鄭作，如邶、鄘之於衛也。未知是否。

【校】

〔一〕「武」，原作「桓」，據劉瑾通釋改。按周幽王時，鄭桓公只是徙民雒東，並未完全兼併虢、檜。後桓公死於犬戎之亂，其子鄭武公助周平王東遷，其後才滅檜。漢書地理志：「桓公死，其子武公與平王東遷，卒定虢、會之地。」另參國語鄭語、史記鄭世家及注。

羔裘逍遥，狐裘以朝直遥反，叶直勞反。豈不爾思？勞心忉忉音刀。○賦也。緇衣羔裘，諸侯之朝服。錦衣狐裘，其朝天子之服也。○舊説，檜君好潔其衣服，逍遥遊宴，而不能自强於政治，故詩人憂之。○羔裘翱翔，狐裘在堂。豈不爾思？我心憂傷。賦也。翱翔，猶逍遥也。堂，公堂也。○羔裘如膏古報反，日出有曜羊照反，叶羊號反。豈不爾思？中心是悼。賦也。膏，脂所漬也。日出有曜，日照之則有光也。

羔裘三章，章四句。

庶見素冠兮，棘人欒欒力端反兮，勞心慱慱徒端反兮。賦也。庶，幸也。縞冠素紕，既祥之冠也。黑經白緯曰縞，緣邊曰紕。棘，急也。喪事欲其總總爾哀遽之狀也。欒欒，瘠貌。慱慱，憂勞之貌。○祥冠，祥則冠之，禫則除之。今人皆不能行三年之喪矣，安得見此服乎？當時賢者庶幾見之，至於憂勞也。○庶見素衣兮，我心傷悲兮，聊與子同歸兮。賦也。素冠則素衣矣。與子同歸，愛慕之詞也。○庶見素韠音畢兮，我心蘊於粉反結叶訖力反兮，聊與子如一兮。賦也。韠，蔽膝也，以韋爲之。冕服謂之韍，其餘曰韠。韠從裳色，素衣素裳，則素韠也。蘊結，思之不解也。與子如一，甚於同歸矣。

素冠三章，章三句。 按喪禮，爲父爲君，斬衰三年。昔宰予欲短喪，夫子曰：「子生三年，然後免於父母之懷。予也有三年之愛於其父母乎？」三年之喪，天下之通喪也。」傳曰：「子夏三年之喪畢，見於夫子，援琴而絃，衎衎而樂。作而曰：『先王制禮，不敢不及。』夫子曰：『君子也。』閔子騫三年之喪畢，見於夫子，援琴而絃，切切而哀。作而曰：『先王制禮，不敢過也。』夫子曰：『君子也。』子路曰：『敢問何謂也？』夫子曰：『子夏哀已盡，能引而致之於禮，故曰「君子也」。閔子騫哀未盡，能自割以禮，故曰「君子也」。』夫三年之喪，賢者之所輕，不肖者之所勉。」

隰有萇丈羊切楚(一)，猗於可反儺乃可反其枝。夭於驕反之沃沃烏毒反，樂音洛子之無知。賦也。萇楚，銚弋，今羊桃也，子如小麥，亦似桃。猗儺，柔順也。夭，少好貌。沃沃，光澤貌。子，指萇楚也。○政煩賦重，人不堪其苦，歎其不如草木之無知而無憂也。○隰有萇楚，猗儺其華芳無、胡瓜二反。夭之沃沃，樂子之無家古胡、古牙二反。○賦也。無家，言無累也。○隰有萇楚，猗儺其實。夭之沃沃，樂子之無室。

賦也。無室，猶無家也。

隰有萇楚三章，章四句。

【校】

〔一〕「切」，明正統本、明嘉靖本作「反」。

匪風發叶方月反**兮，匪車偈**起竭反**兮。顧瞻周道，中心怛**都達反，叶旦悦反**兮。**賦也。發，飄揚貌。偈，疾驅貌。周道，適周之路也。怛，傷也。○周室衰微，賢人憂歎而作此詩。言常時風發而車偈，則中心怛然。今非風發也，非車偈也，特顧瞻周道，而思王室之陵遲，故中心爲之怛然耳。○**匪風飄**符遥反，叶匹妙反**兮，匪車嘌**匹遥反，叶匹妙反**兮。顧瞻周道，中心弔兮。**賦也。回風曰飄〔一〕。嘌，漂揺不安之貌。弔，亦傷也。○**誰能亨**普庚反**魚？溉**古愛反**之釜**符甫反**鬵**音尋**。誰將西歸？懷之好音。**興也。溉，滌也。鬵，釜屬。西歸，歸于周也。○誰能亨魚乎？有則我願爲之溉其釜鬵。誰將西歸乎？有則我願慰之以好音。以見思之甚，但有西歸之人，即思有以厚之也。

匪風三章，章四句。

【校】

〔一〕「曰」，明嘉靖本作「謂之」。

檜國四篇，十二章，四十五句。

曹一之十四曹，國名。其地在禹貢兖州，陶丘之北，雷夏、菏澤之野。周武王以封其弟振鐸。今之曹州即其地也。

蜉蝣之羽，衣裳楚楚叶創舉反。心之憂矣，於我歸處。比也。蜉蝣，渠略也，似蛣蜣，身狹而長角〔一〕，黄黑色，朝生暮死。楚楚，鮮明貌。○此詩蓋以時人有玩細娛而忘遠慮者，故以蜉蝣爲比而刺之。言蜉蝣之羽翼，猶衣裳之楚楚可愛也。然其朝生暮死，不能久存，故我心憂之，而欲其於我歸處耳。序以爲刺其君，或然，而未有考也。○蜉蝣之翼，采采衣服叶蒲北反。心之憂矣，於我歸息。比也。采采，華飾也。息，止也。○蜉蝣掘求勿反閱〔二〕，麻衣如雪。心之憂矣，於我歸説音稅，叶輸爇反。○比也。掘閱，未詳。説，舍息也。

蜉蝣三章，章四句。

【校】

〔一〕「身狹而長角」，爾雅郭璞注作「身狹而長，有角」，是也。

〔二〕「求勿反」下，元十卷本多「舍息也」三小字。

彼候人兮，何何可切**戈與祋**都律、都外二反〔一〕。**彼其**音記**之子，三百赤芾**芳勿、蒲昧二反。○興也。候人，道路迎送賓客之官。何，揭。祋，殳也。之子，指小人。芾，冕服之韠也。一命，緼芾黝珩；再命，赤芾黝珩；三命，赤芾葱珩；大夫以上，赤芾乘軒。○此刺其君遠君子而近小人之詞。言彼候人而何戈與祋者，宜也。彼其之子，而三百赤芾，何哉？晉文公入曹，數其不用僖負羈，而乘軒者三百人，其謂是歟？**○維鵜**徒低反**在梁，不濡其翼。彼其之子，不稱**尺證反**其服**叶蒲北反。○興也。鵜，洿澤〔二〕，水鳥也，俗所謂淘河也。**○維鵜在梁，不濡其咮**陟救反。**彼其之子，不遂其媾**古豆反。○興也。咮，喙。遂，稱。媾，寵也。遂之爲稱，猶今人謂遂意曰稱意。**○薈**烏會反**兮蔚**於貴反**兮，南山朝隮**子兮反。**婉**於阮反**兮孌**力轉反**兮，季女斯飢。**比也。薈、蔚，草木盛多之貌。朝隮，雲氣升騰也。婉，少貌。孌，好貌。○薈蔚朝隮，言小人衆多而氣燄盛也。季女婉孌自保，不妄從人，而反飢困。言賢者守道，而反貧賤也。

候人四章，章四句。

【校】

〔一〕「切」，明正統本、明嘉靖本作「反」。

〔二〕「鴮」，毛傳、胡一桂纂疏、劉瑾通釋、朱公遷疏義、明正統本、明嘉靖本作「洿」。

鳲鳩在桑，其子七兮。淑人君子，其儀一兮〔二〕。**其儀一兮，心如結**叶訖力反**兮。**興也。鳲鳩，秸鞠也，亦名戴勝，今之布穀也。飼子朝從上下，莫從下上，平均如一也。如結，如物之固結而不散也。○詩人美君子之用心均平專一。故言鳲鳩在桑，則其子七矣。淑人君子，則其儀一矣。其儀一，則心如結矣。然不知其何所指也。陳氏曰：「君子動容貌，斯遠暴慢；正顔色，斯近信；出辭氣，斯遠鄙倍。其見於威儀動作之閒者，有常度矣，豈固爲是拘拘者哉？蓋和順積中，而英華發外。是以由其威儀一於外，而其心如結於内者，從可知也。」○**鳲鳩在桑，其子在梅**叶莫悲反。**淑人君子，其帶伊絲**叶新齎反。**其帶伊絲，其弁伊騏**音其。○興也。鳲鳩常言在桑，其子每章異木，子自飛去，母常不移也。帶，大帶也。大帶用素絲，有雜色飾焉。弁，皮弁也。騏，馬青黑色者。弁之色亦如此也。書云：「四人騏弁。」今作「綦」。○言鳲鳩在桑，則其子在梅矣。淑人君子，則其帶伊絲矣。其帶伊絲，則其弁伊騏矣。言有常度，不差忒也。○**鳲鳩在桑，其子在棘。淑人君子，其儀不忒**它得反。**其儀不忒，正是四國**叶于逼反。○興也。有常度而其心一，故儀不忒。儀不忒，則足以正四國矣。大學傳曰：「其爲父子兄弟足法，而後民法之也。」○**鳲鳩在桑，其子在榛**側巾反。**淑人君子，正是國人。正是國人，胡不萬**

年叶尼因反？○興也。儀不忒，故能正國人。胡不萬年，願其壽考之詞也。

鳲鳩四章，章六句。

【校】

〔一〕「子其儀一兮」五字原闕，據南圖宋本、元本、元十卷本、明正統本、明嘉靖本補。

洌音列彼下泉，浸彼苞稂音郎。愾苦愛反我寤嘆，念彼周京叶居良反。○比而興也。洌，寒也。下泉，泉下流者也。苞，草叢生也。稂，童粱，莠屬也。愾，歎息之聲也。周京，天子所居也。○王室陵夷而小國困弊，故以寒泉下流而苞稂見傷爲比，遂興其愾然以念周京也。○洌彼下泉，浸彼苞蕭叶疏鳩反。愾我寤嘆，念彼京周。○比而興也。蕭，蒿也。京周，猶周京也。○洌彼下泉，浸彼苞蓍音尸。愾我寤歎，念彼京師叶霜夷反。○比而興也。蓍，筮草也。京師，猶京周也。詳見大雅公劉篇。○芃芃薄工反黍苗，陰雨膏古報反之。四國有王，郇音荀伯勞力報反之。○比而興也。芃芃，美貌。郇伯，郇侯，文王之後，嘗爲州伯，治諸侯有功。○言黍苗既芃芃然矣，又有陰雨以膏之。四國既有王矣，而又有郇伯以勞之。傷今之不然也。

下泉四章，章四句。

程子曰：「易剥之爲卦也，諸陽消剥已盡，獨有上九一爻尚存，如碩大之果不見食，將有復生之理。上九亦變，則純陰矣。然陽無可盡之理，變於上，則生於下，無間可容息也。（略）陰道極盛之時，其亂可知。亂極則自當思治，故衆心願戴於君子，君子得輿也。詩匪風、下泉所以居『變風』之終也」。○陳氏曰：「亂極而不治，變極而不正，則天理滅矣，人道絶矣。聖人於『變風』之極，則係以思治之詩，以示循環之理，以言亂之可治、變之可正也。」

曹國四篇，十五章，六十八句。

詩卷第八

豳一之十五

豳，國名。在禹貢雍州，岐山之北，原隰之野。虞、夏之際，棄爲后稷，而封於邰。及夏之衰，棄稷不務，棄子不窋失其官守，而自竄於戎狄之閒。不窋生鞠陶，鞠陶生公劉，能復修后稷之業，民以富實。乃相土地之宜，而立國於豳之谷焉。十世而大王徙居岐山之陽，十二世而文王始受天命，十三世而武王遂爲天子。武王崩，成王立，年幼不能涖阼，周公旦以冢宰攝政，乃述后稷、公劉之化，作詩一篇以戒成王，謂之豳風。而後人又取周公所作，及凡爲周公而作之詩以附焉。豳在今邠州三水縣，邰在今京兆府武功縣。

七月流火叶虎委反，**九月授衣**叶上聲〔一〕。**一之日觱**音必**發**叶方吠反，**二之日栗烈**叶力制反。**無衣無褐**音曷，叶許例反，**何以卒歲**或曰：發、烈、褐皆如字，而歲讀如雪？**三之日于耜**叶羊里反，**四之日舉趾。同我婦子**叶奨履反，**饁**炎輒反**彼南畝**叶滿彼反，**田畯**音俊**至喜。**賦也。七月，斗建申之月，夏之七月也。後凡言「月」者放此。流，下也。火，大火，心星也。以六月之昏，加於地之南方。至七月之昏，則下而流矣〔二〕。九月霜降始寒，而蠶績之功亦成，故授人以衣，使禦寒也。一之日，謂斗建子，一陽之月。二之日，謂斗建丑，二陽之月也。變月言日，言是月之日也。後凡言「日」者放此。蓋周之先公已用此以紀候，故周有天下，遂以爲一代之正朔也。觱發，風寒也。栗烈，氣寒也。褐，毛布也。歲，夏正之歲也。于，往也。耜，田器也。于耜，言往修田器也。舉趾，舉足而耕也。我，家長自我也。饁，餉田也。田畯，田大夫，勸農之官也。○周公以成王未知稼穡之艱難，故陳后稷、公劉風化之所由，使瞽矇朝夕諷誦以教之。此章首言七月暑退將寒，故九月而授衣以禦之。蓋十一月以後風氣日寒，不如是則無以卒歲也。正月則往修田器，二月則舉趾而耕。少者既皆出而在田，故老者率婦子而餉之。治田早而用力齊，是以田畯至而喜之也。此章前段言衣之始，後段言食之始。二章至五章終前段之意，六章至八章終後段之意。

○七月流火，九月授衣。春日載陽，有鳴倉庚叶古郎反。**女執懿筐，遵彼微行**叶户郎反，**爰求柔桑。春日遲遲，采蘩祁祁**巨之反。**女心傷悲，殆及公子同歸。**賦也。載，始也。陽，溫和也。倉庚，黄鸝也。懿，深美也。遵，循也。微行，小逕也。柔桑，稚桑也。遲遲，日長而暄也。蘩，白蒿也，所以生蠶，今人猶用之。蓋蠶生未齊，未可食桑，故以此啖之也。祁祁，衆多也，或曰徐也。公子，豳公之子也。○再言流火、授衣者，將言女功之始，故又本於此。遂言春日始和，有鳴倉庚之時，而蠶始生，而執深筐以求稚桑〔三〕。然又有生而未齊者，則采蘩者衆。而此治蠶之女，感時而傷悲。蓋是時公子猶娶於國中，而貴家大族連姻公室者，亦無不力於蠶桑之務。故其許嫁之女，預以將及公子同歸而遠其父母爲悲也。其風俗之厚，而上下之情，交相忠愛如此。後章凡言「公子」者放此。

○七月流火，八月萑户官反**葦**韋鬼反。**蠶月條**它彫反**桑，取彼斧斨**七羊反，**以伐遠揚，猗**於宜反**彼女桑。七月鳴鵙**圭覓反，**八月載績。載玄載黄，我朱孔陽，爲公子裳。**賦也。萑葦，即蒹葭也。蠶月，治蠶之月。條桑，枝落之，采其葉也。斧，隋銎。斨，方銎。遠揚，遠枝揚起者也。取葉存條曰猗。女桑，小桑也。小桑不可條取，故取其葉而存其條，猗猗然爾。鵙，伯勞也。績，緝也。玄，黑而有赤之色。朱，赤色。陽，明也。○言七月暑退將寒，而是歲禦冬之備，亦庶幾其成矣。又當預擬來歲治蠶之用，故於八月萑葦既成之際而收蓄之，將以爲曲薄。至來歲治蠶之月，則采桑以供蠶食，而大小畢取，見蠶盛而人力至也。蠶事既備，又於鳴鵙之後，麻熟而可績之時，則績其麻以爲布。而凡此蠶績之所成者，皆染之，或玄或黄，而其朱者尤爲鮮明，皆以供上，而爲公子之裳。言勞於其事而不自愛，以奉其上。蓋至誠慘怛之意，上以是施之，下以是報之也。以上二章，專言蠶績之事，以終首章前段「無衣」之意。○**四月秀葽**於遥反，**五月鳴蜩**徒彫反。**八月其穫**户郭反，**十月隕**于敏反**蘀**音託。**一之日于貉**户各反，**取彼狐狸**力之反，**爲公子裘**叶渠之反。**二之日其同，載纘**子管反**武功。言私其豵**子公反，**獻豣**古年反**于公。**賦也。不榮而實曰秀。葽，草名。蜩，蟬也。穫，禾之早者可穫也。隕，墜。蘀，落也。謂草木隕落也。貉，狐狸也。于貉，猶言于耜，謂往取狐狸也。同，竭作以狩也。纘，習而繼之也。豵，一歲豕。豣，三歲豕也。○言自四月純陽，而歷一陰四陰，以至純陰之月，則大寒之候將至。雖蠶桑之功無所不備，猶恐其不足以禦寒。故于貉而取狐狸之皮，以爲公子之裘也。獸之小者，私之以爲己有，而大者則獻之於上，亦愛其上之無已也。此章專言狩獵，以終首章前段「無褐」之意。○**五月斯螽**音終**動股，六月莎**素和反**雞振羽。七月在野**叶上與反，**八月在宇，九月在户**後五反，**十月蟋蟀入我牀下**叶後五反，八字一句。**穹**起弓反**窒**珍悉反**熏**許云反**鼠，塞向墐**音覲**户**同上。**嗟我婦子**叶兹五反，**曰爲改歲，入此室處。**賦也。斯螽、莎雞、蟋蟀，一物，隨時變化而異其名。動股，始躍而以股鳴也。振羽，能飛而以翅鳴也。宇，簷下也。暑則在野，寒則依人。穹，空隙也。窒，塞也。向，北出牖也。墐，塗也。庶人篳户，冬則塗之。東萊吕氏曰：「十月而曰改歲，三正之通于民俗尚矣。周特舉而迭用之耳。」○言覩蟋蟀之依人，則知寒之將至矣。於是室中空隙者塞之，熏鼠使不得穴於其中，塞向以當北風，墐户以禦寒氣。而語其婦子曰：

歲將改矣，天既寒而事亦已，可以入此室處矣。此見老者之愛也。此章亦以終首章前段禦寒之意。○**六月食鬱及薁**於六反，**七月亨**普庚反**葵及菽**音叔。**八月剥**普卜反**棗**叶音走，**十月穫稻**叶徒苟反。**爲此春酒，以介眉壽**叶殖酉反。**七月食瓜**叶音孤，**八月斷壺。九月叔苴**七餘反。**采荼**音徒**薪樗**敕書反，**食**音嗣**我農夫。**賦也。鬱，棣屬。薁，蘡薁也。葵，菜名。菽，豆也。剥，擊也。穫稻以釀酒也。介，助也。介眉壽者，頌禱之辭也。壺，瓠也。食瓜斷壺，亦去圃爲場之漸也。叔，拾也。苴，麻子也。荼，苦菜也。樗，惡木也。○自此至卒章，皆言農圃、飲食、祭祀、燕樂，以終首章後段之意。而此章果酒嘉蔬，以供老疾、奉賓祭；瓜瓠苴荼，以爲常食。少長之義、豐儉之節然也。○**九月築場圃**博故反，**十月納禾稼**叶古護反。**黍稷重**直容反**穋**音六，叶六直反，**禾麻菽麥**叶訖力反。**嗟我農夫，我稼既同，上入執宫功。晝爾于茅，宵爾索綯**徒刀反。**亟**紀力反**其乘屋，其始播百穀。**賦也。場、圃同地。物生之時，則耕治以爲圃，而種菜茹；物成之際，則築堅之以爲場，而納禾稼。蓋自田而納之於場也。禾者，穀連藁秸之總名。禾之秀實而在野者曰稼。先種後熟曰重，後種先熟曰穋。再言禾者，稻秫苽粱之屬皆禾也。同，聚也。宫，邑居之宅也。古者民受五畝之宅，二畝半爲廬在田，春夏居之；二畝半爲宅在邑，秋冬居之。功，葺治之事也。或曰：公室官府之役也。古者「用民之力，歲不過三日」是也。索，絞也。綯，索也。乘，升也。○言納於場者無所不備，則我稼同矣，可以上入都邑，而執治宫室之事矣。故晝往取茅，夜而絞索，亟升其屋而治之。蓋以來歲將復始播百穀，而不暇於此故也。不待督責而自相警戒，不敢休息如此。吕氏曰：「此章終始農事，以極憂勤艱難之意。」○**二之日鑿冰沖沖，三之日納于凌**力證反**陰**叶於容反。**四之日其蚤**音早，**獻羔祭韭**音九，叶己小反。**九月肅霜，十月滌**徒力反**場，朋酒斯饗**叶虚良反，**曰殺羔羊。躋**子奚反**彼公堂，稱彼兕**

觥號彭反，叶古黄反，**萬壽無疆**！賦也。鑿冰，謂取冰於山也。沖沖，鑿冰之意。周禮「正歲十二月，令斬冰」是也。納，藏也。藏冰所以備暑也。凌陰，冰室也。豳土寒多，正月風未解凍，故冰猶可藏也。蚤，蚤朝也。韭，菜名。獻羔祭韭，而後啓之。月令仲春「獻羔開冰，先薦寢廟」是也。蘇氏曰：「古者藏冰發冰，以節陽氣之盛。夫陽氣之在天地，譬猶火之著於物也〔四〕，故常有以解之。十二月陽氣蘊伏，錮而未發，其盛在下，則納冰於地中。至於二月，四陽作，蟄蟲起，陽始用事，則亦始啓冰而廟薦之。至於四月，陽氣畢達，陰氣將絶，則冰於是大發。食肉之禄，老病喪浴，冰無不及。是以冬無愆陽，夏無伏陰，春無淒風，秋無苦雨，雷出不震，無災霜雹，癘疾不降，民不夭札也。」胡氏曰：「藏冰開冰，亦聖人輔相燮調之一事爾，不專恃此以爲治也。」肅霜，氣肅而霜降也。滌場者，農事畢而掃場地也。兩尊曰朋。鄉飲酒之禮，「兩尊壺于房户閒」是也〔五〕。躋，升也。公堂，君之堂也。稱，舉也。疆，竟也。○張子曰：「此章見民忠愛其君之甚。既勸趨其藏冰之役，又相戒速畢場功，殺羊以獻于公，舉酒而祝其壽也。」

七月八章，章十一句。周禮籥章：「中春晝擊土鼓，歠豳詩以逆暑。中秋夜迎寒，亦如之。」即謂此詩也。王氏曰：「仰觀星日霜露之變，俯察昆蟲草木之化，以知天時，以授民事。女服事乎内，男服事乎外。上以誠愛下，下以忠利上。父父子子，夫夫婦婦，養老而慈幼，食力而助弱。其祭祀也時，其燕饗也節。此七月之義也。」

【校】

〔一〕「聲」字下，元本、元十卷本、明嘉靖本多「音」字。

〔二〕「而」字下，元本、元十卷本、明正統本、明嘉靖本多「西」字。

〔三〕「而」，元本、元十卷本、明正統本、明嘉靖本作「則」。

〔四〕「猶」，明嘉靖本作「如」。

〔五〕「兩尊壺于房户間」，儀禮鄉飲酒禮作「尊兩壺于房户間」。文字有倒錯。

鴟鴞鴟鴞，既取我子又叶入聲，無毁我室又叶上聲。恩斯勤斯，鬻由六反子之閔叶眉貧反斯。

比也。爲鳥言以自比也。鴟鴞，鵂鶹，惡鳥，攫鳥子而食者也。室，鳥自名其巢也。恩，情愛也。勤，篤厚也。鬻，養。閔，憂也。○武王克商，使弟管叔鮮、蔡叔度監于紂子武庚之國。武王崩，成王立，周公相之。而二叔以武庚叛，且流言於國曰：「周公將不利於孺子。」故周公東征，二年，乃得管叔、武庚而誅之。而成王猶未知公之意也〔一〕。公乃作此詩以貽王，託爲鳥之愛巢者，呼鴟鴞而謂之曰：鴟鴞鴟鴞，爾既取我之子矣，無更毁我之室也。以我情愛之心，篤厚之意，鬻養此子，誠可憐憫。今既取之，其毒甚矣，況又毁我室乎！以比武庚既敗管、蔡，不可更毁我王室也。

迨天之未陰雨，徹彼桑土音杜，徒古反，綢直留反繆莫侯反牖户叶後五反〔二〕。今女音汝下民，或敢侮予叶演女反！

○比也。迨，及。徹，取也。桑土，桑根皮也〔三〕。綢繆，纏綿也。牖，巢之通氣處。户，其出入處也。○亦爲鳥言：我及天未陰雨之時，而往取桑根，以纏綿巢之隙穴，使之堅固，以備陰雨之患。則此下土之民，誰敢有侮予者！亦以比己深愛王室，而預防其患難之意。故孔子贊之曰：「爲此詩者，其知道乎！能治其國家，誰敢侮之？」

○予手拮音吉据音居，予所捋力活反荼，予所蓄租子胡反，予口卒瘏音徒，曰予未有室家叶古胡反。

○比也。拮据，手口共作之貌。捋，取也。荼，萑苕，可藉巢者也。蓄，積。租，聚。卒，盡。瘏，病也。室家，巢也。○亦爲鳥言：作巢之始，所以拮据以捋荼蓄租，勞苦而至於盡病者，以巢之未成也。以比己之前日所以勤勞如此者，以王室之新造而未集故也。○予羽譙譙在消反，予尾翛翛素彫反。予室翹翹祈消反〔四〕，風雨所漂匹遥反搖。予維音嘵嘵呼堯反！○比也。譙譙，殺也。翛翛，敝也。翹翹，危也。嘵嘵，急也。○亦爲鳥言：羽殺尾敝以成其室，而未定也，風雨又從而飄摇之。則我之哀鳴，安得而不急哉！以比己既勞悴，王室又未安，而多難乘之。則其作詩以喻王，亦不得而不汲汲也。

鴟鴞四章，章五句。事見書金縢篇。

【校】

〔一〕明嘉靖本「公」上有「周」字。

〔二〕「叶」字，元本、元十卷本、明正統本、明嘉靖本無。

〔三〕「皮」字，元本、元十卷本、明正統本、明嘉靖本無。

〔四〕「消」，元本作「或」。

我徂東山，慆慆吐刀反不歸無韻，未詳。我來自東，零雨其濛。我東曰歸，我心西悲。制彼裳衣，勿士行户郎反枚叶謨悲反。蜎蜎烏玄反者蠋音蜀〔一〕，烝在桑野叶上與反。敦都迴反彼獨宿，亦在車下叶後五反。○賦也。東山，所征之地也。慆慆，言久也。零，落也。濛，雨貌。裳衣，平居之服也。勿士行枚，未詳其義。鄭氏曰：「士，事也。行，陳也。枚，如箸，銜之，有繣結項中，以止語也。」蜎蜎，動貌。蠋，桑蟲，似蠶者也〔二〕。烝，發語聲〔三〕。敦，獨處不移之貌。此則興也。○成王既得鴟鴞之詩，又感雷風之變，始悟而迎周公。於是周公東征已三年矣。既歸，因作詩以勞歸士〔四〕。蓋爲之述其意而言曰：我之東征既久，而歸塗又有遇雨之勞。因追言其在東而言歸之時，心已西嚮而悲。於是制其平居之服，而以爲自今可以勿爲行陳銜枚之事矣。及其在塗，則又覩物起興，而自歎曰：彼蜎蜎者蠋，其在彼桑野矣〔五〕。此敦然而獨宿者，則亦在此車下矣。

○我徂東山，慆慆不歸。我來自東，零雨其濛。果臝力果反之實，亦施羊豉反于宇。伊威在室，蠨音蕭蛸所交反在户後五反。町他頂反畽他短反鹿場，熠以執反燿以照反宵行叶户郎反。不可畏叶於非反也，伊可懷叶胡威反也。賦也。果臝，栝樓也。施，延也。蔓生延施于宇下也。伊威，鼠婦也。室不掃則有之。蠨蛸，小蜘蛛也。户無人出入，則結網當之。町畽，舍旁隙地也。無人焉，故鹿以爲場也。熠燿，明不定貌。宵行，蟲名，如蠶，夜行，喉下有光如螢也。○章首四句言其往來之勞，在外之久，故每章重言，見其感念之深。遂言已東征而室廬荒廢至於如此，亦可畏矣。然豈可畏而不歸哉？亦可懷思而已。此則述其歸未至而思家之情也。

○我徂東山，慆慆不歸。我來自東，零雨其濛。鸛古玩反鳴于垤田節反，叶地一反，婦歎于室。洒埽穹窒，我征聿至叶入聲。有敦都廻反瓜苦，烝在栗薪。自我不見，于今三年叶尼因反。○賦也。鸛，水鳥似鶴者也。垤，蟻塚也。穹窒，見七月。○將陰雨，則穴處者先知，故蟻出垤。而鸛就食之，遂鳴於其上也。行者之妻亦思其夫之勞苦，而歎息於家。於是洒掃穹窒以待其歸，而其夫之行忽已至矣。因見苦瓜繫於栗薪之上，而曰：自我之不見此，亦已三年矣。栗，周土所宜木，與苦瓜皆微物也。見之而喜，則其行久而感深可知矣。

○我徂東山，慆慆不歸。我來自東，零雨其濛。倉庚于飛，熠燿其羽。之子于歸，皇駁邦角反其馬叶滿補反。親結其縭叶離、羅二音，九十

其儀叶宜、俄二音。**其新孔嘉**叶居宜、居何二反，**其舊如之何**叶奚、河二音？○賦而興也。倉庚飛，昏姻時也。熠燿，鮮明也。黄白曰皇，駵白曰駁。縭，婦人之褘也。母戒女，而爲之施衿結帨也。九其儀、十其儀，言其儀之多也。○賦時物以起興，而言東征之歸士，未有室家者，及時而昏姻，既甚美矣；其舊有室家者，相見而喜，當如何邪〔六〕？

東山四章，章十二句。序曰：「一章言其完也，二章言其思也，三章言其室家之望女也，四章樂男女之得及時也。君子之於人，序其情而閔其勞，所以説也。『説以使民，民忘其死』，其唯東山乎？」愚謂：完，謂全師而歸，無死傷之苦。思，謂未至而思，有愴恨之懷。至於室家望女、男女及時，亦皆其心之所願而不敢言者，上之人乃先其未發而歌詠以勞苦之，則其歡欣感激之情爲如何哉！蓋古之勞詩皆如此。其上下之際，情志交孚，雖家人父子之相語，無以過之。此其所以維持鞏固數十百年，而無一旦土崩之患也。

【校】

〔一〕「烏」，原作「鳥」，據經典釋文、南圖宋本、宋刊明印本、元本、元十卷本、明正統本、明嘉靖本改。

〔二〕「似」，元本、元十卷本、明正統本、明嘉靖本作「如」。

〔三〕「聲」，明正統本、明嘉靖本作「辭」。

〔四〕元本、元十卷本、明正統本、明嘉靖本「詩」上有「此」字。

〔五〕「其」，元本、元十卷本、明正統本、明嘉靖本作「則」。

〔六〕「如何」，明嘉靖本作「何如」。

既破我斧，又缺我斨七羊反。**周公東征，四國是皇。哀我人斯，亦孔之將。**賦也。隋銎曰斧，方銎曰斨，征伐之用也。四國，四方之國也。皇，匡也。將，大也。○從軍之士，以前篇周公勞己之勤，故言此以答其意曰：東征之役，既破我斧而缺我斨，其勞甚矣。然周公之爲此舉，蓋將使四方莫敢不一於正而後已，其哀我人也，豈不大哉！然則雖有破斧缺斨之勞，而義有所不得辭矣。夫管、蔡流言以謗周公，而公以六軍之衆往而征之，使其心一有出於自私而不在於天下，則撫之雖勤，勞之雖至，而從役之士豈能不怨也哉？今觀此詩，固足以見周公之心大公至正，天下信其無有一豪自愛之私；抑又有以見當是之時，雖被堅執鋭之人，亦皆能以周公之心爲心，而不自爲一身一家之計，蓋亦莫非聖人之徒也。學者於此熟玩而有得焉，則其心正大，而天地之情真可見矣。○**既破我斧，又缺我錡**巨宜反，叶巨何反。**周公東征，四國是吪**五戈反。**哀我人斯，亦孔之嘉**叶居何反。○賦也。錡，鑿屬〔一〕。吪，化。嘉，善也。○**既破我斧，又缺我銶**音求。**周公東征，四國是遒**在羞反。**哀我人斯，亦孔之休。**賦也。銶，木屬。遒，斂而固之也。休，美也。

破斧三章，章六句。范氏曰：「象日以殺舜爲事，舜爲天子也，則封之。管、蔡啓商以叛，周公之爲相也，則誅之。迹雖不同，其道則一也。蓋象之禍，及於舜而已，故舜封之。管、蔡流言，將危周公以間王室，得罪於天下，故周公誅之。非周公誅之，天下之所當誅也，周公豈得而私之哉？」

【校】

〔一〕「鑿」，元本、元十卷本作「銎」。

伐柯如何？匪斧不克。取七喻反妻如何？匪媒不得。比也。柯，斧柄也。克，能也。媒，通二姓之言者也。○周公居東之時，東人言此，以比平日欲見周公之難。○伐柯伐柯，其則不遠。我覯古豆反之子〔一〕，籩豆有踐。踐淺反。○比也。則，法也。我，東人自我也。之子，指其妻而言也。籩，竹豆也。豆，木豆也。踐，行列之貌。○言伐柯而有斧，則不過即此舊斧之柯，而得其新柯之法。娶妻而有媒，則亦不過即此見之，而成其同牢之禮矣。東人言此，以比今日得見周公之易，深喜之之詞也。

伐柯二章，章四句。

【校】

〔一〕「覯」，明正統本、明嘉靖本、八卷本作「遘」。

九罭于逼反之魚，鱒才損反魴音房。我覯之子，衮古本反衣繡裳。興也。九罭，九囊之網也。鱒，似鯶而鱗細眼赤。魴，已見上。皆魚之美者也。我，東人自我也。之子，指周公也。衮衣裳九章：一曰龍；二曰山；三曰華蟲，雉也；四曰火；五曰宗彝，虎蜼也，皆繢於衣〔一〕。六曰藻，七曰粉米，八曰黼，九曰黻，皆繡於裳。天子之龍一升一降〔二〕，上公但有降龍。以龍首卷然，故謂之衮也。○此亦周公居東之時，東人喜得見之，而言九罭之網，則有鱒魴之魚矣。我覯之子，則見其衮衣繡裳之服矣。○鴻飛遵渚，公歸無所，於女音汝，下同信處。興也。遵，循也。渚，小洲也。女，東人自相女也。再宿曰信。○東人聞成王將迎周公，又自相謂而言：鴻飛則遵渚矣，公歸豈無所乎？

今特於女信處而已。○鴻飛遵陸，公歸不復，於女信宿。興也。高平曰陸。不復，言將留相王室，而不復來東也。○是以有衮衣兮，無以我公歸兮，無使我心悲兮。賦也。承上二章，言周公信處信宿於此，是以東方有此服衮衣之人。又願其且留於此，無遽迎公以歸。歸則將不復來，而使我心悲也。

九罭四章，一章四句，三章章三句。

【校】

〔一〕「繢」，元本作「綉」。

〔二〕「二」，明正統本、明嘉靖本、八卷本作「一」。

狼跋蒲末反其胡，載疐丁四反其尾。公孫音遜碩膚，赤舄音昔几几。興也。跋，躐也。胡，頷下懸肉也。載，則。疐，跲也。老狼有胡，進而躐其胡，則退而跲其尾。公，周公也。孫，讓。碩，大。膚，美也。赤舄，冕服之舄也。几几，安重貌。○周公雖遭疑謗，然所以處之不失其常，故詩人美之。言狼跋其胡，則疐其尾矣。公遭流言之變，而其安肆自得乃如此。蓋其道隆德盛，而安土樂天，有不足言者，所以遭大變而不失其常也。夫公之被毁，以管、蔡之流言也。而詩人以爲此非四國之所爲，乃公自讓其大美而不居耳。蓋不使讒邪之口得以加乎公之忠聖，此可見其愛公之深、敬公之至，而其立言亦有法矣。○狼疐其尾，載跋其胡。公孫碩膚，德音不瑕叶洪孤反。○興也。德音，猶令聞也。瑕，疵病也。○程子曰：「周公之處己也，夔夔然存恭畏之心；其存誠也，蕩蕩然無顧慮之意。所以不失其聖，而德音不瑕也。」

狼跋二章，章四句。范氏曰：「神龍或潛或飛，能大能小，其變化不測。然得而蓄之若犬羊然，有欲故也。唯其可以蓄之，是以亦得醢而食之。凡有欲之類，莫不可制焉。唯聖人無欲，故天地萬物不能易也。富貴、貧賤、死生，如寒暑晝夜相代乎前，吾豈有二其心乎哉？亦順受之而已矣。舜受堯之天下，不以爲泰。孔子阨於陳、蔡，而不以爲戚。周公遠則四國流言，近則王不知，而赤舄几几，德音不瑕，其致一也。」

豳國七篇，二十七章，二百三句。程元問於文中子曰：「敢問豳風何風也？」曰：「變風也。」元曰：「周公之際，亦有變風乎？」曰：「君臣相誚，其能正乎？成王終疑周公，則風遂變矣。非周公至誠，其孰卒正之哉〔一〕？」元曰：「居變風之末，何也？」曰：「夷王以下，變風不復正矣。夫子蓋傷之也，故終之以豳風，言變之可正也，惟周公能之，故係之以正。變而克正，危而克扶，始終不失其本，其惟周公乎？係之豳，遠矣哉！」○籥章歛豳詩以逆暑迎寒，已見於七月之篇矣。又曰：「祈年于田祖，則歛豳雅以樂田畯；祭蜡，則歛豳頌以息老物。」則考之於詩，未見其篇章之所在。故鄭氏三分七月之詩以當之，其道情思者爲風，正禮節者爲雅，樂成功者爲頌。然一篇之詩，首尾相應，乃剟取其一節而偏用之，恐無此理。故王氏不取，而但謂本有是詩而亡之，其説近是。或者又疑，但以七月全篇，隨事而變其音節，或以爲風，或以爲雅，或以爲頌，則於理爲通，而事亦可行。如又不然，則雅、頌之中，凡爲農事而作者，皆可冠以「豳」號。其説具於大田、良耜諸篇，讀者擇焉可也。

【校】

〔一〕「卒」，明嘉靖本作「能」。

詩卷第九

小雅二雅者〔一〕，正也，正樂之歌也。其篇本有大小之殊，而先儒説又各有正變之別。以今考之，正小雅，燕饗之樂也。正大雅，會朝之樂，受釐陳戒之辭也。故或歡欣和説，以盡羣下之情；或恭敬齊莊，以發先王之德。詞氣不同，音節亦異，多周公制作時所定也。及其變也，則事未必同，而各以其聲附之。其次序時世，則有不可考者矣。

【校】

〔一〕「雅者」之前，明嘉靖本多「大雅説附」四小字。

鹿鳴之什二之一雅、頌無諸國別，故以十篇爲一卷，而謂之什，猶軍法以十人爲什也。

呦呦音幽鹿鳴叶音芒，食野之苹叶音旁。我有嘉賓，鼓瑟吹笙叶師莊反。吹笙鼓簧音黃，承

筐是將。人之好呼報反**我，示我周行**叶户郎反。○興也。呦呦，聲之和也。苹，藾蕭也〔一〕，青色，白莖如筯。我，主人也。賓，所燕之客，或本國之臣，或諸侯之使也。瑟、笙，燕禮所用之樂也。簧，笙中之簧也。承，奉也。筐，所以盛幣帛者也。將，行也。奉筐而行幣帛，飲則以酬賓送酒，食則以侑賓勸飽也。周行，大道也。古者於旅也語，故欲於此聞其言也。○此燕饗賓客之詩也。蓋君臣之分，以嚴爲主；朝廷之禮，以敬爲主。然一於嚴敬，則情或不通，而無以盡其忠告之益。故先王因其飲食聚會，而制爲燕饗之禮，以通上下之情。而其樂歌又以鹿鳴起興，而言其禮意之厚如此，庶乎人之好我，而示我以大道也。記曰：「私惠不歸德，君子不自留焉。」蓋其所望於羣臣嘉賓者，唯在於示我以大道，則必不以私惠爲德而自留矣。嗚呼，此其所以和樂而不淫也與！○**呦呦鹿鳴，食野之蒿。我有嘉賓，德音孔昭**叶側豪反〔二〕。**視民不恌**他彫反，叶音洮，**君子是則是傚**胡教反，叶胡高反。**我有旨酒，嘉賓式燕以敖**牛刀反〔三〕。○興也。蒿，菣也，即青蒿也。孔，甚。昭，明也。視，與示同。恌，偷薄也。敖，游也。○言嘉賓之德音甚明，足以示民，使不偷薄。而君子所當則傚，則亦不待言語之閒，而其所以示我者深矣。○**呦呦鹿鳴，食野之芩**其今反〔四〕。**我有嘉賓，鼓瑟鼓琴。鼓瑟鼓琴，和樂**音洛**且湛**都南反〔五〕，叶持林反。**我有旨酒，以燕樂嘉賓之心。**興也。芩，草名，莖如釵股，葉如竹，蔓生。湛，樂之久也。燕，安也。○言安樂其心，則非止養其體、娱其外而已〔六〕。蓋所以致其殷懃之厚，而欲其教示之無已也。

鹿鳴三章，章八句。按序以此爲「燕羣臣嘉賓」之詩。而燕禮亦云：「工歌鹿鳴、四牡、皇皇者華」，即謂此也。鄉飲酒用樂亦然。而學記言：「大學始教」，「宵雅肄三」，亦謂此三詩。然則又爲上下通用之樂矣。豈本爲燕羣臣嘉賓而作，其後乃推而用之鄉人也歟？然於朝曰君臣焉，於燕曰賓主焉，先王以禮使臣之厚，於此見矣。○范氏曰：

「食之以禮，樂之以樂，將之以實，求之以誠，此所以得其心也。賢者豈以飲食幣帛爲悦哉？夫婚姻不備，則貞女不行也；禮樂不備，則賢者不處也。賢者不處，則豈得樂而盡其心乎？」

【校】

〔一〕「蘋蕭」，原作「籟簫」，據元本、元十卷本、明正統本、明嘉靖本改。

〔二〕「側」，明正統本、明嘉靖本作「則」。

〔三〕「牛刀反」，明嘉靖本作「音翱」。

〔四〕「其今反」，明嘉靖本作「音琴」。

〔五〕「都南反」，明嘉靖本作「音耽」。

〔六〕「體」，元十卷本作「身」。

四牡騑騑芳非反〔一〕，**周道倭**於危反**遲。豈不懷歸？王事靡盬**音古，**我心傷悲。**賦也。騑騑，行不止之貌。周道，大路也。倭遲，回遠之貌。盬，不堅固也。○此勞使臣之詩也。夫君之使臣，臣之事君，禮也。故爲臣者奔走於王事，特以盡其職分之所當爲而已，何敢自以爲勞哉？然君之心則不敢以是而自安也，故燕饗之際，叙其情以閔其勞。言駕此四牡而出使於外，其道路之回遠如此。當是時，豈不思歸乎？特以王事不可以不堅固，不敢徇私以廢公〔二〕，是以内顧而傷悲也。臣勞於事而不自言，君探其情而代之言。上下之間，可謂各盡其道矣。傳曰：「思歸者，私恩也。靡盬者，公義也。傷悲者，情思也。無私恩，非孝子也。無公義，非忠臣也。君子不以私害公，不以家事辭王事。」范氏曰：「臣之事上也，必先公而後私。君之勞臣也，必先恩而後義。」○**四牡騑騑，嘽嘽**他丹反**駱**音洛**馬**叶滿補反。**豈不懷歸？王事靡盬，不遑啓處。**賦也。嘽嘽，衆盛之貌。白馬黑鬣曰駱。遑，暇。啓，跪。處，居也。○**翩翩**音篇**者鵻**當作「隹」，朱惟反，**載飛載下**叶後五反，**集于苞栩**況甫反。**王事靡盬，不遑將父**扶雨反。○興也。翩翩，飛貌。鵻，夫不也，今鵓鳩也。凡鳥之短尾者，皆隹屬。將，養也。○翩翩者鵻，猶或飛或下，而集於所安之處。今使人乃勞苦於外，而不遑養其父，此君人者所以不能自安，而深以爲憂也。范氏曰：「忠臣孝子之行役，未嘗不念其親。君之使臣，豈待其勞苦而自傷哉？亦憂其憂，如己而已矣。此聖人所以感人心也。」○**翩翩者鵻，載飛載止，集于苞杞**音起。**王事靡盬，不遑將母**叶滿彼反。○興也。杞，枸檵也。

○**駕彼四駱，載驟**助救反**駸駸**侵、寢二音。**豈不懷歸？是用作歌，將母來諗**深、審二音。○賦也。駸駸，驟貌。諗，告也。以其不獲養父母之情，而來告於君也。非使人作是歌也，設言其情以勞之耳。獨言將母者，因上章之文也。

四牡五章，章五句。按序言此詩所以「勞使臣之來」，甚協詩意。故春秋傳亦云。而外傳以爲章使臣之勤。所謂使臣，雖叔孫之自稱，亦正合其本事也。但儀禮又以爲上下通用之樂，疑亦本爲勞使臣而作，其後乃移以它用耳。

【校】

〔一〕「非」，元本、元十卷本作「菲」。

〔二〕「徇」，元本、元十卷本作「循」。

皇皇者華芳無反，與夫叶，于彼原隰。駪駪所巾反征夫，每懷靡及。興也。皇皇，猶煌煌也。華，草木之華也。高平曰原，下濕曰隰。駪駪，衆多疾行之貌。征夫，使臣與其屬也。懷，思也。○此遣使臣之詩也。君之使臣，固欲其宣上德而達下情；而臣之受命，亦唯恐其無以副君之意也。故先王之遣使臣也，美其行道之勤，而述其心之所懷曰：彼煌煌之華，則于彼原隰矣。此駪駪然之征夫，則其所懷思，常若有所不及矣。蓋亦因以爲戒，然其詞之婉而不迫如此。詩之忠厚，亦可見矣。

我馬維駒恭于、恭侯二反，六轡如濡如朱、如由二反。載馳載驅虧于、虧由二反，周爰咨諏子須、子侯二反。○賦也。如濡，鮮澤也。周，徧。爰，於也。咨諏，訪問也。○使臣自以每懷靡及，故廣詢博訪，以補其不及而盡其職也。程子曰：「咨訪，使臣之大務。」

我馬維騏音其，六轡如絲叶新齎反。載馳載驅，周爰咨謀叶莫悲反。○賦也。如絲，調忍也。謀，猶諏也，變文以協韻爾。下章放此。

我馬維駱，六轡沃烏毒反若。載馳載驅，周爰咨度待洛反。○賦也。沃若，猶如濡也。度，猶謀也。

我馬維駰音因，六轡既均。載馳載驅，周爰咨詢。賦也。陰白雜毛曰駰。均，調也。詢，猶度也。

皇皇者華五章，章四句。按序以此詩爲「君遣使臣」。春秋內、外傳皆云「君教使臣」，其說已見前篇。儀禮亦見鹿鳴。疑亦本爲遣使臣而作，其後乃移以它用也。然叔孫穆子所謂「君教使臣曰『每懷靡及』，諏謀度詢，必咨於周。敢不拜教」，可謂得詩之意矣。范氏曰：「王者遣使於四方，教之以咨諏善道，將以廣聰明也。夫臣欲助其君之德，必求賢以自助。故臣能從善，則可以善君矣；臣能聽諫，則可以諫君矣。未有不自治而能正君者也。」

常棣之華，鄂五各反不韡韡韋鬼反。凡今之人，莫如兄弟待禮反。○興也。常棣，棣也，子如櫻桃，可食。鄂，鄂然外見之貌。不，猶豈不也。韡韡，光明貌。○此燕兄弟之樂歌。故言常棣之華，則其鄂然而外見者，豈不韡韡乎？凡今之人，則豈有如兄弟者乎？○死喪之威，兄弟孔懷叶胡威反。原隰裒薄侯反矣，兄弟求矣。賦也。威，畏。懷，思。裒，聚也。○言死喪之禍，它人所畏惡，惟兄弟爲相恤耳。至於積屍裒聚於原野之閒，亦惟兄弟爲相求也。此詩蓋周公既誅管、蔡而作。故此章以下，專以死喪、急難、鬬鬩之事爲言，其志切，其情哀。乃處兄弟之變，如孟子所謂「其兄關弓而射之，則己垂涕泣而道之」者。序以爲「閔管、蔡之失道」者，得之。而又以爲文武之詩，則誤矣。大抵舊説詩之時世，皆不足信，舉此自相矛盾者以見其一端，後不能悉辯也。○脊井益反令音零在原，兄弟急難叶泥沿反。每有良朋，況也永歎吐丹反，叶它涓反。○興也。脊令，雝渠，水鳥也。況，發語詞，或曰當作「怳」。○脊令飛則鳴，行則搖，有急難之意，故以起興。而言當此之時，雖有良朋，不過爲之長歎息而已，力或不能相及也。東萊呂氏曰：「疏其所親，而親其所疏，此失其本心者也。故此詩反覆言朋友之不如兄弟，蓋示之以親疏之分，使之反循其本也。本心既得，則由親及疏，秩然有序，兄弟之親既篤，而朋友之義亦敦矣。初非薄於朋友也，苟雜施而不孫，雖曰厚於朋友，如無源之水，朝滿夕除，胡可保哉？或曰：人之在難，朋友亦可以坐視歟？曰『每有良朋，況也永歎』，則非不憂憫，但視『兄弟急難』，爲有差等耳。詩人之詞，容有抑揚，然常棣，周公作也，聖人之言，小大高下皆宜，而前後左右不相悖。」○兄弟鬩許歷反于牆，外禦其務春秋傳作「侮」，罔甫反。每有良朋，烝之承反也無戎叶而主反。○賦也。鬩，鬬很也。禦，禁也。烝，發語聲。戎，助也。○言兄弟設有不幸鬬很于內，然有外侮，則同心禦之矣。雖有良朋，豈能有所助乎？富辰曰：「兄弟雖有小忿，不廢懿親。」○喪亂既平，既安且寧。雖有兄弟，不如友生叶桑經反。○賦也。上章言患難之時，兄弟相救，非朋友可比。此章遂言安寧之後，乃有視兄弟不如友生者，悖理之甚也。○儐賓胤反爾籩豆，飲酒之飫於慮反。兄弟既具，和樂音洛且孺。賦也。儐，陳。飫，饜。具，俱也。孺，小兒之慕父母也。○言陳籩豆以醉飽，而兄弟有不具焉，則無與共享其樂矣。○妻子好合，如鼓瑟琴。兄弟既翕許及反，和樂且湛答南反，叶持林反。○賦也。翕，合也。○言妻子好合，如琴瑟之和；而兄弟有不合焉，則無以久其樂矣。○宜爾室家叶古胡反，樂爾妻帑音奴。是究是圖，亶其然乎就用乎字爲韻！○賦也。帑，子。究，窮。圖，謀。亶，信也。○宜爾室家者，兄弟具，而後樂且孺也。樂爾妻帑者，兄弟翕，而後樂且湛也。兄弟於人，其重如此。試以是究而圖之，豈不信其然乎！東萊呂氏曰：「告人以兄弟之當親，未有不以爲然者也。苟非是究是圖，實從事於此，則亦未有誠知其然者也。不誠知其然，則所知者特其名而已矣。凡學蓋莫不然。」

常棣八章，章四句。此詩首章略言至親莫如兄弟之意。次章乃以意外不測之事言之，以明兄弟之情，其切如此。三章但言急難，則淺於死喪矣。至於四章，則又以其情義之甚薄，而猶有所不能已者言之。其序若曰：不待死喪，然後相收〔一〕；但有急難，便當相助。言又不幸而至於或有小忿，猶必共禦外侮。其所以言之者，雖若益輕以約，而所以著夫兄弟之義者，益深且切矣。至於五章，遂言安寧之後，乃謂兄弟不如友生，則是至親反爲路人，而人道或幾乎息矣。故下兩章，乃復極言兄弟之恩，異形同氣，死生苦樂，無適而不相須之意。卒章又申告之，使反覆窮極而驗其信然。可謂委曲漸次，說盡人情矣。讀者宜深味之。

【校】

〔一〕「收」，元本、元十卷本作「助」。

伐木丁丁陟耕反，鳥鳴嚶嚶於耕反。出自幽谷，遷于喬木。嚶其鳴矣，求其友聲。相息亮反彼鳥矣，猶求友聲。矧伊人矣，不求友生叶桑經反。神之聽之，終和且平。興也。丁丁，伐木聲。嚶嚶，鳥聲之和也。幽，深。遷，升。喬，高。相，視。矧，況也。○此燕朋友故舊之樂歌。故以伐木之丁丁，興鳥鳴之嚶嚶，而言鳥之求友。遂以鳥之求友，喻人之不可無友也。人能篤朋友之好，則神之聽之，終和且平矣。○伐木許許呼古反，釃所宜反酒有藇象呂反。既有肥羜直呂反，以速諸父扶雨反。寧適不來，微我弗顧叶居五反。於音烏粲洒所懈反埽蘇報反〔一〕，叶蘇吼反，陳饋八簋叶己有反。既有肥牡，以速諸舅其九反。寧適不來，微我有咎其九反。○興也。許許，衆人共力之聲。淮南子曰：「舉大木者呼『邪許』」。蓋舉重勸力之歌也。釃酒者，或以筐，或以草，泲之而去其糟也。禮所謂「縮酌用茅」是也。藇，美貌。羜，未成羊也。速，召也。諸父，朋友之同姓而尊者也。微，無。顧，念也。於，歎辭。粲，鮮明貌。八簋，器之盛也。諸舅，朋友之異姓而尊者也。先諸父而後諸舅者，親疏之殺也。咎，過也。○言具酒食以樂朋友如此，寧使彼適有故而不來，而無使我恩意之不至也。孔子曰：「所求乎朋友先施之，未能也。」此可謂能先施矣。○伐木于阪叶孚臠反，釃酒有衍。籩豆有踐在演反，兄弟無遠。民之失德，乾餱音侯以愆叶起淺反。有酒湑思呂反我，無酒酤音古我。坎坎鼓我，蹲蹲七旬反舞我。迨音待我暇叶後五反矣，飲此湑矣。興也。衍，多也。踐，陳列貌。兄弟，朋友之同儕者。無遠，皆在也。先諸舅而後兄弟者，尊卑之等也。乾餱，食之薄者也。愆，過也。湑，亦釃也。酤，買也。坎坎，擊鼓聲。蹲蹲，舞貌。迨，及也。○言人之所以至於失朋友之義者，非必有大故，或但以乾餱之薄，不以分人，而至於有愆耳。故我於朋友，不計有無，但及閑暇，則飲酒以相樂也。

伐木三章，章十二句。劉氏曰：「此詩每章首輒云『伐木』，凡三云『伐木』，故知當爲三章。舊作六章，誤矣。」今從其説正之。

【校】

〔一〕「懈」，元十卷本作「解」。

天保定爾，亦孔之固。俾爾單音丹厚，何福不除直慮反？俾爾多益，以莫不庶。賦也。保，安也。爾，指君也。固，堅。單，盡也。除，除舊而生新也。庶，衆也。○人君以鹿鳴以下五詩燕其臣，臣受賜者，歌此詩以答其君。言天之安定我君，使之獲福如此也。○天保定爾，俾爾戩子淺反穀。罄無不宜，受天百禄。降爾遐福，維日不足。賦也。聞人氏曰：「戩，與剪同，盡也。」穀，善也。盡善云者，猶其曰「單厚」、「多益」也。罄，盡。遐，遠也。爾有以受天之禄矣，而又降爾以福。言天人之際，交相與也。書所謂「昭受上帝，天其申命用休」，語意正如此。○天保定爾，以莫不興。如山如阜，如岡如陵。如川之方至，以莫不增。賦也。興，盛也。高平曰陸，大陸曰阜，大阜曰陵，皆高大之意。川之方至，言其盛長之未可量也。○吉蠲古玄反爲饎尺志反，是用孝享叶虚良反。禴餘若反祠烝嘗，于公先王。君曰卜爾，萬壽無疆。賦也。吉，言諏日擇士之善。蠲，言齊戒滌濯之潔。饎，酒食也。享，獻也。宗廟之祭，春曰祠，夏曰禴，秋曰嘗，冬曰烝。公，先公也，謂后稷以下至公叔祖類也。先王，大王以下也。君，通謂先公先王也。卜，猶期也。此尸傳神意，以嘏主人之詞。文王時，周未有曰「先王」者，此必武王以後所作也。○神之弔都歷反矣，詒以之反爾多福叶筆力反。民之質矣，日用飲食。羣黎百姓，徧爲爾德。賦也。弔，至也。神之至矣，猶言祖考來格也。詒，遺。質，實也。言其質實無僞，日用飲食而已。羣，衆也。黎，黑也，猶秦言「黔首」也。百姓，庶民也。爲爾德者，言則而象之，猶助爾而爲德也。○如月之恒古登反[一]，如日之升。如南山之壽，不騫起虔反不崩。如松柏之茂，無不爾或承。賦也。恒，弦。升，出也。月上弦而就盈，日始出而就明。騫，虧也。承，繼也。言舊葉將落，而新葉已生，相繼而長茂也。

天保六章，章六句。

【校】

〔一〕「古」，元本、元十卷本、明正統本、明嘉靖本作「胡」。

采薇采薇，薇亦作叶則故反止。曰歸曰歸，歲亦莫音慕止。靡室靡家叶古乎反，玁音險狁音允之故。不遑啓居，玁狁之故[一]。興也。薇，菜名。作，生出地也。莫，晚。靡，無也。玁狁，北狄也。遑，暇。啓，跪也。○此遣戍役之詩。以其出戍之時采薇以食，而念歸期之遠也。故爲其自言，而以采薇起興曰：采薇采薇，則薇亦作止矣。曰歸曰歸，則歲亦莫止矣。然凡此所以使我舍其室家，而不暇啓居者，非上之人固爲是以苦我也，直以玁狁侵陵之故，有所不得已而然耳。蓋叙其勤苦悲傷之情，而又風以義也。程子曰：「毒民不由其上，則人懷敵愾之心矣。」又曰：「古者戍役，兩朞而還。今年春莫行，明年夏代者至，復留備秋，至過十一月而歸，又明年中春至，春暮遣次戍者。每秋與冬初，兩番戍者皆在疆圉，如今之防秋也。」○采薇采薇，薇亦柔止。曰歸曰歸，心亦憂止。憂心烈烈，載飢載渴叶巨烈反。我戍未定，靡使歸聘。興也。柔，始生而弱也。烈烈，憂貌。載，則也。定，止。聘，問也。○言戍人念歸期之遠，而憂勞之甚。然戍事未已，則無人可使歸而問其室家之安否也。○采薇采薇，薇亦剛止。曰歸曰歸，歲亦陽止。王事靡盬，不遑啓處。憂心孔疚叶訖力反，我行不來叶六直反。○興也。剛，既成而剛也。陽，十月也。時純陰用事，嫌於無陽，故名之曰陽月也。孔，甚。疚，病也。來，歸也。此見士之竭力致死，無還心也。○彼爾維何？維常之華芳無、胡瓜二反。彼路斯何？君子之車斤於、尺奢二反。戎車既駕，四牡業業。豈敢定居？一月三捷。興也。爾，華盛貌。常，常棣也。路，戎車也。君子，謂將帥也。業業，壯也。捷，勝也。○彼爾然而盛者，常棣之華也。彼路車者，君子之車也。戎車既駕，而四牡盛矣。則何敢以定居乎？庶乎一月之閒，三戰而三捷爾。○駕彼四牡，四牡騤騤求龜反。君子所依，小人所腓符非反。四牡翼翼，象弭彌氏反魚服叶蒲北反。豈不日戒叶訖力反？玁狁孔棘。賦也。騤騤，强也。依，猶乘也。腓，猶芘也。程子曰：「腓，隨動也。如足之腓，足動則隨而動也。」翼翼，行列整治之狀。象弭，以象骨飾弓弰也。魚，獸名，似豬，東海有之，其皮背上斑文，腹下純青，可爲弓鞬矢服也。戒，警。棘，急也。○言戎車者，將帥之所依乘，戍役之所芘倚。且其行列整治，而器械精好如此。豈不日相警戒乎？玁狁之難甚急，誠不可以忘備也。○昔我往矣，楊柳依依。今我來思，雨于付反雪霏霏芳菲反〔二〕。行道遲遲，載

渴載飢。我心傷悲，莫知我哀叶於希反**！**○賦也。楊柳，蒲柳也。霏霏，雪甚貌。遲遲，長遠也。○此章又設爲役人預自道其歸時之事，以見其勤勞之甚也。程子曰：「此皆極道其勞苦憂傷之情也。上能察其情，則雖勞而不怨，雖憂而能勵矣。」范氏曰：「予於采薇，見先王以人道使人，後世則牛羊而已矣。」

采薇六章，章八句。

【校】

〔一〕「故」字下，明正統本、明嘉靖本多雙行小字：「此章『作』與『莫』、『故』叶，『薇』與『歸』叶，『家』又與『居』叶。」

〔二〕「付」，元本、元十卷本作「苻」。

我出我車，于彼牧叶莫狄反**矣。自天子所，謂我來**叶六直反**矣。召彼僕夫，謂之載**叶節力反**矣。王事多難**乃旦反**，維其棘矣。**賦也。牧，郊外也。自，從也。天子，周王也。僕夫，御夫也。○此勞還率之詩。追言其始受命出征之時，出車於郊外，而語其人曰：我受命於天子之所而來。於是乎召御夫〔一〕，使之載其車以行，而戒之曰：王事多難，是行也，不可以緩矣。○**我出我車，于彼郊**叶音高**矣。設此旐**音兆**矣，建彼旄**音毛**矣。彼旟**音餘**旐斯**〔二〕**，胡不旆旆**叶蒲寐反**？憂心悄悄，僕夫況瘁**似醉反。○賦也。郊在牧内。蓋前軍已至牧，而後軍猶在郊也。設，陳也。龜蛇曰旐。建，立也。旄，注旄於旗干之首也。鳥隼曰旟。鳥隼龜蛇，曲禮所謂「前朱雀而後玄武」也。楊氏曰：「師行之法，四方之星各隨其方，以爲左右前後。進退有度，各司其局，則士無失伍離次矣。」旆旆，飛揚之貌。悄悄，憂貌。況，兹也，或云當作「怳」。○言出車在郊，建設旗幟。彼旗幟者，豈不旆旆而飛揚乎？但將帥方以任大責重爲憂，而僕夫亦爲之恐懼而憔悴耳。東萊吕氏曰：「古者出師，以喪禮處之。命下之日，士皆泣涕。夫子之言行三軍，亦曰『臨事而懼』。皆此意也。」○王命南仲，往城于方。出車彭彭叶鋪郎反，旂旐央央於良反。天子命我，城彼朔方。赫赫南仲，玁狁于襄。賦也。王，周王也。南仲，此時大將也。方，朔方，今靈、夏等州之地。彭彭，衆盛貌。交龍爲旂。此所謂「左青龍」也。央央，鮮明也。赫赫，威名光顯也。襄，除也。或曰上也，與「懷山襄陵」之「襄」同，言勝之也。○東萊吕氏曰：「大將傳天子之命以令軍衆，於是車馬衆盛，旂旐鮮明〔三〕，威靈氣焰，赫然動人矣。兵事以哀敬爲本，而所尚則威。二章之戒懼，三章之奮揚，並行而不相悖也。」程子曰：「城朔方而玁狁之難除，禦戎狄之道，守備爲本，不以攻戰爲先也。」○昔我往矣，黍稷方華叶芳無反。今我來思，雨于付反雪載塗。王事多難，不遑啓居。豈不懷歸？畏此簡書。賦也。華，盛也。塗，凍釋而泥塗也。簡書，戒命也。鄰國有急〔四〕，則以簡書相戒命也。或曰：簡書，策命臨遣之詞也。○此言其既歸在塗，而本其往時所見，與今還時所遭，以見其出之久也。東萊吕氏曰：「采薇之所謂『往』，遣戍時也；此詩之所謂『往』，在道時也。采薇之所謂『來』，戍畢時也；此詩之所謂『來』，歸而在道時也。」○喓喓於遥反草蟲，趯趯他歷反阜螽〔五〕。未見君子，憂心忡忡敕中反〔六〕。既見君子，我心則降户江反，叶胡攻反。赫赫南仲，薄伐西戎。賦也。此言將帥之出征也，其室家感時物之變而念之。以爲未見而憂之如此，必既見然後心可降耳。然此南仲今何在乎？方往伐西戎而未歸也。豈既却玁狁，而還師以伐昆夷也與？薄之爲言聊也。蓋不勞餘力矣。○春日遲遲，卉許貴反木萋萋七西反。倉庚喈喈音皆，叶居奚反，采蘩祁祁巨移反。執訊音信獲醜，薄言還音旋歸。赫赫南仲，玁狁于夷。賦也。卉，草也。萋萋，盛貌。倉庚，黄鸝也。喈喈，聲之和也。訊，其魁首當訊問者也。醜，徒衆也。夷，平也。○歐陽氏曰：「述其歸時春日暄妍，草木榮茂，而禽鳥和鳴。於此之時，執訊獲醜而歸，豈不樂哉？」鄭氏曰：「此時亦伐西戎，獨言平玁狁者，玁狁大，故以爲始，以爲終。」

出車六章，章八句。

【校】

〔一〕「御」，元本、元十卷本、明正統本、明嘉靖本作「僕」。

〔二〕「餘」，元本作「于」。

〔三〕「旂」，原作「旗」，據吕祖謙吕氏家塾讀詩記、明正統本、明嘉靖本改。

〔四〕「鄰國」，元十卷本作「大人」。

〔五〕「歷」，明正統本作「立」。

〔六〕「敕」，原作「勅」，據元本、元十卷本、明正統本、明嘉靖本改。

有杕大計反之杜，有睆華版反其實。王事靡盬，繼嗣我日。日月陽止，女心傷止，征夫遑止。賦也。睆，實貌。嗣，續也。陽，十月也。遑，暇也。○此勞還役之詩。故追述其未還之時，室家感於時物之變，而思之曰：特生之杜，有睆其實，則秋冬之交矣。而征夫以王事出，乃以日繼日，而無休息之期。至于十月，可以歸而猶不至，故女心悲傷而曰：征夫亦可以暇矣，曷爲而不歸哉？或曰興也。下章放此。○有杕之杜，其葉萋萋。王事靡盬，我心傷悲。卉木萋止，女心悲止，征夫歸止。賦也。萋萋，盛貌。春將莫之時也。歸止，可以歸也。○陟彼北山，言采其杞。王事靡盬，憂我父母叶滿洧反。檀車幝幝尺善反，四牡痯痯古緩反，叶古轉反，征夫不遠。賦也。檀木堅，宜爲車。幝幝，敝貌。痯痯，罷貌。○登山采杞，則春已莫而杞可食矣。蓋託以望其君子，而念其以王事詒父母之憂也。然檀車之堅而敝矣，四牡之壯而罷矣，則征夫之歸，亦不遠矣。○匪載匪來叶六直反〔一〕，憂心孔疚叶訖力反。期逝不至叶朱力反，而多爲恤。卜筮偕叶舉里反止，會言近叶渠紀反止，征夫邇止。賦也。載，裝。疚，病。逝，往。恤，憂。偕，俱。會，合也。○言征夫不裝載而來歸，固已使我念之而甚病矣。況歸期已過，而猶不至，則使我多爲憂恤，宜如何哉？故且卜且筮，相襲俱作，合言於繇，而皆曰近矣，則征夫其亦邇而將至矣。范氏曰：「以卜筮終之，言思之切而無所不爲也。」

杕杜四章，章七句。鄭氏曰：「遣將帥及戍役，同歌同時，欲其同心也。反而勞之，異歌異日，殊尊卑也。記曰：『賜君子小人不同日。』此其義也。」王氏曰：「出而用兵，則均服同食，一衆心也。入而振旅，則殊尊卑，辨貴賤，定衆志也。」范氏曰：「出車勞率，故美其功。杕杜勞衆，故極其情。先王以己之心爲人之心，故能曲盡其情，使民忘其死以忠於上也。」

【校】

〔一〕「六」，明正統本、明嘉靖本作「立」。

南陔此笙詩也，有聲無詞。舊在魚麗之後。以儀禮考之，其篇次當在此。今正之。說見華黍。

鹿鳴之什十篇，一篇無辭。凡四十六章，二百九十七句。

白華之什二之二毛公以南陔以下三篇無辭，故升魚麗以足鹿鳴什數，而附笙詩三篇於其後，因以南有嘉魚爲次什之首。今悉依儀禮正之。

白華笙詩也。說見上下篇。

華黍亦笙詩也。鄉飲酒禮，鼓瑟而歌鹿鳴、四牡、皇皇者華。然後笙入堂下，磬南北面立，樂南陔、白華、華黍。燕禮亦鼓瑟歌鹿鳴、四牡、皇華。然後笙入立于縣中，奏南陔、白華、華黍。南陔以下，今無以考其名篇之義。然曰笙、曰樂、曰奏，而不言歌，則有聲而無詞明矣。所以知其篇第在此者，意古經篇題之下必有譜焉，如投壺魯、薛鼓之節〔一〕，而亡之耳。

【校】

〔一〕「魯」字下，元本、元十卷本、明正統本、明嘉靖本多「鼓」字。

魚麗力馳反**于罶**音柳，與酒叶，**鱨**音常**鯊**音沙，叶蘇何反。**君子有酒，旨且多。**興也。麗，歷也。罶，以曲薄爲笱，而承梁之空者也。鱨，楊也，今黄頰魚是也，似燕頭魚，身形厚而長大，頰骨正黄，魚之大而有力解飛者。鯊，鮀也，魚狹而小，常張口吹沙，故又名吹沙。君子，指主人。旨且多，旨而又多也。○此燕饗通用之樂歌。即燕饗所薦之羞，而極道其美且多，見主人禮意之勤，以優賓也。或曰：賦也。下二章放此。○**魚麗于罶，魴鱧**音禮。**君子有酒，多且旨。**興也。鱧，鮦也。又曰：鯇也。○**魚麗于罶，鰋**音偃**鯉。君子有酒，旨且有**叶羽已反。○興也。鰋，鮎也。有，猶多也。○**物其多矣，維其嘉**叶居何反**矣。**賦也。○**物其旨矣，維其偕**叶舉里反**矣。**賦也。○**物其有**叶羽已反**矣，維其時**叶上紙反**矣。**賦也。蘇氏曰：「多則患其不嘉，旨則患其不齊，有則患其不時。今多而能嘉，旨而能齊，有而能時，言曲全也。」

魚麗六章，三章章四句，三章章二句。按儀禮鄉飲酒及燕禮，前樂既畢，皆「閒歌魚麗，笙由庚；歌南有嘉魚，笙崇丘；歌南山有臺，笙由儀。」閒，代也。言一歌一吹也。然則此六者，蓋一時之詩，而皆爲燕饗賓客上下通用之樂。毛公分魚麗以足前什，而說者不察，遂分魚麗以上爲文武詩，嘉魚以下爲成王詩，其失甚矣。

由庚此亦笙詩，説見魚麗。

南有嘉魚，烝之承反然罩罩張教、竹卓二反。君子有酒，嘉賓式燕以樂五教、歷各二反。○興也。南，謂江、漢之閒。嘉魚，鯉質，鱒鯽肌，出於沔南之丙穴。烝然，發語聲也。罩，篧也，編細竹以罩魚者也。重言罩罩，非一之詞也。○此亦燕饗通用之樂。故其辭曰：南有嘉魚，則必烝然而罩罩之矣。君子有酒，則必與嘉賓共之，而式燕以樂矣。此亦因所薦之物，而道達主人樂賓之意也。○南有嘉魚，烝然汕汕所諫反。君子有酒，嘉賓式燕以衎苦旦反。○興也。汕，樔也，以薄汕魚也。衎，樂也。○南有樛居虯反木，甘瓠音護纍力追反之。君子有酒，嘉賓式燕綏之。興也。○東萊呂氏曰：「瓠有甘有苦，甘瓠則可食者也。樛木下垂而美實纍之，固結而不可解也。」愚謂，此興之取義者，似比而實興也。○翩翩者鵻之誰反，烝然來叶六直、陵之二反思。君子有酒，嘉賓式燕又叶夷昔反，或如字思。興也。此興之全不取義者也。思，語詞也。又，既燕而又燕，以見其至誠有加而無已也。或曰：又思，言其又思念而不忘也。

南有嘉魚四章，章四句。説見魚麗。

崇丘説見魚麗。

南山有臺叶田飴反，北山有萊叶陵之反。樂音洛只音紙君子，邦家之基。樂只君子，萬壽無期。興也。臺，夫須，即莎草也。萊，草名，葉香可食者也。君子，指賓客也。○此亦燕饗通用之樂。故其辭曰：南山則有臺矣，北山則有萊矣。樂只君子，則邦家之基矣。樂只君子，則萬壽無期矣。所以道達主人尊賓之意，美其德而祝其壽也。○南山有桑，北山有楊。樂只君子，邦家之光。樂只君子，萬壽無疆。興也。○南山有杞，北山有李。樂只君子，民之父母叶滿彼反。樂只君子，德音不已。興也。杞，樹，如樗，一名狗骨。○南山有栲音考，叶音口，北山有杻女久反。樂只君子，遐不眉壽叶直酉反。樂只君子，德音是茂叶莫口反。○興也。栲，山樗。杻，檍也。遐，何通。眉壽，秀眉也。○南山有枸俱甫反，北山有楰音庾。樂只君子，遐不黄耇音苟，叶果五反。樂只君子，保艾五蓋反爾後叶下五反。○興也。枸，枳枸，樹高大似白楊，有子著枝端，大如指，長數寸，噉之甘美如飴，八月熟，亦名木蜜。楰，鼠梓，樹葉木理如楸，亦名苦楸。黄，老人髮白復黄也〔一〕。耇，老人面凍梨色，如浮垢也。保，安。艾，養也。

南山有臺五章，章六句。說見魚麗。

【校】

〔一〕「白」字，元本、元十卷本、明正統本、明嘉靖本無。

由儀說見魚麗。

蓼音六彼蕭斯，零露湑息呂反兮。既見君子，我心寫叶想羽反兮。燕笑語兮，是以有譽處兮。興也。蓼，長大貌。蕭，蒿也。湑，湑然蕭上露貌。君子，指諸侯也。寫，輸寫也。燕，謂燕飲。譽，善聲也。處，安樂也。蘇氏曰：「譽、豫通。凡詩之譽，皆言樂也。」亦通。○諸侯朝于天子，天子與之燕，以示慈惠，故歌此詩。言蓼彼蕭斯，則零露湑然矣。既見君子，則我心輸寫而無留恨矣。是以燕笑語而有譽處也。其曰「既見」，蓋於其初燕而歌之也。○蓼彼蕭斯，零露瀼瀼如羊反。既見君子，爲龍爲光。其德不爽叶師莊反，壽考不忘。興也。瀼瀼，露蕃貌。龍，寵也。爲龍爲光，喜其德之詞也。爽，差也。其德不爽，則壽考不忘矣。褒美而祝頌之，又因以勸戒之也。○蓼彼蕭斯，零露泥泥乃禮反。既見君子，孔燕豈弟。宜兄宜弟待禮反，令德壽豈開改反，叶去禮反。○興也。泥泥，露濡貌。孔，甚。豈，樂。弟，易也。宜兄宜弟，猶曰宜其家人。蓋諸侯繼世而立，多疑忌其兄弟，如晉詛「無畜羣公子」、秦鍼懼選之類。故以宜其兄弟美之〔一〕，亦所以警戒之也。壽豈，壽而且樂也。○蓼彼蕭斯，零露濃濃奴同反。既見君子，鞗徒彫反革沖沖敕弓反。和鸞雝雝，萬福攸同。興也。濃濃，厚貌。鞗，轡也。革，轡首也，馬轡所把之外，有餘而垂者也。沖沖，垂貌。和、鸞，皆鈴也。在軾曰和，在鑣曰鸞，皆諸侯車馬之飾也。庭燎亦以君子目諸侯，而稱其鸞旂之美，正此類也。攸，所。同，聚也。

蓼蕭四章，章六句。

【校】

〔一〕「宜其兄弟」，明嘉靖本作「宜兄宜弟」。

湛湛直減反**露斯**〔一〕，**匪陽不晞**音希。**厭厭**於鹽反**夜飲，不醉無歸。**興也。湛湛，露盛貌。陽，日。晞，乾也。厭厭，安也，亦久也，足也。夜飲，私燕也。燕禮，宵則兩階及庭、門皆設大燭焉。○此亦天子燕諸侯之詩。言湛湛露斯，非日則不晞。猶厭厭夜飲〔二〕，不醉則不歸。蓋於其夜飲之終而歌之也。○**湛湛露斯，在彼豐草。厭厭夜飲，在宗載考。**興也。豐，茂也。夜飲必於宗室，蓋路寢之屬也。考，成也。○**湛湛露斯，在彼杞棘。顯允君子，莫不令德。**興也。顯，明。允，信也。君子，指諸侯爲賓者也。令，善也。令德，謂其飲多而不亂，德足以將之也。○**其桐其椅**於宜反，**其實離離。豈弟君子，莫不令儀。**興也。離離，垂也。令儀，言醉而不喪其威儀也。

湛露四章，章四句。春秋傳：甯武子曰：「諸侯朝正於王，王宴樂之。於是賦湛露。」曾氏曰：「前兩章言厭厭夜飲，後兩章言令德令儀。雖過三爵，亦可謂不繼以淫矣。」

【校】

〔一〕「減」，元本作「咸」。

〔二〕「猶」，元本、元十卷本、明正統本、明嘉靖本作「以興」。

白華之什十篇，五篇無辭，凡二十三章，一百四句。

詩卷第十

彤弓之什二之三

彤弓弨尺昭反兮，受言藏之。我有嘉賓，中心貺叶虛王反之。鍾鼓既設，一朝饗叶虛良反之。賦也。彤弓，朱弓也。弨，弛貌。貺，與也。大飲賓曰饗。○此天子燕有功諸侯而錫以弓矢之樂歌也。東萊呂氏曰：「受言藏之，言其重也。受弓人所獻〔一〕，藏之王府，以待有功，不敢輕予人也〔二〕。中心貺之，言其誠也。中心實欲貺之，非由外也。一朝饗之，言其速也。以王府寶藏之弓，一朝舉以畀人，未嘗有遲留顧惜之意也。後世視府藏爲己私分，至有以武庫兵賜弄臣者，則與『受言藏之』者異矣。賞賜非出於利誘，則迫於事勢，至有朝賜鐵券而暮屠戮者，則與『中心貺之』者異矣。屯膏吝賞，功臣解體，至有印刓而不忍予者，則與『一朝饗之』者異矣。」○彤弓弨兮，受言載叶子利反之。我有嘉賓，中心喜叶去聲之。鍾鼓既設，一朝右音又，叶于記反之。賦也。載，抗之也。喜，樂也。右，勸也，尊也。○彤弓弨兮，受言櫜古刀反，叶古號反之。我有嘉賓，中心好呼報反之。

鍾鼓既設，一朝醻市由反，叶大到反**之。**賦也。櫜，韜。好，說。醻，報也。飲酒之禮，主人獻賓，賓酢主人。主人又酌自飲，而遂酌以飲賓，謂之醻。醻，猶厚也，勸也。

彤弓三章，章六句。春秋傳：甯武子曰：「諸侯敵王所愾，而獻其功。於是乎賜之彤弓一，彤矢百，玈弓矢千，以覺報宴。」注曰：「愾，恨怒也。」「覺，明也。謂諸侯有四夷之功，王賜之弓矢，又爲歌彤弓，以明報功宴樂。」鄭氏曰：「凡諸侯，賜弓矢然後專征伐。」東萊呂氏曰：「所謂專征者，如四夷入邊、臣子簒弑，不容待報者。其它則九伐之法，乃大司馬所職，非諸侯所專也。與後世强臣拜表輒行者異矣。」

【校】

〔一〕「受」字，元本、元十卷本、明正統本、明嘉靖本無。

〔二〕「予」，明正統本、明嘉靖本作「與」。

菁菁子丁反**者莪**五何反**，在彼中阿。既見君子，樂**音洛**且有儀**叶五何反。○興也。菁菁，盛貌。莪，羅蒿也。中阿，阿中也。大陵曰阿。君子，指賓客也。○此亦燕飲賓客之詩。言菁菁者莪，則在彼中阿矣。既見君子，則我心喜樂而有禮儀矣。或曰：以「菁菁者莪」比君子容貌威儀之盛也。下章放此。**○菁菁者莪，在彼中沚**音止。**既見君子，我心則喜。**興也〔一〕。中沚，沚中也。喜，樂也。**○菁菁者莪，在彼中陵。既見君子，錫我百朋。**興也。中陵，陵中也。古者貨貝，五貝爲朋。錫我百朋者，見之而喜，如得重貨之多也。**○汎汎**

芳劍反楊舟，載沉載浮。既見君子，我心則休。興也〔二〕。楊舟，楊木爲舟也。載，則也。載沉載浮，猶言「載清載濁」、「載馳載驅」之類，以興未見君子而心不定也。休者，休休然，言安定也。

菁菁者莪四章，章四句。

【校】

〔一〕「興」，元本、元十卷本作「比」，下章同。

〔二〕「興」，元本、元十卷本、明正統本、明嘉靖本、八卷本作「比」，下同。

六月棲棲音西，戎車既飭音敕。四牡騤騤求龜反〔一〕，載是常服叶蒲北反。玁狁孔熾尺志反，我是用急叶音棘。王于出征，以匡王國叶于逼反。○賦也。六月，建未之月也。棲棲，猶皇皇，不安之貌。戎車，兵車也。飭，整也。騤騤，强貌。常服，戎事之常服，以韎韋爲弁，又以爲衣，而素裳白舄也。玁狁，即獫狁，北狄也。孔，甚。熾，盛。匡，正也。○成、康既没，周室寖衰。八世而厲王胡暴虐，周人逐之，出居于彘。玁狁内侵，逼近京邑。王崩，子宣王靖即位，命尹吉甫帥師伐之，有功而歸。詩人作歌以叙其事如此。司馬法：「冬夏不興師。」今乃六月而出師者，以玁狁甚熾，其事危急，故不得已而王命於是出征，以正王國也。○比毗志反物四驪，閑之維則。維此六月，既成我服叶蒲北反。我服既成，于三十里。王于出征，以佐天子叶奬履反。○賦也。比物，齊其力也。凡大事，祭祀、朝覲、會同，毛馬而頒之；凡軍事，物馬而頒之。毛馬齊其色，物馬齊其力。吉事尚文，武事尚强也。則，法也。服，戎服也。三十里，一舍也。古者吉行日五十里，師行日三十里。○既比其物而曰四驪，則其色又齊，可以見馬之有餘矣。閑習之而皆中法則，又可以見教之有素矣。於是此月之中即成我服。既成我服，即日引道，不徐不疾，盡舍而止，又見其應變之速，從事之敏，而不失其常度也。王命於此而出征，欲其有以敵王所愾而佐天子耳。

○四牡脩廣，其大有顒玉容反。薄伐玁狁，以奏膚公。有嚴有翼，共音恭武之服叶蒲北反。共武之服，以定王國叶于逼反。○賦也。脩，長。廣，大也。顒，大貌。奏，薦。膚，大。公，功。嚴，威。翼，敬也。共，與供同。服，事也。言將帥皆嚴敬以恭武事也。

○玁狁匪茹如豫反，整居焦穫音護。侵鎬胡老反及方，至于涇陽。織音志文鳥章，白旆央央於良反。元戎十乘繩證反，以先啓行叶户郎反。○賦也。茹，度。整，齊也。焦、穫、鎬、方，皆地名。焦，未詳所在。穫，郭璞以爲瓠中，則今在耀州三原縣也。鎬，劉向以爲千里之鎬，則非鎬京之鎬矣，亦未詳其所在也。方，疑即朔方也。涇陽，涇水之北，在豐鎬之西北。言其深入爲寇也。織、幟字同。鳥章，鳥隼之章也。白旆，繼旐者也。央央，鮮明貌。元，大也。戎，戎車也，軍之前鋒也。啓，開。行，道也。猶言發程也。○言玁狁不自度量，深入爲寇如此。是以建此旌旗，選鋒鋭進，聲其罪而致討焉。直而壯，律而臧，有所不戰，戰必勝矣。

○戎車既安叶於連反，如輊竹二反如軒。四牡既佶其乙反，既佶且閑叶胡田反。薄伐玁狁，至于大音泰原。文武吉甫，萬邦爲憲叶許言反。○賦也。輊，車之覆而前也。軒，車之却而後也。凡車從後視之如輊，從前視之如軒，然後適調也。佶，壯健貌。大原，地名，亦曰大鹵，今在大原府陽曲縣。至于大原，言逐出之而已，不窮追也。先王治戎狄之法如此。吉甫，尹吉甫，此時大將也。憲，法也。非文無以附衆，非武無以威敵。能文能武，則萬邦以之爲法矣。

○吉甫燕喜，既多受祉。來歸自鎬，我行永久叶舉里反。飲於鴆反御諸友叶羽已反，炰白交反鼈膾鯉。侯誰在矣？張仲孝友叶羽已反。○賦也。祉，福。御，進。侯，維也。張仲，吉甫之友也。善父母曰孝，善兄弟曰友。○此言吉甫燕飲喜樂，多受福祉。蓋以其歸自鎬而行永久也，是以飲酒進饌於朋友，而孝友之張仲在焉。言其所與燕者之賢，所以賢吉甫而善是燕也。

六月六章，章八句。

【校】

〔一〕「龜」，明正統本作「圭」。

薄言采芑音起，于彼新田，于此菑側其反畝叶每彼反。方叔涖音利止，其車三千，師干之試叶詩止反，下同。方叔率止，乘其四騏，四騏翼翼。路車有奭許力反，簟第音弗魚服叶蒲北反，鉤膺鞗音條革叶訖力反。○興也。芑，苦菜也，青白色，摘其葉有白汁出，肥可生食，亦可蒸爲茹，即今苦藚菜。宜馬食，軍行采之，人馬皆可食也。田一歲曰菑，二歲曰新田，三歲曰畬。方叔，宣王卿士，受命爲將者也。涖，臨也。其車三千，法當用三十萬衆。蓋兵車一乘，甲士三人，步卒七十二人，又二十五人將重車在後，凡百人也。然此亦極其盛而言，未必實有此數也。師，衆。干，扞也。試，肄習也。言衆且練也。率，總率之也。翼翼，順序貌。路車，戎路也。奭，赤貌。簟第〔一〕，以方文竹簟爲車蔽也。鉤膺，馬婁頷有鉤，而在膺有樊有纓也。樊，馬大帶。纓，鞅也。鞗革，見蓼蕭篇。○宣王之時，蠻荆背叛。王命方叔南征，軍行采芑而食，故賦其事以起興曰：薄言采芑，則于彼新田，于此菑畝矣。方叔涖止，則其車三千，師干之試矣。又遂言其車馬之美，以見軍容之盛也。○薄言采芑，于彼新田，于此中鄉。方叔涖止，其車三千，旂旐央央。方叔率止，約軝祈支反錯衡叶户郎反〔二〕，八鸞瑲瑲七羊反。服其命服，朱芾音弗斯皇，有瑲葱珩音衡，叶户郎反。○興也。中鄉，民居，其田尤治。約，束。軝，轂也，以皮纏束兵車之轂而朱之也。錯，文也。鈴在鑣曰鸞，馬口兩旁各一，四馬故八也。瑲瑲，聲也。命服，天子所命之服也。朱芾，黄朱之芾也。皇，猶煌煌也。瑲，玉聲。葱，蒼色如葱者也。珩，佩首横玉也。禮：「三命赤芾葱珩。」○鴥惟必反彼飛隼息允反，其飛戾天，亦集爰止。方叔涖止，其車三千，師干之試。方叔率止，鉦音征人伐鼓，陳師鞠居六反旅。顯允方叔，伐鼓淵淵叶於巾反，振旅闐闐徒顛反，叶徒鄰反。○興也。隼，鷂屬，急疾之鳥也。戾，至。爰，於也。鉦，鐃也，鐲也。伐，擊也。鉦以静之，鼓以動之。鉦鼓各有人，而言鉦人伐鼓，互文也。鞠，告也。二千五百人爲師，五百人爲旅。此言將戰，陳其師旅而誓告之也。陳師告旅〔三〕，亦互文耳。淵淵，鼓聲平和，不暴怒也。謂戰時進士衆也。振，止。旅，衆也。言戰罷而止其衆以入也。春秋傳曰「出曰治兵，入曰振旅」是也。闐闐，亦鼓聲也。或曰盛貌。程子曰：「振旅亦以鼓行金止。」〔四〕○言隼飛戾天，而亦集於所止。以興師衆之盛〔五〕，而進退有節，如下文所云也。○蠢尺允反爾蠻荆，大邦爲讎。方叔元老，克壯其猶。方叔率止，執訊音信獲醜叶尺由反。戎車嘽嘽吐丹反，嘽嘽焞焞吐雷反，如霆如雷。顯允方叔，征伐玁狁，蠻荆來威叶音隈。○賦也。蠢者，動而無知之貌。蠻荆，荆州之蠻也。大邦，猶言中國也。元，大。猶，謀也。言方叔雖老，而謀則壯也。嘽嘽，衆也。焞焞，盛也。霆，疾雷也。方叔蓋嘗與於北伐之功者，是以蠻荆聞其名，而皆來畏服也。

采芑四章，章十二句。

【校】

〔一〕「第」，元本、元十卷本作「苐」。

〔二〕「軝」，明正統本、明嘉靖本作「軧」。按「軝」是，「軧」非。下同。毛詩正義作「軝」，阮校云：「閩本、明監本、毛本同。唐石經、小字本、相臺本『軝』作『軧』。案『軝』字是也，釋文、五經文字可證。餘同此。○按『軝』，說文從車，氏聲。凡氏聲與氐聲，古文分別最嚴。」孫詒讓毛詩正義校記云：「『軝』，從『氏』聲，從『氐』誤。」又見商頌烈祖。

〔三〕「告」，明正統本、明嘉靖本作「鞫」。

〔四〕「程子曰：『振旅亦以鼓行金止。』」按程頤伊川詩說：「振旅之行，亦以鼓止，行則以鉦。」程說當誤，與朱熹所引之意正相反。

〔五〕「衆」，元本、元十卷本作「旅」。

我車既攻，我馬既同。四牡龐龐鹿同反**，駕言徂東。**賦也。攻，堅。同，齊也。傳曰：「宗廟齊豪，尚純也。戎事齊力，尚强也。田獵齊足，尚疾也。」龐龐，充實也。東，東都洛邑也。○周公相成王，營洛邑爲東都，以朝諸侯。周室既衰，久廢其禮。至于宣王，內修政事，外攘夷狄，復文武之竟土，修車馬，備器械，復會諸侯於東都，因田獵而選車徒焉。故詩人作此以美之。首章汎言將往東都也。**○田車既好**叶許厚反**，四牡孔阜**符有反**。東有甫**

草叶此苟反，駕言行狩叶始九反。○賦也。田車，田獵之車。好，善也。阜，盛大也。甫草，甫田也，後爲鄭地，今開封府中牟縣西圃田澤是也。宣王之時，未有鄭國，圃田屬東都畿内，故往田也。○此章指言將往狩于圃田也。○之子于苗叶音毛，選徒囂囂五刀反。建旐設旄，搏音博獸于敖。賦也。之子，有司也。苗，狩獵之通名也。選，數也。囂囂，聲衆盛也。數車徒者，其聲囂囂，則車徒之衆可知。且車徒不譁而惟數者有聲，又見其靜治也。敖，近滎陽，地名也。○此章言至東都，而選徒以獵也。○駕彼四牡，四牡奕奕。赤芾金舄，會同有繹。賦也。奕奕，連絡布散之貌。赤芾，諸侯之服。金舄，赤舄而加金飾，亦諸侯之服也。時見曰會，殷見曰同。繹，陳列聯屬之貌也。○此章言諸侯來會朝於東都也。○決拾既佽音次，與柴叶，弓矢既調讀如同，與同叶。射夫既同，助我舉柴子智反。○賦也。決，以象骨爲之，著於右手大指，所以鉤弦開體。拾，以皮爲之，著於左臂以遂弦，故亦名遂。佽，比也。調，謂弓强弱與矢輕重相得也。射夫，蓋諸侯來會者。同，協也。柴，説文作祡，謂積禽也。使諸侯之人助而舉之，言獲多也。○此章言既會同而田獵也。○四黄既駕，兩驂不猗於寄、於箇二反。不失其馳叶徒臥反，舍音捨矢如破彼寄、普過二反。○賦也。猗，偏倚不正也。馳，馳驅之法也。舍矢如破，巧而力也。蘇氏曰：「不善射御者，詭遇則獲，不然不能也。今御者不失其馳驅之法，而射者舍矢如破，則可謂善射御矣。」○此章言田獵而見其射御之善也。○蕭蕭馬鳴，悠悠旆旌。徒御不驚，大庖蒲交反不盈。賦也。蕭蕭、悠悠，皆閑暇之貌。徒，步卒也。御，車御也。驚，如漢書「夜，軍中驚」之「驚」。不驚，言比卒事，不喧譁也。大庖，君庖也。不盈，言取之有度，不極欲也。蓋古者田獵獲禽，面傷不獻，踐毛不獻，不成禽不獻。擇取三等，自左膘而射之，達于右腢爲上殺〔一〕，以爲乾豆，奉宗廟；達右耳本者次之，以爲賓客；射左髀達于右䯚爲下殺，以充君庖。每禽取三十焉，每等得十，其餘以與士大夫，習射於澤宮，中者取之。是以獲雖多，而君庖不盈也。張子曰：「饌雖多而無餘者，均及於衆而有法耳。凡事有法〔二〕，則何患乎不均也。」舊説：不驚，驚也。不盈，盈也。亦通。○此章言其終事嚴而頒禽均也。○之子于征，有聞音問無聲。允矣君子，展也大成。賦也。允，信。展，誠也。聞師之行而不聞其聲，言至肅也。信矣其君子也，誠哉其大成也。○此章總序其事之始終〔三〕，而深美之也。

車攻八章，章四句。以五章以下考之，恐當作四章，章八句。

【校】

〔一〕「髃」，元本、元十卷本作「髃」。

〔二〕「有」，元本作「言」。

〔三〕「序」，明正統本作「叙」。

吉日維戊叶莫吼反，既伯既禱叶丁口反。田車既好叶許口反，四牡孔阜符有反。升彼大阜，從其羣醜。賦也。戊，剛日也。伯，馬祖也，謂天駟房星之神也。醜，衆也。謂禽獸之羣衆也。此亦宣王之詩。言田獵將用馬力，故以吉日祭馬祖而禱之。既祭而車牢馬健，於是可以歷險而從禽也。以下章推之，是日也，其戊辰與？○吉日庚午，既差我馬叶滿補反。獸之所同，麀音憂鹿麌麌愚甫反。漆沮七徐反之從，天子之所。賦也。庚午，亦剛日也。差，擇，齊其足也。同，聚也。鹿牝曰麀。麌麌，衆多也。漆沮，水名，在西都畿内，涇、渭之北，所謂洛水，今自鹽韋流入鄜坊〔一〕，至同州入河也。○戊辰之日既禱矣，越二日庚午，遂擇其馬而乘之，視獸之所聚，麀鹿最多之處而從之，於漆沮之旁爲盛〔二〕，宜爲天子田獵之所也。○**瞻彼中原，其祁孔有**叶羽己反。**儦儦**表驕反**俟俟**叶于紀反〔三〕，**或羣或友**叶羽己反。**悉率左右**叶羽己反〔四〕，**以燕天子**叶奬履反〔五〕。○賦也。中原，原中也。祁，大也。趨則儦儦〔六〕，行則俟俟。獸三曰羣，二曰友。燕，樂也。○言從王者視彼禽獸之多，於是率其同事之人，各共其事，以樂天子也。○**既張我弓，既挾**子洽反**我矢**〔七〕，**發彼小豝**音巴，**殪**於計反**此大兕**徐履反，**以御賓客，且以酌醴。**賦也。發，發矢也。豕牝曰豝。壹矢而死曰殪。兕，野牛也。言能中微而制大也。御，進也。醴，酒名。周官「五齊」，「二曰醴齊。」注曰：醴「成而汁滓相將，如今甜酒也。」○言射而獲禽，以爲俎實，進於賓客而酌醴也。

吉日四章，章六句。東萊呂氏曰：「車攻、吉日所以爲復古者，何也？蓋蒐狩之禮，可以見王賦之復焉，可以見軍實之盛焉，可以見師律之嚴焉，可以見上下之情焉，可以見綜理之周焉。欲明文武之功業者，此亦足以觀矣。」

【校】

〔一〕「鹽」，元本、元十卷本、明正統本、明嘉靖本作「延」。

〔二〕「於」，元本、元十卷本、明正統本、明嘉靖本作「惟」。

〔三〕「紀」，明正統本作「己」。

〔四〕「叶」字，明正統本無。

〔五〕「履」，元本、元十卷本作「禮」。明正統本、明嘉靖本作「里」。

〔六〕「趨」，原作「望」，據毛傳、元本、元十卷本改。明正統本、明嘉靖本、八卷本作「趣」。

〔七〕「子洽反」，明正統本、明嘉靖本作「子洽、户頰二反」。

鴻鴈于飛，肅肅其羽。之子于征，劬其俱反**勞于野**叶上與反。**爰及矜**棘冰反**人，哀此鰥寡**叶果五反。○興也。大曰鴻，小曰鴈。肅肅，羽聲也。之子，流民自相謂也。征，行也。劬勞，病苦也。矜，憐也。老而無妻曰鰥，老而無夫曰寡。○舊説，周室中衰，萬民離散，而宣王能勞來、還定、安集之，故流民喜之而作此詩。追叙其始而言曰：鴻鴈于飛，則肅肅其羽矣。之子于征，則劬勞于野矣。且其劬勞者，皆鰥寡可哀憐之人也。然今亦未有以見其爲宣王之詩。後三篇放此。

○**鴻鴈于飛，集于中澤**叶徒洛反。**之子于垣**音袁，**百堵**丁古反**皆作。雖則劬勞，其究安宅**叶達各反。○興也。中澤，澤中也。一丈爲板，五板爲堵。究，終也。○流民自言鴻鴈集于中澤，以興己之得其所止而築室以居，今雖勞苦，而終獲安定也。

○**鴻鴈于飛，哀鳴嗸嗸**五刀反。**維此哲人，謂我劬勞。維彼愚人，謂我宣驕**叶音高。○比也。流民以鴻鴈哀鳴自比，而作此歌也。哲，知。宣，示也。知者聞我歌，知其出於劬勞，不知者謂我閒暇而宣驕也。韓詩云：「勞者歌其事。」魏風亦云：「我歌且謡。不我知者，謂我士也驕。」大抵歌多出於勞苦，而不知者常以爲驕也。

鴻鴈三章，章六句。

夜如何其音基？夜未央，庭燎之光。君子至止，鸞聲將將七羊反。○賦也。其，語詞。央，中也。庭燎，大燭也。諸侯將朝，則司烜以物百枚并而束之，設於門内也。君子，諸侯也。將將，鸞鑣聲。○王將起視朝，不安於寢，而問夜之早晚曰：夜如何哉？夜雖未央，而庭燎光矣。朝者至，而聞其鸞聲矣。○夜如何其？夜未艾音乂，又如字〔一〕，庭燎晣晣之世反，與艾叶。君子至止，鸞聲噦噦呼會反。○賦也。艾，盡也。晣晣，小明也。噦噦，近而聞其徐行，聲有節也。○夜如何其？夜鄉許亮反晨，庭燎有煇許云反。君子至止，言觀其旂叶渠斤反。○賦也。鄉晨，近曉也。煇，火氣也。天欲明而見其煙光相雜也。既至而觀其旂，則辨色矣。

庭燎三章，章五句。

【校】

〔一〕「又」，原作「叶」，據明正統本、明嘉靖本改。

沔綿善反彼流水，朝直遥反宗于海叶虎洧反。鴥惟必反彼飛隼息允反，載飛載止。嗟我兄弟，邦人諸友羽軌反〔一〕。莫肯念亂，誰無父母叶滿洧反？○興也。沔，水流滿也。諸侯春見天子曰朝，夏見曰宗。○此憂亂之詩。言流水猶朝宗于海，飛隼猶或有所止，而我之兄弟諸友，乃無肯念亂者。誰獨無父母乎？亂則憂或及之，是豈可以不念哉！○沔彼流水，其流湯湯失羊反。鴥彼飛隼，載飛載揚。念彼不蹟井亦反，載起載行叶户郎反。心之憂矣，不可弭忘。興也。湯湯，波流盛貌。不蹟，不循道也。載起載行，言憂念之深，不遑寧處也。弭，止也。水盛隼揚，以興憂念之不能忘也〔二〕。○鴥彼飛隼，率彼中陵。民之訛言，寧莫之懲。我友敬矣，讒言其興。興也。率，循。訛，僞。懲，止也。○隼之高飛猶循彼中陵，而民之訛言乃無懲止之者。然我之友，誠能敬以自持矣，則讒言何自而興乎？始憂於人，而卒反諸己也。

沔水三章，二章章八句，一章六句。疑當作三章，章八句。卒章脱前兩句耳。

【校】

〔一〕「羽」字前，明正統本、明嘉靖本、八卷本多「叶」字。

〔二〕「念」，明嘉靖本作「亂」。

鶴鳴于九皋，聲聞音問于野叶上與反。魚潛在淵，或在于渚。樂音洛彼之園，爰有樹檀叶徒沿反，下同，其下維蘀音託。它山之石〔一〕，可以爲錯七落反。○比也。鶴，鳥名，長頸，竦身，高脚，頂赤，身白，頸尾黑，其鳴高亮，聞八九里。皋，澤中水溢出所爲坎，從外數至九，喻深遠也。蘀，落也。錯，礪石也。○此詩之作，不可知其所由，然必陳善納誨之詞也。蓋鶴鳴于九皋，而聲聞于野，言誠之不可揜也。魚潛在淵，而或在于渚，言理之無定在也。園有樹檀，而其下維蘀，言愛當知其惡也。他山之石，而可以爲錯，言憎當知其善也。由是四者引而伸之，觸類而長之，天下之理，其庶幾乎？○鶴鳴于九皋，聲聞于天叶鐵因反。魚在于渚，或潛在淵叶一均反。樂彼之園，爰有樹檀，其下維穀。它山之石，可以攻玉。比也。穀，一名楮，惡木也。攻，錯也。○程子曰：「玉之温潤，天下之至美也。石之粗厲，天下之至惡也。然兩玉相磨，不可以成器。以石磨之，然後玉之爲器得以成焉。猶君子之與小人處也，横逆侵加，然後修省畏避，動心忍性，增益預防，而義理生焉，道德成焉。吾聞諸邵子云。」

鶴鳴二章，章九句。

【校】

〔一〕「它」，明嘉靖本作「他」，下同。

彤弓之什十篇，四十章，二百五十九句。疑脱兩句，當爲二百六十一句。

詩卷第十一

祈父之什二之四

祈勤衣反父音甫，予王之爪牙叶五胡反。胡轉予于恤，靡所止居。賦也。祈父，司馬也，職掌封圻之兵甲，故以爲號。酒誥曰「祈父薄違」是也〔一〕。予，六軍之士也。或曰，司右虎賁之屬也。爪牙，鳥獸所用以爲威者也。恤，憂也。○軍士怨於久役，故呼祈父而告之曰：予乃王之爪牙，汝何轉我於憂恤之地，使我無所止居乎？○祈父，予王之爪士鉏里反。胡轉予于恤，靡所底之履反止。賦也。爪士，爪牙之士也。底，至也。○祈父，亶不聰！胡轉予于恤，有母之尸饔。賦也。亶，誠。尸，主也。饔，熟食也。言不得奉養，而使母反主勞苦之事也。○東萊呂氏曰：「越勾踐伐吴，有父母耆老而無昆弟者，皆遣歸。魏公子無忌救趙，亦令獨子無兄弟者歸養。則古者有親老而無兄弟，其當免征役，必有成法。故責司馬之不聰，其意謂此法人皆聞之，汝獨不聞乎？乃驅吾從戎，使吾親不免薪水之勞也。責司馬者，不敢斥王也。」

祈父三章，章四句。序以爲刺宣王之詩。説者又以爲，宣王三十九年，戰于千畝，王師敗績于姜氏之戎，故軍士怨而作此詩。東萊呂氏曰：「太子晉諫靈王之詞曰：『自我先王厲、宣、幽、平而貪天禍，至于今未弭。』宣王，中興之主也，至與幽、厲並數之，其詞雖過，觀是詩所刺，則子晉之言，豈無所自歟？」但今考之詩文，未有以見其必爲宣王耳。下篇放此。

【校】

〔一〕「酒」，原作「康」，據尚書、明正統本、明嘉靖本改。

皎皎古了反**白駒，食我場苗。縶**陟立反**之維之，以永今朝。所謂伊人，於焉逍遥。**賦也。皎皎，潔白也。駒，馬之未壯者，謂賢者所乘也。場，圃也。縶，絆其足。維，繫其靷也。永，久也。伊人，指賢者也。逍遥，遊息也。○爲此詩者，以賢者之去而不可留也，故託以其所乘之駒食我場苗而縶維之，庶幾以永今朝，使其人得以於此逍遥而不去。若後人留客，而投其轄於井中也。**○皎皎白駒，食我場藿**火郭反。**縶之維之，以永今夕**叶祥龠反。**所謂伊人，於焉嘉客**叶克各反。○賦也。藿，猶苗也。夕，猶朝也。嘉客，猶逍遥也。**○皎皎白駒，賁**彼義反，又音奔**然來**叶陵之反**思**〔一〕。**爾公爾侯**叶洪孤反，**逸豫無期。慎爾優游**叶云俱反〔二〕，**勉爾遁思**叶新齎反。○賦也。賁然，光采之貌也。或以爲來之疾也。思，語詞也。爾，指乘車之賢人也〔三〕。慎，勿過也。勉，毋決也。遁思，猶言去意也。○言此乘白駒者，若其肯來，則以爾爲公，以爾爲侯，而逸樂無期矣。猶言「橫來，大者王，小者侯」也。豈可以過於優游，決於遁思，而終不我顧哉？蓋愛之切，而不知好爵之不足縻；留之苦，而不恤其志之不得遂也。○皎皎白駒，在彼空谷。生芻楚俱反一束，其人如玉。毋金玉爾音，而有遐心。賦也。賢者必去而不可留矣，於是歎其乘白駒入空谷，束生芻以秣之。而其人之德美如玉也，蓋已邈乎其不可親矣。然猶冀其相聞而無絶也，故語之曰：毋貴重爾之音聲，而有遠我之心也。

白駒四章，章六句。

【校】

〔一〕「叶陵之反」，元本、元十卷本、明正統本、明嘉靖本作「叶云俱反」，誤。此條與下條，清代瞿鏞鐵琴銅劍樓藏書目録卷三皆指出宋本正確，「『云』與『來』，『汪』與『游』皆不同母，則皆誤也」。

〔二〕「叶云俱反」，元十卷本作「叶汪胡反」，元本、明正統本、明嘉靖本作「叶汪胡反」，皆誤。

〔三〕「車」，元本、元十卷本、明正統本、明嘉靖本作「駒」。

黄鳥黄鳥，無集于穀，無啄陟角反我粟。此邦之人，不我肯穀。言旋言歸，復我邦族。比也。穀，木名。穀，善。旋，回。復，反也。○民適異國，不得其所，故作此詩，託爲呼其黄鳥而告之曰：爾無集于穀，而啄我之粟。苟此邦之人不以善道相與，則我亦不久於此，而將歸矣。○黄鳥黄鳥，無集于桑，無啄我粱。此邦之人，不可與明叶謨郎反。言旋言歸，復我諸兄叶虚王反。○比也。○黄鳥黄鳥，無集于栩況甫反，無啄我黍。此邦之人，不可與處。言旋言歸，復我諸父扶雨反。○比也。

黃鳥三章，章七句。東萊呂氏曰：「宣王之末，民有失所者，意它國之可居也。及其至彼，則又不若故鄉焉，故思而欲歸。使民如此，亦異於還定、安集之時矣。」今按詩文，未見其爲宣王之世。下篇亦然。

我行其野，蔽必制反**芾**方味反**其樗**敕雩反。**昏姻之故，言就爾居。爾不我畜，復我邦家**叶古胡反。○賦也。樗，惡木也。壻之父，婦之父，相謂曰婚姻。畜，養也。○民適異國依其婚姻，而不見收恤，故作此詩。言我行於野中，依惡木以自蔽。於是思婚姻之故，而就爾居。而爾不我畜也，則將復我之邦家矣。

○我行其野，言采其蓫敕六反。**婚姻之故，言就爾宿。爾不我畜，言歸思復**〔一〕。賦也。蓫，牛頹〔二〕，惡菜也，今人謂之羊蹄菜〔三〕。

○我行其野，言采其葍音福，叶筆力反。**不思舊姻，求爾新特。成**論語作「誠」**不以富，亦祇**音支**以異**叶逸織反。○賦也。葍，藑，惡菜也。特，匹也。○言爾之不思舊姻，而求新匹也，雖實不以彼之富而厭我之貧，亦祇以其新而異於故耳。此見詩人責人忠厚之意。

我行其野三章，章六句。王氏曰：「先王躬行仁義以道民，厚矣，猶以爲未也，又建官置師，以孝、友、睦、姻、任、恤六行教民。爲其有父母也，故教以孝；爲其有兄弟也，故教以友；爲其有同姓也，故教以睦；爲其有異姓也，故教以姻；爲鄰里鄉黨相保相愛也〔四〕，故教以任；相賙相救也，故教以恤。以爲徒教之或不率也，故使官師以時書其德行而勸之。以爲徒勸之或不率也，於是乎有不孝、不睦、不姻、不弟、不任、不恤之刑焉。方是時也，安有如此詩所刺之民乎！」

【校】

〔一〕「思」，毛詩正義作「斯」，詩集傳系統各本均作「思」。

〔二〕「頹」，明正統本、明嘉靖本作「蘈」。

〔三〕「謂之」，元本、元十卷本作「所謂」。

〔四〕「愛」，原作「受」，據元本、元十卷本、明正統本、明嘉靖本改。

秩秩斯干叶居焉反，**幽幽南山**叶所旃反。**如竹苞**叶補苟反矣，**如松茂**叶莫口反矣。**兄及弟矣，式相好**呼報反，叶許厚反矣，**無相猶**叶余久反矣。賦也。秩秩，有序也。斯，此也。干，水涯也。南山，終南之山也。苞，叢生而固也。猶，謀也。○此築室既成，而燕飲以落之，因歌其事。言此室臨水而面山，其下之固，如竹之苞；其上之密，如松之茂。又言居是室者，兄弟相好而無相謀，則頌禱之辭，猶所謂「聚國族於斯」者也。張子曰：「猶，似也。人情大抵施之不報則輟，故恩不能終。兄弟之閒，各盡己之所宜施者，無學其不相報而廢恩也。君臣、父子、朋友之間，亦莫不用此道，盡己而已。」愚按：此於文義或未必然，然意則善矣。或曰：猶當作尤。○**似續妣**必履反**祖，築室百堵，西南其户**胡五反。**爰居爰處，爰笑爰語**。賦也。似，嗣也。妣先於祖者，協下韻爾。或曰：謂姜嫄、后稷也。西南其户，天子之宫，其室非一，在東者西其户，在北者南其户。猶言「南東其畝」也。爰，於也。○**約之閣閣，椓**陟角反**之橐橐**音託。**風雨攸除**直慮反，**鳥鼠攸去，君子攸芋**香于反，叶王遇反。○賦也。約，束板也。閣閣，上下相乘也。椓，築也。橐橐，杵聲也。除，亦去也。無風雨鳥鼠之害，言其上下四旁皆牢密也。芋，尊大也。君子之所居，以爲尊且大也。○如跂音企斯翼，如矢斯棘，如鳥斯革叶訖力反，如翬音輝斯飛，君子攸躋子西反。○賦也。跂，竦立也。翼，敬也。棘，急也。矢行緩則枉，急則直也。革，變。翬，雉。躋，升也。○言其大勢嚴正，如人之竦立而其恭翼翼也。其廉隅整飭，如矢之急而直也。其棟宇峻起，如鳥之警而革也。其簷阿華采而軒翔，如翬之飛而矯其翼也。蓋其堂之美如此，而君子之所升以聽事也。○殖殖市力反其庭，有覺其楹。噲噲音快其正叶音征，噦噦呼會反其冥，君子攸寧。　賦也。殖殖，平正也。庭，宫寢之前庭也。覺，高大而直也。楹，柱也。噲噲，猶快快也。正，向明之處也。噦噦，深廣之貌。冥，奧窔之閒也。言其室之美如此，而君子之所休息以安身也。○下莞音官上簟叶徒檢、徒錦二反，乃安斯寢叶于檢、于錦二反。乃寢乃興，乃占我夢叶彌登反。吉夢維何？維熊維羆彼宜反，叶彼何反，維虺許鬼反維蛇市奢反，叶于其、土何二反。○賦也。莞，蒲席也。竹葦曰簟。羆，似熊而長頭高脚，猛憨多力，能拔樹。虺，蛇屬，細頸大頭，色如文綬，大者長七八尺。○祝其君安其室居，夢兆而有祥。亦頌禱之詞也。下章放此。○大音泰人占之，維熊維羆，男子之祥。維虺維蛇，女子之祥。　賦也。大人，大卜之屬，占夢之官也。熊羆，陽物，在山，彊力壯毅，男子之祥也。虺蛇，陰物，穴處，柔弱隱伏，女子之祥也。○或曰：夢之有占，何也？曰：人之精神與天地陰陽流通，故晝之所爲，夜之所夢，其善惡吉凶，各以類至。是以先王建官設屬，使之觀天地之會，辨陰陽之氣，以日月星辰占六夢之吉凶，獻吉夢，贈惡夢。其於天人相與之際，察之詳而敬之至矣。故曰：王前巫而後史，宗祝瞽侑皆在左右〔一〕，王中心無爲也，以守至正。○乃生男子，載寢之牀，載衣於既反之裳，載弄之璋。其泣喤喤華彭反，叶胡光反，朱芾音弗斯皇，室家君王。

賦也。半圭曰璋。喤，大聲也。芾，天子純朱，諸侯黄朱。皇，猶煌煌也。君，諸侯也。○寢之於牀，尊之也。衣之以裳，服之盛也。弄之以璋，尚其德也。言男子之生於是室者，皆將服朱芾煌煌然，有室有家，爲君爲王矣。○**乃生女子，載寢之地，載衣之裼**他計反，**載弄之瓦**叶魚位反。**無非無儀**叶音義，**唯酒食是議，無父母詒**以之反**罹**叶音麗。○賦也。裼，褓也。瓦，紡塼也。儀，善。罹，憂也。○寢之於地，卑之也。衣之以褓，即其用而無加也。弄之以瓦，習其所有事也。有非，非婦人也。有善，非婦人也。蓋女子以順爲正，無非，足矣，有善，則亦非其吉祥可願之事也。唯酒食是議，而無遺父母之憂，則可矣。易曰：「无攸遂，在中饋，貞吉。」而孟子之母亦曰：「婦人之禮，精五飯、冪酒漿、養舅姑、縫衣裳而已矣。故有閨門之修，而無境外之志。」此之謂也。

斯干九章，四章章七句，五章章五句。舊説，厲王既流于彘，宫室圮壞。故宣王即位，更作宫室，既成而落之。今亦未有以見其必爲是時之詩也。或曰：儀禮「下管新宫」，春秋傳宋元公賦新宫，恐即此詩。然亦未有明證。

【校】

〔一〕「宗祝」，禮記禮運作「卜筮」，文字稍異。

誰謂爾無羊？三百維羣。誰謂爾無牛？九十其犉而純反。**爾羊來思，其角濈濈**莊立反。**爾牛來思，其耳濕濕**始立反。○賦也。黄牛黑脣曰犉。羊以三百爲羣，其羣不可數也。牛之犉者九十，非犉者尚多也。聚其角而息，濈濈然。呞而動其耳，濕濕然。王氏曰：「濈濈，和也。羊以善觸爲患，故言其和，謂聚而不相觸也。」濕濕，潤澤也。牛病則耳燥，安則潤澤也。○此詩言牧事有成而牛羊衆多也。○或降于阿，或飲于池叶唐何反，或寢或訛。爾牧來思，何河可反蓑素多反何笠音立，或負其餱音侯。三十維物叶微律反，爾牲則具叶居律反。○賦也。訛，動。何，揭也。蓑、笠，所以備雨。三十維物，齊其色而別之，凡爲色三十也。○言牛羊無驚畏，而牧人持雨具，齎飲食，從其所適，以順其性。是以生養蕃息，至於其色無所不備，而於用無所不有也。○爾牧來思，以薪以蒸之承反，以雌以雄叶于陵反。爾羊來思，矜矜兢兢，不騫不崩。麾之以肱，畢來既升。賦也。粗曰薪，細曰蒸。雌雄，禽獸也。矜矜兢兢，堅强也。騫，虧也。崩，羣疾也。肱，臂也。既，盡也。升，入牢也。○言牧人有餘力，則出取薪蒸、搏禽獸。其羊亦馴擾從人，不假箠楚，但以手麾之，使來則畢來，使升則既升也。○牧人乃夢，衆維魚矣，旐音兆維旟音餘矣。大人占之，衆維魚矣，實維豐年叶尼因反。旐維旟矣，室家溱溱側巾反。○賦也。占夢之説未詳。溱溱，衆也。或曰：衆，謂人也。旐，郊野所建，統人少。旟，州里所建，統人多。蓋人不如魚之多，旐所統不如旟所統之衆。故夢人乃是魚，則爲豐年。旐乃是旟，則爲人衆。

無羊四章，章八句。

節音截，下同彼南山，維石巖巖。赫赫師尹，民具爾瞻叶側銜反。憂心如惔徒藍反，不敢戲談。國既卒子律反斬叶側銜反，何用不監古銜反？○興也。節，高峻貌。巖巖，積石貌。赫赫，顯盛貌。師尹，大師尹氏也。大師，三公。尹氏，蓋吉甫之後。春秋書「尹氏卒」，公羊子以爲「譏世卿」者，即此也。具，俱。瞻，視。

惔，燔。卒，終。斬，絶。監，視也。○此詩家父所作，刺王用尹氏以致亂。言節彼南山，則維石巖巖矣。赫赫師尹，則民具爾瞻矣。而其所爲不善，使人憂心如火燔灼，又畏其威而不敢言也。然則國既終斬絶矣，汝何用而不察哉？○節彼南山，有實其猗於宜反，叶於何反。赫赫師尹，不平謂何？天方薦徂殿反瘥才何反，喪息浪反亂弘多。民言無嘉叶居何反，憯七感反莫懲嗟叶遭哥反。○興也。有實其猗，未詳其義。傳曰：「實，滿。猗，長也。」箋云：「猗，倚也。言草木滿其旁倚之畎谷也。」或以爲，草木之實猗猗然。皆不甚通。薦，荐通，重也。瘥，病。弘，大。憯，曾。懲，創也。○節彼南山〔一〕，則有實其猗矣。赫赫師尹，而不平其心，則謂之何哉？蘇氏曰：「爲政者不平其心，則下之榮瘁，勞佚有大相絶者矣。是以神怒而重之以喪亂，人怨而謗讟其上。然尹氏曾不懲創咨嗟，求所以自改也。」○尹氏大音泰師，維周之氐丁禮反，叶都黎反。秉國之均，四方是維。天子是毗婢尸反，俾民不迷。不弔昊天，不宜空我師叶霜夷反。○賦也。氐，本。均，平。維，持。毗，輔。弔，愍。空，窮。師，衆也。○言尹氏大師，維周之氐，而秉國之均，則是宜有以維持四方，毗輔天子，而使民不迷，乃其職也。今乃不平其心，而既不見愍弔於昊天矣，則不宜久在其位，使天降禍亂，而我衆併及空窮也。○弗躬弗親，庶民弗信叶斯人反。弗問弗仕鉏里反，下同，勿罔君子叶奨履反。式夷式已，無小人殆叶養里反。瑣瑣素火反姻亞，則無膴音武仕。賦也。仕，事。罔，欺也。君子，指王也。夷，平。已，止。殆，危也。瑣瑣，小貌。壻之父曰姻，兩壻相謂曰亞。膴，厚也。○言王委政於尹氏，尹氏又委政於姻亞之小人，而以其未嘗問、未嘗事者欺其君也。故戒之曰：汝之弗躬弗親，庶民已不信矣。其所弗問弗事，則豈可以罔君子哉？當平其心視所任之人，有不當者則已之。無以小人之故，而至於危殆其國也。瑣瑣姻亞，而必皆膴仕，則小人進矣。○昊天不傭敕龍反，降此鞠九六反訩音凶。

昊天不惠，降此大戾。君子如屆音戒，叶居例反，俾民心闋古穴反，叶胡桂反〔二〕。君子如夷，惡烏路反怒是違。賦也。傭，均。鞠，窮。訩，亂。戾，乖。屆，至。闋，息。違，遠也。○言昊天不均，而降此窮極之亂。昊天不順，而降此乖戾之變。然所以靖之者，亦在夫人而已。君子無所苟而用其至，則必躬必親，而民之亂心息矣。君子無所偏而平其心，則式夷式已，而民之惡怒遠矣。傷王與尹氏之不能也。夫爲政不平以召禍亂者，人也。而詩人以爲天實爲之者，蓋無所歸咎，而歸之天也。抑有以見君臣隱諱之義焉，有以見天人合一之理焉。後皆放此。

○不弔昊天叶鐵因反，亂靡有定叶唐丁反。式月斯生叶桑經反，俾民不寧。憂心如酲音呈，誰秉國成？不自爲政叶諸盈反，卒勞百姓叶桑經反。○賦也。酒病曰酲。成，平。卒，終也。○蘇氏曰：「天不之恤，故亂未有所止，而禍患與歲月增長。君子憂之曰：誰秉國成者？乃不自爲政，而以付之姻亞之小人，其卒使民爲之受其勞弊，以至此也。」

○駕彼四牡，四牡項領。我瞻四方，蹙蹙子六反靡所騁敕領反。○賦也。項，大也。蹙蹙，縮小之貌。○言駕四牡而四牡項領，可以騁矣。而視四方，則皆昏亂，蹙蹙然無可往之所，亦將何所騁哉？東萊呂氏曰：「本根病，則枝葉皆瘁。是以無可往之地也。」

○方茂爾惡，相息亮反爾矛矣。既夷既懌，如相醻市由反矣。賦也。茂，盛。相，視。懌，悅也。○言方盛其惡以相加，則視其矛戟，如欲戰鬬。及既夷平悅懌，則相與歡然，如賓主而相醻酢，不以爲怪也。蓋小人之性無常，而習於鬬亂，其喜怒之不可期如此，是以君子無所適而可也。

○昊天不平，我王不寧。不懲其心，覆芳服反怨其正叶諸盈反。○賦也。尹氏之不平，若天使之，故曰「昊天不平」。若是，則我王亦不得寧矣。然尹氏猶不自懲創其心，乃反怨人之正己者，則其爲惡何時而已哉？

○家父音甫作誦叶疾容反，以究王訩。式訛爾心，以畜許六反萬邦叶卜工反。○賦也。家，氏。父，字。周大夫也。

究，窮。訛，化。畜，養也。○家父自言作爲此誦，以窮究王政昏亂之所由。冀其改心易慮，以畜養萬邦也。陳氏曰：「尹氏厲威，使人不得戲談。而家父作詩，乃復自表其出於己，以身當尹氏之怒而不辭者，蓋家父周之世臣，義與國俱存亡故也。」東萊吕氏曰：「篇終矣，故窮其亂本，而歸之王心焉。致亂者雖尹氏，而用尹氏者，則王心之蔽也。」李氏曰：「孟子曰：『人不足與適也，政不足與閒也，惟大人爲能格君心之非。』蓋用人之失，政事之過，雖皆君之非，然不必先論也。惟格君心之非，則政事無不善矣，用人皆得其當矣。」

節南山十章，六章章八句，四章章四句。序以此爲幽王之詩。而春秋桓十五年，有家父來求車〔三〕。於周爲桓王之世，上距幽王之終，已七十五年，不知其人之同異。大抵序之時世皆不足信，今姑闕焉可也。

【校】

〔一〕「彼」，元本、元十卷本、明嘉靖本作「然」。

〔二〕「胡」，元本、元十卷本、明正統本、明嘉靖本作「苦」。

〔三〕「求車」，原作「聘」，據明正統本、明嘉靖本改。按春秋桓公八年：「天王使家父來聘。」桓公十五年：「春，二月，天王使家父來求車。」

正音政**月繁霜，我心憂傷。民之訛言，亦孔之將。念我獨兮，憂心京京**叶居良反。**哀我小心，癙**音鼠**憂以痒**音羊。○賦也。正月，夏之四月。謂之正月者，以純陽用事，爲正陽之月也。繁，多。訛，僞。將，大也。京京，亦大也。癙憂，幽憂也。痒，病也。○此詩亦大夫所作。言霜降失節，不以其時，既使我心憂傷矣；而造爲姦僞之言，以惑羣聽者，又方甚大。然衆人莫以爲憂，故我獨憂之，以至於病也。○父母生我，胡俾我瘉音庾？不自我先，不自我後叶下五反。好言自口叶孔五反，下同，莠餘久反言自口。憂心愈愈，是以有侮。賦也。瘉，病。自，從。莠，醜也。愈愈，益甚之意。○疾痛故呼父母，而傷己適丁是時也。訛言之人虛僞反覆，言之好醜皆不出於心，而但出於口。是以我之憂心益甚，而反見侵侮也。○憂心惸惸其營反，念我無祿。民之無辜，并必政反其臣僕。哀我人斯，于何從祿？瞻烏爰止，于誰之屋？賦也。惸惸，憂意也。無祿，猶言不幸爾。辜，罪。并，俱也。古者以罪人爲臣僕，亡國所虜亦以爲臣僕。箕子所謂「商其淪喪，我罔爲臣僕」是也。○言不幸而遭國之將亡，與此無罪之民，將俱被囚虜而同爲臣僕。未知將復從何人而受祿，如視烏之飛，不知其將止於誰之屋也。○瞻彼中林，侯薪侯蒸之丞反。民今方殆，視天夢夢莫工反，叶莫登反。既克有定，靡人弗勝音升。有皇上帝，伊誰云憎？興也。中林，林中也。侯，維。殆，危也。夢夢，不明也。皇，大也。上帝，天之神也。程子曰：「以其形體謂之天，以其主宰謂之帝。」○言瞻彼中林，則維薪維蒸，分明可見也。民今方危殆，疾痛號訴於天，而視天反夢夢然，若無意於分別善惡者。然此特值其未定之時耳。及其既定，則未有不爲天所勝者也。夫天豈有所憎而禍之乎？福善禍淫，亦自然之理而已。申包胥曰：「人衆則勝天，天定亦能勝人。」疑出於此。○謂山蓋卑，爲岡爲陵。民之訛言，寧莫之懲。召彼故老，訊音信之占夢叶莫登反。具曰「予聖」，誰知烏之雌雄叶故陵反〔一〕？○賦也。山脊曰岡，廣平曰陵。懲，止也。故老，舊臣也。訊，問也。占夢，官名，掌占夢者也。具，俱也。烏之雌雄，相似而難辨者也。○謂山蓋卑，而其實則岡陵之崇也。今民之訛言如此矣，而王猶安然莫之止也。及其詢之故老，訊之占夢，則又皆自以爲聖人，亦誰能別其言之是非乎？子思言於衞侯曰：

「君之國事將日非矣。」公曰：「何故？」對曰：「有由然焉。君出言自以爲是，而卿大夫莫敢矯其非。卿大夫出言亦自以爲是，而士庶人莫敢矯其非。君臣既自賢矣，而羣下同聲賢之。賢之則順而有福，矯之則逆而有禍，如此則善安從生？詩曰：『具曰予聖，誰知烏之雌雄？』抑亦似君之君臣乎？」○**謂天蓋高，不敢不局**叶居亦反。**謂地蓋厚，不敢不蹐**井亦反。**維號**音豪**斯言，有倫有脊。哀今之人，胡爲虺**吁鬼反**蜴**星歷反**！**○賦也。局，曲也。蹐，累足也。號，長言之也。脊，理。蜴，螈也。虺、蜴，皆毒螫之蟲也。○言遭世之亂，天雖高而不敢不局，地雖厚而不敢不蹐。其所號呼而爲此言者，又皆有倫理而可考也。哀今之人，胡爲肆毒以害人，而使之至此乎！○**瞻彼阪**音反**田，有菀**音鬱**其特。天之扤**五忽反**我，如不我克。彼求我則，如不我得。執我仇仇，亦不我力。**興也。阪田，崎嶇墝埆之處。菀，茂盛之貌。特，特生之苗也。扤，動也。力，謂用力。○瞻彼阪田，猶有菀然之特；而天之扤我，如恐其不我克，何哉？亦無所歸咎之詞也。夫始而求之以爲法則，惟恐不我得也。及其得之，則又執我堅固如仇讎然，然終亦莫能用也。求之甚艱，而棄之甚易，其無常如此。○**心之憂矣，如或結之。今茲之正，胡然厲**叶力桀反**矣。燎**力詔反**之方揚，寧或滅之。赫赫宗周，褒姒**音似**威**呼悅反**之。**賦也。正，政也。厲，暴惡也。火田爲燎。揚，盛也。宗周，鎬京也。褒姒，幽王之嬖妾，褒國女，姒姓也。威，亦滅也。○言我心之憂如結者，爲國政之暴惡故也。燎之方盛之時，則寧有能撲而滅之者乎？然赫赫然之宗周，而一褒姒足以滅之。蓋傷之也。時宗周未滅，以褒姒淫妬讒諂，而王惑之，知其必滅周也。或曰：此東遷後詩也。時宗周已滅矣。其言「褒姒威之」，有監戒之意，而無憂懼之情，似亦道已然之事，而非慮其將然之詞。今亦未能必其然否也。〔二〕○**終其永懷，又窘**求隕反**陰雨。其車既載**才再反**，乃棄爾輔**扶雨反〔三〕**。載**如字**輸爾載**才再反**，將**七羊反**伯**

助予叶演女反〔四〕。○比也。陰雨則泥濘而車易以陷也。載，車所載也。輔，如今人縛杖於輻，以防輔車也。輸，墮也。將，請也。伯，或者之字也。○蘇氏曰：「王爲淫虐，譬如行險而不知止。君子永思其終，知其必有大難，故曰『終其永懷，又窘陰雨』。王又不虞難之將至，而棄賢臣焉，故曰『乃棄爾輔』。君子求助於未危，故難不至。苟其載之既墮，而後號伯以助予，則無及矣。」○無棄爾輔，員音云于爾輻方六反，叶筆力反，屢顧爾僕，不輸爾載叶節力反。終踰絶險，曾是不意叶乙力反。○比也。員，益也。輔，所以益輻也。屢，數。顧，視也。僕，將車者也。○此承上章，言若能無棄爾輔，以益其輻，而又數數顧視其僕，則不墮爾所載，而踰於絶險，若初不以爲意者。蓋能謹其初，則厥終無難也。一説，王曾不以是爲意乎？○魚在于沼之紹反，叶音灼，亦匪克樂音洛。潛雖伏矣，亦孔之炤音灼。憂心慘慘七感反。當作「懆」，七各反，念國之爲虐。比也。沼，池也。炤，明，易見也。○魚在于沼，其爲生已蹙矣。其潛雖深，然亦炤然而易見。言禍亂之及，無所逃也。○彼有旨酒，又有嘉殽户交反，無韻未詳。洽比毗志反其鄰，昏姻孔云。念我獨兮，憂心慇慇。賦也。洽、比，皆合也。云，旋也。慇慇然，痛也。○言小人得志，有旨酒嘉殽，以合比其鄰里，怡懌其昏姻，而我獨憂心，至於疾痛也。昔人有言，燕雀處堂，母子相安，自以爲樂也。突決棟焚，而怡然不知禍之將及，其此之謂乎？○佌佌音此彼有屋，蔌蔌音速方有穀。民今之無禄，天夭於遥反是椓陟角反，叶都木反。哿哥我反矣富人，哀此惸獨。賦也。佌佌，小貌。蔌蔌，窶陋貌。指王所用之小人也。穀，禄。夭，禍。椓，害。哿，可。獨，單也。○佌佌然之小人，既已有屋矣；蔌蔌窶陋者，又將有穀矣。而民今獨無禄者，是天禍椓喪之爾。亦無所歸怨之詞也〔五〕。亂至於此，富人猶或可勝，惸獨甚矣。此孟子所以言文王發政施仁，必先鰥寡孤獨也。

正月十三章，八章章八句，五章章六句。

【校】

〔一〕「故」，元本、元十卷本、明正統本、明嘉靖本作「胡」。

〔二〕「或曰」至「否也」原闕，據元本、元十卷本、明正統本、明嘉靖本補。

〔三〕「扶」字前，元本、元十卷本、明正統本、明嘉靖本多「叶」字。

〔四〕「叶」字，元本、元十卷本無。

〔五〕「怨」，明嘉靖本作「咎」。

十月之交，朔月辛卯叶莫後反〔一〕。**日有食之，亦孔之醜。彼月而微，此日而微。今此下民，亦孔之哀**叶於希反。○賦也。十月，以夏正言之，建亥之月也。交，日月交會，謂晦朔之間也。歷法，周天三百六十五度四分度之一。左旋於地，一晝一夜，則其行一周而又過一度。日月皆右行於天，一晝一夜，則日行一度，月行十三度十九分度之七。故日一歲而一周天，月二十九日有奇而一周天，又逐及於日而與之會。一歲凡十二會，方會則月光都盡而爲晦，已會則月光復蘇而爲朔。朔後晦前各十五日。日月相對，則月光正滿而爲望。晦朔而日月之合，東西同度，南北同道，則月揜日而日爲之食。望而日月之對，同度同道，則月亢日而月爲之食。是皆有常度矣。然王者修德行政，用賢去姦，能使陽盛足以勝陰，陰衰不能侵陽，則日月之行，雖或當食，而月常避日。故其遲速高下，必有參差而不正相合、不正相對者，所以當食而不食也。若國無政，不用善，使臣子背君父，妾婦乘其夫，小人陵君子，夷狄侵中國，則陰盛陽微，當食必食。雖曰行有常度，而實爲非常之變矣。蘇氏曰：「日食，天變之大者也。然正陽之月，古尤忌之。夏之四月爲純陽，故謂之正月。十月純陰，疑其無陽，故謂之陽月。純陽而食，陽弱之甚也。純陰而食，陰壯之甚也。」微，虧也。彼月則宜有時而虧矣，此日不宜虧而今亦虧，是亂亡之兆也。○日月告凶，不用其行叶户郎反。四國無政，不用其良。彼月而食，則維其常。此日而食，于何不臧。賦也。行，道也。○凡日月之食，皆有常度矣。而以爲不用其行者，月不避日，失其道也。然其所以然者，則以四國無政，不用善人故也。如此則日月之食皆非常矣。而以月食爲其常，日食爲不臧者，陰亢陽而不勝，猶可言也；陰勝陽而揜之，不可言也。故春秋日食必書，而月食則無紀焉，亦以此爾。○爗爗于輒反震電〔二〕，不寧不令叶盧經反。百川沸騰，山冢崒徂恤反崩，高岸爲谷，深谷爲陵。哀今之人，胡憯七感反莫懲。賦也。爗爗，電光貌。震，雷也。寧，安徐也。令，善。沸，出。騰，乘也。山頂曰冢。崒，崔嵬也。高岸崩陷，故爲谷。深谷填塞，故爲陵。憯，曾也。○言非但日食而已，十月而雷電，山崩水溢，亦災異之甚者。是宜恐懼修省，改紀其政，而幽王曾莫之懲也。董子曰：「國家將有失道之敗，而天乃先出災異以譴告之。不知自省，又出怪異以警懼之。尚不知變，而傷敗乃至。此見天心仁愛人君，而欲止其亂也。」

○皇父音甫卿士，番維司徒，家伯爲宰〔三〕，仲允膳夫。聚側留反子内史，蹶俱衛反維趣七走反馬叶滿補反，楀音矩維師氏，豔餘贍反妻煽音扇方處。賦也。皇父、家伯、仲允，皆字也。番、聚、蹶、楀，皆氏也。卿士，六卿之外更爲都官，以總六官之事也。或曰：卿士，蓋卿之士。周禮太宰之屬有上、中、下士，公羊所謂「宰士」，左氏所謂周公以蔡仲爲己卿士是也。蓋以宰屬而兼總六官，位卑而權重也。司徒掌邦教，冢宰掌邦治，皆卿也。膳夫，上士，掌王之飲食膳羞者也。内史，中大夫，掌爵禄廢置、殺生予奪之法者也。趣馬，中士，掌王馬之政者也。師氏，亦中大夫，掌司朝得失之事者也。美色曰豔。豔妻，即褒姒也。煽，熾也。方處，方居其所，未變徙也。○言所以致變異者，由小人用事於外，而嬖妾蠱惑王心於內，以爲之主故也。○抑此皇父，豈曰不時？胡爲我作，不即我謀叶謨悲反？徹我牆屋，田卒汙音烏萊叶陵之反。曰予不戕在良反，禮則然矣叶於姬反。○賦也。抑，發語詞。時，農隙之時也。作，動。即，就。卒，盡也。汙，停水也。萊，草穢也。戕，害也。○言皇父不自以爲不時，欲動我以徙，而不與我謀。乃遽徹我牆屋，使我田不獲治，卑者汙而高者萊。又曰非我戕汝，乃下供上役之常禮耳。○皇父孔聖，作都于向式亮反，下同。擇三有事，亶侯多藏才浪反。不憖魚覲反遺一老，俾守我王叶于放反。擇有車馬，以居徂向。賦也。孔，甚也。聖，通明也。都，大邑也。周禮，畿內大都方百里，小都方五十里，皆天子公卿所封也。向，地名，在東都畿內，今孟州河陽縣是也。三有事，三卿也。亶，信。侯，維。藏，蓄也。憖者，心不欲而自强之詞。有車馬者，亦富民也。徂，往也。○言皇父自以爲聖，而作都則不求賢，而但取富人以爲卿。又不自强留一人以衛天子，但有車馬者，則悉與俱往，不忠於上，而但知貪利以自私也。○黽民允反勉從事，不敢告勞。無罪無辜，讒口囂囂五刀反。下民之孽魚列反，匪降自天叶鐵因反。噂子損反沓徒合反背蒲昧反憎，職競由人。賦也。囂，衆多貌。孽，災害也。噂，聚也。沓，重複也。職，主。競，力也。○言黽勉從皇父之役，未嘗敢告勞也，猶且無罪而遭讒。然下民之孽，非天之所爲也。噂噂沓沓，多言以相說，而背則相憎，專力爲此者，皆由讒口之人耳。○悠悠我里，亦孔之痗莫背反，叶呼洧反。四方有羨徐面反，我獨居憂。民莫不逸，我獨不敢休。天命不徹叶直質反，我不敢傚我友自逸。賦也。悠悠，憂也。里，居。痗，病。羨，餘。逸，樂。徹，均也。○當是之時，天下病矣，而獨憂我里之甚病。且以爲四方皆有餘，而我獨憂，衆人皆得逸豫，而我獨勞者，以皇父病之，而被禍尤甚故也。然此乃天命之不均，吾豈敢不安於所遇，而必傚我友之自逸哉？

十月之交八章，章八句。

【校】

〔一〕「月」，元本、元十卷本、明正統本、明嘉靖本、八卷本作「日」。蘇轍詩集傳宋刻本亦作「日」。毛詩正義作「月」，阮校云：「毛本『月』誤『日』，明監本以上皆不誤。」

〔二〕「于」，原作「丁」，據元本、元十卷本、明正統本改。

〔三〕「爲」，明正統本、明嘉靖本同，八卷本作「冢」，元本、元十卷本、毛詩正義作「維」。馬瑞辰毛詩傳箋通釋云：「唐以前皆作『家伯維宰』。今集傳本作『家伯冢宰』，蓋傳寫之訛，抑後人據箋以改經耳。」

浩浩昊天，不駿其德。降喪息浪反**饑饉**其靳反**，斬伐四國**叶于逼反**。旻**密巾反**天疾威，弗慮弗圖。舍**音赦**彼有罪，既伏其辜。若此無罪，淪胥以鋪**普烏反**。**○賦也。浩浩，廣大也〔一〕。昊，亦廣大之意。駿，大。德，惠也。穀不熟曰饑，蔬不熟曰饉。疾威，猶暴虐也。慮、圖，皆謀也。舍，置。淪，陷。胥，相。鋪，偏也。○此時饑饉之後，羣臣離散，其不去者作詩，以責去者。故推本而言，昊天不大其惠，降此饑饉，而殺伐四國之人。如何昊天〔二〕，曾不思慮圖謀，而遽爲此乎？彼有罪而饑死，則是既伏其辜矣，舍之可也。此無罪者，亦相與而陷於死亡，則如之何哉？

○周宗既滅，靡所止戾。正大夫離居，莫知我勩夷世反**。三事大夫，莫肯夙夜**

叶弋灼反。**邦君諸侯，莫肯朝夕**叶祥龠反。**庶曰式臧，覆**芳服反**出爲惡。**賦也。宗，族姓也。戾，定也。正，長也。周官八職，一曰正，謂六官之長，皆上大夫也。離居，蓋以饑饉散去，而因以避讒譖之禍也。我，不去者自我也。勩，勞也。三事，三公也。大夫，六卿及中下大夫也。臧，善。覆，反也。○言將有易姓之禍，其兆已見，而天變人離又如此。庶幾曰王改而爲善，乃覆出爲惡而不悛也。或曰：疑此亦東遷後詩也。○**如何昊天**叶鐵因反，下同，**辟言不信**叶斯人反。**如彼行邁，則靡所臻。凡百君子，各敬爾身。胡不相畏，不畏于天？**賦也。如何昊天，呼天而訴之也。辟，法。臻，至也。凡百君子，指羣臣也。○言如何乎昊天也，法度之言而不聽信，則如彼行往而無所底至也。然凡百君子，豈可以王之爲惡而不敬其身哉！不敬爾身，不相畏也。不相畏，不畏天也。○**戎成不退**叶吐類反，下同，**飢成不遂。曾**在登反**我暬**思列反**御，憯憯**千感反**日瘁**徂醉反。**凡百君子，莫肯用訊**叶息悴反。**聽言則答，譖言則退。**賦也。戎，兵。遂，進也。易曰「不能退，不能遂」是也。暬御，近侍也。國語曰「居寢有暬御之箴」，蓋如漢侍中之官也。憯憯，憂貌。瘁，病。訊，告也。○言兵寇已成，而王之爲惡不退；飢饉已成，而王之遷善不遂。使我暬御之臣憂之而慘慘日瘁也。凡百君子，莫肯以是告王者。雖王有問而欲聽其言，則亦答之而已，不敢盡言也。一有譖言及己，則皆退而離居，莫肯夙夜朝夕於王矣。其意若曰：王雖不善，而君臣之義，豈可以若是恝乎？○**哀哉不能言，匪舌是出**尺遂反，**維躬是瘁。哿矣能言，巧言如流，俾躬處休。**賦也。出，出之也。瘁，病。哿，可也。○言之忠者，當世之所謂不能言者也，故非但出諸口，而適以瘁其躬。佞人之言，當世所謂能言者也，故巧好其言，如水之流，無所凝滯，而使其身處於安樂之地。蓋亂世昏主，惡忠直而好諛佞，類如此，詩人所以深歎之也。○**維曰于仕**鉏里反，**孔棘且殆**叶養里反。**云不可使，得罪于天子**叶奬履反。**亦**

云可使，怨及朋友叶羽己反。○賦也。于，往。棘，急。殆，危也。○蘇氏曰：「人皆曰往仕耳，曾不知仕之急且危也。當是之時，直道者，王之所謂不可使；而枉道者，王之所謂可使也。直道者得罪于君，而枉道者見怨于友，此仕之所以難也。」○**謂爾遷于王都，曰予未有室家**叶古胡反。**鼠思**息嗣反**泣血**叶虛屈反**，無言不疾。昔爾出居，誰從作爾室？**賦也。爾，謂離居者。鼠思，猶言癙憂也。○當是時，言之難能，而仕之多患如此。故羣臣有去者，有居者。居者不忍王之無臣、己之無徒，則告去者，使復還于王都。去者不聽，而託於無家以拒之。至於憂思泣血，有無言而不痛疾者，蓋其懼禍之深至於如此。然所謂無家者，則非其情也。故詰之曰：昔爾之去也，誰爲爾作室者？而今以是辭我哉！

雨無正七章，二章章十句，二章章八句，三章章六句。歐陽公曰：「古之人於詩，多不命題，而篇名往往無義例。其或有命名者，則必述詩之意，如巷伯、常武之類是也。今雨無正之名，據序所言，與詩絕異，當闕其所疑。」元城劉氏曰：「嘗讀韓詩，有雨無極篇，序云：『雨無極，正大夫刺幽王也。』至其詩之文，則比毛詩篇首多『雨無其極，傷我稼穡』八字。」愚按：劉說似有理。然第一、二章本皆十句，今遽增之，則長短不齊，非詩之例。又此詩實正大夫離居之後，暬御之臣所作。其曰「正大夫刺幽王」者，亦非是。且其爲幽王詩，亦未有所考也。

【校】

〔一〕「也」，明嘉靖本作「貌」。

〔二〕「昊」，明正統本、明嘉靖本作「旻」。

祈父之什十篇，六十四章[一]，四百二十六句。

【校】

〔一〕「之什十篇六十四」，七字原闕，據明正統本、八卷本補。

詩卷第十二

小旻之什二之五

旻天疾威，敷于下土。謀猶回遹音聿，何日斯沮在呂反？謀臧不從，不臧覆用叶于封反。我視謀猶，亦孔之邛其凶反。○賦也。旻，幽遠之意。敷，布。猶，謀。回，邪。遹，辟。沮，止。臧，善。覆，反。邛，病也。○大夫以王惑於邪謀，不能斷以從善，而作此詩。言旻天之疾威，布于下土，使王之謀猶邪辟，無日而止。謀之善者則不從，而其不善者反用之。故我視其謀猶，亦甚病也。

○潝潝許急反訿訿音紫，亦孔之哀叶於希反。謀之其臧，則具是違。謀之不臧，則具是依。我視謀猶，伊于胡底之履反，叶都黎反。○賦也。潝潝，相和也。訿訿，相詆也。具，俱。底，至也。○言小人同而不和，其慮深矣。然於謀之善者則違之，其不善者則從之，亦何能有所定乎？

○我龜既厭，不我告猶叶于救反。謀夫孔多，是用不集韓詩作「就」，叶疾救反。發言盈庭，誰敢執其咎叶巨又反？如匪行邁謀，是用不得于道叶徒候反。○賦也。集，成也。○卜筮數則潰，而龜厭之，故不復告其所圖之吉凶。謀夫衆則是非相奪，而莫適所從，故所謀終亦不成。蓋發言盈庭，各是其是，無肯任其責而決之者。猶不行不邁〔一〕，而坐謀所適。謀之雖審，而亦何得於道路哉？○**哀哉爲猶，匪先民是程，匪大猶是經。維邇言是聽**叶平聲，**維邇言是争**叶側陘反。**如彼築室于道謀，是用不潰于成。**賦也。先民，古之聖賢也。程，法。猶，道。經，常。潰，遂也。○言哀哉今之爲謀，不以先民爲法，不以大道爲常，其所聽而争者，皆淺末之言。以是相持，如將築室而與行道之人謀之，人人得爲異論，其能有成也哉？古語曰：「作舍道邊，三年不成。」蓋出於此。○**國雖靡止，或聖或否**方九反，叶補美反。**民雖靡膴**火吳反，**或哲或謀**叶莫徒反，**或肅或艾**音乂〔二〕。**如彼泉流，無淪胥以敗**叶蒲寐反。○賦也。止，定也。聖，通明也。膴，大也，多也。艾，與乂同，治也。淪，陷。胥，相也。○言國論雖不定，然有聖者焉，有否者焉。民雖不多，然有哲者焉，有謀者焉，有肅者焉，有艾者焉。但王不用善，則雖有善者，不能自存，將如泉流之不反，而淪胥以至於敗矣。聖、哲、謀、肅、乂〔三〕，即洪範五事之德。豈作此詩者，亦傳箕子之學也與？○**不敢暴虎，不敢馮**皮冰反**河。人知其一，莫知其它**湯何反〔四〕。**戰戰兢兢，如臨深淵**叶一均反，**如履薄冰。**賦也。徒搏曰暴，徒涉曰馮，如馮几然也。戰戰，恐也。兢兢，戒也。如臨深淵，恐墜也。如履薄冰，恐陷也。○衆人之慮，不能及遠。暴虎馮河之患，近而易見，則知避之；喪國亡家之禍，隱於無形，則不知以爲憂也。故曰：「戰戰兢兢，如臨深淵，如履薄冰。」懼及其禍之詞也。

小旻六章，三章章八句，三章章七句。蘇氏曰：「小旻、小宛、小弁、小明四詩，皆以『小』名篇，所以别其爲小雅也。其在小雅者謂之『小』，故其在大雅者，謂之召旻、大明，獨『宛』、『弁』闕焉。意者孔子删之矣。雖去其大，而其小者猶謂之小，蓋即用其舊也。」

【校】

〔一〕「不邁」之「不」，原作「下」，據宋刊明印本、元本、元十卷本、明正統本、明嘉靖本改。

〔二〕「乂」，原作「又」，據宋刊明印本、元本、元十卷本、明正統本、明嘉靖本改。

〔三〕「乂」，明正統本、明嘉靖本作「艾」。

〔四〕「它」，元本、元十卷本、明正統本、明嘉靖本作「他」。

宛於阮反彼鳴鳩，翰胡旦反飛戾天叶鐵因反。我心憂傷，念昔先人。明發不寐，有懷二人。

興也。宛，小貌。鳴鳩，斑鳩也。翰，羽。戾，至也。明發，謂將旦而光明開發也。二人，父母也。○此大夫遭時之亂，而兄弟相戒以免禍之詩。故言彼宛然之小鳥，亦翰飛而至于天矣。則我心之憂傷，豈能不念昔之先人哉？是以明發不寐，而有懷乎父母也。言此以爲相戒之端。

○人之齊聖，飲酒温克。彼昏不知，壹醉日富叶筆力反。各敬爾儀，天命不又叶夷益反。○賦也。齊，肅也。聖，通明也。克，勝也。富，猶甚也。又，復也。○言齊聖之人，雖醉猶温恭自持以勝，所謂「不爲酒困」也。彼昏然而不知者，則一於醉而日甚矣。於是言各敬謹爾之威儀，天命已去，將不復來，不可以不恐懼也。時王以酒敗德，臣下化之，故此兄弟相戒，首以爲説。

○中原有菽音叔，庶民采叶此履反之。螟亡丁反蛉音零有子〔一〕，蜾音果蠃力果反負叶蒲美反之。教誨爾子，式穀似叶養里反之。興也。中原，原中也。菽，大豆也。螟蛉，桑上小青蟲也，似步屈。蜾蠃，土蜂也，似蜂而小腰，取桑蟲，負之於木空中，七日而化爲其子。式，用。穀，善也。○中原有菽，則庶民采之矣，以興善道人皆可行也。螟蛉有子，則蜾蠃負之，以興不似者可教而似也。教誨爾子，則用善而似之可也。善也，似也，終上文兩句所興而言也。戒之以不惟獨善其身，又當教其子，使爲善也。○題大計反彼脊令音零，載飛載鳴。我日斯邁，而月斯征。夙興夜寐，無忝爾所生叶桑經反。○興也。題，視也。脊令飛則鳴，行則摇。載，則。而，汝。忝，辱也。○視彼脊令，則且飛而且鳴矣。我既日斯邁，則汝亦月斯征矣。言當各務努力，不可暇逸取禍，恐不及相救恤也。夙興夜寐，各求無辱於父母而已。○交交桑扈音户，率場啄粟。哀我填都田反寡，宜岸宜獄。握粟出卜，自何能穀？興也。交交，往來之貌。桑扈，竊脂也，俗呼青觜，肉食，不食粟。填，與瘨同，病也。岸，亦獄也，韓詩作「犴」。鄉亭之繫曰犴，朝廷曰獄。○扈不食粟，而今則率場啄粟矣。病寡不宜岸獄，今則宜岸宜獄矣。言王不恤鰥寡，喜陷之於刑辟也。然不可不求所以自善之道，故握持其粟，出而卜之曰：何自而能善乎？言握粟，以見其貧窶之甚。○温温恭人，如集于木。惴惴之瑞反小心，如臨于谷。戰戰兢兢，如履薄冰。賦也。温温，和柔貌。如集于木，恐隊也。如臨于谷，恐隕也。

小宛六章，章六句。此詩之詞，最爲明白，而意極懇至。説者必欲爲刺王之言，故其説穿鑿破碎，無理尤甚。今悉改定，讀者詳之。

【校】

〔一〕「亡丁反」，元本、元十卷本、明正統本、明嘉靖本作「音冥」。

弁薄干反彼鸒音豫斯叶先齎反，歸飛提提是移反。民莫不穀，我獨于罹。何辜于天，我罪伊何？心之憂矣，云如之何？興也。弁，飛拊翼貌。鸒，雅烏也，小而多羣，腹下白，江東呼爲鵯烏。斯，語詞也。提提，羣飛安閒之貌。穀，善。罹，憂也。○舊説，幽王大子宜臼被廢而作此詩。言弁彼鸒斯，則歸飛提提矣。民莫不善，而我獨于憂，則鸒斯之不如也。「何辜于天，我罪伊何」者，怨而慕也。舜號泣于旻天曰：「父母之不我愛，於我何哉？」蓋如此矣。「心之憂矣，云如之何」，則知其無可奈何，而安之之詞也。○踧踧徒歷反周道叶徒苟反，鞫九六反爲茂草叶此苟反〔一〕。我心憂傷，惄乃歷反焉如擣丁老反，叶丁口反。假寐永嘆，維憂用老叶魯口反。心之憂矣，疢丑覲反如疾首。興也。踧踧，平易也。周道，大道也。鞫，窮。惄，思。擣，舂也。不脱衣冠而寐，曰假寐。疢，猶疾也。○踧踧周道，則將鞫爲茂草矣。我心憂傷，則惄焉如擣矣。精神憒眊，至於假寐之中而不忘永歎，憂之之深，是以未老而老也。疢如疾首，則又憂之甚矣。○維桑與梓叶奬履反，必恭敬止。靡瞻匪父，靡依匪母叶滿彼反。不屬音燭于毛，不離于裏。天之生我，我辰安在叶此里反？○興也。桑、梓二木，古者五畝之宅，樹之牆下，以遺子孫，給蠶食、具器用者也。瞻者，尊而仰之。依者，親而倚之。屬，連也。毛，膚體之餘氣末屬也。離，麗也。裏，心腹也。辰，猶時也。○言桑梓父母所植，尚且必加恭敬，況父母至尊至親，宜莫不瞻依也。然父母之不我愛，豈我不屬于父母之毛乎？豈我不離于父母之裏乎？無所歸咎，則推之於天曰：豈我生時不善哉？何不祥至是也！○菀音鬱彼柳斯，鳴蜩音條嘒嘒呼惠反。有漼千罪反者淵，萑音丸葦韋鬼反淠淠孚計反。譬彼舟流，不知所届音戒，叶居氣反。心之憂矣，不遑假寐。興也。菀，茂盛貌。蜩，蟬也。嘒嘒，聲也。漼，深貌。淠淠，衆也。屆，至。遑，暇也。○菀彼柳斯，則鳴蜩嘒嘒矣。有漼者淵，則萑葦淠淠矣。今我獨見棄逐，如舟之流于水中，不知其何所至乎？是以憂之之深，昔猶假寐，而今不暇也。○鹿斯之奔，維足伎伎其宜反。雉之朝雊古豆反，尚求其雌叶千西反。譬彼壞胡罪反木，疾用無枝。心之憂矣，寧莫之知。興也。伎伎，舒貌。宜疾而舒，留其羣也。雊，雉鳴也。壞，傷病也。寧，猶何也。○鹿斯之奔，則足伎伎然。雉之朝雊，亦知求其妃匹。今我獨見棄逐，如傷病之木，憔悴而無枝。是以憂之，而人莫之知也。○相息亮反彼投兔，尚或先蘇薦反，叶蘇晉反之。行有死人，尚或墐音覲之。君子秉心，維其忍之。心之憂矣，涕既隕音蘊之。興也。相，視。投，奔。行，道。墐，埋。秉，執。隕，隊也。○相彼被逐而投人之兔，尚或有哀其窮而先脱之者。道有死人，尚或有哀其暴露而埋藏之者。蓋皆有不忍之心焉。今王信讒，棄逐其子，曾視投兔、死人之不如，則其秉心亦忍矣。是以心憂而涕隕也。○君子信讒，如或醻市由反，叶市救反之。君子不惠，不舒究之。伐木掎寄彼反，叶居何反矣，析薪杝敕氏反，叶湯何反矣。舍音捨彼有罪，予之佗吐賀反，叶湯何反矣。賦而興也。醻，報。惠，愛。舒，緩。究，察也。掎，倚也，以物倚其巔也。杝，隨其理也。佗，加也。○言王惟讒是聽，如受醻爵，得即飲之。曾不加惠愛，舒緩而究察之。夫苟舒緩而究察之，則讒者之情得矣。伐木者尚倚其巔，析薪者尚隨其理，皆不妄挫折之。今乃捨彼有罪之譖人，而加我以非其罪，曾伐木析薪之不若也。此則興也。○莫高匪山叶所旃反，莫浚蘇俊反匪泉。君子無易夷豉反由言，耳屬音燭于垣。無逝我梁，無發我笱。我躬不閲，遑恤我後。賦而比也。山極高矣，而或陟其巔。泉極深矣，而或入其底。故君子不可易於其言，恐耳屬于垣者，有所覷望左右，而生讒譖也。王於是卒以褒姒爲后，伯服爲大子，故告之曰：「毋逝我梁，毋發我笱。我躬不閲，遑恤我後。」蓋比詞也。東萊吕氏曰：「唐德宗將廢大子而立舒王。李泌諫之，且曰：『願陛下還宮勿露此意。左右聞之，將樹功於舒王，大子危矣。』此正『君子無易由言，耳屬于垣』之謂也。小弁之作，大子既廢矣，而猶云爾者，蓋推本亂之所由生，言語以爲階也。」

小弁八章，章八句。幽王娶於申，生大子宜臼。後得褒姒而惑之，生子伯服，信其讒，黜申后，逐宜臼。而宜臼作此以自怨也。序以爲大子之傅述大子之情以爲是詩，不知其何所據也。傳曰：「高子曰：『小弁，小人之詩也。』孟子曰：『何以言之？』曰：『怨。』曰：『固哉，高叟之爲詩也！有人於此，越人關弓而射之，則己談笑而道之，無它，疏之也。其兄關弓而射之，則己垂涕泣而道之，無它，戚之也。小弁之怨，親親也。親親，仁也。固矣夫，高叟之爲詩也！』曰：『凱風何以不怨？』曰：『凱風，親之過小者也；小弁，親之過大者也。親之過大而不怨，是愈疏也；親之過小而怨，是不可磯也。愈疏，不孝也；不可磯，亦不孝也。孔子曰：「舜其至孝矣，五十而慕。」』」

【校】

〔一〕「鞫」，元本、元十卷本、明正統本、明嘉靖本作「鞠」，下同。

悠悠昊天，曰父母且七餘反〔一〕。無罪無辜，亂如此憮火吴反。昊天已威叶紆胃反，予慎無罪叶音悴。昊天泰憮，予慎無辜。賦也。悠悠，遠大之貌。且，語詞。憮，大也。已、泰，皆甚也。慎，審也。○大夫傷於讒，無所控告，而訴之於天曰：悠悠昊天，爲人之父母，胡爲使無罪之人，遭亂如此其大也？昊天之威已甚矣，我審無罪也。昊天之威甚大矣，我審無辜也。此自訴而求免之詞也。○亂之初生，僭側蔭反始既涵音含〔二〕。

亂之又生，君子信讒。君子如怒叶奴五反，亂庶遄市專反沮慈呂反。君子如祉音恥，亂庶遄已。賦也。僭始，不信之端也。涵，容受也。君子，指王也。遄，疾。沮，止也。祉，猶喜也。○言亂之所以生者，由讒人以不信之言始入，而王涵容，不察其眞僞也。亂之又生者，則既信其讒言而用之矣。君子見讒人之言，若怒而責之，則亂庶幾遄沮矣。見賢者之言，若喜而納之，則亂庶幾遄已矣。今涵容不斷，讒信不分，是以讒者益勝，而君子益病也。蘇氏曰：「小人爲讒於其君，必以漸入之。其始也，進而嘗之。君容之而不拒，知言之無忌，於是復進。既而君信之，然後亂成。」

○君子屢盟叶謨郎反，亂是用長丁丈反，叶直良反〔三〕。君子信盜，亂是用暴。盜言孔甘，亂是用餤音談。匪其止共音恭，維王之邛其恭反。○賦也。屢，數也。盟，邦國有疑，則殺牲歃血，告神以相要束也。盜，指讒人也。餤，進。邛，病也。○言君子不能已亂，而屢盟以相要，則亂是用長矣。君子不能聖讒，而信盜以爲虐，則亂是用暴矣。讒言之美，如食之甘，使人嗜之而不厭，則亂是用進矣。然此讒人不能供其職事，徒以爲王之病而已。夫良藥苦口而利於病，忠言逆耳而利於行。維其言之甘而悦焉，則其國豈不殆哉！

○奕奕寢廟，君子作之。秩秩大猷，聖人莫之。他人有心，予忖七損反度待洛反之〔四〕。躍躍他歷反毚士咸反兔，遇犬獲叶黄郭反之。興而比也。奕奕，大也。秩秩，序也。猷，道。莫，定也。躍躍，跳疾貌。毚，狡也。○奕奕寢廟，則君子作之。秩秩大猷，則聖人莫之。以興他人有心，則予得而忖度之。而又以「躍躍毚兔，遇犬獲之」比焉。反覆興比，以見讒人之心，我皆得之，不能隱其情也。

○荏而甚反染柔木，君子樹叶上主反之。往來行言，心焉數所主反之。蛇蛇以支反碩言，出自口叶孔五反矣。巧言如簧，顔之厚叶胡五反矣。興也。荏染，柔貌。柔木，桐梓之屬，可用者也。行言，行道之言也。數，辨也。蛇蛇，安舒也。碩，大也，謂善言也。顔厚者，頑不知恥也。○荏染柔木，則君子樹之矣。往來行言，則心能辨之矣。若善言而出於口者，宜也；巧言如簧，則豈可出於口哉！言之徒可羞愧，而彼顔之厚，不知以爲恥也。孟子曰：「爲機變之巧者，無所用恥焉。」其斯人之謂與！

○**彼何人斯？居河之麋**音眉。**無拳**音權**無勇，職爲亂階**叶居奚反。**既微且尰**市勇反，**爾勇伊何？爲猶將多，爾居徒幾**音紀，叶居希反**何？**

賦也。何人，斥讒人也。此必有所指矣。賤而惡之，故爲不知其姓名，而曰何人也。斯，語詞也。水草交謂之麋。拳，力。階，梯也。骭瘍爲微，腫足爲尰。猶，謀。將，大也。○言此讒人居下濕之地，雖無拳勇可以爲亂，而讒口交鬭，專爲亂之階梯。又有微尰之疾，亦何能勇哉？而爲讒謀則大且多如此，是必有助之者矣。然其所與居之徒衆幾何人哉？言亦不能甚多也。

巧言六章，章八句。以五章「巧言」二字名篇。

【校】

〔一〕「七」，元本、元十卷本、明正統本、明嘉靖本作「子」。

〔二〕「僭」，明嘉靖本作「譖」，下同。

〔三〕「丁」，明正統本作「張」。

〔四〕「待洛反」，明正統本、明嘉靖本作「音鐸」。

彼何人斯？其心孔艱叶居銀反。**胡逝我梁，不入我門**叶眉貧反**？伊誰云從？維暴之**

云。賦也。何人，亦若不知其姓名也。孔，甚。艱，險也。我，舊説以爲蘇公也。暴，暴公也。皆畿内諸侯也。○舊説，暴公爲卿士，而譖蘇公，故蘇公作詩以絶之。然不欲直斥暴公，故但指其從行者而言：彼何人者，其心甚險。胡爲往我之梁，而不入我之門乎？既而問其所從，則暴公也。夫以從暴公而不入我門，則暴公之譖己也明矣。但舊説於詩無明文可考，未敢信其必然耳。**○二人從行，誰爲此禍**胡果反**？胡逝我梁，不入唁我？始者不如今，云不我可。**賦也。二人，暴公與其徒也。唁，弔失位也。○言二人相從而行，不知誰譖己而禍之乎？既使我得罪矣，而其逝我梁也，又不入而唁我。女始者與我親厚之時，豈嘗如今不以我爲可乎？**○彼何人斯？胡逝我陳。我聞其聲，不見其身。不愧于人，不畏于天**叶鐵因反。○賦也。陳，堂塗也，堂下至門之徑也。○在我之陳，則又近矣。聞其聲而不見其身，言其蹤跡之詭秘也。不愧于人，則以人爲可欺也。天不可欺，女獨不畏于天乎？奈何其譖我也？**○彼何人斯？其爲飄風**叶孚愔反。**胡不自北？胡不自南**叶尼心反**？胡逝我梁？祇**音支**攪**交卯反**我心。**賦也。飄風，暴風也。攪，擾亂也。○言其往來之疾若飄風然。自北自南，則與我不相值也。今則逝我之梁，則適所以攪亂我心而已。**○爾之安行，亦不遑舍**叶商居反。**爾之亟**紀力反**行，遑脂爾車。壹者之來，云何其盱**況于反**？**○賦也。安，徐。遑，暇。舍，息。亟，疾。盱，望也。字林云：「盱，張目也。」易曰：「盱豫悔。」三都賦云：「盱衡而語〔一〕。」是也。○言爾平時徐行猶不暇息，而況亟行，則何暇脂其車哉？今脂其車，則非亟也，乃託以亟行而不入見我，則非其情矣。何不一來見我，如何而使我望汝之切乎？**○爾還而入，我心易**以豉反，叶以支反**也。還而不入，否難知也。壹者之來，俾我祇也。**賦也。還，反。易，説。祇，安也。○言爾之往也，既不入我門矣；儻還而入，則我心猶庶乎其説也。還而不入，則爾之心我不可得而知矣。何不一來見我，而使我心安乎？董氏曰：「是詩至此，其詞益緩，若不知其爲譖矣。」○**伯氏吹壎**況袁反，也。俱爲王臣，則有兄弟之義矣。樂器，土曰壎，大如鵝子，鋭上平底，似稱錘，六孔。竹曰篪，長尺四寸，圍三寸，七孔，**仲氏吹篪**音池。**及爾如貫，諒不我知。出此三物，以詛**側助反**爾斯**叶先齊反。○賦也。伯仲，兄弟一孔上出，徑三分，凡八孔，橫吹之。如貫，如繩之貫物也，言相連屬也。諒，誠也。三物，犬、豕、雞也。刺其血以詛盟也。○伯氏吹壎，而仲氏吹篪，言其心相親愛，而聲相應和也。與汝如物之在貫，豈誠不我知而譖我哉？苟曰誠不我知，則出此三物以詛之可也。○**爲鬼爲蜮**音或〔二〕，**則不可得。有靦**土典反**面目，視人罔極。作此好歌，以極反側。**賦也。蜮，短狐也，江淮水皆有之，能含沙以射水中人影，其人輒病，而不見其形也。靦，面見人之貌也。好，善也。反側，反覆，不正直也。○言汝爲鬼爲蜮，則不可得而見矣。女乃人也，靦然有面目與人相視，無窮極之時，豈其情終不可測哉〔三〕？是以作此好歌，以究極爾反側之心也。

何人斯八章，章六句。此詩與上篇文意相似，疑出一手。但上篇先刺聽者，此篇專責讒人耳。王氏曰：「暴公不忠於君，不義於友，所謂大故也，故蘇公絶之。然其絶之也，不斥暴公，言其從行而已。不著其譖也，示以所疑而已。既絶之矣，而猶告以『壹者之來，俾我祇也』。蓋君子之處己也忠，其遇人也恕，使其由此悔悟，更以善意從我，固所願也。雖其不能如此，我固不爲已甚。豈若小丈夫哉〔四〕？一與人絶，則醜詆固拒，惟恐其復合也。」

【校】

〔一〕「誥」，原作「語」，據左思魏都賦、明嘉靖本改。

〔二〕「或」，元本、元十卷本、明正統本、明嘉靖本作「域」。

〔三〕「其」，元本、元十卷本作「有」。

〔四〕「哉」字前，明正統本、明嘉靖本多「然」字。

萋七西反兮斐孚匪反兮，成是貝錦。彼譖人者，亦已大音泰甚食荏反。○比也。萋、斐，小文之貌。貝，水中介蟲也，有文彩似錦。○時有遭讒而被宮刑爲巷伯者作此詩。言因萋斐之形而文致之，以成貝錦。以比讒人者，因人之小過，而飾成大罪也。彼爲是者，亦已大甚矣。○哆昌者反兮侈尺是反兮，成是南箕。彼譖人者，誰適丁歷反，下同與謀叶謨悲反。○比也。哆、侈，微張之貌。南箕四星，二爲踵，二爲舌。其踵狹而舌廣，則大張矣。適，主也。誰適與謀，言其謀之閟也。○緝緝七立反翩翩音篇，叶批賓反，謀欲譖人。慎爾言也，謂爾不信叶斯人反。○賦也。緝緝，口舌聲。或曰：緝，緝人之罪。或曰：有條理貌。皆通。翩翩，往來貌。譖人者自以爲得意矣，然不慎爾言，聽者有時而悟，且將以爾爲不信矣。○捷捷幡幡芳煩反，叶芬邅反〔一〕，謀欲譖言。豈不爾受？既其女音汝遷。賦也。捷捷，儇利貌。幡幡，反覆貌。王氏曰：「上好譖，則固將受女。然好譖不已，則遇譖之禍亦既遷而及女矣。」曾氏曰：「上章及此，皆忠告之詞。」○驕人好好，勞人草草。蒼天蒼天叶鐵因反，視彼驕人，矜此勞人。賦也。好好，樂也。草草，憂也。驕人譖行而得意，勞人遇譖而失度，其狀如此。○彼譖人者叶掌與反，誰適與謀叶滿補反？取彼譖人，投畀豺士皆反虎。豺虎不食，投畀有北。有北不受叶承呪反，投畀有昊叶許候反。○賦也。再言「彼譖人者，誰適與謀」者，甚嫉之，故重言之也。或曰：衍文也。投，棄也。北，北方寒涼不毛之地也。不食、不受，言讒譖之人，物所共惡也。昊，昊天也。投畀昊天，使制其罪。○此皆設言，以見欲其死亡之甚也。故曰：好賢如緇衣，惡惡如巷伯。○**楊園之道，猗**於綺反**于畝丘**叶祛奇反。**寺人孟子，作爲此詩。凡百君子，敬而聽之。**興也。楊園，下地也。猗，加也。畝丘，高地也。寺人，内小臣，蓋以讒被宫而爲此官也。孟子，其字也。○楊園之道而猗于畝丘，以興賤者之言或有補於君子也。蓋譖始於微者，而其漸將及於大臣，故作詩使聽而謹之也。劉氏曰：「其後王后、太子及大夫，果多以讒廢者。」

巷伯七章，四章章四句，一章五句，一章八句，一章六句。巷，是宫内道名，秦漢所謂「永巷」是也。伯，長也。主宫内道官之長，即寺人也。故以名篇。班固司馬遷贊云：「迹其所以自傷悼，小雅巷伯之倫。」其意亦謂巷伯本以被譖而遭刑也。而楊氏曰：「寺人，内侍之微者，出入於王之左右，親近於王而日見之，宜無間之可伺矣。今也亦傷於讒，則疏遠者可知。故其詩曰：『凡百君子，敬而聽之。』使在位知戒也。」其説不同，然亦有理，姑存於此云。

【校】

〔一〕「遭」，元本、元十卷本作「澶」。

習習谷風，維風及雨。將恐丘勇反**將懼，維予與女**音汝。**將安將樂**音洛，**女轉棄予**叶演女反。○興也。習習，和調貌。谷風，東風也。將，且也。恐懼，謂危難憂患之時也。○此朋友相怨之詩。故言習習谷風，則維風及雨矣。將恐將懼之時，則維予與女矣。奈何將安將樂，而女轉棄予哉？○**習習谷風，維風及頹**徒雷反。**將恐將懼，寘**之豉反**予于懷**叶胡隈反。**將安將樂，棄予如遺**叶烏回反〔一〕。○興也。頹，風之焚輪者也。寘，與置同。置于懷，親之也。如遺，忘去而不復存省也。○**習習谷風，維山崔**徂回反**嵬**五回反。**無草不死，無木不萎**叶於回反。**忘我大德，思我小怨**叶韻未詳。○比也。崔嵬，山巔也。○習習谷風，維山崔嵬，則風之所被者廣矣。然猶無不死之草，無不萎之木。況於朋友，豈可以忘大德而思小怨乎？或曰：興也。

谷風三章，章六句。

【校】

〔一〕「烏」，元本、元十卷本、明正統本、明嘉靖本作「夷」。

蓼蓼音六**者莪**五河反，**匪莪伊蒿**呼毛反。**哀哀父母，生我劬勞**。比也。蓼，長大貌。莪，美菜也。蒿，賤草也。○人民勞苦，孝子不得終養，而作此詩。言昔謂之莪，而今非莪也，特蒿而已。以比父母生我以爲美材，可賴以終其身，而今乃不得其養以死。於是乃言父母生我之劬勞，而重自哀傷也。○**蓼蓼者莪，匪莪伊蔚**音尉。**哀哀父母，生我勞瘁**似醉反。○比也。蔚，牡菣也。三月始生，七月始華，如胡麻華而紫赤，八月爲角，似小豆，角鋭而長。瘁，病也。○**缾之罄矣，維罍之恥。鮮**息淺反**民之生，不如死之久**叶舉里反**矣。無父何怙？無母何恃？出則銜恤，入則靡至**。比也。缾小罍大，皆酒器也。罄，盡。鮮，寡。恤，憂。靡，無也。○言缾資於罍，而罍資缾，猶父母與子相依爲命也。故缾罄矣，乃罍之恥，猶父母不得其所，乃子之責。所以窮獨之民，生不如死也。蓋無父則無所怙，無母則無所恃，是以出則中心銜恤，入則如無所歸也。○父兮生我，母兮鞠我。拊音撫我畜喜六反我〔一〕，長丁丈反我育我〔二〕，顧我復我，出入腹我。欲報之德，昊天罔極。賦也。生者，本其氣也。鞠、畜，皆養也。拊，拊循也。育，覆育也。顧，旋視也。復，反覆也。腹，懷抱也。罔，無。極，窮也。○言父母之恩如此，欲報之以德，而其恩之大，如天無窮，不知所以爲報也。○南山烈烈，飄風發發。民莫不穀，我獨何害叶音曷！○興也。烈烈，高大貌。發發，疾貌。穀，善也。○南山烈烈，則飄風發發矣。民莫不善，而我獨何爲遭此害也哉！○南山律律，飄風弗弗叶分聿反。民莫不穀，我獨不卒。興也。律律，猶烈烈也。弗弗，猶發發也。卒，終也，言終養也。

蓼莪六章，四章章四句，二章章八句。晉王裒以父死非罪，每讀詩至「哀哀父母，生我劬勞」，未嘗不三復流涕，受業者爲廢此篇。詩之感人如此。

【校】

〔一〕「撫」，元十卷本作「憮」。

〔二〕「丁」，明正統本作「張」。

有饛音蒙簋音軌飧音孫，有捄音求棘匕必履反。周道如砥之履反，其直如矢。君子所履，小人所視叶善止反。睠音眷言顧之，潸所姦反焉出涕音體。○興也。饛，滿簋貌。飧，熟食也。捄，曲貌。棘匕，以棘爲匕，所以載鼎肉而升之於俎也。砥，礪石，言平也。矢，言直也。君子，在位。履，行。小人，下民也。睠，反顧也。潸，涕下貌。○序以爲東國困於役而傷於財，譚大夫作此以告病。言有饛簋飧，則有捄棘匕。周道如砥，則其直如矢。是以君子履之，而小人視焉。今乃顧之而出涕者，則以東方之賦役，莫不由是而西輸於周也。

○小東大東叶都郎反，杼直呂反柚音逐其空叶枯郎反。糾糾葛屨，可以履霜。佻佻徒彫反公子，行彼周行叶户郎反。既往既來叶六直反，使我心疚叶訖力反。○賦也。小東大東，東方小大之國也。自周視之，則諸侯之國皆在東方。杼，持緯者也。柚，受經者也。空，盡也。佻，輕薄不奈勞苦之貌。公子，諸侯之貴臣也。周行，大路也。疚，病也。○言東方小大之國，杼柚皆已空矣，至於以葛屨履霜。而其貴戚之臣，奔走往來，不勝其勞，使我心憂而病也。

○有冽音列氿音軌泉叶才匀反，無浸穫薪。契契苦計反寤歎，哀我憚丁佐反人。薪是穫薪，尚可載叶節力反也。哀我憚人，亦可息也。興也。冽，寒意也。側出曰氿泉。穫，艾也。契契，憂苦也。憚，勞也。尚，庶幾也。載，載以歸也。○蘇氏曰：「薪已穫矣，而復浸之〔一〕，則腐。民已勞矣，而復事之，則病。故已艾，則庶其載而畜之；已勞，則庶其息而安之。」

○東人之子，職勞不來音賚，叶六直反。西人之子，粲粲衣服叶蒲北反。舟人之子，熊羆是裘叶渠之反。私人之子，百僚是試叶申之反。○賦也。東人，諸侯之人也。職，專主也。來，慰撫也。西人，京師人也。粲粲，鮮盛貌。舟人，舟楫之人也。熊羆是裘，言富也。私人，私家皁隸之屬也。僚，官。試，用也。舟人、私人，皆西人也。○此言賦役不均，羣小得志也。

○或以其酒，不以其漿。鞙鞙胡犬反佩璲音遂，不以其長。維天有漢，監古蹔反亦有光。跂丘豉反彼織女，終日七襄。賦也。鞙鞙，長貌。璲，瑞也。漢，天河也。跂，隅貌。織女，星名，在漢旁。三星跂然如隅也。七襄，未詳。傳曰：「反也。」箋云：「駕也。駕，謂更其肆也。」蓋天有十二次，日月所止舍，所謂肆也。經星一晝一夜，左旋一周而有餘，則終日之閒，自卯至酉，當更七次也。○言東人或饋之以酒，而西人曾不以爲漿。東人或與之以鞘然之佩，而西人曾不以爲長。維天之有漢，則庶乎其有以監我；而織女之七襄，則庶乎其能成文章以報我矣。無所赴愬，而言惟天庶乎其恤我耳。**○雖則七襄，不成報章。睆**華版反**彼牽牛，不以服箱。東有啓明**叶謨郎反**，西有長庚**叶古郎反**。有捄天畢，載施之行**户郎反。○賦也。睆，明星貌。牽牛，星名。服，駕也。箱，車箱也。啓明、長庚，皆金星也。以其先日而出，故謂之啓明；以其後日而入，故謂之長庚。蓋金、水二星，常附日行，而或先或後，但金大水小，故獨以金星爲言也。天畢，畢星也，狀如掩兔之畢。行，行列也。○言彼織女不能成報我之章，牽牛不可以服我之箱，而啓明、長庚、天畢者，亦無實用，但施之行列而已。至是則知天亦無若我何矣。**○維南有箕，不可以簸**波我反**揚。維北有斗，不可以挹**音揖**酒漿。維南有箕，載翕**許急反**其舌。維北有斗，西柄之揭**居竭反〔二〕。○賦也。箕、斗二星，以夏秋之閒見於南方。云「北斗」者，以其在箕之北也。或曰：北斗，常見不隱者也。翕，引也。舌，下二星也。南斗柄固指西，若北斗而西柄，則亦秋時也。○言南箕既不可以簸揚糠粃，北斗既不可以挹酌酒漿，而箕引其舌，反若有所吞噬；斗西揭其柄，反若有所挹取於東。是天非徒無若我何，乃亦若助西人而見困。甚怨之詞也。

大東七章，章八句。

【校】

〔一〕「浸」，明正統本、明嘉靖本作「漬」。蘇轍詩集傳原文作「浸」。

〔二〕「居竭反」，元本、元十卷本作「居蝎反」，明正統本、明嘉靖本作「音許」。

四月維夏叶後五反，**六月徂暑。先祖匪人，胡寧忍予**叶演女反**？**○興也。徂，往也。四月、六月，亦以夏正數之，建巳、建未之月也。○此亦遭亂自傷之詩。言四月維夏，則六月徂暑矣。我先祖豈非人乎，何忍使我遭此禍也？無所歸咎之詞也。○**秋日凄凄**七西反**，百卉**許貴反**具腓**芳菲反**。亂離瘼**音莫**矣，爰**家語作「奚」**其適歸。**興也。凄凄，涼風也。卉，草。腓，病。離，憂。瘼，病。奚，何。適，之也。○秋日凄凄，則百卉俱腓矣。亂離瘼矣，則我將何所適歸乎哉？○**冬日烈烈，飄風發發。民莫不穀，我獨何害**叶音曷**？**○興也。烈烈，猶栗烈也。發發，疾貌。穀，善也。○夏則暑，秋則病，冬則烈，言禍亂日進，無時而息也。○**山有嘉卉，侯栗侯梅**叶莫悲反。**廢爲殘賊，莫知其尤**叶于其反。○興也。嘉，善。侯，維。廢，變。尤，過也。○山有嘉卉，則維栗與梅矣。在位者變爲殘賊，則誰之過哉？○**相**息亮反**彼泉水，載清載濁**叶殊玉反。**我日構禍，曷云能穀？**興也。相，視。載，則。構，合也。○相彼泉水，猶有時而清，有時而濁。而我乃日日遭害，則曷云能善乎？○**滔滔**吐刀反**江漢，南國之紀。盡瘁以仕，寧莫我有**叶羽已反。○興也。滔滔，大水貌。江、漢，二水名。紀，綱紀也，謂經帶包絡之也。瘁，病也。有，識有也。○滔滔江漢，猶爲南國之紀。今也盡瘁以仕，而王何其不我有哉？○**匪鶉**徒丸反**匪鳶**以專反，叶以旬反**，翰飛戾天**叶鐵因反。**匪鱣**張連反**匪鮪**于軌反**，潛逃于淵**叶一均反。○賦也。鶉，鵰也。鳶，亦鷙鳥也，其飛上薄雲漢。鱣、鮪，大魚也。○鶉鳶則能翰飛戾天，鱣鮪則能潛逃于淵。我非是四者，則亦無所逃矣。○山有蕨薇，隰有杞桋音夷。君子作歌，維以告哀叶於希反。○興也。杞，枸檵也。桋，赤楝也，樹葉細而岐鋭〔一〕，皮理錯戾，好叢生山中，中爲車輞〔二〕。○山則有蕨薇，隰則有杞桋。君子作歌，則維以告哀而已。

四月八章，章四句。

【校】

〔一〕「岐」，明嘉靖本作「枝」。

〔二〕「中」，明嘉靖本作「可」。

小旻之什十篇，六十五章，四百十四句。

詩卷第十三

北山之什二之六

陟彼北山，言采其杞。偕偕士子叶獎履反，朝夕從事叶上止反。王事靡盬，憂我父母叶滿彼反。○賦也。偕偕，强壯貌。士子，詩人自謂也。○大夫行役而作此詩。自言陟北山而采杞以食者，皆强壯之人，而朝夕從事者也。蓋以王事不可以不勤，是以貽我父母之憂耳。○溥音普天之下叶後五反，莫非王土。率土之濱，莫非王臣。大夫不均，我從事獨賢叶下珍反。○賦也。溥，大。率，循。濱，涯也。○言土之廣，臣之衆，而王不均平，使我從事獨勞也。不斥王而曰大夫，不言獨勞而曰獨賢，詩人之忠厚如此。○四牡彭彭叶鋪郎反，王事傍傍布彭反，叶布光反。嘉我未老，鮮息淺反我方將。旅力方剛，經營四方。賦也。彭彭然，不得息也。傍傍然，不得已也。嘉，善。鮮，少也。以爲少而難得也。將，壯也。旅，與膂同。○言王之所以使我者，善我之未老而方壯，旅力可以經營四方耳。猶上章之言「獨賢」也。○或燕燕居息，或盡瘁事國叶越逼反。或息偃在床，或不已于行叶户郎反。○賦也。燕燕，安息貌。瘁，病。已，止也。○言役使之不均也。下章放此。○或不知叫號户刀反，或慘慘七感反劬勞。或栖音西遲偃仰，或王事鞅於兩反掌。賦也。不知叫號，深居安逸，不聞人聲也。鞅掌，失容也。言事煩勞，不暇爲儀容也。○或湛都南反樂音洛飲酒，或慘慘畏咎巨九反。或出入風音諷議叶魚羈反，或靡事不爲。賦也。咎，猶罪過也。出入風議，言親信而從容也。

北山六章，三章章六句，三章章四句。

無將大車，祇音支自塵兮。無思百憂，祇自疧劉氏曰：當作「疷」，與「痻」同。眉貧反兮。興也。將，扶進也。大車，平地任載之車，駕牛者也。祇，適。疧，病也。○此亦行役勞苦而憂思者之作。言將大車，則塵污之；思百憂，則病及之也。○無將大車，維塵冥冥叶莫迥反。無思百憂，不出于熲古迥反。○興也。冥冥，昏晦也。熲，與耿同，小明也。在憂中耿耿然不能出也。○無將大車，維塵雝於勇、於容二反兮。無思百憂，祇自重直勇、直龍二反兮。興也。雝，猶蔽也。重，猶累也。

無將大車三章，章四句。

明明上天，照臨下土。我征徂西，至于艽音求野叶上與反。二月初吉，載離寒暑。心之憂矣，其毒大音泰苦。念彼共音恭，下章並同人，涕零如雨。豈不懷歸？畏此罪罟音古。○賦也。征，行。徂，往也。艽野，地名，蓋遠荒之地也。二月，亦以夏正數之，建卯月也。初吉，朔日也。毒，言心中如有藥毒也。共人，僚友之處者也。懷，思。罟，網也。○大夫以二月西征，至于歲莫而未得歸，故呼天而訴之。復念其僚友之處者，且自言其畏罪而不敢歸也。

○昔我往矣，日月方除直慮反。曷云其還，歲聿云莫音慕。念我獨兮，我事孔庶。心之憂矣，憚丁佐反我不暇叶胡故反。念彼共人，睠睠音眷懷顧。豈不懷歸？畏此譴怒。賦也。除，除舊生新也。謂二月初吉也。庶，衆。憚，勞也。睠睠，勤厚之意。譴怒，罪責也。○言昔以是時往，今未知何時可還，而歲已莫矣。蓋身獨而事衆，是以勤勞而不暇也。

○昔我往矣，日月方奥於六反。曷云其還，政事愈蹙子六反。歲聿云莫，采蕭穫菽。心之憂矣，自詒伊戚叶子六反。念彼共人，興言出宿。豈不懷歸？畏此反覆芳福反。○賦也。奥，暖。蹙，急。詒，遺。戚，憂。興，起也。反覆，傾側無常之意也。○言以政事愈急，是以至此歲莫而猶不得歸。又自咎其不能見幾遠去，而自遺此憂，至於不能安寢，而出宿於外也。

○嗟爾君子，無恒安處。靖共爾位，正直是與。神之聽之，式穀以女音汝。○賦也。君子，亦指其僚友也。恒，常也。靖，與靜同。與，猶助也。穀，禄也。以，猶與也。○上章既自傷悼，此章又戒其僚友曰：嗟女君子〔一〕，無以安處爲常。言當有勞時，勿懷安也。當靖共爾位，惟正直之人是助，則神之聽之，而以穀禄與女矣。

○嗟爾君子，無恒安息。靖共爾位，好呼報反是正直。神之聽之，介爾景福叶筆力反。○賦也。息，猶處也。好是正直，愛此正直之人也。介、景，皆大也。

小明五章，三章章十二句，二章章六句。

【校】

〔一〕「女」，明正統本、明嘉靖本作「爾」。

鼓鍾將將七羊反，**淮水湯湯**音傷，**憂心且傷。淑人君子，懷允不忘。**賦也。將將，聲也。淮水，出信陽軍桐柏山，至楚州漣水軍入海。湯湯，沸騰之貌。淑，善。懷，思。允，信也。○此詩之義未詳。王氏曰：「幽王鼓鍾淮水之上，爲流連之樂，久而忘反。聞者憂傷，而思古之君子，不能忘也。」○**鼓鍾喈喈**音皆，叶居奚反，**淮水湝湝**户皆反，叶賢雞反，**憂心且悲。淑人君子，其德不回**叶乎爲反。○賦也。喈喈，猶將將。湝湝，猶湯湯。悲，猶傷也。回，邪也。○**鼓鍾伐鼛**古毛反，叶居尤反，**淮有三洲，憂心且妯**敕留反。**淑人君子，其德不猶。**賦也。鼛，大鼓也。周禮作「皋」，云皋鼓尋有四尺。三洲，淮上地。蘇氏曰：「始言湯湯，水盛也。中言湝湝，水流也。終言三洲，水落而洲見也。言幽王之久於淮上也。」妯，動。猶，若也。言不若今王之荒亂也。○**鼓鍾欽欽，鼓瑟鼓琴，笙磬同音。以雅以南**叶尼心反，**以籥**以灼反**不僭**子念反，叶七心反。○賦也。欽欽，亦聲也。磬，樂器，以石爲之。琴瑟在堂，笙磬在下。同音，言其和也。雅，二雅也。南，二南也。籥，籥舞也。僭，亂也。言三者皆不僭也。○蘇氏曰：「言幽王之不德，豈其樂非古歟？樂則是，而人則非也。」

鼓鍾四章，章五句。此詩之義，有不可知者。今姑釋其訓詁名物，而略以王氏、蘇氏之説解之，未敢信其必然也。

楚楚者茨，言抽敕留反其棘。自昔何爲？我蓺魚世反黍稷。我黍與與音餘，我稷翼翼。我倉既盈，我庾維億。以爲酒食，以享以祀叶逸織反，以妥湯果反以侑音又，叶夷益反，以介景福叶筆力反。○賦也。楚楚，盛密貌。茨，蒺藜也。抽，除也。我，爲有田禄而奉祭祀者之自稱也。與與、翼翼，皆蕃盛貌。露積曰庾。十萬曰億。享，獻也。妥，安坐也。禮曰：「詔妥尸。」蓋祭祀筮族人之子爲尸，既奠，迎之使處神坐，而拜以安之也。侑，勸也。恐尸或未飽，祝侑之曰：皇尸未實也。介，大也。景，亦大也。○此詩述公卿有田禄者力於農事，以奉其宗廟之祭。故言蒺藜之地，有抽除其棘者。古人何乃爲此事乎？蓋將使我於此蓺黍稷也。故我之黍稷既盛，倉庾既實，則爲酒食以享祀妥侑，而介大福也。

○濟濟子禮反蹌蹌七羊反，絜爾牛羊，以往烝嘗。或剥或亨普庚反，叶鋪郎反，或肆或將。祝祭于祊補彭反，叶補光反，祀事孔明叶謨郎反。先祖是皇，神保是饗叶虚良反。孝孫有慶叶祛羊反，報以介福，萬壽無疆。賦也。濟濟蹌蹌，言有容也。冬祭曰烝，秋祭曰嘗。剥，解剥其皮也。亨，煮熟之也。肆，陳之也。將，奉持而進之也。祊，廟門内也。孝子不知神之所在，故使祝博求之于門内待賓客之處也。孔，甚也。明，猶備也、著也。皇，大也，君也。保，安也。神保，蓋尸之嘉號。楚詞所謂「靈保」，亦以巫降神之稱也。孝孫，主祭之人也。慶，猶福也。

○執爨七亂反踖踖七亦反，叶七略反，爲俎孔碩叶常約反，或燔音煩或炙之赦反〔一〕，叶陟略反。君婦莫莫音麥，叶木各反，爲豆孔庶叶陟略反。爲賓爲客叶克各反，獻酬市由反交錯。禮儀卒度叶徒洛反〔二〕，笑語卒獲叶黄郭反。神保是格叶剛鶴反，報以介福，萬壽攸酢。賦也。爨，竈也。踖踖，敬也。俎，所以載牲體也。碩，大也。燔，燒肉也。炙，炙肝也。皆所以從獻也。特牲主人獻尸，賓長以肝從；主婦獻尸，兄弟以燔從是也。君婦，主婦也。莫莫，清静而敬至也。豆，所以盛内羞、庶羞，主婦薦之也。庶，多也。賓、客，筮而戒之，使助祭者。既獻尸，而遂與之相獻酬也。主人酌賓曰獻，賓飲主人曰酢。主人又自飲，而復飲賓，曰酬。賓受之，奠於席前而不舉，至旅而後少長相勸，而交錯以徧也。卒，盡也。度，法度也。獲，得其宜也。格，來。酢，報也。○我孔熯而善反矣，式禮莫愆叶起巾反。工祝致告，徂賚孝孫叶須倫反。苾蒲必反芬孝祀叶逸織反，神嗜飲食。卜爾百福叶筆力反，如幾音機如式。既齊既稷，既匡既敕。永錫爾極，時萬時億。賦也。熯，竭也。善其事曰工。苾芬，香也。卜，予也。幾，期也。春秋傳曰「易幾而哭」是也。式，法。齊，整。稷，疾。匡，正。敕，戒。極，至也。○禮行既久，筋力竭矣，而式禮莫愆，敬之至也。於是祝致神意，以嘏主人曰：爾飲食芳潔，故報爾以福禄，使其來如幾，其多如法。爾禮容莊敬，故報爾以衆善之極，使爾無一事而不得乎此。各隨其事，而報之以其類也。少牢嘏詞曰：「皇尸命工祝，承致多福無疆于女孝孫。來女孝孫，使女受禄于天，宜稼于田，眉壽萬年，勿替引之。」此大夫之禮也。○禮儀既備叶蒲北反，鍾鼓既戒叶訖力反。孝孫徂位叶力入反，工祝致告叶古得反。神具醉止，皇尸載起。鼓鍾送尸，神保聿歸。諸宰君婦，廢徹直列反不遲。諸父兄弟，備言燕私叶息夷反。○賦也。戒，告也。徂位，祭事既畢，主人往阼階下西面之位也〔三〕。致告，祝傳尸意，告利成於主人，言孝子之利養成畢也。於是神醉而尸起，送尸而神歸矣。曰「皇尸」者，尊稱之也。鼓鍾者，尸出入奏肆夏也。鬼神無形，言其醉而歸者，誠敬之至，如見之也。諸宰，家宰，非一人之稱也。廢，去也。不遲，以疾爲敬，亦不留神惠之意也。祭畢，既歸賓客之俎，同姓則留與之燕，以盡私恩，所以尊賓客、親骨肉也。○樂具入奏叶音族，以綏後禄。爾殽既將，莫怨具慶叶祛羊反。既醉既飽叶補苟反，小大稽首。神嗜飲食，使君壽考叶去九反。孔惠孔時，維其盡叶子忍反之。子子孫孫，勿替天帝反引之。賦也。凡廟之制，前廟以奉神，後寢以藏衣冠。祭於廟，而燕於寢。故於此將燕，而祭時之樂皆入奏於寢也。且於祭既受禄矣，故以燕爲將受後禄而綏之也。爾殽既進，與燕之人無有怨者，而皆歡慶醉飽，稽首而言曰：向者之祭，神既嗜君之飲食矣，是以使君壽考也。又言：君之祭祀甚順甚時，無所不盡，子子孫孫當不廢而引長之也。

楚茨六章，章十二句。呂氏曰：「楚茨極言祭祀所以事神受福之節，致詳致備。所以推明先王致力於民者盡，則致力於神者詳。觀其威儀之盛，物品之豐，所以交神明、逮羣下，至于受福無疆者，非德盛政修，何以致之？」

【校】

〔一〕「之敕反」，明嘉靖本作「音隻字」。

〔二〕「儀」，明正統本作「義」。

〔三〕「主人往阼階下西面之位也」，儀禮少牢饋食禮云：「主人出，立于阼階上，西面。」

信彼南山，維禹甸田見反，叶徒鄰反**之。畇畇**音匀**原隰，曾孫田**叶地因反**之。我疆我理，南東其畝**叶滿彼反。○賦也。南山，終南山也。甸，治也。畇畇，墾辟貌。曾孫，主祭者之稱。曾，重也。自曾祖以至無窮，皆得稱之也。疆者，爲之大界也。理者，定其溝塗也。畝，壟也。長樂劉氏曰：「其遂東入于溝，則其畝南矣。其遂南入于溝，則其畝東矣。」○此詩大指與楚茨略同。此即其篇首四句之意也。言信乎此南山者，本禹之所治，故其原隰墾疇，而我得田之。於是爲之疆理，而順其地勢水勢之所宜，或南其畝，或東其畝也。○上天同雲，雨于付反雪雰雰敷云反。益之以霡亡革反霂音木。既優既渥叶烏谷反，既霑既足，生我百穀。賦也。同雲，雲一色也。將雪之候如此。雰雰，雪貌。霡霂，小雨貌。優、渥、霑、足，皆饒洽之意也。冬有積雪，春而益之以小雨潤澤，則饒洽矣。○疆埸音亦翼翼，黍稷彧彧於六反，叶于逼反。曾孫之穡，以爲酒食。畀必寐反我尸賓，壽考萬年叶尼因反〔一〕。○賦也。埸，畔也。翼翼，整敕貌〔二〕。彧彧，茂盛貌。畀，與也。○言其田整敕而穀茂盛者，皆曾孫之穡也。於是以爲酒食，而獻之於尸及賓客也。陰陽和，萬物遂，而人心歡悅以奉宗廟，則神降之福，故壽考萬年也。○中田有廬，疆埸有瓜叶攻乎反。是剥是菹側居反，獻之皇祖。曾孫壽考叶孔五反，受天之祜候古反。○賦也。中田，田中也。菹，酢菜也。祜，福也。○一井之田，其中百畝爲公田，內以二十畝，分八家爲廬舍，以便田事。於畔上種瓜，以盡地利。瓜成，剥削淹漬以爲菹，而獻皇祖。貴四時之異物，順孝子之心也。○祭以清酒，從以騂息營反牡，享于祖考叶去久反。執其鸞刀，以啓其毛，取其血膋音聊，叶音勞。○賦也。清酒，清潔之酒，鬱鬯之屬也。騂，赤色，周所尚也。祭禮，先以鬱鬯灌地，求神於陰，然後迎牲。執者，主人親執也。鸞刀，刀有鈴也。膋，脂膏也。啓其毛以告純也，取其血以告殺也，取其膋以升臭也。合之黍稷，實之於蕭而燔之，以求神於陽也。記曰：「周人尚臭，灌用鬯臭，鬱合鬯，臭陰達於淵泉。灌以圭璋，用玉氣也。既灌然後迎牲，致陰氣也。蕭合黍稷，臭陽達於牆屋，故既奠，然後焫蕭合羶薌。凡祭慎諸此。魂氣歸于天，形魄歸于地，故祭求諸陰陽之義也。」○是烝是享叶虚良反，苾苾芬芬，祀事孔明叶謨郎反。先祖是皇，報以介福，萬壽無疆。賦也。烝，進也。或曰：冬祭名。

信南山六章，章六句。

【校】

〔一〕「尼」，明正統本、明嘉靖本作「泥」。

〔二〕「敕」，明正統本、明嘉靖本作「飭」。下同。

倬陟角反彼甫田叶地因反，歲取十千叶倉新反。我取其陳，食音嗣我農人。自古有年叶尼因反〔二〕，今適南畝叶滿彼反，或耘或耔音子，叶奨履反，黍稷薿薿魚起反。攸介攸止，烝我髦音毛士鉏里反。○賦也。倬，明貌。甫，大也。十千，謂一成之田，地方十里，爲田九萬畝，而以其萬畝爲公田，蓋九一之法也。我，食禄主祭之人也。陳，舊粟也。農人，私百畝而養公田者也。有年，豐年也。適，往也。耘，除草也。耔，雝本也。蓋后稷爲田，一畝三畎，廣尺深尺，而播種於其中。苗葉以上，稍耨壟草，因壝其土以附苗根。壟盡畎平，則根深而能風與旱也。薿，茂盛貌。介，大。烝，進。髦，俊也。俊士，秀民也。古者士出於農，而工商不與焉。管仲曰：「農之子恒爲農，野處而不暱，其秀民之能爲士者，必足賴也。」即謂此也。○此詩述公卿有田禄者力於農事，以奉方社田祖之祭。故言於此大田，歲取萬畝之入以爲禄食。及其積之久而有餘，則又存其新而散其舊，以食農人，補不足、助不給也。蓋以自古有年，是以陳陳相因，所積如此。然其用之之節，又合宜而有序如此。所以粟雖甚多，而無紅腐不可食之患也。又言自古既有年矣，今適南畝，農人方且或耘或耔，而其黍稷又已茂盛，則是又將復有年矣。故於其所美大止息之處，進我俊士而勞之也〔二〕。○**以我齊**音咨**明**叶謨郎反，**與我犧羊，以社以方。我田既臧，農夫之慶**叶祛羊反。**琴瑟擊鼓，以御**牙嫁反**田祖，以祈甘雨，以介我稷黍，以穀我士女。**賦也。齊，與粢同。曲禮曰：「稷曰明粢。」此言「齊明」，便文以協韻耳。犧羊，純色之羊也。社，后土也，以句龍氏配。方，秋祭四方，報成萬物，周禮所謂「羅弊獻禽以祀祊」是也。臧，善。慶，福。御，迎也。田祖，先嗇也，謂始耕田者，即神農也。周禮籥章「凡國祈年于田祖，則吹豳雅，擊土鼓，以樂田畯」是也。穀，養也。又曰：善也。言倉廩實而知禮節也。○言奉其齊盛犧牲以祭方社，而曰：我田之所以善者，非我之所能致也，乃賴農夫之福而致之耳。又作樂以祭田祖而祈雨，庶有以大其稷黍，而養其民人也。○**曾孫來止，以其婦子**叶奬履反，**饁**于輒反**彼南畝**叶滿彼反，**田畯**音俊**至喜。攘**如羊反**其左右**叶羽己反，**嘗其旨否**叶補美反。**禾易**以豉反**長畝**同上，**終善且有**叶羽己反。**曾孫不怒，農夫克敏**叶母鄙反。○賦也。曾孫，主祭者之稱，非獨宗廟爲然。曲禮「外事曰曾孫某侯某」，武王禱名山大川曰「有道曾孫周王發」是也。饁，餉。攘，取。旨，美。易，治。長，竟。有，多。敏，疾也。○曾孫之來，適見農夫之婦子來饁耘者，於是與之偕至其所，而田畯亦至而喜之。乃取其左右之饋，而嘗其旨否。言其上下相親之甚也。既又見其禾之易治，竟畝如一，而知其終當善而且多。是以曾孫不怒，而其農夫益以敏於其事也。○**曾孫之稼，如茨**才私反**如梁。曾孫之庾**羊主反，**如坻**直基反**如京**叶居良反。**乃求千斯倉，乃求萬斯箱。黍稷稻粱，農夫之慶**叶祛羊反。**報以介福，萬壽無疆。**賦也。茨，屋蓋，言其密比也。梁，車梁，言其穹隆也。坻，水中之高地也。京，高丘也。箱，車箱也。○此言收成之後，禾稼既多，則求倉以處之，求車以載之。而言凡此黍稷稻粱，皆賴農夫之慶而得之，是宜報以大福，使之萬壽無疆也。其歸美於下，而欲厚報之如此。

甫田四章，章十句。

【校】

〔一〕「尼」，明正統本、明嘉靖本作「泥」。

〔二〕「俊」，明正統本、明嘉靖本作「髦」。

大田多稼，既種章勇反既戒，既備乃事叶上止反。以我覃以冉反耜叶養里反，俶載南畝叶滿洧反〔一〕。播厥百穀叶工洛反，既庭且碩叶常約反，曾孫是若。賦也。種，擇其種也。戒，飭其具也。覃，利。俶，始。載，事。庭，直。碩，大。若，順也。○蘇氏曰：「田大而種多，故於今歲之冬，具來歲之種，戒來歲之事。凡既備矣，然後事之。取其利耜，而始事於南畝，既耕而播之。其耕之也勤，而種之也時，故其生者皆直而大，以順曾孫之所欲。」此詩爲農夫之詞，以頌美其上。若以答前篇之意也。○既方既皁叶子苟反，既堅既好叶許苟反，不稂音郎不莠餘久反。去起呂反其螟莫廷反螣音特，及其蟊莫侯反賊，無害我田穉音稚。田祖有神，秉畀炎火叶虎委反。○賦也。方，房也，謂孚甲始生而未合時也。實未堅者曰皁。稂，童粱。莠，似苗。皆害苗之草也。食心曰螟，食葉曰螣，食根曰蟊，食節曰賊，皆害苗之蟲也。穉，幼禾也。○言其苗既盛矣，又必去此四蟲，然後可以無害田中之禾。然非人力所及也，故願田祖之神爲我持此四蟲，而付之炎火之中也。姚崇遣使捕蝗，引此爲證。夜中設火，火邊掘坑，且焚且瘞，蓋古之遺法如此。○有渰於檢反萋萋七西反，興雨祁祁。雨于付反我公田，遂及我

私叶息夷反。**彼有不穫穉，此有不斂**力檢反**穧**才計反。**彼有遺秉，此有滯穗，伊寡婦之利。**賦也。渰，雲興貌。萋萋，盛貌。祁祁，徐也。雲欲盛，盛則多雨。雨欲徐，徐則入土。公田者，方里而井，井九百畝，其中爲公田，八家皆私百畝，而同養公田也。穧，束。秉，把也。滯，亦遺棄之意也。○言農夫之心，先公後私，故望此雲雨而曰：天其雨我公田，而遂及我之私田乎？冀怙君德而蒙其餘惠，使收成之際，彼有不及穫之穉禾，此有不及斂之穧束，彼有遺棄之禾把，此有滯漏之禾穗，而寡婦尚得取之以爲利也。此見其豐成有餘而不盡取，又與鰥寡共之，既足以爲不費之惠，而亦不棄於地也。不然，則粒米狼戾，不殆於輕視天物而慢棄之乎！

○**曾孫來止，以其婦子，饁彼南畝**子、畝，並見前篇，**田畯至喜。來方禋**音因**祀**叶逸織反，**以其騂黑，與其黍稷。以享以祀**同上，**以介景福**叶筆力反。○賦也。精意以享謂之禋。○農夫相告曰：曾孫來矣。於是與其婦子，饁彼南畝之穫者，而田畯亦至而喜之也。曾孫之來，又禋祀四方之神而賽禱焉。四方各用其方色之牲。此言「騂黑」，舉南北以見其餘也。以介景福，農夫欲曾孫之受福也。

大田四章，二章章八句，二章章九句。前篇有「擊鼓以御田祖」之文。故或疑此楚茨、信南山、甫田、大田四篇，即爲豳雅。其詳見於豳風之末。亦未知其是否也。然前篇上之人以「我田既臧」爲「農夫之慶」，而欲報之以介福；此篇農夫以「雨我公田，遂及我私」，而欲其享祀「以介景福」，上下之情，所以相賴而相報者如此。非盛德，其孰能之？

【校】

〔一〕「渰」，明正統本、明嘉靖本作「彼」。

瞻彼洛矣，維水泱泱於良反。君子至止，福禄如茨。韎音昧韐音閤有奭許力反〔一〕，以作六師。賦也。洛，水名，在東都，會諸侯之處也。泱泱，深廣也。君子，指天子也。茨，積也。韎，茅蒐所染色也。韐，韠也，合韋爲之，周官所謂「韋弁」，兵事之服也。奭，赤貌。作，猶起也。六師，六軍也。天子六軍。○此天子會諸侯于東都，以講武事，而諸侯美天子之詩。言天子至此洛水之上，御戎服而起六師也。○瞻彼洛矣，維水泱泱。君子至止，鞞補頂反琫必孔反有珌賓一反。君子萬年，保其家室。賦也。鞞，容刀之鞞，今刀鞘也。琫，上飾。珌，下飾。亦戎服也。○瞻彼洛矣，維水泱泱。君子至止，福禄既同。君子萬年，保其家邦叶卜工反。○賦也。同，猶聚也。

瞻彼洛矣三章，章六句。

【校】

〔一〕「閤」，元本作「閣」。

裳裳者華，其葉湑思呂反兮。我覯之子，我心寫叶想與反兮。我心寫兮，是以有譽處兮。興也。裳裳，猶堂堂。董氏云：「古本作『常』，常棣也。」湑，盛貌。覯，見。處，安也。○此天子美諸侯之辭，蓋以答瞻彼洛矣也。言裳裳者華，則其葉湑然而美盛矣。我覯之子，則其心傾寫而悦樂之矣。夫能使見者悦樂之如此，則其有譽處宜矣。此章與蓼蕭首章文勢全相似。○裳裳者華，芸其黄矣。我覯之子，維其有章矣。維其有章裳裳者華，或黄或白叶祖戈反矣，是以有慶叶墟羊反矣。興也。芸，黄盛也。章，文章也。有文章，斯有福慶矣。○裳裳者華，或黄或白叶僕各反。我覯之子，乘其四駱。乘其四駱，六轡沃若。興也。言其車馬威儀之盛。○左之左同上之，君子宜叶牛何反之。右叶羽己反之右同上之，君子有叶羽己反之。維其有同上之，是以似叶養里反之。賦也。言其才全德備。以左之，則無所不宜；以右之，則無所不有。維其有之於内，是以形之於外者，無不似其所有也。

裳裳者華四章，章六句。

北山之什十篇，四十六章，三百三十四句。

詩卷第十四

桑扈之什二之七

交交桑扈侯古反，有鶯其羽。君子樂音洛胥叶思吕反，受天之祜侯古反。○興也。交交，飛往來之貌。桑扈，竊脂也。鶯然〔一〕，有文章也。君子，指諸侯。胥，語詞。祜，福也。○此亦天子燕諸侯之詩。言交交桑扈，則有鶯其羽矣。君子樂胥，則受天之祜矣。頌禱之詞也。○交交桑扈，有鶯其領。君子樂胥，萬邦之屏卑郢反。○興也。領，頸。屏，蔽也。言其能爲小國之藩衛。蓋任方伯連帥之職者也。○之屏之翰叶胡見反，百辟音璧爲憲〔二〕。不戢莊立反不難叶乃多反，受福不那。賦也。翰，幹也。所以當牆兩邊，障土者也。辟，君。憲，法也。言其所統之諸侯，皆以之爲法也。戢，斂。難，慎。那，多也。不戢，戢也。不難，難也。不那，那也。蓋曰：豈不斂乎？豈不慎乎？其受福豈不多乎？古語聲急而然也。後放此。○兕徐履反觥古横反其觩音求，旨酒思柔。彼交匪敖五報反，萬福來求。賦也〔三〕。兕觥，爵也。觩，角上曲貌。旨，美也。思，語詞也。敖、傲通。交際之間無所傲慢，則我無事於求福，而福反來求我矣。

桑扈四章，章四句。

【校】

〔一〕「鶯然」，明嘉靖本作「鶯鶯然」。

〔二〕「壁」，明正統本、明嘉靖本作「璧」。

〔三〕「賦」，明正統本作「興」。

鴛鴦于飛，畢之羅之。君子萬年，福禄宜叶牛何反**之。**興也。鴛鴦，匹鳥也。畢，小罔長柄者也。羅，罔也。君子，指天子也。○此諸侯所以答桑扈也。鴛鴦于飛，則畢之羅之矣。君子萬年，則福禄宜之矣。亦頌禱之詞也。○**鴛鴦在梁，戢其左翼。君子萬年，宜其遐福**叶筆力反。○興也。石絶水爲梁。戢，斂也。張子曰：「禽鳥並棲，一正一倒。戢其左翼以相依於内，舒其右翼以防患於外。」蓋左不用而右便故也。遐，遠也，久也。○**乘**繩證反**馬在廐**音救，**摧**采卧反**之秣**音末，叶莫佩反**之。君子萬年，福禄艾**魚蓋反，叶魚肺反**之。**興也。摧，莝。秣，粟。艾，養也。蘇氏曰：「艾，老也。言以福禄終其身也。」亦通。○乘馬在廐，則摧之秣之矣。君子萬年，則福禄艾之矣。○**乘馬在廐，秣之摧**叶徂爲、采卧二反**之。君子萬年，福禄綏**叶宣隹、土果二反**之**〔一〕。興也。綏，安也。

鴛鴦四章，章四句。

【校】

〔一〕「土」，明正統本、明嘉靖本作「士」。

有頍缺婢反者弁，實維伊何？爾酒既旨，爾殽既嘉叶居何反。豈伊異人，兄弟匪他湯何反。蔦音鳥與女蘿力多反，施以豉反于松柏叶逋莫反。未見君子，憂心弈弈叶弋灼反〔一〕。既見君子，庶幾説音悦懌叶弋灼反。○賦而興，又比也〔二〕。頍，弁貌。或曰：舉首貌。弁，皮弁。嘉、旨，皆美也。匪他，非他人也。蔦，寄生也，葉似當盧，子如覆盆子，赤黑甜美。女蘿，兔絲也，蔓連草上，黄赤如金。此則比也。君子，兄弟爲賓者也。弈弈，憂心無所薄也。○此亦燕兄弟親戚之詩。故言有頍者弁，實維伊何乎？爾酒既旨，爾殽既嘉，則豈伊異人乎？乃兄弟而匪他也。又言蔦蘿施于木上，以比兄弟親戚纏緜依附之意。是以未見而憂，既見而喜也。

有頍者弁，實維何期？爾酒既旨，爾殽既時。豈伊異人，兄弟具來叶陵之反。蔦與女蘿，施于松上叶時浪反〔三〕。未見君子，憂心怲怲兵命反，叶兵旺反。既見君子，庶幾有臧叶才浪反。○賦而興，又比也。何期，猶伊何也。時，善。具，俱也。怲怲，憂盛滿也。臧，善也。

○有頍者弁，實維在首。爾酒既旨，爾殽既阜方九反。豈伊異人，兄弟甥舅巨九反。如彼雨于付反雪，先集維霰蘇薦反。

死喪息浪反無日〔四〕，無幾居豈反相見。樂音洛酒今夕，君子維宴。賦而興，又比也。阜，猶多也。甥舅，謂母姑姊妹妻族也。霰，雪之始凝者也。將大雨雪，必先微温，雪自上下，遇温氣而摶，謂之霰。久而寒勝，則大雪矣。言霰集則將雪之候，以比老至則將死之徵也。故卒言死喪無日，不能久相見矣，但當樂飲以盡今夕之歡。篤親親之意也。

頍弁三章，章十二句。

【校】

〔一〕「弈弈」，明正統本、明嘉靖本作「奕奕」，下同。

〔二〕「賦而興又比也」，元本、元十卷本、明正統本作「賦而比也」。

〔三〕「浪」，元本、元十卷本、明正統本、明嘉靖本作「亮」。

〔四〕「息浪反」，明正統本、明嘉靖本作「去聲」。

閒關車之舝胡瞎、下介二反兮，思孌力兖反季女逝石列、石例二反兮。匪飢匪渴，德音來括。雖無好友叶羽已反，式燕且喜。賦也。閒關，設舝聲也。舝，車軸頭鐵也。無事則脱，行則設之。昏禮，親迎者乘車。孌，美貌。逝，往。括，會也。○此燕樂其新昏之詩。故言閒關然設此車舝者，蓋思彼孌然之季女，故乘此車往而迎之也。匪飢也，匪渴也，望其德音來括，而心如飢渴耳。雖無他人，亦當燕飲以相喜樂也。○依彼平林，有集維鷮音驕。辰彼碩女，令德來教叶居爻反。式燕且譽，好呼報反爾無射音亦，叶都故反。○興也。依，茂木貌。鷮，雉也，微小於翟，走而且鳴，其尾長，肉甚美。辰，時。碩，大也。爾，即季女也。射，厭也。○依彼平林，則有集維鷮。辰彼碩女，則以令德來配己而教誨之。是以式燕且譽，而悅慕之無厭也。○雖無旨酒，式飲庶幾。雖無嘉殽，式食庶幾。雖無德與女音汝，式歌且舞。賦也。旨、嘉，皆美也。女，亦指季女也。○言我雖無旨酒、嘉殽、美德以與女，女亦當飲食歌舞以相樂也。○陟彼高岡，析星歷反其柞才洛反薪叶音襄。析其柞薪，其葉湑思呂反兮。鮮息淺反我覯爾，我心寫叶想羽反兮。興也。陟，登。柞，櫟。湑，盛。鮮，少。覯，見也。○陟岡而析薪，則其葉湑兮矣。我得見爾，則我心寫兮矣。○高山仰叶五剛反止，景行行叶户郎反止。四牡騑騑孚非反，六轡如琴。覯爾新昏，以慰我心。興也。仰，瞻望也。景行，大道也。如琴，謂六轡調和，如琴瑟也。慰，安也。○高山則可仰，景行則可行。馬服御良，則可以迎季女而慰我心也。此又舉其始終而言也。表記曰：「小雅曰：『高山仰止，景行行止。』子曰：『詩之好仁如此。鄉道而行，中道而廢，忘身之老也，不知年數之不足也。俛焉日有孳孳，斃而後已。』」

車舝五章，章六句。

營營青蠅，止于樊音煩，叶汾乾反。豈弟君子，無信讒言。比也。營營，往來飛聲，亂人聽也。青蠅汙穢，能變白黑。樊，藩也。君子，謂王也。○詩人以王好聽讒言，故以青蠅飛聲比之，而戒王以勿聽也。○營營青蠅，止于棘。讒人罔極，交亂四國叶越逼反。興也。棘，所以爲藩也。極，猶已也。○營營青蠅，止于榛士巾反。讒人罔極，構古豆反我二人。興也。構，合也，猶交亂也。己與聽者爲二人。

青蠅三章，章四句。

賓之初筵，左右秩秩無韻，未詳。後三、四章放此。籩豆有楚，殽户交反核户革反維旅。酒既和旨，飲酒孔偕音皆，叶舉里反。鍾鼓既設叶書質反，舉醻市由反逸逸。大侯既抗叶居郎反，弓矢斯張。射夫既同，獻爾發功。發彼有的叶丁藥反，以祈爾爵。賦也。初筵，初即席也。左右，筵之左右也。秩秩，有序也。楚，列貌。殽，豆實也。核，籩實也。旅，陳也。和旨，調美也。孔，甚也。偕，齊一也。設，宿設而又遷于下也。大射，樂人宿縣，厥明將射，乃遷樂于下，以避射位是也。舉醻，舉所奠之醻爵也。逸逸，往來有序也。大侯，君侯也。天子熊侯，白質；諸侯麋侯，赤質；大夫布侯，畫以虎豹；士布侯，畫以鹿豕。天子侯身一丈，其中三分居一，白質畫熊，其外則丹地，畫以雲氣。抗，張也。凡射，張侯而不繫左下綱，中掩束之。至將射，司馬命張侯，弟子脱束，遂繫下綱也。大侯張而弓矢亦張，節也。射夫既同，比其耦也。射禮，選羣臣爲三耦，三耦之外，其餘各自取匹，謂之衆耦。獻，猶奏也。發，發矢也。的，質也。祈，求也。爵，射不中者飲豐上之觶也。○衛武公飲酒悔過，而作此詩。此章言因射而飲者初筵禮儀之盛。酒既調美，而飲者齊一。至於設鍾鼓，舉醻爵，抗大侯，張弓矢，而衆耦拾發，各心競云，我以此求爵汝也。

○籥舞笙鼓，樂既和奏叶宗五反。烝衎苦旦反烈祖，以洽百禮。百禮既至，有壬有林。錫爾純嘏，子孫其湛都南反，叶持林反。其湛曰樂音洛，各奏爾能叶奴金反。賓載手仇音拘，叶求、其二音，室人入又叶由、怡二音。酌彼康爵，以奏爾時叶酬、時二音。○賦也。籥舞，文舞也。烝，進。衎，樂。

烈，業。洽，合也。百禮，言其備也。壬，大。林，盛也。言禮之盛大也。錫，神錫之也。爾，主祭者也。嘏，福。湛，樂也。各奏爾能，謂子孫各酌而獻尸，尸酢而卒爵也。仇，讀曰㪺。室人，有室中之事者，謂佐食也。又，復也。賓手挹酒，室人復爵〔二〕，爲加爵也。康，安也。酒，所以安體也。或曰：康，讀曰抗。記曰：「崇坫康圭。」此亦謂坫上之爵也。時，時祭也。蘇氏曰，時物也。○此言因祭而飲者，始時禮樂之盛如此也。

○賓之初筵，温温其恭。其未醉止，威儀反反叶分邅反。曰既醉止，威儀幡幡叶分邅反。舍音捨其坐遷，屢舞僊僊。其未醉止，威儀抑抑。曰既醉止，威儀怭怭毗必反。是曰既醉，不知其秩。賦也。反反，顧禮也。幡幡，輕數也。遷，徙。屢，數也。僊僊，軒舉之狀。抑抑，慎密也。怭怭，媟嫚也。秩，常也。○此言凡飲酒者，常始乎治，而卒乎亂也。

○賓既醉止，載號乎毛反載呶女交反。亂我籩豆，屢舞僛僛起其反。是曰既醉，不知其郵叶于其反。側弁之俄，屢舞傞傞素多反。既醉而出，並受其福叶筆力反。醉而不出，是謂伐德。飲酒孔嘉叶居何反，維其令儀叶牛何反。○賦也。號，呼。呶，讙也。僛僛，傾側之狀。郵，與尤同，過也。側，傾也。俄，傾貌。傞傞，不止也。出，去。伐，害。孔，甚。令，善也。○此章極言醉者之狀。因言賓醉而出，則與主人俱有美譽。醉至若此，是害其德也。飲酒之所以甚美者，以其有令儀爾。今若此，則無復有儀矣。

○凡此飲酒，或醉或否叶補美反。既立之監，或佐之史。彼醉不臧，不醉反恥。式勿從謂，無俾大音泰怠叶養里反。匪言勿言，匪由勿語。由醉之言，俾出童羖音古。三爵不識叶失、志二音，矧失引反敢多又叶夷益、夷豉二反。○賦也。監、史，司正之屬。燕禮、鄉射，恐有解倦失禮者，立司正以監之，察儀法也。謂，告。由，從也。童羖，無角之羖羊，必無之物也。識，記也。○言飲酒者，或醉或不醉，故既立監而佐之以史，則彼醉者所爲不善而不自知，使不醉者反爲之羞愧也。安得從而告之，使勿至於大怠乎？告之若曰：所不當言者勿言，所不當從者勿語。醉而妄言，則當罰汝〔二〕，使出童羖矣。設言必無之物，以恐之也。女飲至三爵，已昏然無所記矣，況敢又多飲乎？又丁寧以戒之也。

賓之初筵五章，章十四句。毛氏序曰：「衛武公刺幽王也。」韓氏序曰：「衛武公飲酒悔過也。」今按此詩意與大雅抑戒相類，必武公自悔之作，當從韓義。

【校】

〔一〕「爵」，明正統本、明嘉靖本作「酌」。

〔二〕「當」，明正統本、明嘉靖本作「將」。

魚在在藻，有頒符云反其首。王在在鎬，豈苦在反樂音洛飲酒。興也。藻，水草也。頒，大首貌。豈，亦樂也。○此天子燕諸侯，而諸侯美天子之詩也。言魚何在乎？在乎藻也，則有頒其首矣。王何在乎？在乎鎬京也，則豈樂飲酒矣。○魚在在藻，有莘所巾反其尾。王在在鎬，飲酒樂豈叶去幾反。○興也。莘，長也。

○魚在在藻，依于其蒲。王在在鎬，有那乃多反其居。興也。那，安。居，處也。

魚藻三章，章四句。

采菽采菽，筐音匡之筥音舉之。君子來朝音潮，何錫予音與之？雖無予之，路車乘繩證反馬叶滿補反〔一〕。又何予之？玄衮古本反及黼音斧〔二〕。○興也。菽，大豆也。君子，諸侯也。路車，金路以賜同姓，象路以賜異姓也。玄衮，玄衣而畫以卷龍也。黼，如斧形，刺之於裳也。周制，諸公衮冕九章，已見九罭篇。侯伯鷩冕七章，則自華蟲以下。子男毳冕五章，衣自宗彝以下而裳黼黻。孤卿絺冕三章，則衣粉米而裳黼黻。大夫玄冕，則玄衣黻裳而已。○此天子所以答魚藻也。采菽采菽，則必以筐筥盛之。君子來朝，則必有以錫予之。又言今雖無以予之，然已有路車、乘馬、玄衮及黼之賜矣。其言如此者，好之無已，意猶以爲薄也。

○觱音必沸音弗檻胡覽反泉叶才匀反，言采其芹巨斤反。君子來朝，言觀其旂巨依反，叶巨斤反。其旂淠淠匹弊反，鸞聲嘒嘒呼惠反。載驂七南反載駟，君子所届叶居氣反。○興也。觱沸，泉出貌。檻泉，正出也。芹，水草，可食。淠淠，動貌。嘒嘒，聲也。届，至也。○觱沸檻泉，則言采其芹。諸侯來朝，則言觀其旂。見其旂，聞其鸞聲，又見其馬，則知君子之至於是也。

○赤芾音弗在股，邪幅在下叶後五反。彼交匪紓音舒，叶上與反，天子所予音與。樂音洛只音止君子，天子命叶彌并反之。樂只君子，福禄申之。賦也。脛本曰股。邪幅，偪也，邪纏於足，如今行縢，所以束脛，在股下也。交，交際也。紓，緩也。○言諸侯服此芾偪，見于天子，恭敬齊遬，不敢紓緩，則爲天子所與，而申之以福禄也。

○維柞之枝，其葉蓬蓬。樂只君子，殿多見反天子之邦叶卜工反。樂只君子，萬福攸同。平平婢延反左右，亦是率從。興也。柞，見車舝篇。蓬蓬，盛貌。殿，鎮也。平平，辯治也。左右，諸侯之臣也。率，循也。○維柞之枝，則其葉蓬蓬然。樂只君子，則宜鎮天子之邦〔三〕，而爲萬福之所聚。又言其左右之臣，亦從之而至此也。

○汎汎芳劍反楊舟，紼音弗纚力馳反維之。樂只君子，天子葵之。樂只君子，

福禄膍頻尸反**之。優哉游哉，亦是戾**叶郎之反**矣。**興也。紼，縴也。纚、維，皆繫也。言以大索纚其舟而繫之也。葵，揆也。揆，猶度也。膍，厚。戾，至也。○汎汎楊舟，則必以紼纚維之。樂只君子，則天子必葵之，福禄必膍之。於是又歎其優游而至於此也。

采菽五章，章八句。

【校】

〔一〕「繩」，宋刊明印本作「乘」，據明正統本、明嘉靖本改。

〔二〕「斧」，明正統本、明嘉靖本作「甫」。

〔三〕「鎮」，明正統本、明嘉靖本作「殿」。

騂騂息營反**角弓，翩**匹然反**其反**叶分邅反**矣。兄弟昏姻，無胥遠**叶於圓反**矣**〔一〕。興也。騂騂，弓調和貌。角弓，以角飾弓也。翩，反貌。弓之爲物，張之則内向而來，弛之則外反而去，有似兄弟昏姻親疏遠近之意。胥，相也。○此刺王不親九族，而好讒佞，使宗族相怨之詩。言騂騂角弓，既翩然而反矣；兄弟昏姻，則豈可以相遠哉？○**爾之遠**同上**矣，民胥然矣。爾之教矣，民胥傚矣。**賦也。爾，王也。上之所爲，下必有甚者。○**此令兄弟，綽綽有裕**預、與二音。**不令兄弟，交相爲瘉**同上。○賦也。令，善。綽，寬。裕，饒。瘉，病也。○言雖王化之不善，然此善兄弟，則綽綽有裕而不變。彼不善之兄弟，則由此而交相病矣。蓋指讒己之人而言也。○**民**

之無良，相怨一方。受爵不讓叶如羊反〔二〕，**至于己斯亡。**賦也。一方，彼一方也。○相怨者各據其一方耳。若以責人之心責己，愛己之心愛人，使彼己之閒，交見而無蔽，則豈有相怨者哉？況兄弟相怨相讒以取爵位，而不知遜讓，終亦必亡而已矣。○**老馬反爲駒**叶去聲，**不顧其後**叶下故反。**如食**音嗣**宜饇**於據反，**如酌孔取**叶音娶。○比也。饇，飽。孔，甚也。○言其但知讒害人以取爵位，而不知其不勝任，如老馬憊矣，而反自以爲駒，不顧其後將有不勝任之患也。又如食之已多而宜飽矣，酌之所取亦已甚矣。○**毋教猱升木，如塗塗附。君子有徽猷，小人與屬**音蜀，叶殊遇反。○比也。猱，獼猴也，性善升木，不待教而能也。塗，泥。附，著。徽，美。猷，道。屬，附也。○言小人骨肉之恩本薄，王又好讒佞以來之，是猶教猱升木，又如於泥塗之上加以泥塗附之也。苟王有美道，則小人將反爲善以附之，不至於如此矣。○**雨**于付反**雪瀌瀌**符驕反，**見晛**乃見反**曰**音越。韓詩、劉向作「聿」。下章放此**消**〔三〕。**莫肯下**遐稼反**遺，式居婁**力住反。荀子作「屢」**驕。**比也。瀌瀌，盛貌。晛，日氣也。張子曰：「讒言遇明者當自止，而王甘信之，不肯貶下而遺棄之，更益以長慢也。」○**雨雪浮浮，見晛曰流。如蠻如髦**叶莫侯反，**我是用憂。**比也。浮浮，猶瀌瀌也。流，流而去也。蠻，南蠻也。髦，夷髦也，書作「髳」。言其無禮義而相殘賊也。

角弓八章，章四句。

【校】

〔二〕「反」，宋刊明印本闕，據元本、元十卷本、明正統本、明嘉靖本補。

〔二〕「如」，元本、元十卷本作「女」。

〔三〕「晛」，宋刊明印本作「睍」，據毛詩正義、明正統本、明嘉靖本改。下同。

有菀音鬱**者柳，不尚息焉。上帝甚蹈**戰國策作「上天甚神」，**無自暱焉。俾予靖之，後予極焉。**比也。柳，茂木也。尚，庶幾也。上帝，指王也。蹈，當爲「神」〔一〕，言威靈可畏也。暱，近。靖，定也〔二〕。極，求之盡也。○王者暴虐，諸侯不朝，而作此詩。言彼有菀然茂盛之柳，行路之人豈不庶幾欲就止息乎？以比人誰不欲朝事王者？而王甚威神，使人畏之而不敢近爾。使我朝而事之，以靖王室，後必將極其所欲，以求於我。蓋諸侯皆不朝，而已獨至，則王必責之無已，如齊威王朝周，而後反爲所辱也。或曰：興也。下章放此。○**有菀者柳，不尚愒**欺例反**焉。上帝甚蹈**見上，**無自瘵**側界反，叶子例反**焉**戰國策作「也」。**俾予靖之，後予邁**叶力制反**焉。**比也。愒，息。瘵，病也。邁，過也，求之過其分也。○**有鳥高飛，亦傅**音附**于天**叶鐵因反。**彼人之心，于何其臻？曷予靖之，居以凶矜。**興也。傅、臻，皆至也。彼人，斥王也。居，猶徒然也。凶矜，遭凶禍而可憐也。○鳥之高飛，極至於天耳。彼王之心，於何所極乎？言其貪縱無極，求責無已，人不知其所至也。如此，則豈予能靖之乎？乃徒然自取凶矜耳。

菀柳三章，章六句。

【校】

〔一〕「爲」，明正統本、明嘉靖本作「作」。

〔二〕「定」，明嘉靖本作「安」。

桑扈之什十篇，四十三章，二百八十二句。

詩卷第十五

都人士之什二之八

彼都人士，狐裘黃黃。其容不改，出言有章。行歸于周，萬民所望叶音亡。○賦也。都，王都也。黃黃，狐裘色也。不改，有常也。章，文章也。周，鎬京也。○亂離之後，人不復見昔日都邑之盛，人物儀容之美，而作此詩，以歎惜之也。○彼都人士，臺笠緇撮七活反，叶租悦反。彼君子女，綢直留反直如髮叶方月反。我不見兮，我心不說音悦。○賦也。臺，夫須也。緇撮，緇布冠也。其制小，僅可撮其髻也。君子女，都人貴家之女也。綢直如髮，未詳其義。然以四章、五章推之，亦言其髮之美耳。○彼都人士，充耳琇音秀實。彼君子女，謂之尹吉。我不見兮，我心苑於粉反結叶繳質反。○賦也。琇，美石也。以美石爲瑱。尹吉，未詳。鄭氏曰：「吉，讀爲姞。尹氏、姞氏，周之昏姻舊姓也。人見都人之女，咸謂尹氏、姞氏之女，言其有禮法也。」李氏曰：「所謂尹吉，猶晉言王謝，唐言崔盧也。」苑，猶屈也，積也。○彼都人士，垂帶而厲叶落蓋反。彼君子女，卷音權髮如蠆初邁反。我不見兮，言從之邁。賦也。厲，垂帶之貌。卷髮，鬢傍短髮不可斂者，曲上卷然以爲飾也。蠆，螫蟲也。尾末揵然，似髮之曲上者。邁，行也。蓋曰：是不可得見也，得見，則我從之邁矣。思之甚也。○匪伊垂之，帶則有餘。匪伊卷之，髮則有旟。我不見兮，云何盱喜俱反矣。賦也。旟，揚也。盱，望也。説見何人斯篇。○此言士之帶非故垂之也，帶自有餘耳。女之髮非故卷之也，髮自有旟耳。言其自然閑美，不假修飾也。然不可得而見矣，則如何而不望之乎！

都人士五章，章六句。

終朝采緑，不盈一匊弓六反。予髮曲局，薄言歸沐。賦也。自旦及食時爲終朝。緑，王芻也。兩手曰匊。局，卷也。猶言「首如飛蓬」也。○婦人思其君子，而言終朝采緑而不盈一匊者，思念之深，不專於事也。又念其髮之曲局，於是舍之而歸沐，以待其君子之還也。○終朝采藍盧談反，不盈一襜尺占反，叶都甘反。五日爲期，六日不詹音占，叶多甘反。○賦也。藍，染草也。衣蔽前謂之襜，即蔽膝也。詹，與瞻同。五日爲期，去時之約也。六日不詹，過期而不見也。○之子于狩尺救反，言韔敕亮反其弓叶姑弘反。之子于釣，言綸之繩。賦也。之子，謂其君子也。理絲曰綸。○言君子若歸而欲往狩邪，我則爲之韔其弓。欲往釣耶，我則爲之綸其繩。望之切，思之深，欲無往而不與之俱也。○其釣維何？維魴音房及鱮音敘，叶音湑。維魴及鱮，薄言觀者叶掌與反。○賦也。於其釣而有獲也，又將從而觀之。亦上章之意也。

采緑四章，章四句。

芃芃蒲東反黍苗，陰雨膏古報反之。悠悠南行，召伯勞力報反之。興也。芃芃，長大貌。悠悠，遠行之意。○宣王封申伯於謝，命召穆公往營城邑，故將徒役南行，而行者作此。言芃芃黍苗，則唯陰雨能膏之。悠悠南行，則唯召伯能勞之也。○我任音壬我輦力展反，我車我牛叶魚其反。我行既集，蓋云歸哉叶將黎反！○賦也。任，負任者也。輦，人輓車也。牛，所以駕大車也。集，成也。營謝之役既成而歸也。○我徒我御，我師我旅。我行既集，蓋云歸處！賦也。徒，步行者。御，乘車者。五百人爲旅，五旅爲師。春秋傳曰：「君行師從，卿行旅從。」○肅肅謝功，召伯營之。烈烈征師，召伯成之。賦也。肅肅，嚴正之貌。謝，邑名，申伯所封國也，今在鄧州信陽軍。功，工役之事也。營，治也。烈烈，威武貌。征，行也。○原隰既平，泉流既清。召伯有成，王心則寧。賦也。土治曰平，水治曰清。○言召伯營謝邑，相其原隰之宜，通其水泉之利。此功既成，宣王之心則安也。

黍苗五章，章四句。此宣王時詩，與大雅崧高相表裏。

隰桑有阿，其葉有難乃多反。既見君子，其樂音洛，下同如何！興也。隰，下濕之處，宜桑者也。阿，美貌。難，盛貌。皆言枝葉條垂之狀。○此喜見君子之詩。言隰桑有阿，則其葉有難矣。既見君子，則其樂如何哉！詞意大概與菁莪相類。然所謂君子，則不知其何所指矣。或曰：比也。下章放此。○隰桑有阿，其葉有沃烏酷反，叶鬱縛反。既見君子，云何不樂！興也。沃，光澤貌。○隰桑有阿，其葉有幽叶於交反。既見君子，德音孔膠音交。○興也。幽，黑色也。膠，固也。○心乎愛叶許既反矣，遐不謂矣？中心藏之，何日忘之！賦也。遐，與何同。表記作「瑕」。鄭氏注曰：「瑕之言胡也。」謂，猶告也。○言我中心誠愛君子，而既見之，則何不遂以告之？而但中心藏之，將使何日而忘之邪！楚詞所謂「思公子兮未敢言」，意蓋如此。愛之根於中者深，故發之遲而存之久也。

隰桑四章，章四句。

白華音花菅音姦兮，白茅束兮。之子之遠，俾我獨兮。比也。白華，野菅也。已漚爲菅。之子，斥幽王也。俾，使也。我，申后自我也。○幽王娶申女以爲后，又得褒姒而黜申后，故申后作此詩。言白華爲菅，則白茅爲束。二物至微，猶必相須爲用。何之子之遠，而俾我獨邪？○英英白雲，露彼菅茅叶莫侯反。天步艱難，之子不猶。比也。英英，輕明之貌。白雲，水土輕清之氣，當夜而上騰者也。露，即其散而下降者也。步，行也。天步，猶言時運也。猶，圖也。或曰：猶，如也。○言雲之澤物，無微不被。今時運艱難，而之子不圖，不如白雲之露菅茅也。○滮符彪反池北流，浸彼稻田叶地因反。嘯歌傷懷，念彼碩人。比也。滮，流貌。北流，豐鎬之間，水多北流。碩人，尊大之稱，亦謂幽王也。○言小水微流，尚能浸灌；王之尊大，而反不能通其寵澤，所以使我嘯歌傷懷而念之也。○樵徂焦反彼桑薪，卬五綱反烘火東反于煁市林反。維彼碩人，實勞我心。比也。樵，采也。桑薪，薪之善者也。卬，我。烘，燎也。煁，無釜之竈，可燎而不可烹飪者也。○桑薪宜以烹飪，而但爲燎燭。以比嫡后之尊，而反見卑賤也。〇**鼓鍾于宫，聲聞**音問**于外。念子懆懆**七到反，**視我邁邁。**比也。懆懆，憂貌。邁邁，不顧也。〇鼓鍾于宫，則聲聞于外矣。念子懆懆，而反視我邁邁，何哉？〇**有鶖**音秋**在梁，有鶴在林。維彼碩人，實勞我心。**比也。鶖，秃鶖也。梁，魚梁也。〇蘇氏曰："鶖、鶴皆以魚爲食。然鶴之於鶖，清濁則有間矣。今鶖在梁，而鶴在林，鶖則飽，而鶴則飢矣。幽王進褒姒而黜申后，譬之養鶖而棄鶴也。"〇**鴛鴦在梁，戢其左翼。之子無良，二三其德。**比也。戢其左翼，言不失其常也。良，善也。二三其德，則鴛鴦之不如矣。〇**有扁**步典反**斯石，履之卑兮。之子之遠，俾我疧**都禮反，叶喬移反**兮。**比也。扁，卑貌。俾，使。疧，病也。〇有扁然而卑之石，則履之者亦卑矣。如妾之賤，則寵之者亦賤矣。是以之子之遠，而俾我疧也。

白華八章，章四句。

緜蠻黄鳥，止于丘阿。道之云遠，我勞如何！飲於鴆反**之食**音嗣**之，教之誨之。命彼後車，謂之載之。**比也。緜蠻，鳥聲。阿，曲阿也。後車，副車也。〇此微賤勞苦而思有所託者爲鳥言以自比也。蓋曰：緜蠻之黄鳥，自言止于丘阿而不能前，蓋道遠而勞甚矣。當是時也，有能飲之食之，教之誨之，又命後車以載之者乎？〇**緜蠻黄鳥，止于丘隅。豈敢憚行，畏不能趨。飲之食之，教之誨之。命彼後車，謂之載之。**比也。隅，角。憚，畏也。趨，疾行也。〇**緜蠻黄鳥，止于丘側。豈敢憚行，畏不能極。飲之食之，教之誨之。命彼後車，謂之載之。**比也。側，傍。極，至也。國語云："齊朝駕，則夕極于魯國。"

緜蠻三章，章八句。

幡幡孚煩反瓠葉，采之亨叶鋪郎反之。君子有酒，酌言嘗之。賦也。幡幡，瓠葉貌。○此亦燕飲之詩。言幡幡瓠葉，采之亨之，至薄也。然君子有酒，則亦以是酌而嘗之。蓋述主人之謙詞，言物雖薄，而必與賓客共之也。○有兔他故反斯首，炮白交反之燔音煩，叶汾乾反之。君子有酒，酌言獻叶虚言反之。賦也。有兔斯首，一兔也，猶數魚以尾也。毛曰炮，加火曰燔。亦薄物也。獻，獻之於賓也。○有兔斯首，燔之炙音隻，叶陟略反之。君子有酒，酌言酢才洛反之。賦也。炕火曰炙。謂以物貫之，而舉於火上以炙之。酢，報也。賓既卒爵，而酌主人也。○有兔斯首，燔之炮叶蒲侯反之。君子有酒，酌言醻市周反之。賦也。醻，導飲也。

瓠葉四章，章四句。

漸漸並士銜反，下同之石，維其高矣。山川悠遠，維其勞矣。武人東征，不遑朝叶直高反矣。賦也。漸漸，高峻之貌。武人，將帥也。遑，暇也。言無朝旦之暇也。○將帥出征，經歷險遠，不堪勞苦，而作此詩也。○漸漸之石，維其卒在律反矣。山川悠遠，曷其沒叶莫筆反矣。武人東征，不遑出矣。賦也。卒，崔嵬也，謂山巔之末也。曷，何。沒，盡也。言所登歷，何時而可盡也。不遑出，謂但知深入，不暇謀出也。○有豕白蹢音的，烝涉波矣。月離于畢，俾滂普郎反沱徒河反矣。武人東征，不遑他湯何反矣。賦也。

蹢，蹄。烝，衆也。離，月所宿也。畢，星名。豕涉波，月離畢，將雨之驗也。○張子曰：「豕之負塗曳泥，其常性也。今其足皆白，衆與涉波而去，水患之多可知矣。」此言久役，又逢大雨，甚勞苦而不暇及他事也。

漸漸之石三章，章六句。

苕音條之華音花，芸音云其黄矣。心之憂矣，維其傷矣。比也。苕，陵苕也。本草云：「即今之紫葳，蔓生附於喬木之上，其華黄赤色，亦名凌霄。」○詩人自以身逢周室之衰，如苕附物而生，雖榮不久，故以爲比，而自言其心之憂傷也。○苕之華，其葉青青子零反。知我如此，不如無生叶桑經反。○比也。青青，盛貌。然亦何能久哉？○牂子桑反羊墳扶云反首，三星在罶音柳。人可以食，鮮息淺反可以飽叶補苟反。○賦也。牂羊，牝羊也。墳，大也。羊瘠則首大也。罶，笱也。罶中無魚而水静，但見三星之光而已。○言饑饉之餘，百物彫耗如此，苟且得食足矣，豈可望其飽哉！

苕之華三章，章四句。陳氏曰：「此詩其詞簡，其情哀。周室將亡，不可救矣。詩人傷之而已。」

何草不黄？何日不行叶户郎反？何人不將？經營四方。興也。草衰則黄。將，亦行也。○周室將亡，征役不息，行者苦之，故作此詩。言何草而不黄？何日而不行？何人而不將？以經營於四方也哉！○何草不玄叶胡匀反？何人不矜古頑反，韓詩作「鰥」，叶居陵反？哀我征夫，獨爲匪民。興也。玄，赤黑色也。既黄而玄也。無妻曰矜。言從役過時而不得歸，失其室家之樂也。哀我征夫，豈獨爲非民哉！○匪兕徐履反匪虎，率彼曠野叶上與反。哀我征夫，朝夕不暇叶後五反。○賦也。率，循。曠，空也。○言征夫非兕非虎，何爲使之循曠野，而朝夕不得閑暇也？○有芃薄工反者狐與車叶，率彼幽草。有棧士板反之車，行彼周道。興也。芃，尾長貌。棧車，役車也。周道，大道也。言不得休息也。

何草不黃四章，章四句。

都人士之什十篇，四十三章，二百句。

詩卷第十六

大雅三說見小雅。

文王之什三之一

文王在上，於音烏，下同**昭于天**叶鐵因反。**周雖舊邦，其命維新。有周不顯，帝命不時**叶上紙反。**文王陟降，在帝左右**叶羽已反。○賦也。於，歎辭。昭，明也。命，天命也。不顯，猶言豈不顯也。帝，上帝也。不時，猶言豈不時也。左右，旁側也。○周公追述文王之德，明周家所以受命而代商者，皆由於此，以戒成王。此章言文王既没，而其神在上，昭明于天。是以周邦雖自后稷始封千有餘年，而其受天命，則自今始也。夫文王在上，而昭于天，則其德顯矣。周雖舊邦，而命則新，則其命時矣。故又曰：有周豈不顯乎？帝命豈不時乎？蓋以文王之神在天，一升一降，無時不在上帝之左右。是以子孫蒙其福澤，而君有天下也。春秋傳，天王追命諸侯之詞曰：「叔父陟恪，在我先王之左右，以佐事上帝。」語意與此正相似。或疑「恪」亦「降」字之誤，理或然也。

○亹亹音尾**文王，令聞**

音問不已。陳錫哉周，侯文王孫子叶獎履反。文王孫子，本支百世。凡周之士，不顯亦世。賦也。亹亹，强勉之貌。令聞，善譽也。陳，猶敷也。哉，語辭。侯，維也。本，宗子也。支，庶子也。○文王非有所勉也，純亦不已，而人見其若有所勉耳。其德不已，故今既没，而其令聞猶不已也。令聞不已，是以上帝敷錫于周，維文王孫子，則使之本宗百世爲天子，支庶百世爲諸侯。而又及其臣子，使凡周之士，亦世世修德，與周匹休焉。○世之不顯，厥猶翼翼。思皇多士，生此王國叶于逼反。王國克生，維周之楨音貞。濟濟子禮反多士，文王以寧。賦也。猶，謀也。翼翼，勉敬也。思，語辭。皇，美。楨，榦也。濟濟，多貌。○此承上章而言。其傳世豈不顯乎？而其謀猷皆能勉敬如此也。美哉，此衆多之賢士，而生於此文王之國也！文王之國，能生此衆多之士，則足以爲國之榦，而文王亦賴以爲安矣。蓋言文王得人之盛，而宜其傳世之顯也。○穆穆文王，於緝七入反熙敬止。假古雅反哉天命，有商孫子。商之孫子，其麗不億。上帝既命，侯于周服叶蒲北反。○賦也。穆穆，深遠之意。緝，續。熙，明。亦不已之意。止，語辭。假，大。麗，數也。不億，不止於億也。侯，維也。○言穆穆然文王之德，不已其敬如此，是以大命集焉。以有商孫子觀之，則可見矣。蓋商之孫子，其數不止於億，然以上帝之命集於文王也，而今皆維服于周矣。○侯服于周，天命靡常。殷士膚敏，裸古亂反將于京叶居良反。厥作裸將，常服黼音甫冔況甫反。王之藎才刃反臣，無念爾祖。賦也。諸侯之大夫入天子之國，曰某士。則殷士者，商孫子之臣屬也。膚，美。敏，疾也。裸，灌鬯也。將，行也。酌而送之也。京，周之京師也。黼，黼裳也。冔，殷冠也。蓋先代之後，統承先王，修其禮物，作賓于王家。時王不敢變焉，而亦所以爲戒也。王，指成王也。藎，進也。言其忠愛之篤，進進無已也。無念，猶言豈得無念也。爾祖，文王也。○言商之孫子而侯服于周，以天命之不可常也。故殷之士助祭於周京，而服商之服也。於是呼王之藎臣而告之曰：得無念爾祖文王之德乎？蓋以戒王，而不敢斥言，猶所謂「敢告僕夫」云爾。劉向曰：「孔子論詩，至於『殷士膚敏，祼將于京』，喟然歎曰：『大哉天命！善不可不傳于後嗣，是以富貴無常。（略）』蓋傷微子之事周，而痛殷之亡也。」○無念爾祖，聿脩厥德。永言配命，自求多福叶筆力反。殷之未喪息浪反師，克配上帝。宜鑒于殷，駿音峻命不易以豉反。○賦也。聿，發語辭。永，長。配，合也。命，天理也。師，衆也。上帝，天之主宰也。駿，大也。不易，言其難也。○言欲念爾祖，在於自脩其德，而又常自省察，使其所行無不合於天理，則盛大之福，自我致之，有不外求而得矣。又言殷未失天下之時，其德足以配乎上帝矣。今其子孫乃如此，宜以爲鑒而自省焉，則知天命之難保矣。大學傳曰：「得衆則得國，失衆則失國。」此之謂也。○命之不易，無遏爾躬叶姑弘反。宣昭義問，有虞殷自天叶鐵因反。上天之載，無聲無臭叶初尤反。儀刑文王，萬邦作孚叶房尤反。○賦也。遏，絕。宣，布。昭，明。義，善也。問，聞通。有，又通。虞，度。載，事。儀，象。刑，法。孚，信也。○言天命之不易保，故告之使無若紂之自絕于天。而布明其善譽於天下，又度殷之所以廢興者，而折之於天。然上天之事，無聲無臭，不可得而度也。惟取法於文王，則萬邦作而信之矣。子思子曰：「『維天之命，於穆不已』，蓋曰天之所以爲天也。『於乎不顯，文王之德之純』，蓋曰文王之所以爲文也，純亦不已。」夫知天之所以爲天，又知文王之所以爲文，則夫與天同德者，可得而言矣。是詩首言「文王在上，於昭于天」，「文王陟降，在帝左右」，而終之以此。其旨深矣。

文王七章，章八句。東萊呂氏曰：「呂氏春秋引此詩，以爲周公所作。味其詞意，信非周公不能作也。」○今按此詩，一章言文王有顯德，而上帝有成命也。二章言天命集于文王，則不唯尊榮其身，又使其子孫百世爲天子、諸侯也。三章言命周之福，不唯及其子孫，而又及其羣臣之後嗣也。四章言天命既絕于商，則不唯誅罰其身，又使其子孫亦來臣服于周也。五章言絶商之禍，不唯及其子孫，而又及其羣臣之後嗣也。六章言周之子孫臣庶，當以文王爲法，而以商爲監也。七章又言當以商爲監，而以文王爲法也。其於天人之際，興亡之理，丁寧反覆，至深切矣。故立之樂官，而因以爲天子、諸侯朝會之樂，蓋將以戒乎後世之君臣，而又以昭先王之德於天下也。國語以爲「兩君相見之樂」，特舉其一端而言耳。然此詩之首章言文王之昭于天，而不言其所以昭。次章言其令聞不已，而不言其所以聞。至於四章，然後所以昭明而不已者，乃可得而見焉。然亦多詠歎之言，而語其所以爲德之實，則不越乎敬之一字而已。然則後章所謂修厥德而儀刑之者，豈可以它求哉？亦勉於此而已矣。

明明在下，赫赫在上叶辰羊反。**天難忱**市林反**斯，不易**以豉反**維王。天位殷適**音的，**使不挾**子燮反**四方**。賦也。明明，德之明也。赫赫，命之顯也。忱，信也。不易，難也。天位，天子之位也。殷適，殷之適嗣也。挾，有也。○此亦周公戒成王之詩。將陳文武受命，故先言在下者有明明之德，則在上者有赫赫之命。達于上下，去就無常，此天之所以難忱，而爲君之所以不易也。紂居天位，爲殷嗣，乃使之不得挾四方而有之，蓋以此爾。○**摯**音至**仲氏任**音壬，**自彼殷商，來嫁于周，曰嬪**毗申反**于京**叶居良反。**乃及王季，維德之行**叶户郎反。**大**音泰**任有身**叶尸羊反，**生此文王**。賦也。摯，國名。仲，中女也。任，摯國姓也。殷商，商之諸侯也。嬪，婦也。京，周京也。曰嬪于京，疊言以釋上句之意。猶曰「釐降二女于嬀汭，嬪于虞」也。王季，文王父也。身，懷孕也。○將言文王之聖，而追本其所從來者如此。蓋曰自其父母而已然矣。○**維此文王，小心翼翼。昭事上帝，聿懷多福**叶筆力反。**厥德不回，以受方國**叶越逼反。○賦也。小心翼翼，恭慎之貌。即前篇之所謂敬也。文王之德，於此爲盛。昭，明。懷，來。回，邪也。方國，四方來附之國也。○天監在下，有命既集叶作合反〔一〕。文王初載，天作之合。在洽之陽，在渭之涘音士，叶羽已反。文王嘉止，大邦有子叶奨履反〔二〕。○賦也。監，視。集，就。載，年。合，配也。洽，水名，本在今同州郃陽、夏陽縣，今流已絶，故去「水」而加「邑」。渭水亦逕此入河也。嘉，婚禮也。大邦，莘國也。子，大姒也。○將言武王伐商之事，故此又推其本，而言天之監照實在於下，其命既集於周矣。故於文王之初年，而默定其配。所以洽陽、渭涘，當文王將昏之期，而大邦有子也。蓋曰非人之所能爲矣。○大邦有子，俔牽遍反天之妹。文定厥祥，親迎魚敬反于渭。造舟爲梁，不顯其光。賦也。俔，磬也。韓詩作「磬」。説文云：「俔，譬也。」孔氏曰：「如今俗語譬喻物，曰『磬作然』也。」文，禮。祥，吉也。言卜得吉，而以納幣之禮定其祥也。造，作。梁，橋也。作船於水，比之，而加版於其上，以通行者，即今之浮橋也。傳曰：「天子造舟，諸侯維舟，大夫方舟，士特舟。」張子曰：「造舟爲梁，文王所制，而周世遂以爲天子之禮也。」不顯，顯也。○有命自天，命此文王，于周于京叶居良反。纘子管反女維莘所巾反，長丁丈反子維行叶户郎反，篤生武王。保右音祐命爾，燮伐大商。賦也。纘，繼也。莘，國名。長子，長女大姒也。行，嫁。篤，厚也。言既生文王而又生武王也。右，助。燮，和也。○言天既命文王於周之京矣，而克纘大任之女事者，維此莘國，以其長女來嫁于我也。天又篤厚之，使生武王，保之、助之、命之，而使之順天命以伐商也。○殷商之旅，其會如林。矢于牧野，維予侯興叶音歆。上帝臨女音汝，無貳爾心。賦也。如林，言衆也。書曰：「受率其旅若林。」矢，陳也。牧野，在朝歌南七十里。侯，維。貳，疑也。爾，武王也。○此章言武王伐紂之時，紂衆會集如林，以拒武王，而皆陳于牧野，則維我之師，爲有興起之勢耳。然衆心猶恐武王以衆寡之不敵而有所疑也，故勉之曰：「上帝臨女，毋貳爾心。」蓋知天命之必然，而贊其決也。然武王非必有所疑也，設言以見衆心之同，非武王之得已耳。○**牧野洋洋，檀車煌煌，駟騵**音元**彭彭**叶鋪郎反。**維師尚父，時維鷹揚，涼**音亮**彼武王，肆伐大商，會朝清明**叶謨郎反。○賦也。洋洋，廣大之貌。檀，堅木，宜爲車者也。煌煌，鮮明貌。駵馬白腹曰騵。彭彭，强盛貌。師尚父，太公望，爲太師，而號尚父也。鷹揚，如鷹之飛揚而將擊，言其猛也。涼，漢書作「亮」，佐助也。肆，縱兵也。會朝，會戰之旦也。○此章言武王師衆之盛，將帥之賢，伐商以除穢濁，不崇朝而天下清明。所以終首章之意也。

大明八章，四章章六句，四章章八句。名義見小旻篇。一章言天命無常，惟德是與。二章言王季、大任之德，以及文王。三章言文王之德。四章、五章、六章言文王、大姒之德，以及武王。七章言武王伐紂〔三〕。八章言武王克商，以終首章之意。其章以六句八句相閒。又國語以此及下篇皆爲兩君相見之樂，説見上篇。

【校】

〔一〕「作」，元本、元十卷本、明正統本、明嘉靖本作「昨」。

〔二〕「履」，元本、元十卷本、明正統本、明嘉靖本作「禮」。

〔三〕「伐」，明正統本作「克」。

緜緜瓜瓞田節反，**民之初生，自土沮**七余反**漆**音七。**古公亶**都但反**父**音甫，**陶**音桃**復**音福**陶穴**叶户橘反，**未有家室。**比也。緜緜，不絶貌。大曰瓜，小曰瓞。瓜之近本初生者常小，其蔓不絶，至末而後大也。

民，周人也。自，從。土，地也。沮、漆，二水名，在豳地。古公，號也。亶父，名也。或曰：字也。後乃追稱大王焉。陶，窑竈也。復，重窑也。穴，土室也。家，門內之通名也。豳地近西戎而苦寒，故其俗如此。○此亦周公戒成王之詩。追述大王始遷岐周，以開王業，而文王因之，以受天命也。此其首章，言瓜之先小後大，以比周人始生於漆、沮之上，而古公之時，居於窑竈土室之中，其國甚小，至文王而後大也。

○古公亶父，來朝走馬叶滿補反。率西水滸呼五反，至于岐下叶後五反。爰及姜女，聿來胥宇。賦也。朝，早也。走馬，避狄難也。率，循也。滸，水厓也，漆、沮之側也。岐下，岐山之下也。姜女，大王妃也。胥，相。宇，宅也。孟子曰：「大王居豳，狄人侵之，事之以皮幣、珠玉、犬馬，而不得免。乃屬其耆老而告之曰：『狄人之所欲者，吾土地也。吾聞之也：君子不以其所以養人者害人。二三子何患乎無君？我將去之。』去邠，踰梁山，邑于岐山之下居焉。邠人曰：『仁人也，不可失也。』從之者如歸市。」

○周原膴膴音武，堇音謹荼如飴音移。爰始爰謀叶謨悲反，爰契苦計反我龜。曰止曰時，築室于茲叶津之反。○賦也。周，地名，在岐山之南。廣平曰原。膴膴，肥美貌。堇，烏頭也。荼，苦菜，蓼屬也。飴，餳也。契，所以然火而灼龜者也，儀禮所謂「楚焞」是也。或曰：以刀刻龜甲欲鑽之處也。○言周原土地之美，雖物之苦者亦甘。於是大王始與豳人之從己者謀居之，又契龜而卜之。既得吉兆，乃告其民曰：可以止於是而築室矣。或曰：時，謂土功之時也。

○迺慰迺止，迺左迺右叶羽己反。迺疆迺理，迺宣迺畝叶滿彼反。自西徂東，周爰執事叶上止反。○賦也。慰，安。止，居也。左、右，東西列之也。疆，謂畫其大界。理，謂別其條理也。宣，布散而居也。或曰：導其溝洫也。畝，治其田疇也。自西徂東，自西水滸而徂東也。周，徧也，言靡事不爲也。

○乃召司空，乃召司徒，俾立室家叶古胡反。其繩則直，縮色六反版以載叶節力反，作廟翼翼。賦也。司空，掌營國邑。司徒，掌徒役之事。繩，所以爲直。凡營度位處，皆先以繩正之，既正則束板而築也。縮，束也。載，上下相承也。言以索束版，投土築訖，則升下而上，以相承載也。君子將營宮室，宗廟爲先，廐庫爲次，居室爲後。翼翼，嚴正也。○捄音俱之陾陾耳升反，度待洛反之薨薨，築之登登，削屢馮馮扶冰反。百堵丁古反皆興，鼛音皋鼓弗勝音升。○賦也。捄，盛土於器也。陾陾，衆也。度，投土於版也。薨薨，衆聲也。登登，相應聲。削屢，牆成而削治重複也。馮馮，牆堅聲。五版爲堵。興，起也。此言治居室也〔一〕。鼛鼓，長一丈二尺。以鼓役事。弗勝者，言其樂事勸功，鼓不能止也。○迺立皋門，皋門有伉苦浪反，叶苦郎反。迺立應門，應門將將七羊反。迺立冢土，戎醜攸行叶户郎反。○賦也。傳曰：「王之郭門曰皋門。伉，高貌。王之正門曰應門。將將，嚴正也。」大王之時，未有制度，特作二門，其名如此。及周有天下，遂尊以爲天子之門，而諸侯不得立焉。冢土，大社也。亦大王所立，而後因以爲天子之制也。戎醜，大衆也。起大事，動大衆，必有事乎社而後出，謂之宜。○肆不殄田典反厥愠紆問反，亦不隕韻敏反厥問。柞子洛反棫音域拔蒲貝反矣，行道兑吐外反矣。混音昆夷駾徒對反矣，維其喙吁貴反矣。賦也。肆，故今也，猶言遂也，承上起下之辭。殄，絶。愠，怒。隕，墜也。問，聞通，謂聲譽也。柞，櫟也，枝長葉盛，叢生，有刺。棫，白桵也，小木，亦叢生，有刺。拔，挺拔而上，不拳曲蒙密也。兑，通也，始通道於柞棫之閒也。駾，突。喙，息也。○言大王雖不能殄絶混夷之愠怒〔二〕，亦不隕墜己之聲問〔三〕。蓋雖聖賢，不能必人之不怒己，但不廢其自修之實耳。然大王始至此岐下之時，林木深阻，人物鮮少。至於其後生齒漸繁，歸附日衆，則木拔道通。混夷畏之，而奔突竄伏，維其喙息而已。言德盛而混夷自服也。蓋已爲文王之時矣。○虞芮如鋭反質厥成，文王蹶居衛反厥生叶桑經反。予曰有疏附叶上聲，予曰有先息薦反後胡豆反，叶下五反，予曰有奔奏與走通，叶宗五反，**予曰有禦侮**。賦也。虞、芮，二國名。質，正。成，平也。傳曰：「虞、芮之君相與争田，久而不平，乃相與朝周。入其境，則耕者讓畔，行者讓路。入其邑，男女異路，班白不提挈。入其朝，士讓爲大夫，大夫讓爲卿。二國之君感而相謂曰：『我等小人，不可以履君子之境。』乃相讓，以其所争田爲閒田而退。天下聞之而歸者四十餘國。」蘇氏曰：「虞在陜之平陸，芮在同之馮翊，平陸有閒原焉，則虞、芮之所讓也。」蹶生，未詳其義。或曰：蹶，動而疾也。生，猶起也。予，詩人自予也。率下親上曰疏附，相道前後曰先後，喻德宣譽曰奔奏，武臣折衝曰禦侮。○言昆夷既服，而虞芮來質其訟之成，於是諸侯歸周者衆，而文王由此動其興起之勢。是雖其德之盛，然亦由有此四臣之助而然，故各以「予曰」起之。其詞繁而不殺者，所以深歎其得人之盛也。

緜九章，章六句。一章言在豳，二章言至岐，三章言定宅，四章言授田居民，五章言作宗廟，六章言治宮室，七章言作門社，八章言至文王而服混夷，九章遂言文王受命之事。餘説見上篇。

【校】

〔一〕「居」，明正統本、明嘉靖本作「宮」。

〔二〕「混夷」，即「昆夷」，各本混用，下不一一出校。

〔三〕「問」，明正統本、明嘉靖本作「聞」。

芃芃薄紅反**棫**雨逼反**樸**音卜，**薪之槱**音酉**之**。**濟濟**子禮反**辟**音璧**王**〔一〕，**左右趣**叶此苟反**之**。興也。芃芃，木盛貌。樸，叢生也。言根枝迫迮相附著也。槱，積也。濟濟，容貌之美也。辟，君也。君王，謂文王也。○

此亦以詠歌文王之德。言芃芃棫樸，則薪之槱之矣。濟濟辟王，則左右趣之矣。蓋德盛而人心歸附趨向之也。○**濟濟辟王，左右奉璋。奉璋峩峩**，五歌反，**髦士攸宜**。叶牛何反。○賦也。半圭曰璋。祭祀之禮，王祼以圭瓚，諸臣助之；亞祼以璋瓚，左右奉之。其判在内，亦有趣向之意。峩峩，盛壯也。髦，俊也。○**淠**匹世反**彼涇**音經**舟，烝徒楫**音接，叶籍入反**之。周王于邁，六師及之。**興也。淠，舟行貌。涇，水名。烝，衆。楫，櫂。于，往。邁，行也。六師，六軍也。○言淠彼涇舟，則舟中之人無不楫之；周王于邁，則六師之衆追而及之。蓋衆歸其德，不令而從也。○**倬**陟角反**彼雲漢，爲章于天**。叶鐵因反。**周王壽考，遐不作人？**興也。倬，大也。雲漢，天河也，在箕、斗二星之間，其長竟天。章，文章也。文王九十七乃終，故言壽考。遐，與何同。作人，謂變化鼓舞之也。○**追**對廻反**琢**陟角反**其章，金玉其相。勉勉我王，綱紀四方。**興也。追，雕也。金曰雕，玉曰琢。相，質也。勉勉，猶言不已也。凡網罟，張之爲綱，理之爲紀。○追之琢之，則所以美其文者至矣。金之玉之，則所以美其質者至矣。勉勉我王，則所以綱紀乎四方者至矣。

棫樸五章，章四句。此詩前三章言文王之德爲人所歸。後二章言文王之德有以振作綱紀天下之人，而人歸之。自此以下至假樂，皆不知何人所作，疑多出於周公也。

【校】

〔一〕「璧」，元本、元十卷本、明正統本、明嘉靖本作「壁」。

瞻彼旱麓音鹿，榛楛音户濟濟子禮反。豈弟君子，干禄豈弟。興也。旱，山名。麓，山足也。榛，似栗而小。楛，似荆而赤。濟濟，衆多也。豈弟，樂易也。君子，指文王也。○此亦以詠歌文王之德。言旱山之麓，則榛楛濟濟然矣。豈弟君子，則其干禄也豈弟矣。干禄豈弟，言其干禄之有道，猶曰「其争也君子」云爾。○瑟所乙反彼玉瓚才旱反，黄流在中。豈弟君子，福禄攸降叶乎攻反。○興也。瑟，縝密貌。玉瓚，圭瓚也。以圭爲柄，黄金爲勺，青金爲外，而朱其中也。黄流，鬱鬯也。釀秬黍爲酒，築鬱金煮而和之，使芬芳條鬯，以瓚酌而祼之也。攸，所。降，下也。○言瑟然之玉瓚，則必有黄流在其中。豈弟之君子，則必有福禄下其躬。明寶器不薦於褻味，而黄流不注於瓦缶，則知盛德必享於禄壽，而福澤不降於淫人矣。○鳶弋專反飛戾天叶鐵因反，魚躍于淵叶一均反(一)。豈弟君子，遐不作人？興也。鳶，鴟類。戾，至也。李氏曰：「抱朴子曰：『鳶之在下無力，及至乎上，聳身直翅而已。』蓋鳶之飛全不用力，亦如魚躍，怡然自得，而不知其所以然也。」遐、何通。○言鳶之飛則戾于天矣，魚之躍則出于淵矣。豈弟君子，而何不作人乎？言其必作人也。○清酒既載叶節力反，騂息營反牡既備叶蒲北反。以享以祀叶逸織反，以介景福叶筆力反。○賦也。載，在尊也。備，全具也。承上章，言有豈弟之德，則祭必受福也。○瑟彼柞棫，民所燎力召反矣。豈弟君子，神所勞力報反矣。興也。瑟，茂密貌。燎，爨也。或曰：熂燎除其旁草(二)，使木茂也。勞，慰撫也。○莫莫葛藟力軌反，施以豉反于條枚莫回反。豈弟君子，求福不回。興也。莫莫，盛貌。回，邪也。

旱麓六章，章四句。

【校】

〔一〕「均」，元本作「鈞」。

〔二〕「熂」，原作「愾」，據明正統本、明嘉靖本改。

思齊側皆反大音泰任，文王之母莫後反，思媚美記反周姜，京室之婦房九反。大同上姒嗣徽音，則百斯男叶尼心反。○賦也。思，語辭。齊，莊。媚，愛也。周姜，大王之妃大姜也。京，周也。大姒，文王之妃也。徽，美也。百男，舉成數而言其多也。○此詩亦歌文王之德，而推本言之，曰：此莊敬之大任，乃文王之母，實能媚于周姜，而稱其爲周室之婦。至于大姒，又能繼其美德之音，而子孫衆多。上有聖母，所以成之者遠；内有賢妃，所以助之者深也。○惠于宗公，神罔時怨，神罔時恫音通。刑于寡妻，至于兄弟，以御牙嫁反于家邦叶卜工反。○賦也。惠，順也。宗公，宗廟先公也。恫，痛也。刑，儀法也。寡妻，猶言寡小君也。御，迎也。○言文王順于先公，而鬼神歆之，無怨恫者。其儀法内施於閨門，而至于兄弟，以御于家邦也。孔子曰：「家齊而後國治。」孟子曰：「言舉斯心加諸彼而已。」張子曰：「言接神人各得其道也。」○雝雝於容反在宮，肅肅在廟叶音貌。不顯亦臨，無射音亦亦保叶音鮑。○賦也。雝雝，和之至也。肅肅，敬之至也。不顯，幽隱之處也。射，與斁同，厭也。保，猶守也。○言文王在閨門之内則極其和，在宗廟之中則極其敬。雖居幽隱，亦常若有臨之者。雖無厭射，亦常有所守焉。其純亦不已蓋如是。○肆戎疾不殄，烈假古雅反不瑕。不聞亦式，不諫亦入此與下章用韻未詳。

○賦也。肆，故今也。戎，大也。疾，猶難也。大難，如羑里之囚，及昆夷、玁狁之屬也〔一〕。殄，絶。烈，光。假，大。瑕，過也。此兩句，與「不殄厥愠」、「不隕厥問」相表裏。聞，前聞也。式，法也。○承上章，言文王之德如此，故其大難雖不殄絶，而光大亦無玷缺。雖事之無所前聞者，而亦無不合於法度。雖無諫諍之者，而亦未嘗不入於善。傳所謂「性與天合」是也。造，爲也。

○肆成人有德，小子有造。古之人無斁音亦，譽髦斯士。賦也。冠以上爲成人。小子，童子也。造，爲也。古之人，指文王也。譽，名。髦，俊也。○承上章，言文王之德見於事者如此，故一時人材皆得其所成就。蓋由其德純而不已，故令此士皆有譽於天下，而成其俊乂之美也。

思齊五章，二章章六句，三章章四句。

【校】

〔一〕「玁狁」，明正統本、明嘉靖本作「獫狁」。

皇矣上帝，臨下有赫叶黑各反。監觀四方，求民之莫。維此二國，其政不獲叶胡郭反。維彼四國，爰究爰度待洛反。上帝耆之，憎其式廓。乃眷西顧，此維與宅叶達各反。○賦也。皇，大。臨，視也。赫，威明也。監，亦視也。莫，定也。二國，夏、商也。不獲，謂失其道也。四國，四方之國也。究，尋。度，謀也。耆、憎、式廓，未詳其義。或曰：耆，致也。憎，當作「增」。式廓，猶言規模也。此，謂岐周之地也。○此詩叙大王、大伯、王季之德，以及文王伐密伐崇之事也。此其首章，先言天之臨下甚明，但求民之安定而已。彼夏、商之政既不得矣，故求於四方之國。苟上帝之所欲致者，則增大其疆境之規模。於是乃眷然顧視西土，以此岐周之地與大王爲居宅也。○作之屏必領反之，其菑莊持反其翳一計反。脩之平之，其灌其栵音例。啓之辟婢亦反之，其檉丑貞反其椐羌居反，叶紀庶反。攘之剔它歷反之，其檿烏劍反其柘章夜反，叶都故反。帝遷明德，串古患反夷載路。天立厥配，受命既固。賦也。作，拔起也。屏，去之也。菑，木立死者也。翳，自斃者也。或曰：小木蒙密蔽翳者也。脩、平，皆治之使疏密正直得宜也。灌，叢生者也。栵，行生者也。啓、辟，芟除也。檉，河柳也，似楊，赤色，生河邊。椐，樻也，腫節，似扶老，可爲杖者也。攘、剔，謂穿剔去其繁冗，使成長也。檿，山桑也，與柘皆美材，可爲弓幹，又可蠶也。明德，謂明德之君，即大王也。串夷載路，未詳。或曰：串夷，即混夷。載路，謂滿路而去。所謂「混夷駾矣」者也。配，賢妃也，謂大姜。○此章言大王遷於岐周之事。蓋岐周之地，本皆山林險阻，無人之竟，而近於昆夷。大王居之，人物漸盛，然後漸次開闢如此。乃上帝遷此明德之君，使居其地，而昆夷遠遁。天又爲之立賢妃以助之，是以受命堅固，而卒成王業也。○帝省息井反其山，柞棫斯拔蒲貝反，松柏斯兑徒外反。帝作邦作對，自大音泰伯王季。維此王季，因心則友叶羽己反。則友其兄叶虛王反，則篤其慶叶祛羊反，載錫之光。受禄無喪息浪反，叶平聲，奄有四方。賦也。拔、兑，見緜篇〔一〕。此亦言其山林之閒道路通也。對，猶當也。作對，言擇其可當此國者以君之也。大伯，大王之長子。王季，大王之少子也。因心，非勉强也。善兄弟曰友。兄，謂大伯也。篤，厚。載，則也。奄字之義，在忽、遂之閒。○言帝省其山，而見其木拔道通，則知民之歸之者益衆矣。於是既作之邦，又與之賢君以嗣其業，蓋自其初生大伯、王季之時而已定矣。於是大伯見王季生文王，又知天命之有在，故適吴不反。大王没，而國傳於王季。及文王，而周道大興也。然以大伯而避王季，則王季疑於不友，故又特言王季所以友其兄者，乃因其心之自然，而無待於勉强。既受大伯之讓，則益修其德，以厚周家之慶，而與其兄以讓德之光，猶曰彰其知人之明，不爲徒讓耳。其德如是，故能受天禄而不失，至于文武，而奄有四方也。○維此王季，帝度待洛反其心。貊武伯反其德音，其德克明。克明克類，克長丁丈反克君。王如字，或于況反此大邦，克順克比必里反。比毗至反于文王，其德靡悔叶虎洧反。既受帝祉音恥，施以豉反于孫子叶奬履反〔二〕。○賦也。度，能度物制義也。貊，春秋傳、樂記皆作「莫」，謂其莫然清静也。克明，能察是非也。克類，能分善惡也。克長，教誨不倦也。克君，賞慶刑威也。言其賞不僭，故人以爲慶；刑不濫，故人以爲威也。順，慈和徧服也。比，上下相親也。比于，至于也。悔，遺恨也。○言上帝制王季之心，使有尺寸，能度義；又清静其德音，使無非閒之言。是以王季之德能此六者。至於文王，而其德尤無遺恨。是以既受上帝之福，而延及于子孫也。○帝謂文王：「無然畔援于願反，無然歆羨錢面反，誕先登于岸叶魚戰反。」密人不恭，敢距大邦叶卜攻反，侵阮魚宛反徂共音恭。王赫斯怒叶暖五反，爰整其旅，以按音遏徂旅，以篤于周祜候五反，以對于天下叶後五反。○賦也。帝謂文王，設爲天命文王之詞，如下所言也。無然，猶言不可如此也。畔，離畔也。援，攀援也。言舍此而取彼也。歆，欲之動也。羨，愛慕也。言肆情以徇物也。岸，道之極至處也。密，密須氏也，姞姓之國，在今寧州。阮，國名，在今涇州。徂，往也。共，阮國之地名，今涇州之共池是也。其旅，周師也。按，遏也。徂旅，密師之往共者也。祜，福。對，答也。○人心有所畔援，有所歆羨，則溺於人欲之流，而不能以自濟。文王無是二者，故獨能先知先覺，以造道之極至。蓋天實命之，而非人力之所及也。是以密人不恭，敢違其命，而擅興師旅以侵阮，而往至于共，則赫怒整兵，而往遏其衆，以厚周家之福，而答天下之心。蓋亦因其可怒而怒之，初未嘗有所畔援歆羨也。此文王征伐之始也。○依其在京叶居良反，侵自阮疆。陟我高岡，無矢我陵，我陵我阿。無飲我泉，我泉我池叶徒河反。**度**待洛反**其鮮**息淺反**原，居岐之陽，在渭之將。萬邦之方，下民之王。**賦也。依，安貌。京，周京也。矢，陳。鮮，善。將，側。方，鄉也。○言文王安然在周之京，而所整之兵既遏密人，遂從阮疆而出以侵密。所陟之岡，即爲我岡，而人無敢陳兵於陵，飲水於泉，以拒我也。於是相其高原，而徙都焉，所謂程邑也。其地於漢爲扶風安陵，今在京兆府咸陽縣。○**帝謂文王：「予懷明德，不大聲以色，不長**丁丈反**夏以革。不識不知，順帝之則。」帝謂文王：「詢爾仇方，同爾兄弟，以爾鉤援**音爰**，與爾臨衝，以伐崇墉。」**賦也。予，設爲上帝之自稱也。懷，眷念也。明德，文王之明德也。以，猶與也。夏、革，未詳。則，法也。仇方，讎國也。兄弟，與國也。鉤援，鉤梯也，所以鉤引上城，所謂雲梯者也。臨，臨車也，在上臨下者也。衝，衝車也，從傍衝突者也。皆攻城之具也。崇，國名，在今京兆府鄠縣。墉，城也。史記：崇侯虎譖西伯於紂，紂囚西伯於羑里。西伯之臣閎夭之徒，求美女、奇物、善馬以獻紂。紂乃赦西伯，賜之弓矢鈇鉞，得專征伐，曰：「譖西伯者，崇侯虎也。」西伯歸三年，伐崇侯虎，而作豐邑。○言上帝眷念文王，而言其德之深微，不暴著其形迹，又能不作聰明，以循天理，故又命之以伐崇也。呂氏曰：「此言文王德不形而功無迹，與天同體而已。雖興兵以伐崇，莫非順帝之則，而非我也。」○**臨衝閑閑**叶胡員反，**崇墉言言，執訊**音信**連連，攸馘**古獲反**安安**叶於肩反。**是類是禡**馬嫁反，叶滿補反，**是致是附**叶上聲，**四方以無侮。臨衝茀茀**音弗，叶分聿反，**崇墉仡仡**魚乞反。**是伐是肆，是絶是忽**叶虚屈反，**四方以無拂**叶分聿反。○賦也。閑閑，徐緩也。言言，高大也。連連，屬續狀。馘，割耳也。軍法：獲者不服，則殺而獻其左耳。安安，不輕暴也。類，將出師，祭上帝也。禡，至所征之地，而祭始造軍法者〔三〕，謂黃帝及蚩尤也。致，致其至也。附，使之來附也。茀茀，强盛貌。仡仡，堅壯貌。肆，縱兵也。忽，滅。拂，戾也。春秋傳曰：文王伐崇，三旬不降。「退修教而復伐之，因壘而降。」○言文王伐崇之初，緩攻徐戰，告祀羣神，以致附來者，而四方無不畏服。及終不服，則縱兵以滅之，而四方無不順從也。夫始攻之緩，戰之徐也，非力不足也，非示之弱也，將以致附而全之也。及其終不下而肆之也，則天誅不可以留，而罪人不可以不得故也。此所謂文王之師也。

皇矣八章，章十二句。一章、二章言天命大王，三章、四章言天命王季，五章、六章言天命文王伐密，七章、八章言天命文王伐崇。

【校】

〔一〕「緜」，原作「綿」，據明正統本、明嘉靖本改。

〔二〕「履」，元本、元十卷本作「禮」，明正統本、明嘉靖本作「里」。

〔三〕「法」，宋刊明印本闕，據明正統本、明嘉靖本補。按孔穎達毛詩正義引周禮春官肆師鄭玄注云：「禡，師祭也，祭造軍法者。其神蓋蚩尤，或曰黃帝。」

經始靈臺叶田飴反，**經之營之。庶民攻之，不日成之。經始勿亟**居力反，**庶民子來**叶六直反。○賦也。經，度也。靈臺，文王所作。謂之靈者，言其倏然而成，如神靈之所爲也。營，表。攻，作也。不日，不終日也。亟，急也。○國之有臺，所以望氛祲、察災祥、時觀游、節勞佚也。文王之臺，方其經度營表之際，而庶民已來作之，所以不終日而成也。雖文王心恐煩民，戒令勿亟，而民心樂之，如子趨父事〔一〕，不召自來也。孟子曰：「文王以民力爲臺爲沼，而民歡樂之，謂其臺曰『靈臺』，謂其沼曰『靈沼』。」此之謂也。**○王在靈囿**叶音郁，**麀**音憂**鹿攸伏。**

麀鹿濯濯直角反，白鳥翯翯户角反。王在靈沼叶音灼，於音烏，下同牣音刃魚躍。賦也。靈囿，臺之下有囿，所以域養禽獸也。麀，牝鹿也。伏，言安其所處，不驚擾也。濯濯，肥澤貌。翯翯，潔白貌。靈沼，囿之中有沼也。牣，滿也。魚滿而躍，言多而得其所也。○虡音巨業維樅七凶反，賁扶云反鼓維鏞音庸。於論盧門反，下同鼓鍾，於樂音洛辟音壁廱〔二〕。賦也。虡，植木以懸鍾磬，其横者曰栒。業，栒上大版，刻之捷業如鋸齒者也〔三〕。樅，業上懸鍾磬處，以綵色爲崇牙，其狀樅樅然者也。賁，大鼓也，長八尺。鼓四尺，中圍加三之一。鏞，大鍾也。論，倫也，言得其倫理也。辟、璧通。廱，澤也。辟廱，天子之學，大射行禮之處也。水旋丘如璧，以節觀者，故曰辟廱。○於論鼓鍾，於樂辟廱。鼉徒河反鼓逢逢薄紅反，矇音蒙瞍音叟奏公。賦也。鼉，似蜥蜴，長丈餘，皮可冒鼓。逢逢，和也。有眸子而無見曰矇，無眸子曰瞍。古者樂師皆以瞽者爲之，以其善聽而審於音也。公，事也。聞鼉鼓之聲，而知矇瞍方奏其事也。

靈臺四章，二章章六句，二章章四句。東萊吕氏曰：「前二章樂文王有臺池鳥獸之樂也，後二章樂文王有鍾鼓之樂也。皆述民樂之詞也。」

【校】

〔一〕「趨」，明正統本、明嘉靖本作「趣」。

〔二〕「壁」，明正統本、明嘉靖本作「璧」。

〔三〕「捷」，明正統本、明嘉靖本作「楗」。

下武維周，世有哲王。三后在天，王配于京叶居良反。○賦也。下，義未詳。或曰：字當作「文」，言文王、武王實造周也。哲王，通言大王、王季也。三后，大王、王季、文王也。在天，既没而其精神上與天合也。王，武王也。配，對也，謂繼其位以對三后也。京，鎬京也。○此章美武王能纘大王、王季、文王之緒，而有天下也。○王配于京，世德作求。永言配命，成王之孚叶孚尤反。○賦也。言武王能繼先王之德，而長言合於天理，故能成王者之信於天下也。若暫合而遽離，暫得而遽失，則不足以成其信矣。○成王之孚，下土之式。永言孝思，孝思維則。賦也。式，則，皆法也。○言武王所以能成王者之信，而爲四方之法者，以其長言孝思而不忘，是以其孝可爲法耳。若有時而忘之，則其孝者僞耳，何足法哉！○媚兹一人，應侯順德。永言孝思，昭哉嗣服叶蒲北反。○賦也。媚，愛也。一人，謂武王。應，如「丕應徯志」之「應」。侯，維。服，事也。○言天下之人皆愛戴武王，以爲天子，而所以應之，維以順德。是武王能長言孝思，而明哉其嗣先王之事也。○昭兹來許，繩其祖武。於萬斯年，受天之祜候古反〔一〕。○賦也。昭兹，承上句而言。兹、哉聲相近，古蓋通用也。來，後世也。許，猶所也。繩，繼。武，迹也。○言武王之道昭明如此，來世能繼其迹，則久荷天禄而不替矣。○受天之祜，四方來賀。於萬斯年，不遐有佐！賦也。賀，朝賀也。周末秦强，天子致胙，諸侯皆賀。遐，何通。佐，助也。蓋曰「豈不有助乎」云爾。

下武六章，章四句。或疑此詩有「成王」字，當爲康王以後之詩。然考尋文意，恐當只如舊説。且其文體亦與上下篇血脉通貫，非有誤也。

【校】

〔一〕「候古反」，明嘉靖本作「音户」。

文王有聲，遹尹橘反駿音峻有聲〔一〕。遹求厥寧，遹觀厥成。文王烝哉！賦也。遹，義未詳，疑與「聿」同，發語詞也。駿，大。烝，君也。○此詩言文王遷豐，武王遷鎬之事。而首章推本之曰：文王之有聲也，甚大乎其有聲也。蓋以求天下之安寧，而觀其成功耳。文王之德如是，信乎其克君也哉！○文王受命，有此武功。既伐于崇，作邑于豐。文王烝哉！賦也。伐崇事見皇矣篇。作邑，徙都也。豐，即崇國之地，在今鄠縣杜陵西南。○築城伊淢況域反，作豐伊匹。匪棘居力反其欲禮記作「猶」，遹追來孝叶許六反，或呼候反〔二〕。王后烝哉！賦也。淢，成溝也。方十里爲成，成閒有溝，深廣各八尺。匹，稱。棘，急也。王后，亦指文王也。○言文王營豐邑之城，因舊溝爲限而築之。其作邑居，亦稱其城而不侈大。皆非急成己之所欲也，特追先人之志，而來致其孝耳。○王公伊濯直角反，維豐之垣音袁。四方攸同，王后維翰叶胡田反。王后烝哉！賦也。公，功也。濯，著明也。○王之功所以著明者，以其能築此豐之垣故爾。四方於是來歸，而以文王爲楨榦也。○豐水東注，維禹之績。四方攸同，皇王維辟。皇王烝哉！賦也。豐水東北流，徑豐邑之東入渭，而注于河。績，功也。皇王，有天下之號，指武王也。辟，君也。○言豐水東注，由禹之功。故四方得以來同於此，而以武王爲君。此武王未作鎬京時也。○鎬京辟廱，自西自東，自南自北，無思不服叶蒲北反。皇王烝

哉！賦也。鎬京，武王所營也，在豐水東，去豐邑二十五里。張子曰：「周家自后稷居邰，公劉居豳，大王邑岐，而文王則遷于豐，至武王又居于鎬。當是時，民之歸者日衆〔三〕，其地有不能容，不得不遷也。」辟廱，說見前篇。張子曰：「靈臺辟廱，文王之學也。鎬京辟廱，武王之學也。至此始爲天子之學矣。」無思不服，心服也。孟子曰：「天下不心服而王者，未之有也。」○此言武王徙居鎬京，講學行禮，而天下自服也。○**考卜維王，宅是鎬京**叶居良反。**維龜正**叶諸盈反**之，武王成之。武王烝哉！**賦也。考，稽。宅，居。正，決也。成之，作邑居也。張子曰：「此舉謚者，追述其事之言也。」○**豐水有芑，武王豈不仕**鉏里反**？詒厥孫謀，以燕翼子**叶獎履反。**武王烝哉！**興也。芑，草名。仕，事。詒，遺。燕，安。翼，敬也。子，成王也。○鎬京猶在豐水下流，故取以起興。言豐水猶有芑，武王豈無所事乎？詒厥孫謀，以燕翼子，則武王之事也。謀及其孫，則子可以無事矣。或曰：賦也。言豐水之旁生物繁茂，武王豈不欲有事於此哉？但以欲遺孫謀，以安翼子，故不得而不遷耳。

文王有聲八章，章五句。此詩以武功稱文王。至於武王，則言「皇王維辟」、「無思不服」而已。蓋文王既造其始，則武王續而終之，無難也。又以見文王之文，非不足於武；而武王之有天下，非以力取之也。

【校】

〔一〕「尹橘反」，明嘉靖本作「音聿」。

〔二〕「候」，元本、元十卷本、明正統本、明嘉靖本作「侯」。

〔三〕明嘉靖本「歸」下有「周」字。

文王之什十篇，六十六章，四百一十四句。鄭譜此以上爲文、武時詩，以下爲成王、周公時詩。今按：文王首句即云「文王在上」，則非文王之詩矣。又曰「無念爾祖」，則非武王之詩矣。大明、有聲并言文武者非一，安得爲文武之時所作乎？蓋「正雅」皆成王、周公以後之詩，但此什皆爲追述文武之德，故譜因此而誤耳。

詩卷第十七

生民之什三之二

厥初生民，時維姜嫄音原，叶魚倫反。生民如何？克禋音因克祀叶養里反，以弗無子叶奨履反。履帝武敏叶母鄙反，歆攸介攸止。載震載夙叶相即反，載生載育叶曰逼反，時維后稷。

賦也。民，人也，謂周人也。時，是也。姜嫄，炎帝後，姜姓，有邰氏女，名嫄，爲高辛之世妃。精意以享，謂之禋。祀，祀郊禖也。弗之言祓也。祓無子，求有子也。古者立郊禖，蓋祭天於郊，而以先媒配也。變媒言禖者，神之也。其禮以玄鳥至之日，用太牢祀之。天子親往，后率九嬪御。乃禮天子所御，帶以弓韣，授以弓矢，于郊禖之前也。履，踐也。帝，上帝也。武，跡。敏，拇。歆，動也，猶驚異也。介，大也。震，娠也。夙，肅也。生子者，及月辰居側室也。育，養也。○姜嫄出祀郊禖，見大人跡而履其拇，遂歆歆然如有人道之感。於是即其所大所止之處，而震動有娠，乃周人所由以生之始也。周公制禮，尊后稷以配天，故作此詩，以推本其始生之祥，明其受命於天，固有以異於常人也。然巨跡之説，先儒或頗疑之。而張子曰：「天地之始，固未嘗先有人也，則人固有化而生者矣，蓋天地之氣生之也。」蘇氏亦曰：「凡物之異於常物者，其取天地之氣常多，故其生也或異。麒麟之生，異於犬羊；蛟龍之生，異於魚鼈。物固有然者矣。神人之生，而有以異於人，何足怪哉！」斯言得之矣。

○誕彌厥月，先生如達他末反。不坼敕宅反不副孚逼反，叶孚迫反〔一〕，無菑音災無害叶音曷，以赫厥靈。上帝不寧，不康禋祀叶養里反，居然生子叶奬履反。○賦也。誕，發語辭。彌，終也，終十月之期也。先生，首生也。達，小羊也。羊子易生，無留難也。坼、副，皆裂也。赫，顯也。不寧，寧也。不康，康也。居然，猶徒然也。○凡人之生，必坼副災害其母，而首生之子尤難。今姜嫄首生后稷，如羊子之易，無坼副災害之苦，是顯其靈異也。上帝豈不寧乎？豈不康我之禋祀乎？而使我無人道而徒然生是子也。

○誕寘之隘於懈反巷，牛羊腓符非反字之。誕寘之平林，會伐平林。誕寘之寒冰，鳥覆敷救反翼叶音異之。鳥乃去矣，后稷呱叶去聲矣。實覃實訏叶去聲，厥聲載路。賦也。隘，狹。腓，芘。字，愛。會，值也。值人伐木而收之。覆，蓋。翼，藉也。以一翼覆之，以一翼藉之也。呱，啼聲也。覃，長。訏，大。載，滿也。滿路，言其聲之大也。○無人道而生子，或者以爲不祥，故棄之。而有此異也，於是始收而養之。

○誕實匍音蒲匐蒲北反，克岐克嶷魚極反，以就口食。蓺之荏而甚反菽，荏菽旆旆，禾役穟穟音遂，麻麥幪幪莫孔反，瓜瓞唪唪布孔反。○賦也。匍匐，手足並行也。岐、嶷，峻茂之狀。就，向也。口食，自能食也。蓋六七歲時也。蓺，樹也。荏菽，大豆也。旆旆，枝旟揚起也。役，列也。穟穟，苗美好之貌也。幪幪然，茂密也。唪唪然，多實也。○言后稷能食時，已有種殖之志，蓋其天性然也。史記曰：棄爲兒時，其遊戲好種殖麻麥，麻麥美。及爲成人，遂好耕農。堯舉以爲農師。

○誕后稷之穡，有相息亮反之道叶徒口反。茀音弗厥豐草叶此苟反，種去聲之黄茂叶莫口反。實方實苞叶補苟反，實種上聲實褎叶徐久反，實發實秀叶思久反，實堅實好叶許口反，實穎營井反實栗，即有邰他來反家室。賦也。相，助也，言盡人力之助也。茀，治也。種，布之也。黄茂，嘉穀也。方，房也。苞，甲而未拆也。此漬其種也。種，甲拆而可爲種也。褎，漸長也。發，盡發也。秀，始穟也。堅，其實堅也。好，形味好也。穎，實繁碩而垂末也。栗，不秕也。既收成，見其實皆栗栗然不秕也。邰，后稷之母家也。豈其或滅或遷，而遂以其地封后稷與？○言后稷之穡如此，故堯以其有功於民，封於邰，使即其母家而居之，以主姜嫄之祀。故周人亦世祀姜嫄焉。

○誕降嘉種，維秬音巨維秠孚鄙反，維穈音門維芑音起。恒古鄧反之秬秠，是穫是畝叶滿洧反。恒之穈芑，是任音壬是負叶扶委反。以歸肇祀叶養里反。○賦也。降，降是種於民也。書曰「稷降播種」是也。秬，黑黍也。秠，黑黍一稃二米者也。穈〔二〕，赤梁粟也。芑，白梁粟也。恒，徧也，謂徧種之也。任，肩任也。負，背負也。既成則穫而棲之於畝，任負而歸，以供祭祀也。秬、秠言穫、畝，穈、芑言任、負，互文耳。肇，始也。稷始受國爲祭主，故曰肇祀。

○誕我祀如何？或舂傷容反或揄音由，或簸波我反或蹂音柔，釋之叟叟所留反，烝之浮浮。載謀載惟，取蕭祭脂，取羝都禮反以軷蒲末反，叶蒲昧反。載燔載烈如字，叶力制反，以興嗣歲叶音雪，又如字。○賦也。我祀，承上章而言后稷之祀也。揄，抒臼也。簸，揚去糠也。蹂，蹂禾取穀以繼之也。釋，淅米也〔三〕。叟叟，聲也。浮浮，氣也。謀，卜日擇士也。惟，齋戒具脩也。蕭，蒿也。脂，膟膋也。宗廟之祭，取蕭合膟膋爇之，使臭達牆屋也。羝，牡羊也。軷，祭行道之神也。燔，傅諸火也。烈，貫之而加于火也。四者皆祭祀之事，所以興來歲而繼往歲也。

○卬五郎反盛音成于豆，于豆于登。其香始升，上帝居歆下與「今」叶。胡臭亶時叶上止反！后稷肇祀叶養里反，庶無罪悔叶呼委反，以迄許乙反于今上與「歆」叶〔四〕。○賦也。卬，我也。木曰豆，以薦葅醢也；瓦曰登，以薦大羹也。居，安也。鬼神食氣曰歆。胡，何。臭，香。亶，誠也。時，言得其時也。庶，近。迄，至也。○此章言其尊祖配天之祭。其香始升，而上帝已安而饗之，言應之疾也。此何但芳臭之薦，信得其時哉！蓋自后稷之肇祀，則庶無罪悔而至于今矣。曾氏曰：「自后稷肇祀以來，前後相承，兢兢業業，惟恐一有罪悔，獲戾于天。閱數百年而此心不易，故曰『庶無罪悔，以迄于今』，言周人世世用心如此也。」

生民八章，四章章十句，四章章八句。此詩未詳所用。豈郊祀之後，亦有受釐頒胙之禮也與？舊説第三章八句，第四章十句。今按：第三章當爲十句，第四章當爲八句，則去、呱、訏、路，音韻諧協，呱聲載路，文勢通貫。而此詩八章，皆以十句、八句相閒爲次。又二章以後、七章以前，每章章之首皆有「誕」字。

【校】

〔一〕「孚」，宋刊明印本作「字」，據明正統本、明嘉靖本改。

〔二〕「麋」，宋刊明印本作「糜」，據元本、元十卷本、明正統本、明嘉靖本改。

〔三〕「淅」，宋刊明印本作「浙」，據元十卷本、明正統本、明嘉靖本改。

〔四〕「乙」，元本、元十卷本作「一」。

敦徒端反**彼行葦，牛羊勿踐履。方苞方體，維葉泥泥**乃禮反。**戚戚兄弟**待禮反，**莫遠具爾。或肆之筵，或授之几。**興也。敦，聚貌，勾萌之時也。行，道也。勿，戒止之辭也。苞，甲而未坼也〔一〕。體，成形也。泥泥，柔澤貌。戚戚，親也。莫，猶勿也。具，俱也。爾，與邇同。肆，陳也。○疑此祭畢而燕父兄耆老之詩。故言敦彼行葦，而牛羊勿踐履，則方苞方體，而葉泥泥矣。戚戚兄弟，而莫遠具爾，則或肆之筵，而或授之几矣。此方言其開燕設席之初，而慇懃篤厚之意，藹然已見於言語之外矣。讀者詳之。○**肆筵設席**叶祥勺反，**授几有緝御**叶魚駕反。**或獻或酢**才洛反，**洗爵奠斝**古雅反，叶居訝反。**醓**他感反**醢以薦**叶即略反，**或燔或炙**叶陟略反。**嘉殽脾**婢支反**臄**渠略反，**或歌或咢**五洛反。○賦也。設席，重席也。緝，續。御，侍也。有相續代而侍者，言不乏使也。進酒於客曰獻，客答之曰酢。主人又洗爵醻客，客受而奠之，不舉也。斝，爵也。夏曰醆，殷曰斝，周曰爵。醓，醢之多汁者也。燔用肉，炙用肝。臄，口上肉也。歌者，比於琴瑟也。徒擊鼓曰咢。○言侍御獻醻飲食歌樂之盛也。○**敦**音彫，下同**弓既堅**叶古因反，**四鍭**音侯**既鈞**。**舍**音捨**矢既均**，**序賓以賢**叶下珍反。**敦弓既句**古候反，叶古侯反，**既挾**子協反**四鍭**。**四鍭如樹**叶上主反，**序賓以不侮**。賦也。敦，雕通，畫也。天子雕弓。堅，猶勁也。鍭，金鏃翦羽矢也。鈞，參亭也。謂參分之，一在前，二在後。三訂之而平者，前有鐵重也。舍，釋也，謂發矢也。均，皆中也。賢，射多中也。投壺曰「某賢於某若干純，奇則曰奇，均則曰左右均」是也。句，彀通，謂引滿也。射禮：「搢三挾一」。既挾四鍭，則徧釋矣。如樹，如手就樹之，言貫革而堅正也。不侮，敬也。「令弟子辭」所謂「無憮，無敖，無偝立，無踰言」者也。或曰：不以中病不中者也。射以中多爲雋，以不侮爲德。○言既燕而射，以爲樂也。○**曾孫維主**如字，或叶當口反，**酒醴維醹**如主反，或叶奴口反。**酌以大斗**叶腫庚反，或如字，**以祈黃耇**叶果五反，或如字。**黃耇台**湯來反**背**叶必墨反，**以引以翼**。**壽考維祺**音其，**以介景福**叶筆力反。○賦也。曾孫，主祭者之稱。今祭畢而燕，故因而稱之也。醹，厚也。大斗，柄長三尺。祈，求也。黃耇，老人之稱。以祈黃耇，猶曰「以介眉壽」云爾。古器物款識云「用蘄萬壽」、「用蘄眉壽，永命多福」、「用蘄眉壽，萬年無疆」，皆此類也。台，鮐也。大老則背有鮐文。引，導。翼，輔。祺，吉也。○此頌禱之詞。欲其飲此酒而得老壽，又相引導輔翼，以享壽祺、介景福也。

行葦四章，章八句。毛七章，二章章六句，五章章四句。鄭八章，章四句。毛首章以四句興二句，不成文理，二章又不協韻。鄭首章有起興，而無所興。皆誤。今正之如此。

【校】

〔一〕「坼」，明嘉靖本作「拆」。

既醉以酒，既飽以德。君子萬年，介爾景福叶筆力反。○賦也。德，恩惠也。君子，謂王也。爾，亦指王也。○此父兄所以答行葦之詩。言享其飲食恩意之厚，而願其受福如此也。**○既醉以酒，爾殽既將。君子萬年，介爾昭明**叶謨郎反。○賦也。殽，俎實也。將，行也，亦奉持而進之意。昭明，猶光大也。**○昭明有融，高朗令終。令終有俶**尺六反，**公尸嘉告**叶姑沃反。○賦也。融，明之盛也。春秋傳曰：「明而未融。」朗，虛明也。令終，善終也。洪範所謂「考終命」、古器物銘所謂「令終令命」是也。俶，始也。公尸，君尸也。周稱王，而尸但曰公尸，蓋因其舊。如秦已稱皇帝，而其男女猶稱公子、公主也。嘉告，以善言告之，謂嘏辭也。蓋欲善其終者，必善其始。今固未終也，而既有其始矣，於是公尸以此告之。**○其告維何？籩豆靜嘉**叶居何反。**朋友攸攝，攝以威儀**叶牛何反。○賦也。靜嘉，清潔而美也。朋友，指賓客助祭者。説見楚茨篇。攝，檢也。○公尸告以汝之祭祀，籩豆之薦既靜嘉矣，而朋友相攝佐者，又皆有威儀，當神意也。自此至終篇，皆述尸告之辭。**○威儀孔時**叶上止反，**君子有孝子**叶獎履反。**孝子不匱**求位反，**永錫爾類。**賦也。孝子，主人之嗣子也。儀禮，祭祀之終，有「嗣舉奠」。匱，竭。類，善也。○言汝之威儀既得其宜，又有孝子以舉奠。孝子之孝，誠而不竭，則宜永錫汝以善矣〔一〕。東萊呂氏曰：「君子既孝，而嗣子又孝，其孝可謂源源不竭矣。」○**其類維何？室家之壼**苦本反，叶苦俊反。**君子萬年，永錫祚**才故反**胤**羊刃反。○賦也。壼，宮中之巷也。言深遠而嚴肅也。祚，福祿也。胤，子孫也。錫之以善，莫大於此。○**其胤維何？天被**皮寄反**爾祿。君子萬年，景命有僕**。賦也。僕，附也。○言將使爾有子孫者，先當使爾被天祿，而爲天命之所附屬。下章乃言子孫之事。○**其僕維何？釐**力之反**爾女士**鉏里反。**釐爾女士，從以孫子**叶奬履反。○賦也。釐，予也。女士，女之有士行者。謂生淑媛，使爲之妃也。從，隨也。謂又生賢子孫也。

既醉八章，章四句。

【校】

〔一〕「汝」，明正統本、明嘉靖本作「爾」。

鳧音扶**鷖**於雞反**在涇，公尸來燕來寧。爾酒既清，爾殽既馨。公尸燕飲，福祿來成**。興也。鳧，水鳥如鴨者。鷖，鷗也。涇，水名。爾，自歌工而指主人也。馨，香之遠聞也。○此祭之明日，繹而賓尸之樂。故言鳧鷖則在涇矣，公尸則來燕來寧矣。酒清殽馨，則公尸燕飲，而福祿來成矣。○**鳧鷖在沙**叶桑何反，**公尸來燕來宜**叶牛何反。**爾酒既多，爾殽既嘉**叶居何反。**公尸燕飲，福祿來爲**叶吾禾反。○興也。爲，助也〔一〕。○鳧鷖在渚，公尸來燕來處。爾酒既湑〔二〕，爾殽伊脯。公尸燕飲，福禄來下叶後五反。○興也。渚，水中高地也。湑，酒之泲者也。○鳧鷖在潨在公反，公尸來燕來宗。既燕于宗，福禄攸降叶乎攻反。公尸燕飲，福禄來崇。興也。潨，水會也。「來宗」之宗，尊也。「于宗」之宗，廟也。崇，積而高大也。○鳧鷖在亹音門，公尸來止熏熏叶眉貧反。旨酒欣欣，燔炙芬芬叶豐勻反。公尸燕飲，無有後艱叶居銀反。○興也。亹，水流峽中，兩岸如門也。熏熏，和說也。欣欣，樂也。芬芬，香也。

鳧鷖五章，章六句。

【校】

〔一〕「助」字前，明正統本、明嘉靖本多「猶」字。

〔二〕「湑」字下，明正統本、明嘉靖本多「息汝反」三小字。

假中庸、春秋傳皆作「嘉」，今當作「嘉」樂音洛君子叶音則，顯顯令德。宜民宜人，受禄于天叶鐵因反。保右音又命叶彌并反之，自天申之。賦也。嘉，美也。君子，指王也。民，庶民也。人，在位者也。申，重也。○言王之德，既宜民人而受天禄矣，而天之於王，猶反覆眷顧之不厭，既保之右之命之，而又申重之也。疑此即公尸之所以答鳧鷖者也。○干禄百福叶筆力反，子孫千億。穆穆皇皇，宜君宜王。不愆不忘，率由舊章。賦也。穆穆，敬也。皇皇，美也。君，諸侯也。王，天子也。愆，過。率，循也。舊章，先王之禮樂政刑也。○言王者干祿而得百福，故其子孫之蕃至于千億，適爲天子，庶爲諸侯，無不穆穆皇皇，以遵先王之法者。○**威儀抑抑，德音秩秩。無怨無惡**烏路反，**率由羣匹。受福無疆，四方之綱。**賦也。抑抑，密也。秩秩，有常也。匹，類也。○言有威儀聲譽之美，又能無私怨惡以任衆賢，是以能受無疆之福，爲四方之綱。此與下章，皆稱願其子孫之辭也。或曰：無怨無惡，不爲人所怨惡也。○**之綱之紀，燕及朋友**叶羽已反。**百辟卿士**鉏里反，**媚**眉備反**于天子**叶奨履反。**不解**佳賣反**于位，民之攸塈**許既反。○賦也。燕，安也。朋友，亦謂諸臣也。解，墮[一]。塈，息也。○言人君能綱紀四方，而臣下賴之以安，則百辟卿士，媚而愛之，維欲其不解于位，而爲民所安息也。東萊呂氏曰：「君燕其臣，臣媚其君，此上下交而爲泰之時也。泰之時，所憂者怠荒而已，此詩所以終於『不解于位，民之攸塈』也。方嘉之，又規之者，蓋臯陶賡歌之意也。民之勞逸在下，而樞機在上。上逸則下勞矣，上勞則下逸矣。不解于位，乃民之所由休息也。」

假樂四章，章六句。

【校】

〔一〕「墮」，明正統本、明嘉靖本作「惰」。

篤公劉，匪居匪康。迺埸音易**迺疆，迺積迺倉。迺裹**音果**餱**音侯**糧**音良，**于橐**他洛反**于囊**乃郎反，思輯音集用光。弓矢斯張，干戈戚揚，爰方啓行叶户郎反。○賦也。篤，厚也。公劉，后稷之曾孫也，事見豳風。居，安。康，寧也。埸、疆，田畔也。積，露積也。餱，食。糧，糗也。無底曰橐，有底曰囊。輯，和。戚，斧。揚，鉞。方，始也。○舊説，召康公以成王將涖政，當戒以民事，故詠公劉之事以告之曰：厚哉，公劉之於民也！其在西戎，不敢寧居，治其田疇，實其倉廩。既富且强，於是裹其餱糧，思以輯和其民人，而光顯其國家。然後以其弓矢斧鉞之備，爰始啓行，而遷都於豳焉。蓋亦不出其封内也。○篤公劉，于胥斯原。既庶既繁叶紛乾反，既順迺宣，而無永嘆他安反。陟則在巘魚輦反，叶魚軒反，復降在原。何以舟叶之遥反之？維玉及瑶音遥，鞞必頂反琫必孔反容刀叶徒招反。○賦也。胥，相也。庶、繁，謂居之者衆也。順，安。宣，徧也，言居之徧也。無永嘆，得其所，不思舊也。巘，山頂也。舟，帶也。鞞，刀鞘也。琫，刀上飾也。容刀，容飾之刀也。或曰：容刀，如言容臭，謂鞞琫之中容此刀耳。○言公劉至豳，欲相土以居，而帶此劍佩，以上下於山原也。東萊吕氏曰：「以如是之佩服，而親如是之勞苦，斯其所以爲厚於民也與？」○篤公劉，逝彼百泉，瞻彼溥原。迺陟南岡，乃覯于京叶居良反。京師之野叶上與反，于時處處，于時廬旅，于時言言，于時語語。賦也。溥，大。覯，見也。京，高丘也。師，衆也。京師，高山而衆居也。董氏曰：「所謂京師者，蓋起於此，其後世因以所都爲京師也。」時，是也。處處，居室也。廬，寄也。旅，賓旅也。直言曰言，論難曰語。○此章言營度邑居也。自下觀之，則往百泉而望廣原；自上觀之，則陟南岡而觀于京〔一〕。於是爲之居室，於是廬其賓旅，於是言其所言，於是語其所語，無不於斯焉。○篤公劉，于京斯依叶於豈反。蹌蹌七羊反濟濟子禮反，俾筵俾几，既登乃依同上。乃造七到反其曹，執豕于牢，酌之用匏步交反。食音嗣之飲於鴆反之，君之宗之就用之字爲韻。○賦也。依，安也。蹌蹌濟濟，羣臣有威儀貌。俾，使也，使人爲之設筵几也。登，登筵也。依，依几也。曹，羣牧之處也。以豕爲殽，用匏爲爵，儉以質也。宗，尊也，主也。嫡子孫主祭祀，而族人尊之以爲主也。○此章言宮室既成而落之，既以飲食勞其羣臣，而又爲之君，爲之宗焉。東萊呂氏曰：「既饗燕而定經制，以整屬其民。上則皆統於君，下則各統於宗。蓋古者建國立宗，其事相須。楚執戎蠻子，而致邑立宗，以誘其遺民，即其事也。」○**篤公劉，既溥既長。既景迺岡，相**息亮反**其陰陽，觀其流泉。其軍三單**音丹，叶多涓反，**度**待洛反**其隰原，徹田爲糧。度**同上**其夕陽，豳居允荒。**賦也。溥，廣也。言其芟夷墾辟，土地既廣而且長也。景，考日景以正四方也。岡，登高以望也。相，視也。陰陽，向背寒暖之宜也。流泉，水泉灌溉之利也。三單，未詳。徹，通也。一井之田九百畝，八家皆私百畝，同養公田。耕則通力而作，收則計畝而分也。周之徹法自此始，其後周公蓋因而修之耳。山西曰夕陽。允，信。荒，大也。○此言辨土宜，以授所徙之民，定其軍賦，與其稅法，又度山西之田以廣之。而豳人之居，於此益大矣。○**篤公劉，于豳斯館**叶古玩反。**涉渭爲亂，取厲取鍛**丁亂反。**止基迺理，爰衆爰有**叶羽已反。**夾其皇澗，遡其過**古禾反**澗。止旅迺密，芮鞫**居六反**之即。**賦也。館，客舍也。亂，舟之截流橫渡者也。厲，砥。鍛，鐵。止，居。基，定也。理，疆理也。衆，人多也。有，財足也。遡，鄉也。皇、過，二澗名。芮，水名，出吳山西北，東入涇，周禮職方作「汭」。鞫，水外也。○此章又總叙其始終。言其始來未定居之時，涉渭取材，而爲舟以來往，取厲取鍛而成宮室。既止基於此矣，乃疆理其田野，則日益繁庶富足。其居有夾澗者，有遡澗者。其止居之衆日以益密，乃復即芮鞫而居之，而豳地日以廣矣。

公劉六章，章十句。

【校】

〔一〕「觀」，明正統本、明嘉靖本作「覯」。

泂音迥酌彼行潦音老，挹音揖彼注茲，可以餴甫云反饎尺志反，叶昌里反。豈弟君子，民之父母叶滿彼反。○興也。泂，遠也。行潦，流潦也。餴，烝米一熟，而以水沃之，乃再烝也。饎，酒食也。君子，指王也。○舊說以爲召康公戒成王。言遠酌彼行潦，挹之於彼，而注之於此，尚可以餴饎。況豈弟之君子，豈不爲民之父母乎？傳曰：「豈以彊教之，弟以悅安之。民皆有父之尊，有母之親。」又曰：「民之所好好之，民之所惡惡之，此之謂民之父母。」

○泂酌彼行潦，挹彼注茲，可以濯罍音雷。豈弟君子，民之攸歸叶古回反。○興也。濯，滌也。

○泂酌彼行潦，挹彼注茲，可以濯溉古愛反，叶古氣反。豈弟君子，民之攸塈許既反。○興也。溉，亦滌也。塈，息也。

泂酌三章，章五句。

有卷音權者阿與歌叶，飄風自南叶尼心反。豈弟君子，來游來歌與阿叶，以矢其音。賦也。卷，曲也。阿，大陵也。豈弟君子，指王也。矢，陳也。○此詩舊說亦召康公作。疑公從成王游歌於卷阿之上，因王之歌，而作此以爲戒。此章總序以發端也〔一〕。

○伴音判奐音喚爾游矣，優游爾休矣。豈弟君子，俾爾彌爾性，似先公酋在由反矣。賦也。伴奐、優游，閑暇之意。爾、君子，皆指王也。彌，終也。性，猶命也。酋，終也。○言爾既伴奐優游矣，又呼而告之，言使爾終其壽命，似先君善始而善終也。自此至第四章，皆極言壽考福禄之盛，以廣王心而歆動之。五章以後，乃告以所以致此之由也。○爾土宇昄符版反章〔二〕，亦孔之厚叶很口、下主二反矣〔三〕。豈弟君子，俾爾彌爾性，百神爾主叶當口、腫庾二反矣。賦也。昄，大。章，明也〔四〕。或曰：「昄」當作「版」，版章，猶版圖也。○言爾土宇昄章既甚厚矣，又使爾終其身，常爲天地山川鬼神之主也。○爾受命長矣，茀芳弗反禄爾康矣。豈弟君子，俾爾彌爾性，純嘏爾常矣。賦也。茀、嘏，皆福也。常，常享之也。○有馮符冰反有翼，有孝有德，以引以翼。豈弟君子，四方爲則。賦也。馮，謂可爲依者。翼，謂可爲輔者。孝，謂能事親者。德，謂得於己者。引，導其前也。翼，相其左右也。東萊呂氏曰：「賢者之行非一端，必曰有孝有德，何也？蓋人主常與慈祥篤實之人處，其所以興起善端，涵養德性，鎮其躁而消其邪，日改月化，有不在言語之間者矣。」○言得賢以自輔如此，則其德日修，而四方以爲則矣。自此章以下，乃言所以致上章福禄之由也。○顒顒卬卬，如圭如璋，令聞音問令望叶無方反。豈弟君子，四方爲綱。賦也。顒顒卬卬，尊嚴也。如圭如璋，純潔也。令聞，善譽也。令望，威儀可望法也。○承上章，言得馮翼孝德之助，則能如此，而四方以爲綱矣。○鳳凰于飛，翽翽呼會反其羽，亦集爰止。藹藹王多吉士鉏里反，維君子使，媚于天子。興也。鳳凰，靈鳥也。雄曰鳳，雌曰凰。翽翽，羽聲也。鄭氏以爲「因時鳳凰至，故以爲喻」，理或然也。藹藹，衆多也。媚，順愛也。○鳳凰于飛，則翽翽其羽，而集於其所止矣。藹藹王多吉士，則維王之所使，而皆媚于天子矣。既曰君子，又曰天子，猶曰「王于出征，以佐天子」云爾。○鳳凰于飛，翽翽其羽，亦傅音附于天叶鐵因反。藹藹王多吉人，維君子命叶彌并反，媚于庶人。興也。媚于庶人，順愛于民也。○鳳凰鳴矣，于彼高岡。梧桐生矣，于彼朝陽。菶菶布孔反萋萋七西反，雝雝喈喈叶居奚反。○比也，又以興下章之事也。山之東曰朝陽。鳳凰之性，非梧桐不棲，非竹實不食。菶菶萋萋，梧桐生之盛也。雝雝喈喈，鳳凰鳴之和也。○君子之車，既庶且多。君子之馬，既閑且馳叶唐何反。矢詩不多，維以遂歌。賦也，承上章之興也。菶菶萋萋，則雝雝喈喈矣。君子之車馬，則既衆多而閑習矣。其意若曰：是亦足以待天下之賢者，而不厭其多矣。遂歌，蓋繼王之聲而遂歌之，猶書所謂「賡載歌」也。

卷阿十章，六章章五句，四章章六句。

【校】

〔一〕「序」，明正統本、明嘉靖本作「叙」。

〔二〕「昄」，宋刊明印本作「皈」，據毛詩正義、元本、元十卷本、明正統本、明嘉靖本改。下二「昄」字同。

〔三〕「很」，明正統本、明嘉靖本作「狠」。

〔四〕「大章」，明正統本、明嘉靖本作「章大」。

民亦勞止，汔許乙反可小康〔一〕。惠此中國，以綏四方。無縱詭居毀反隨〔二〕，以謹無良。式遏寇虐，憯七感反不畏明叶謨郎反〔三〕。柔遠能邇，以定我王。賦也。汔，幾也。中國，京師也。四方，諸夏也。京師，諸夏之根本也。詭隨，不顧是非而妄隨人也。謹，斂束之意。憯，曾也。明，天之明命也。柔，安也。能，順習也。○序説以此爲召穆公刺厲王之詩。以今考之，乃同列相戒之詞耳，未必專爲刺王而發。然其憂時感事之意，亦可見矣。蘇氏曰：「人未有無故而妄從人者，維無良之人，將悅其君而竊其權，以爲寇虐，則爲之。故無縱詭隨，則無良之人肅，而寇虐無畏之人止。然後柔遠能邇，而王室定矣。」穆公，名虎，康公之後。厲王，名胡，成王七世孫也。

○**民亦勞止，汔可小休。惠此中國，以爲民逑。無縱詭隨，以謹惛怓**女交反〔四〕，叶尼猶反。**式遏寇虐，無俾民憂。無棄爾勞，以爲王休。**賦也。逑，聚也。惛怓，猶讙譁也。勞，猶功也。言無棄爾之前功也。休，美也。

○**民亦勞止，汔可小息。惠此京師，以綏四國**叶于逼反。**無縱詭隨，以謹罔極。式遏寇虐，無俾作慝**吐得反。**敬慎威儀，以近有德。**賦也。罔極，爲惡無窮極之人也。有德，有德之人也。

○**民亦勞止，汔可小愒**起例反〔五〕。**惠此中國，俾民憂泄**以世反〔六〕。**無縱詭隨，以謹醜厲。式遏寇虐，無俾正敗**叶蒲寐反。**戎雖小子，而式弘大**叶特計反。○賦也。愒，息。泄，去。厲，惡也。正敗，正道敗壞也。戎，女也。言女雖小子，而其所爲甚廣大，不可不謹也。

○**民亦勞止，汔可小安。惠此中國，國無有殘。無縱詭隨，以謹繾綣。式遏寇虐，無俾正反。王欲玉女**音汝，**是用大諫**春秋傳、荀子書並作「簡」，音簡。○賦也。繾綣，小人之固結其君者也。正反，反於正也。玉，寶愛之意。言王欲以女爲玉而寶愛之，故我用王之意，大諫正於女。蓋託爲王意以相戒也。

民勞五章，章十句。

【校】

〔一〕「許乙反」，明嘉靖本作「音肸」。
〔二〕「居毁反」，明嘉靖本作「音鬼」。
〔三〕「七感反」，明嘉靖本作「音慘」。
〔四〕「女交反」，明嘉靖本作「音饒」。
〔五〕「起例反」，明嘉靖本作「音器」。
〔六〕「以世反」，明嘉靖本作「音異」。

上帝板板，下民卒癉當簡反。出話不然，爲猶不遠。靡聖管管，不實於亶。猶之未遠，是用大諫叶音簡。○賦也。板板，反也。卒，盡。癉，病。猶，謀也。管管，無所依也。亶，誠也。○序以此爲凡伯刺厲王之詩。今考其意，亦與前篇相類，但責之益深切耳。此章首言天反其常道，而使民盡病矣。而女之出言皆不合理，爲謀又不久遠。其心以爲無復聖人，但恣己妄行，而無所依據，又不實之於誠信。豈其謀之未遠而然乎？世亂乃人所爲，而曰「上帝板板」者，無所歸咎之詞耳。○天之方難叶泥涓反，無然憲憲叶虚言反。天之方蹶俱衛反，無然泄泄以世反。辭之輯音集，叶徂合反矣〔一〕，民之洽矣。辭之懌叶弋灼反矣，民之莫矣。賦也。憲憲，欣欣也。蹶，動也。泄泄，猶沓沓也，蓋弛緩之意。孟子曰：「事君無義，進退無禮，言則非先王之道者，猶沓沓也。」輯，和。洽，合。懌，悅。莫，定也。辭輯而懌，則言必以先王之道矣。所以民無不合，無不定也。○我雖異事，及爾同僚。我即爾謀，聽我囂囂許驕反。我言維服，勿以爲笑叶思邀反。先民有言，詢于芻初俱反蕘如謠反。○賦也。異事，不同職也。同僚，同爲王臣也。春秋傳曰：「同官爲僚。」即，就也。囂囂，自得不肯受言之貌。服，事也。猶曰：我所言者，乃今之急事也。先民，古之賢人也。芻蕘，采薪者。古人尚詢及芻蕘，況其僚友乎？○天之方虐，無然謔謔虛虐反。老夫灌灌，小子蹻蹻其略反。匪我言耄莫報反，叶毛博反，爾用憂謔。多將熇熇叶許各反，不可救藥。○賦也。謔，戲侮也。老夫，詩人自稱。灌灌，款款也。蹻蹻，驕貌。耄，老而昏也。熇熇，熾盛也。○蘇氏曰：「老者知其不可，而盡其款誠以告之，少者不信而驕之。故曰：非我老耄而妄言，乃女以憂爲戲耳。夫憂未至而救之，猶可爲也。苟俟其益多，則如火之盛，不可復救矣。」○天之方懠才細反，叶箋西反，無爲夸毗。威儀卒迷，善人載尸。民之方殿屎許伊反，則莫我敢葵。喪息浪反亂蔑資叶箋西反，曾莫惠我師叶霜夷反。○賦也。懠，怒。夸，大。毗，附也。小人之於人，不以大言夸之，則以諛言毗之也。尸，則不言不爲，飲食而已者也。殿屎，呻吟也。葵，揆也。蔑，猶滅也。資，與咨同，嗟歎聲也。惠，順。師，衆也。○戒小人毋得夸毗，使威儀迷亂，而善人不得有所爲也。又言民方愁苦呻吟，而莫敢揆度其所以然者，是以至於喪亂滅亡〔二〕，而卒無能惠我師者也。○天之牖民，如壎許元反如篪音池，如璋如圭，如取如攜。攜無曰益，牖民孔易以豉反，叶夷益反。民之多辟匹亦反，下同，無自立辟。○賦也。牖，開明也。猶言天啓其心也。壎唱而篪和，璋判而圭合，取求攜得而無所費，皆言易也。辟，邪辟也。○言天之開民，其易如此，以明上之化下，其易亦然。今民既多邪僻矣，豈可又自立邪僻以道之邪？○价音介人維藩叶分邅反，大師維垣，大邦維屏，

大宗維翰叶胡田反，**懷德維寧，宗子維城。無俾城壞**叶胡罪、胡威二反，**無獨斯畏**叶紆會、於非二反。

○賦也。价，大也。大德之人也。藩，籬。師，衆。垣，牆也。大邦，强國也。屏，樹也，所以爲蔽也。大宗，强族也。翰，幹也。宗子，同姓也。○言是六者，皆君之所恃以安，而德其本也。有德則得是五者之助，不然則親戚叛之而城壞，城壞則藩垣屏翰皆壞而獨居，獨居而所可畏者至矣。

○**敬天之怒，無敢戲豫。敬天之渝**用朱反，**無敢馳驅。昊天曰明**叶謨郎反，**及爾出王**音往，叶如字。**昊天曰旦**叶得絹反，**及爾游衍**叶怡戰反。

○賦也。渝，變也。王，往通。言出而有所往也。旦，亦明也。衍，寬縱之意。○言天之聰明無所不及，不可以不敬也。板板也，難也，蹶也，虐也，憯也，其怒而變也甚矣。而不之敬也，亦知其有日監在茲者乎？張子曰：「天體物而不遺，猶仁體事而無不在也。『禮儀三百，威儀三千』，無一事而非仁也。『昊天曰明，及爾出王。昊天曰旦，及爾游衍』，無一物之不體也。」

板八章，章八句。

【校】

〔一〕「徂」，明正統本、明嘉靖本作「祖」。

〔二〕「喪」，明正統本、明嘉靖本作「散」。

生民之什十篇，六十一章，四百三十三句。

詩卷第十八

蕩之什三之三

蕩蕩上帝，下民之辟必亦反。**疾威上帝，其命多辟**匹亦反。**天生烝民，其命匪諶**市林反，或叶市隆反。**靡不有初，鮮克有終**叶諸深反，或如字。○賦也。蕩蕩，廣大貌。辟，君也。疾威，猶暴虐也。多辟，多邪僻也。烝，衆。諶，信也。○言此蕩蕩之上帝，乃下民之君也。今此暴虐之上帝，其命乃多邪僻者，何哉？蓋天生衆民，其命有不可信者。蓋其降命之初，無有不善，而人少能以善道自終，是以致此大亂，使天命亦罔克終，如疾威而多僻也。蓋始爲怨天之辭，而卒自解之如此。劉康公曰：「民受天地之中以生，所謂命也。能者養之以福，不能者敗以取禍。」此之謂也。

○文王曰咨，咨女音汝**殷商！曾是彊禦，曾是掊**蒲侯反**克，曾是在位，曾是在服**叶蒲北反。**天降慆**他刀反**德，女興是力**。賦也。此設爲文王之言也。咨，嗟也。殷商，紂也。彊禦，暴虐之臣也。掊克，聚斂之臣也。服，事也。慆，慢。興，起也。力，如力行之力。○詩人知厲王之將亡，故爲此詩，託於文王所以嗟歎殷紂者。言此暴虐聚斂之臣在位用事，乃天降慆慢之德而害民。然非其自爲之也，乃汝興起此人，而力爲之耳。

〇文王曰咨，咨女殷商！而秉義類，彊禦多懟直類反，流言以對，寇攘式內。侯作側慮反侯祝周救反，靡屆靡究。賦也。而，亦女也。義，善。懟，怨也。流言，浮浪不根之言也。侯，維也。作，讀爲詛。詛祝，怨謗也。〇言汝當用善類，而反任此暴虐多怨之人，使用流言以應對，則是爲寇盗攘竊而反居內矣，是以致怨謗之無極也。〇文王曰咨，咨女殷商！女炰白交反烋火交反于中國叶于逼反，斂怨以爲德。不明爾德，時無背布內反無側。爾德不明，以無陪蒲回反無卿。賦也。炰烋，氣健貌。斂怨以爲德，多爲可怨之事，而反自以爲德也。背，後。側，傍。陪，貳也。言前後左右公卿之臣，皆不稱其官，如無人也。〇文王曰咨，咨女殷商！天不湎面善反爾以酒，不義從式叶式吏反。既愆爾止，靡明靡晦叶呼洧反。式號式呼火故反，俾晝作夜叶羊茹反。〇賦也。湎，飲酒變色也。式，用也。言天不使爾沈湎於酒，而惟不義是從是用也。止，容止也。〇文王曰咨，咨女殷商！如蜩如螗音唐，如沸如羹叶盧當反。小大近喪息浪反，叶平聲〔一〕，人尚乎由行叶户郎反。內奰皮器反于中國，覃及鬼方。賦也。蜩、螗，皆蟬也。如蟬鳴，如沸羹，皆亂意也。小者大者，幾於喪亡矣，尚且由此而行，不知變也。奰，怒。覃，延也。鬼方，遠夷之國也。言自近及遠，無不怨怒也。〇文王曰咨，咨女殷商！匪上帝不時叶上止反，殷不用舊叶巨已反。雖無老成人，尚有典刑。曾是莫聽湯經反，大命以傾。賦也。老成人，舊臣也。典刑，舊法也。〇言非上帝爲此不善之時，但以殷不用舊，致此禍爾。雖無老成人與圖先王舊政，然典刑尚在，可以循守。乃無聽用之者，是以大命傾覆，而不可救也。〇文王曰咨，咨女殷商！人亦有言，顛沛之揭紀竭、去例二反，枝葉未有害許曷、瑕憩二反，本實先撥蒲末反，叶方吠、筆烈二反。殷鑒不遠，在夏后之世叶始制、私列二反。○賦也。顛沛，仆拔也。揭，木根蹶起之貌〔二〕。撥，猶絶也。鑒，視也。夏后，桀也。○言大木揭然將蹶，枝葉未有折傷，而其根本之實已先絶，然後此木乃相隨而顛拔爾。蘇氏曰：「商周之衰，典刑未廢，諸侯未畔，四夷未起，而其君先爲不義，以自絶於天，莫可救止，正猶此爾。殷鑒在夏，蓋爲文王歎紂之辭。然周鑒之在殷，亦可知矣。」

蕩八章，章八句。

【校】

〔一〕「叶」，原作「呼」，據元本、元十卷本、明正統本、明嘉靖本改。

〔二〕「木」，明嘉靖本作「本」。

抑抑威儀，維德之隅。人亦有言，靡哲不愚。庶人之愚，亦職維疾叶集二反。哲人之愚，亦維斯戾。賦也。抑抑，密也。隅，廉角也。鄭氏曰：「人密審於威儀者，是其德必嚴正也。故古之賢者道行心平，可外占而知内，如宫室之制，内有繩直，則外有廉隅也。」哲，知。庶，衆。職，主。戾，反也。○衛武公作此詩，使人日誦於其側以自警。言抑抑威儀，乃德之隅，則有哲人之德者，固必有哲人之威儀矣。而今之所謂哲者，未嘗有其威儀，則是無哲而不愚矣。夫衆人之愚，蓋有稟賦之偏，宜有是疾，不足爲怪。哲人而愚，則反戾其常矣。

四方其訓之。有覺德行下孟反，四國順之。訏況于反謨定命，遠猶辰告叶古得反。敬慎威儀，○無競維人，維民之則。賦也。競，强也。覺，直大也。訏，大。謨，謀也。大謀，謂不爲一身之謀，而有天下之慮也。定，審定不改易也。命，號令也。猶，圖也。遠謀，謂不爲一時之計，而爲長久之規也。辰，時。告，戒也。辰告，謂以時播告也。則，法也。○言天地之性，人爲貴，故能盡人道，則四方皆以爲訓。有覺德行，則四國皆順從之。故必大其謀，定其命，遠圖時告，敬其威儀，然後可以爲天下法也。○其在于今叶音經，興迷亂于政叶音征。顛覆厥德，荒湛都南反，下同于酒叶子小反。女音汝雖湛樂音洛從，弗念厥紹市沼反。罔敷求先王，克共九勇反明刑叶胡光反。○賦也。今，武公自言己今日之所爲也。興，尚也。女，武公使人誦詩而命己之辭也。後凡言「女」、言「爾」、言「小子」者放此。湛樂從，言惟湛樂之從也〔一〕。紹，謂所承之緒也。敷求先王，廣求先王所行之道也。共，執。刑，法也。○肆皇天弗尚叶平聲，如彼泉流〔二〕，無淪胥以亡。夙興夜寐，洒埽廷內，維民之章。脩爾車馬，弓矢戎兵叶晡亡反，用戒戎作，用逷他歷反蠻方。賦也。弗尚，厭棄之也。淪，陷。胥，相。章，表。戒，備。戎，兵。作，起。逷，遠也。○言天所不尚，則無乃淪陷相與而亡，如泉流之易乎？是以內自庭除之近，外及蠻方之遠，細而寢興洒埽之常，大而車馬戎兵之變，慮無不周，備無不飭也。上章所謂「訏謨定命，遠猶辰告」者，於此見矣。○質爾人民，謹爾侯度，用戒不虞叶元具反。愼爾出話，敬爾威儀叶牛何反，無不柔嘉叶居何反。白圭之玷丁簟反，尚可磨也；斯言之玷，不可爲叶吾禾反也。賦也。質，成也，定也。侯度，諸侯所守之法度也。虞，慮。話，言。柔，安。嘉，善。玷，缺也。○言既治民守法，防意外之患矣，又當謹其言語。蓋玉之玷缺，尚可磨鑢使平；言語一失，莫能救之。其戒深切矣。故南容一日三復此章，而孔子以其兄之子妻之。○無易以豉反由言，無曰苟矣此二句不用韻。莫捫音門朕舌，言不可逝叶音折，與舌叶矣。無言不讎叶市又反，無德不報叶蒲救反。惠于朋友叶羽己反，庶民小子叶奨履反。子孫繩繩，萬民靡不承。賦也。易，輕。捫，持。逝，去。讎，答。承，奉也。○言不可輕易其言，蓋無人爲我執持其舌者。故言語由己，易致差失，常當執守〔三〕，不可放去也。且天下之理，無有言而不讎，無有德而不報者。若爾能惠于朋友、庶民小子，則子孫繩繩，而萬民靡不承矣。皆謹言之效也。○視爾友君子，輯音集柔爾顔叶魚堅反，不遐有愆。相息亮反在爾室，尚不媿于屋漏〔四〕。無曰不顯，莫予云覯。神之格叶剛鶴反思，不可度待洛反思，矧可射音亦，叶弋灼反思！賦也。輯，和也。遐，何通。愆，過也。尚，庶幾也。屋漏，室西北隅也。覯，見。格，至。度，測。矧，況也。射，斁通，厭也。○言視爾友於君子之時，和柔爾之顔色，其戒懼之意，常若自省曰：豈不至於有過乎？蓋常人之情，其修於顯者無不如此。然視爾獨居於室之時，亦當庶幾不愧于屋漏，然後可爾。無曰此非顯明之處，而莫予見也。當知鬼神之妙，無物不體，其至於是，有不可得而測者。不顯亦臨，猶懼有失，況可厭射而不敬乎！此言不但修之於外，又當戒謹恐懼乎其所不睹不聞也。子思子曰：「君子不動而敬，不言而信。」又曰：「夫微之顯，誠之不可揜如此。」此正心誠意之極功，而武公及之，則亦聖賢之徒矣。○辟爾爲德，俾臧俾嘉叶居何反。淑慎爾止，不愆于儀叶牛何反。不僭不賊，鮮息淺反不爲則。投我以桃，報之以李。彼童而角，實虹户公反小子叶奨履反。○賦也。辟，君也，指武公也。止，容止也。僭，差。賊，害。則，法也。無角曰童。虹，潰亂也。○既戒以修德之事，而又言爲德而人法之，猶投桃報李之必然也。彼謂不必修德而可以服人者，是牛羊之童者而求其角也，亦徒潰亂汝而已，豈可得哉！○荏而甚反染而漸反柔木，言緡之絲叶新夷反。溫溫恭人，維德之基。其維哲人，告之話言，順德之行與言叶。其維愚人，覆謂我僭叶七尋反。民各有心。興也。荏染，柔貌。柔木，柔忍之木也。緡，綸也。被之綸以爲弓也。話言，古之善言也。覆，猶反也。僭，不信也。民各有心，言人心不同，愚智相越之遠也。○於音烏乎音呼小子叶獎履反〔五〕，未知臧否音鄙。匪手攜之，言示之事叶上止反。匪面命之，言提其耳。借曰未知，亦既抱子同上。民之靡盈，誰夙知而莫音慕成？　賦也。非徒手攜之也，而又示之以事；非徒面命之也，而又提其耳。所以喻之者，詳且切矣。假令言汝未有知識，則汝既長大而抱子，宜有知矣。人若不自盈滿，能受教戒，則豈有既早知而反晚成者乎？　○昊天孔昭叶音灼，我生靡樂音洛。視爾夢夢莫公反，我心慘慘當作「懆」，七到反，叶七各反。誨爾諄諄之純反，聽我藐藐美角反。匪用爲教叶入聲，覆用爲虐。借曰未知，亦聿既耄叶音莫。○賦也。夢夢，不明，亂意也。慘慘，憂貌。諄諄，詳熟也。藐藐，忽略貌。耄，老也，八十、九十曰耄，左史所謂「年九十有五」時也。○於乎小子見上章，告爾舊止。聽用我謀，庶無大悔叶虎委反。天方艱難，曰喪息浪反厥國叶于逼反。取譬不遠，昊天不忒他得反。回遹于橘反其德，俾民大棘。　賦也。舊，舊章也。或曰：久也。止，語詞。庶，幸。悔，恨。忒，差。遹，僻。棘，急也。○言天運方此艱難，將喪厥國矣。我之取譬，夫豈遠哉？　觀天道福禍之不差忒〔六〕，則知之矣。今女乃回遹其德，而使民至於困急，則喪厥國也必矣。

抑十二章，三章章八句，九章章十句。　楚語左史倚相曰：「昔衛武公年數九十五矣，猶箴儆於國曰：『自卿以下，至于師長士，苟在朝者，無謂我老耄而舍我，必恭恪於朝夕以交戒我〔七〕。（略）』在輿有旅賁之規，位寧有官師之典，倚几有誦訓之諫，居寢有褻御之箴，臨事有瞽史之道，宴居有師工之誦。史不失書，矇不失誦，以訓御之。於是作懿戒以自儆。及其没也，謂之睿聖武公。」韋昭曰：「懿，讀爲抑。」即此篇也。董氏曰：「侯包言，武公行年九十有五，猶使人日誦是詩，而不離於其側。然則序説爲刺厲王者，誤矣。」

【校】

〔一〕「之」下，明嘉靖本多「是」。

〔二〕「泉流」，明嘉靖本作「流泉」。

〔三〕「守」，明嘉靖本作「持」。

〔四〕「媿」，元本、元十卷本、明正統本、明嘉靖本作「愧」。

〔五〕「履」，元本、元十卷本作「禮」，明正統本、明嘉靖本作「里」。

〔六〕「福禍」，元本、元十卷本、明正統本、明嘉靖本作「禍福」。

〔七〕「恭恪」，明嘉靖本作「恪恭」。

菀音鬱**彼桑柔**與劉、憂叶，篇内多放此，**其下侯旬。捋**力活反**采其劉，瘼**音莫**此下民。不殄心憂，倉**初亮反**兄**與怳同**填**舊説古「塵」字**兮。倬彼昊天**叶鐵因反，**寧不我矜！**　比也。菀，茂。旬，徧。劉，殘。殄，絶也。倉兄，與愴怳同，悲悶之意也。填，未詳。舊説與「塵」、「陳」同，蓋言久也。或疑與「瘨」字同，爲病之義。但召旻篇内二字並出，又恐未然。今姑闕之。倬，明貌。○舊説此爲芮伯刺厲王而作。春秋傳亦曰芮良夫之詩，則其説是也。以桑爲比者，桑之爲物，其葉最盛，然及其采之也，一朝而盡，無黄落之漸。故取以比周之盛時，如葉之茂，其陰無所不徧。至於厲王肆行暴虐，以敗其成業，王室忽焉凋弊，如桑之既采，民失其廕而受其病。故君子憂之，不絶於心，悲閔之甚，而至於病，遂號天而訴之也。〇四牡騤騤，旟旐有翩叶批賓反。亂生不夷，靡國不泯叶彌鄰反。民靡有黎，具禍以燼叶咨辛反。於音烏乎音呼有哀叶音依〔一〕，國步斯頻。賦也。夷，平。泯，滅。黎，黑也，謂黑首也。具，俱也。燼，灰燼也。步，猶運也。頻，急蹙也。〇厲王之亂，天下征役不息，故其民見其車馬旌旗而厭苦之。自此至第四章，皆征役者之怨辭也。〇國步蔑資，天不我將叶子兩反。靡所止疑魚乞反，叶如字，云徂何往？君子實維，秉心無競叶其兩反。誰生厲階叶居奚反，至今爲梗古杏反，叶古黨反？〇賦也。蔑，滅。資，咨。將，養也。疑，讀如儀禮「疑立」之「疑」，定也。徂，亦往也。競，争。厲，怨。梗，病也。〇言國將危亡，天不我養，居無所定，徂無所往。然非君子之有争心也，誰實爲此禍階，使至今爲病乎？蓋曰禍有根原，其所從來也遠矣。〇憂心慇慇，念我土宇。我生不辰，逢天僤都但反怒叶暖五反。自西徂東叶音丁，靡所定處。多我覯痻武巾反，孔棘我圉。賦也。土〔二〕，鄉。宇，居。辰，時。僤，厚。覯，見。痻，病。棘，急。圉，邊也，或曰禦也。多矣我之見病也，急矣我之在邊也。〇爲謀爲毖叶音必，亂況斯削。告爾憂恤，誨爾序爵。誰能執熱，逝不以濯？其何能淑，載胥及溺叶奴學反。〇賦也。毖，慎。況，滋也。序爵，辨別賢否之道也。執熱，手持熱物也。〇蘇氏曰：「王豈不謀且慎哉？然而不得其道，適所以長亂而自削耳。故告之以其所當憂，而誨之以序爵，且曰：誰能執熱而不濯者？賢者之能已亂，猶濯之能解熱耳。不然，則其何能善哉？相與入於陷溺而已。」〇如彼遡風叶孚音反，亦孔之僾音愛。民有肅心，荓普耕反云不逮。好呼報反是稼穡，力民代食。稼穡維寶，代食維好。賦也。遡，鄉。僾，唈。肅，進。荓，使也。〇蘇氏曰：「君子視厲王之亂，悶然如遡風之人，唈而不能息。雖有欲進之心，皆使之曰：世亂矣，非吾所能及也。於是退而稼穡，盡其筋力，與民同事，以代禄食而已。當是時也，仕進之憂，甚於稼穡之勞。故曰：『稼穡維寶，代食維好。』言雖勞而無患也。」〇天降喪息浪反亂，滅我立王。降此蟊賊，稼穡卒痒音羊。哀恫音通中國，具贅之芮反卒荒〔三〕。靡有旅力，以念穹蒼。賦也。恫，痛。具，俱也。贅，屬也，言危也。春秋傳曰「君若綴旒然」，與此「贅」同。卒，盡。荒，虚也。旅，與膂同。穹蒼，天也。穹言其形，蒼言其色。〇言天降喪亂，固已滅我所立之王矣；又降此蟊賊，則我之稼穡又病，而不得以代食矣。哀此中國，皆危盡荒。是以危困之極，無力以念天禍也。此詩之作，不知的在何時。其言「滅我立王」，則疑在共和之後也。〇〔四〕維此惠君，民人所瞻叶側姜反。秉心宣猶，考慎其相息亮反，叶平聲。維彼不順，自獨俾臧。自有肺腸，俾民卒狂。賦也。惠，順也，順於義理也。宣，徧。猶，謀。相，輔。狂，惑也。〇言彼順理之君，所以爲民所尊仰者，以其能秉持其心，周徧謀度，考擇其輔相，必衆以爲賢，而後用之。彼不順理之君，則自以爲善，而不考衆謀；自有私見，而不通衆志。所以使民眩惑，至於狂亂也。〇瞻彼中林，甡甡所巾反其鹿。朋友已譖子念反，叶子林反，不胥以穀。人亦有言，進退維谷。興也。甡甡，衆多並行之貌。譖，不信也。胥，相。穀，善。谷，窮也。言朋友相譖，不能相善，曾鹿之不如也。〇言上無明君，下有惡俗，是以進退皆窮也。〇維此聖人，瞻言百里。維彼愚人，覆狂以喜。匪言不能，胡斯畏忌叶巨已反？〇賦也。聖人炳於幾先，所視而言者，無遠而不察。愚人不知禍之將至，而反狂以喜，今用事者蓋如此。我非不能言也，如此畏忌，何哉？言王暴虐，人不敢諫也。〇維此良人，弗求弗迪叶徒沃反。維彼忍心，是顧是復房六反。民之貪亂，寧爲荼毒。賦也。迪，進也。忍，殘忍也。顧，念。復，重也。荼，苦菜也，味苦氣辛，能殺物，故謂之荼毒也。〇言不求善人進而用之〔五〕，其所顧念重復而不已者，乃忍心不仁之人。民不堪命，所以肆行貪亂，而安爲荼毒也。○大風有隧音遂，有空大谷。維此良人，作爲式穀。維彼不順，征以中垢古口反，叶居六反。○興也。隧，道。式，用。穀，善也。征以中垢，未詳其義。或曰：征，行也。中，隱暗也。垢，污穢也。○大風之行有隧，蓋多出於空谷之中。以興下文君子小人所行，亦各有道耳。○大風有隧，貪人敗類。聽言則對，誦言如醉。匪用其良，覆俾我悖叶蒲寐反。○興也。敗類，猶言圮族也。王使貪人爲政，我以其或能聽我之言而對之，然亦知其不能聽也，故誦言而中心如醉。由王不用善人，而反使我至此悖眊也。厲王説榮夷公，芮良夫曰：「王室其將卑乎？夫榮公好專利，而不備大難。夫利，百物之所生也，天地之所載也，而或專之，其害多矣。」此詩所謂「貪人」，其榮公也與？芮伯之憂，非一日矣。○嗟爾朋友，予豈不知而作？如彼飛蟲，時亦弋獲叶胡郭反。既之陰於鴆反女音汝〔六〕，反予來赫叶黑各反。○賦也。如彼飛蟲，時亦弋獲，言己之所言，或亦有中，猶曰千慮而一得也。之，往。陰，覆也。赫，威怒之貌。我以言告女，是往陰覆於女，女反來加赫然之怒於己也。張子曰：「既往密告於女〔七〕，反謂我來恐動也。」亦通。○民之罔極，職涼善背叶必墨反〔八〕。爲民不利，如云不克。民之回遹，職競用力。賦也。職，專也。涼，義未詳。傳曰：「涼，薄也。」鄭讀作「諒」，信也。疑鄭説爲得之。善背，工爲反覆也。克，勝也。回遹，邪僻也。○言民之所以貪亂而不知所止者，專由此人名爲直諒，而實善背。又爲民所不利之事，如恐不勝而力爲之也。又言民之所以邪僻者，亦由此輩專競用力而然也。反覆其言，所以深惡之也。○民之未戾，職盜爲寇。涼曰不可，覆背善詈力智反。雖曰匪予，既作爾歌叶韻未詳。○賦也。戾，定也。民之所以未定者，由有盜臣爲之寇也。蓋其爲信也，亦以小人爲不可矣，及其反背也，則又工爲惡言以詈君子。是其色厲内荏，真可謂穿窬之盜矣。然其人又自文飾，以爲此非我言也，則我已作爾歌矣。言得其情，且事已著明，不可揜覆也。

桑柔十六章，八章章八句，八章章六句。

【校】

〔一〕「叶」字，元本、元十卷本無。

〔二〕「土」，原作「上」，據元本、元十卷本、明正統本、明嘉靖本改。

〔三〕「芮」，原作「苪」，據元本、元十卷本、明正統本、明嘉靖本改。「反」，元本、元十卷本作「切」。

〔四〕「○」，原闕，據元本、元十卷本、明正統本、明嘉靖本補。

〔五〕「進而」，明嘉靖本作「而進」。

〔六〕「於」，明正統本、明嘉靖本作「于」。

〔七〕「既」，元本、元十卷本、明正統本、明嘉靖本作「陰」。

〔八〕「墨」，明嘉靖本作「黑」。

倬彼雲漢，昭回于天叶鐵因反。王曰於音烏乎音呼，何辜今之人！天降喪息浪反亂，饑饉薦在甸反臻。靡神不舉，靡愛斯牲叶桑經反。圭璧既卒，寧莫我聽吐丁反。○賦也。雲漢，天河也。昭，光。回，轉也。言其光隨天而轉也。薦、荐通，重也。臻，至也。靡神不舉，所謂「國有凶荒，則索鬼神而祭之」也。圭璧，禮神之玉也。卒，盡也。寧，猶何也。○舊説以爲宣王承厲王之烈，内有撥亂之志，遇烖而懼，側身修行，欲銷去之。天下喜於王化復行，百姓見憂，故仍叔作此詩以美之。言雲漢者，夜晴則天河明，故述王仰訴於天之詞如此也。○旱既大音泰甚，蘊隆蟲蟲。不殄禋祀，自郊徂宮。上下奠瘞〔一〕，靡神不宗。后稷不克，上帝不臨叶力中反。耗斁丁故反下土，寧丁我躬？賦也。蘊，蓄。隆，盛也。蟲蟲，熱氣也。殄，絶也。郊，祀天地也。宮，宗廟也。上祭天，下祭地，奠其禮，瘞其物。宗，尊也。克，勝也。言后稷欲救此旱災，而不能勝也。臨，享也。稷以親言，帝以尊言也。斁，敗。丁，當也。何以當我之身，而有是災也？或曰：與其耗斁下土，寧使災害當我身也。亦通。○旱既大甚，則不可推吐雷反。兢兢業業，如霆如雷。周餘黎民，靡有孑遺叶夷回反，下同。昊天上帝，則不我遺。胡不相畏？先祖于摧在雷反。○賦也。推，去也。兢兢，恐也。業業，危也。如霆如雷，言畏之甚也。孑，無右臂貌。遺，餘也。言大亂之後，周之餘民，無復有半身之遺者。而上天又降旱災，使我亦不見遺也。摧，滅也。言先祖之祀將自此而滅也。○旱既大甚，則不可沮在呂反。赫赫炎炎，云我無所。大命近止，靡瞻靡顧叶果五反。羣公先正，則不我助叶牀所反。父母先祖，胡寧忍予叶演女反？○賦也。沮，止也。赫赫，旱氣也。炎炎，熱氣也。無所，無所容也。大命近止，死將至也。瞻，仰。顧，望也。羣公先正，月令所謂「雩祀百辟卿士之有益於民者，以祈穀實」者也。於羣公先正，但言其不見助。至父母先祖，則以恩望之矣。所謂「垂涕泣而道之」也。○旱既大甚，滌滌徒歷反山川叶樞倫反。旱魃蒲末反爲虐，如惔音談如焚叶符匀反。我心憚暑，憂心如熏。羣公先正，則不我聞叶微匀反。昊天上帝，寧俾我遯叶徒匀反？○賦也。滌滌，言山無木，川無水，如滌而除之也。魃，旱神也。惔，燎之也。憚，勞也，畏也。熏，灼。遯，逃也。言天又不肯使我得逃遯而去也。○旱既大甚，黽勉畏去。胡寧瘨都田反我以旱，憯七感反不知其故。祈年孔夙，方社不莫音慕。昊天上帝，則不我虞叶元具反。敬恭明神，宜無悔怒。賦也。黽勉畏去，出無所之也。瘨，病。憯，曾也。祈年，孟春祈穀于上帝，孟冬祈來年于天宗是也。方，祭四方也。社，祭土神也。虞，度。悔，恨也。言天曾不度我之心，如我之敬事明神，宜可以無恨怒也。○旱既大甚，散無友紀。鞫居六反哉庶正，疚哉冢宰叶奨里反。趣七口反馬師氏，膳夫左右叶羽己反。靡人不周，無不能止。瞻卬音仰昊天，云如何里？賦也。友紀，猶言綱紀也。或曰：友疑作「有」。鞫，窮也。庶正，衆官之長也。疚，病也。冢宰，又衆長之長也。趣馬，掌馬之官。師氏，掌以兵守王門者。膳夫，掌食之官也。歲凶年穀不登，則趣馬不秣，師氏弛其兵，馳道不除，祭事不縣，膳夫徹膳，左右布而不脩，大夫不食粱，士飲酒不樂。周，救也。無不能止，言諸臣無有一人不周救百姓者，無有自言不能，而遂止不爲也。里，憂也，與漢書「無俚」之「俚」同，聊賴之意也。○瞻卬昊天，有嘒呼惠反其星。大夫君子，昭假音格無贏音盈。大命近止，無棄爾成。何求爲于僞反我？以戾庶正叶諸盈反。瞻卬昊天，曷惠其寧？賦也。嘒，明貌。昭，明。假，至也。○久旱而仰天以望雨，則有嘒然之明星，未有雨徵也。然羣臣竭其精誠，而助王以昭假于天者，已無餘矣。雖今死亡將近，然不可以棄其前功，當益求所以昭假者而修之。固非求爲我之一身而已，乃所以定衆正也。於是語終又仰天而訴之曰：果何時而惠我以安寧乎？張子曰：「不敢斥言雨者，畏懼之甚，且不敢必云爾。」

雲漢八章，章十句。

【校】

〔一〕「莫」，原作「尊」，據毛詩正義、元本、元十卷本、明正統本、明嘉靖本改。

崧息中反高維嶽，駿音峻極于天叶鐵因反。維嶽降神，生甫及申。維申及甫，維周之翰叶胡干反(一)。四國于蕃叶分邅反，四方于宣。賦也。山大而高曰崧。嶽，山之尊者，東岱、南霍、西華、北恒是也。駿，大也。甫，甫侯也，即穆王時作吕刑者。或曰：此是宣王時人，而作吕刑者之子孫也。申，申伯也。皆姜姓之國也。翰，幹。蕃，蔽也。○宣王之舅申伯出封于謝，而尹吉甫作詩以送之。言嶽山高大，而降其神靈和氣，以生甫侯、申伯。實能爲周之楨幹屏蔽，而宣其德澤於天下也。蓋申伯之先，神農之後，爲唐虞四嶽，總領方嶽諸侯，而奉嶽神之祭，能修其職，嶽神享之。故此詩推本申伯之所以生，以爲嶽降神而爲之也。

○亹亹申伯，王纘祖管反之事。于邑于謝，南國是式叶失吏反。王命召伯叶逋莫反，定申伯之宅叶達各反。登是南邦叶卜工反，世執其功。賦也。亹亹，强勉之貌。纘，繼也。使之繼其先世之事也。邑，國都之處也。謝，在今鄧州南陽縣，周之南土也。式，使諸侯以爲法也。召伯，召穆公虎也。登，成也。世執其功，言使申伯後世常守其功也。或曰：大封之禮，召公之世職也。

○王命申伯，式是南邦叶卜功反。因是謝人，以作爾庸。王命召伯，徹申伯土田叶地因反。王命傅御，遷其私人。賦也。庸，城也。言因謝邑之人而爲國也。鄭氏曰：「庸，功也。」爲國以起其功也。徹，定其經界，正其賦稅也。傅御，申伯家臣之長也。私人，家人。遷，使就國也。漢明帝送侯印與東平王蒼諸子，而以手詔賜其國中傅，蓋古制如此。

○申伯之功，召伯是營。有俶尺叔反其城，寢廟既成。既成藐藐，王錫申伯叶逋各反。四牡蹻蹻渠略反，鉤膺濯濯。賦也。俶，始作也。藐藐，深貌。蹻蹻，壯貌。濯濯，光明貌。

○王遣申伯，路車乘繩證反馬叶滿補反。我圖爾居，莫如南土。錫爾介圭，以作爾寶叶音補。往近鄭音記。按説文從辵從丌，今從斤，誤王舅，南土是保叶音補。○賦也。介圭，諸侯之封圭也。近，辭也。○申伯信邁，王餞賤淺反于郿芒悲反〔二〕。申伯還南，謝于誠歸。王命召伯，徹申伯土疆，以峙直里反其粻音張，式遄市專反其行叶户郎反。○賦也。郿，在今鳳翔府郿縣，在鎬京之西，岐周之東。而申在鎬京之東南。時王在岐周，故餞于郿也。言信邁、誠歸，以見王之數留，疑於行之不果故也。峙，積。粻，糧。遄，速也。召伯之營謝也，則已斂其稅賦，積其餱糧，使廬市有止宿之委積，故能使申伯無留行也。○申伯番番音波，叶分邅反，既入于謝，徒御嘽嘽吐丹反。周邦咸喜，戎有良翰叶胡千反〔三〕。不顯申伯，王之元舅，文武是憲叶虛言反。○賦也。番番，武勇貌。嘽嘽，衆盛也。戎，女也。申伯既入于謝，周人皆以爲喜，而相謂曰：汝今有良翰矣。元，長。憲，法也。言文武之士，皆以申伯爲法也。或曰：申伯能以文王、武王爲法也。○申伯之德，柔惠且直。揉汝又反此萬邦，聞音問于四國叶于逼反。吉甫作誦，其詩孔碩，其風肆好，以贈申伯。賦也。揉，治也。吉甫，尹吉甫，周之卿士。誦，工師所誦之詞也。碩，大。風，聲。肆，遂也。

崧高八章，章八句。

【校】

〔一〕「干」，明正統本、明嘉靖本作「千」。

〔二〕「賤淺」，元本、元十卷本、明正統本、明嘉靖本作「淺賤」。

〔三〕「千」，元本、元十卷本、八卷本作「干」，當從。

天生烝民，有物有則。民之秉彝音夷，**好**呼報反**是懿德。天監有周，昭假**音格**于下**叶後五反。**保茲天子，生仲山甫。**賦也。烝，衆。則，法。秉，執。彝，常。懿，美。監，視。昭，明。假，至。保，祐也。仲山甫，樊侯之字也。○宣王命樊侯仲山甫築城于齊，而尹吉甫作詩以送之。言天生衆民，有是物必有是則。蓋自百骸、九竅、五藏，而達之君臣、父子、夫婦、長幼、朋友，無非物也，而莫不有法焉。如視之明，聽之聰，貌之恭，言之順，君臣有義，父子有親之類是也。是乃民所執之常性，故其情無不好此美德者。而況天之監視有周，能以昭明之德感格于下，故保祐之，而爲之生此賢佐曰仲山甫焉。則所以鍾其秀氣，而全其美德者，又非特如凡民而已也。昔孔子讀詩至此，而贊之曰：「爲此詩者，其知道乎！故有物必有則。民之秉彝也，故好是懿德。」而孟子引之，以證性善之說。其指深矣〔一〕，讀者其致思焉。

○**仲山甫之德，柔嘉維則。令儀令色，小心翼翼。古訓是式，威儀是力。天子是若，明命使賦**叶韻若、賦，未詳。○賦也。嘉，美。令，善也。儀，威儀也。色，顏色也。翼翼，恭敬貌。古訓，先王之遺典也。式，法。力，勉。若，順。賦，布也。○東萊呂氏曰：「柔嘉維則，不過其則也。過其則，斯爲弱，不得謂之柔嘉矣。令儀令色，小心翼翼，言其表裏柔嘉也。古訓是式，威儀是力，言其學問進修也。天子是若，明命使賦，言其發而措之事業也。此章蓋備舉仲山甫之德。」

○**王命仲山甫，式是百辟**音壁，無韻，未詳〔二〕。**纘戎祖考，王躬是保。出納王命，王之喉舌。賦政于外，四方爰發**叶方月反。○賦也。式，法。戎，女也。王躬是保，所謂保其身體者也。然則仲山甫蓋以冢宰兼太保，而太保抑其世官也與？出，承而布之也。納，行而復之也。喉舌，所以出言也。發，發而應之也。○東萊呂氏曰：「仲山甫之職，外則總領諸侯，內則輔養君德，入則典司政本，出則經營四方。」此章蓋備舉仲山甫之職。」〇肅肅王命，仲山甫將之。邦國若否音鄙，仲山甫明叶謨郎反之。既明且哲，以保其身。夙夜匪解佳賣反，以事一人。賦也。肅肅，嚴也。將，奉行也。若，順也。順否，猶臧否也。明，謂明於理。哲，謂察於事。保身，蓋順理以守身，非趨利避害，而偷以全軀之謂也。解，怠也。一人，天子也。

〇人亦有言，柔則茹忍與反之，剛則吐之。維仲山甫，柔亦不茹，剛亦不吐。不侮矜古頑反寡叶果五反，不畏彊禦。賦也。人亦有言，世俗之言也。茹，納也。〇不茹柔，故不侮矜寡；不吐剛，故不畏强禦。以此觀之，則仲山甫之柔嘉，非軟美之謂，而其保身，未嘗枉道以徇人，可知矣。

〇人亦有言，德輶羊久反如毛，民鮮息淺反克舉之。我儀圖叶丁五反之，維仲山甫舉之，愛莫助叶牀五反之。衮職有闕，維仲山甫補之。賦也。輶，輕。儀，度。圖，謀也。衮職，王職也。天子龍衮。不敢斥言王闕，故曰衮職有闕也。〇言人皆言德甚輕而易舉，然人莫能舉也。我於是謀度其能舉之者，則惟仲山甫而已。是以心誠愛之，而恨其不能有以助之。蓋愛之者〔三〕，秉彝好德之性也。而不能助者，能舉與否，在彼而已，固無待於人之助，而亦非人之所能助也。至於王職有闕失，亦惟仲山甫獨能補之。蓋惟大人然後能格君心之非，未有不能自舉其德，而能補君之闕者也。

〇仲山甫出祖，四牡業業，征夫捷捷在接反，每懷靡及叶極業反。四牡彭彭叶鋪郎反，八鸞鏘鏘七羊反。王命仲山甫，城彼東方。賦也。祖，行祭也。業業，健貌。捷捷，疾貌。東方，齊也。傳曰：「古者諸侯之居逼隘，則王者遷其邑而定其居。蓋去薄姑而遷於臨菑也。」孔氏曰：「史記齊獻公元年，『徙薄姑都，治臨菑』。計獻公當夷王之時，與此傳不合。」豈徙於夷王之時〔四〕，至是而始備其城郭之守歟？

〇四牡騤騤求龜反，八鸞喈喈音皆，叶居奚反。仲山甫徂齊，式遄其歸。吉甫作誦，穆如清風叶孚愔反。仲山甫永懷，以慰其心。

賦也。式遄其歸，不欲其久於外也。穆，深長也。清風，清微之風，化養萬物者也。以其遠行而有所懷思，故以此詩慰其心焉。曾氏曰：「賦政于外，雖仲山甫之職，然保王躬、補王闕，尤其所急。城彼東方，其心永懷，蓋有所不安者。尹吉甫深知之，作誦而告以遄歸，所以安其心也。」

烝民八章，章八句。

【校】

〔一〕「指」，明正統本、明嘉靖本作「旨」。

〔二〕「壁」，元本、元十卷本、明嘉靖本作「璧」。

〔三〕「者」，原作「也」，據元本、元十卷本、明正統本、明嘉靖本改。

〔四〕「王」，原作「主」，據宋刊明印本、元本、元十卷本、明正統本、明嘉靖本改。

奕奕梁山，維禹甸之。有倬其道下與考叶，韓侯受命。王親命之，纘戎祖考上與道叶。無廢朕命，夙夜匪解音懈，叶訖力反。虔共爾位，朕命不易。榦古旦反不庭方，以佐戎辟音壁〔一〕。

○賦也。奕奕，大也。梁山，韓之鎮也，今在同州韓城縣。甸，治也。倬，明貌。韓，國名，侯爵，武王之後也。受命，蓋即位除喪，以士服入見天子而聽命也。纘，繼。戎，汝也。言王錫命之，使繼世而爲諸侯也。虔，敬。易，改。榦，正也。不庭方，不來庭之國也。辟，君也。此又戒之以修其職業之詞也。○韓侯初立來朝，始受王命而歸，詩人作此以送之。序亦以爲尹吉甫作，今未有據。下篇云召穆公、凡伯者放此。○四牡奕奕，孔脩且張。韓侯入覲，以其介圭，入覲于王。王錫韓侯，淑旂綏章，簟茀錯衡叶户郎反，玄衮赤舄，鉤膺鏤音漏鍚音羊，鞹苦郭反鞃苦弘反淺幭莫歷反，鞗音條革金厄叶於栗反。○賦也。脩，長。張，大也。介圭，封圭，執之爲贄，以合瑞于王也。淑，善也。交龍曰旂。綏章，染鳥羽或旄牛尾爲之，注於旂竿之首，爲表章者也。鏤，刻金也。馬眉上飾曰鍚，今當盧也。鞹，去毛之革也。鞃，式中也。謂兩較之閒横木可憑者，以鞹持之，使牢固也。淺，虎皮也。幭，覆式也，字一作「幦」，又作「幎」，以有毛之皮覆式上也。鞗革，轡首也。金厄，以金爲環，纏搤轡首也。○韓侯出祖，出宿于屠。顯父音甫餞之，清酒百壺。其殽維何？炰白交反鼈鮮魚。其蔌音速維何？維筍恤尹反及蒲。其贈維何？乘繩證反馬路車。籩豆有且子余反，侯氏燕胥。賦也。既覲而反國，必祖者，尊其所往，去則如始行焉。屠，地名。或曰：即杜也。顯父，周之卿士也。蔌，菜殽也。筍，竹萌也。蒲，蒲蒻也。且，多貌。侯氏，覲禮諸侯來朝者之稱。胥，相也，或曰語辭。○韓侯取七住反妻，汾符云反王之甥，蹶俱衛反父音甫之子叶奨履反。韓侯迎魚覲反止，于蹶之里。百兩音亮，又如字彭彭叶鋪郎反，八鸞鏘鏘，不顯其光。諸娣大計反從之，祁祁巨移反如雲。韓侯顧之，爛其盈門叶眉貧反。○賦也。此言韓侯既覲而還，遂以親迎也。汾王，厲王也。厲王流于彘，在汾水之上，故時人以目王焉，猶言莒郊公、黎比公也。蹶父，周之卿士，姞姓也。諸娣，諸侯一娶九女，二國媵之(二)，皆有娣姪也。祁祁，徐靚也。如雲，衆多也。○蹶父孔武，靡國不到。爲于僞反韓姞其一反相息亮反攸，莫如韓樂音洛，叶力告反。孔樂韓土，川澤訏訏况甫反，魴鱮甫甫，麀鹿噳噳愚甫反，有熊有羆，有貓苗、茅二音有虎。慶既令居叶斤御、斤於二反，韓姞燕譽叶羊茹、羊諸二反。○賦也。韓姞，蹶父之子，韓侯妻也。相攸，擇可嫁之所也。訏訏，甫甫，大也。噳噳，衆也。貓，似虎而淺毛。慶，喜。令，善也。喜其有此善居也。燕，安。譽，樂也。○溥彼韓城，燕因肩反師所完。以先祖受命，因時百蠻。王錫韓侯，其追其貊母伯反，奄受北國，因以其伯。實墉實壑，實畝實籍。獻其貔音毗皮，赤豹黄羆。賦也。溥，大也。燕，召公之國也。師，衆也。追、貊，夷狄之國也。墉，城。壑，池。籍，税也。貔，猛獸名。○韓初封時，召公爲司空，王命以其衆爲築此城，如召伯營謝，山甫城齊，春秋諸侯城邢、城楚丘之類也。王以韓侯之先，因是百蠻而長之，故錫之追、貊，使爲之伯，以修其城池，治其田畝，正其税法，而貢其所有於王也。

韓奕六章，章十二句。

【校】

〔一〕「壁」，元本、元十卷本、明正統本、明嘉靖本作「璧」。

〔二〕「塍」，原作「勝」，據元本、元十卷本、明正統本、明嘉靖本改。

江漢浮浮，武夫滔滔叶他侯反。匪安匪遊，淮夷來求。既出我車，既設我旟。匪安匪舒，淮夷來鋪。賦也。浮浮，水盛貌。滔滔，順流貌。淮夷，夷之在淮上者也。鋪，陳也，陳師以伐之也。○宣王命召穆公平淮南之夷，詩人美之。此章總序其事，言行者皆莫敢安徐，而曰：吾之來也，惟淮夷是求是伐耳。○江漢湯湯書羊反，武夫洸洸音光。經營四方，告成于王。四方既平，王國庶定叶唐丁反。時靡有争叶甾陘反〔一〕，王心載寧。賦也。洸洸，武貌。庶，幸也。○此章言既伐而成功也。○江漢之滸音虎，王命召虎，式辟音闢四方〔二〕，徹我疆土。匪疚匪棘，王國來極。于疆于理〔三〕，至于南海叶虎委反。○賦也。虎，召穆公名也。辟，與闢同。徹，井其田也。疚，病。棘，急也。極，中之表也〔四〕，居中而爲四方所取正也。○言江漢既平，王又命召公闢四方之侵地，而治其疆界。非以病之，非以急之也，但使其來取正於王國而已。於是遂疆理之，盡南海而止也。○王命召虎，來旬來宣。文武受命，召公維翰叶胡千反〔五〕。無曰予小子叶奨履反，召公是似叶養里反。肇敏戎公，用錫爾祉。賦也。旬，徧。宣，布也。自江漢之滸言之，故曰來。召公，召康公奭也。翰，榦也。予小子，王自稱也。肇，開。戎，女。公，功也。○又言王命召虎來此江漢之滸，偏治其事，以布王命，而曰：昔文武受命，惟召公爲楨榦。今女無曰以予小子之故也，但自爲嗣女召公之事耳。能開敏女功，則我當錫女以祉福，如下章所云也。○釐力之反爾圭瓚才旱反，秬音巨鬯初亮反一卣音酉，無韻，未詳。告于文人，錫山土田叶地因反。于周受命叶滿并反，下同，自召祖命。虎拜稽首，天子萬年叶禰因反〔六〕。○賦也。釐，賜。卣，尊也。文人，先祖之有文德者，謂文王也。周，岐周也。召祖，穆公之祖康公也。○此叙王賜召公策命之詞。言錫爾圭瓚秬鬯者，使之以祀其先祖。又告于文人，而錫之山川土田，以廣其封邑。蓋古者爵人，必於祖廟，示不敢專也。又使往受命於岐周，從其祖康公受命於文王之所，以寵異之。而召公拜稽首，以受王命之策書也。人臣受恩，無可以報謝者，但言使君壽考而已。○虎拜稽首，對揚王休叶虛久反，作召公考叶去久反，天子萬壽叶殖酉反。明明天子叶奨履反，令聞音問不已。矢其文德，洽此四國叶越逼反。○賦也。對，答。揚，稱。休，美。考，成。矢，陳也。○言穆公既受賜，遂答稱天子之美命，作康公之廟器，而勒王策命之詞，以考其成，且祝天子以萬壽也。古器物銘云：「郙拜稽首，敢對揚天子休命，用作朕皇考龔伯尊敦。郙其眉壽，萬年無疆。」語正相類。但彼自祝其壽，而此祝君壽耳。既又美其君之令聞，而進之以不已，勸其君以文德，而不欲其極意於武功。古人愛君之心，於此可見矣。

江漢六章，章八句。

【校】

〔一〕「陘」，元本、元十卷本作「脛」。
〔二〕「音闢」，元本、元十卷本作「平入」。
〔三〕「疆」，原作「理」，據元本、元十卷本、明正統本、明嘉靖本改。
〔四〕「表」，原作「衣」，據元本、元十卷本、明正統本、明嘉靖本改。
〔五〕「千」，當作「干」，同崧高篇「戎有良翰」下音注。
〔六〕「禰」，明正統本、明嘉靖本作「彌」。

赫赫明明，王命卿士叶音所，南仲大音泰，下同祖，大師皇父音甫。整我六師，以脩我戎叶音汝。既敬既戒叶訖力反，惠此南國叶越匐反。○賦也。卿士，即皇父之官也。南仲，見出車篇。大祖，始祖也。大師，皇父之兼官也。我，爲宣王之自我也。戎，兵器也。○宣王自將以伐淮北之夷，而命卿士之謂南仲爲大祖，兼大師而字皇父者，整治其從行之六軍，修其戎事，以除淮夷之亂，而惠此南方之國。詩人作此以美之。必言南仲大祖者，稱其世功以美大之。○王謂尹氏，命程伯休父：「左右陳行户郎反，戒我師旅。率彼淮浦，省此徐土。不留不處，三事就緒象呂反。」○賦也。尹氏，吉甫也。蓋爲内史，掌策命卿大夫也。程伯休父，周大夫。三事，未詳。或曰：三農之事也。○言王詔尹氏，策命程伯休父爲司馬，使之左右陳其行列，循淮浦而省徐州之土。蓋伐淮北徐州之夷也。上章既命皇父，而此章又命程伯休父者，蓋王親命大師，以三公治其軍事，而使内史命司馬以六卿副之耳。

○赫赫業業叶宜却反，有嚴天子。王舒保作，匪紹匪遊，徐方繹騷叶蘇侯反。震驚徐方，如雷如霆，徐方震驚。賦也。赫赫，顯也。業業，大也。嚴，威也。天子自將，其威可畏也。王舒保作，未詳其義。或曰：舒，徐。保，安。作，行也。言王師舒徐而安行也。紹，糾緊也。遊，遨遊也。繹，連絡也。騷，擾動也。○夷厲以來，周室衰弱，至是而天子自將，以征不庭。其師始出，不疾不遲〔一〕，而徐方之人皆已震動，如雷霆作於其上，不遑安矣。

○王奮厥武，如震如怒叶暖五反。進厥虎臣，闞呼檻反如虓火交反虎。鋪普吴反敦淮濆符云反，仍執醜虜。截彼淮浦，王師之所。賦也。進，鼓而進之也。闞，奮怒之貌。虓，虎之自怒也。鋪，布也，布其師旅也。敦，厚也，厚集其陳也。仍，就也。老子曰：「攘臂而仍之。」截，截然不可犯之貌。

○王旅嘽嘽吐丹反，如飛如翰，如江如漢，如山之苞叶補鉤反〔二〕，如川之流。緜緜翼翼，不測不克，濯征徐國叶越逼反。○賦也。嘽嘽，衆盛貌。翰，羽。苞，本也。如飛如翰，疾也。如江如漢，衆也。如山，不可動也。如川，不可禦也。緜緜，不可絶也。翼翼，不可亂也。不測，不可知也。不克，不可勝也。濯，大也。

○王猶允塞，徐方既來叶六直反。徐方既同，天子之功。四方既平，徐方來庭。徐方不回，王曰還歸叶古回反。○賦也。猶，道。允，信。塞，實。庭，朝。回，違也。還歸，班師而歸也。○前篇召公帥師以出，歸告成功，故備載其褒賞之詞。此篇王實親行，故於卒章反復其辭，以歸功於天子。言王道甚大，而遠方懷之，非獨兵威然也。序所謂「因以爲戒」者是也。

常武六章，章八句。

【校】

〔一〕「遲」，明正統本、明嘉靖本作「徐」。

〔二〕「補」，元本、元十卷本作「蒲」，明嘉靖本作「鋪」。

瞻卬昊天〔一〕，則不我惠。孔填舊說古「塵」字不寧，降此大厲。邦靡有定，士民其瘵側界反，叶側例反。蟊音牟賊蟊疾，靡有夷屆音戒，叶居氣反。罪罟不收，靡有夷瘳敕留反。○賦也。填，久。厲，亂。瘵，病也。蟊賊，害苗之蟲也。疾，害。夷，平。屆，極。罟，網也。○此刺幽王嬖褒姒、任奄人以致亂之詩。首言昊天不惠而降亂，無所歸咎之詞也。蘇氏曰：「國有所定，則民受其福；無所定，則受其病。於是有小人爲之蟊賊，刑罪爲之罔罟。凡此皆民之所以病也。」

人有土田，女音汝反有酉、由二音之。人有民人，女覆奪徒活反之。此宜無罪，女反收殖酉、殖由二反之。彼宜有罪，女覆說音脱之。賦也。反，覆。收，拘。說，赦也。

哲夫成城，哲婦傾城。懿厥哲婦，爲梟古堯反爲鴟處之反。婦有長舌，維厲之階叶居奚反。亂匪降自天叶鐵因反，生自婦人。匪教匪誨叶呼位反，時維婦寺。賦也。哲，知也。城，猶國也。哲婦，蓋指褒姒也。傾，覆。懿，美也。梟、鴟，惡聲之鳥也。長舌，能多言者也。階，梯也。寺，奄人也。○言男子正位乎外，爲國家之主，故有知則能立國。婦人以無非無儀爲善，無所事哲，哲則適以覆國而已。故此懿美之哲婦，而反爲梟鴟，蓋以其多言而能爲禍亂之梯也。若是，則亂豈真自天降，如首章之説哉？特由此婦人而已。蓋其言雖多，而非有教誨之益者，是惟婦人與奄人耳，豈可近哉！上文但言婦人之禍，末句兼以奄人爲言，蓋二者常相倚而爲姦，不可不併以爲戒也。歐陽公常言，宦者之禍，甚於女寵。其言尤爲深切。有國家者，可不戒哉！○鞫人忮之豉反忒，譖子念反始竟背音佩，叶必墨反。豈曰不極，伊胡爲慝？如賈音古三倍，君子是識。婦無公事，休其蠶織。

賦也。鞫，窮。忮，害。忒，變也。譖，不信也。竟，終。背，反。極，已。慝，惡也。賈，居貨者也。三倍，獲利之多也。公事，朝廷之事。蠶織，婦人之業。○言婦寺能以其知辨窮人之言，其心忮害而變詐無常。既以譖妄唱始於前，而終或不驗於後，則亦不復自謂其言之放恣無所極已，而反曰：是何足爲慝乎？夫商賈之利，非君子之所宜識，如朝廷之事，非婦人之所宜與也。今賈三倍，而君子識其所以然。婦人無朝廷之事，而舍其蠶織以圖之，則豈不爲慝哉？○天何以刺叶音砌？何神不富叶方未反？舍音捨爾介狄，維予胥忌。不弔不祥，威儀不類。人之云亡，邦國殄瘁。

賦也。刺，責。介，大。胥，相。弔，閔也。○言天何用責王，神何用不富王哉？凡以王信用婦人之故也。是必將有夷狄之大患。今王舍之不忌，而反以我之正言不諱爲忌，何哉？夫天之降不祥，庶幾王懼而自修。今王遇災而不恤，又不謹其威儀，又無善人以輔之，則國之殄瘁宜矣。或曰：介狄，即指婦寺，猶所謂女戎者也。○天之降罔，維其優矣。人之云亡，心之憂矣。天之降罔，維其幾矣。人之云亡，心之悲矣。

賦也。罔，罟。優，多。幾，近也。蓋承上章之意而重言之，以警王也。○觱音必沸音弗檻胡覽反泉，維其深矣。心之憂矣，寧自今矣。不自我先，不自我後叶下五反。藐藐昊天，無不克鞏叶音古。無忝皇祖，式救爾後同上。○興也。觱沸，泉涌貌。檻泉，泉上出者〔二〕。藐藐，高遠貌。鞏，固也。○言泉之瀵涌上出〔三〕，其源深矣。我心之憂，亦非適今日然也。然而禍亂之極，適當此時，蓋已無可爲者。惟天高遠，雖若無意於物，然其功用神明不測，雖危亂之極，亦無不能鞏固之者。幽王苟能改過自修〔四〕，而不忝其祖，則天意可回，來者猶必可救，而子孫亦蒙其福矣。

瞻卬七章，三章章十句，四章章八句。

【校】

〔一〕「卬」字下，明正統本、明嘉靖本多「音仰」二小字。

〔二〕「上」，元本、元十卷本、明正統本、明嘉靖本作「正」。爾雅釋水：「檻泉正出。正出，涌出也。」

〔三〕「之」，明正統本、明嘉靖本作「水」。

〔四〕「修」，元本、元十卷本、明正統本、明嘉靖本作「新」。

旻天疾威，天篤降喪息浪反，叶桑郎反。**瘨**都田反**我饑饉，民卒流亡。我居圉**魚呂反**卒荒。**賦也。篤，厚。瘨，病。卒，盡也。居，國中也。圉，邊垂也。○此刺幽王任用小人，以致饑饉侵削之詩也。**○天降罪罟，蟊賊内訌**户工反。**昏椓**丁角反**靡共**音恭。**潰潰回遹，實靖夷我邦**叶卜功反。○賦也。訌，潰也。昏椓，昏亂椓喪之人也。共，與「恭」同，一説與「供」通〔一〕，謂供其職也。潰潰，亂也。回遹，邪僻也。靖，治。夷，平也。○言此蟊賊昏椓者，皆潰亂邪僻之人，而王乃使之治平我邦，所以致亂也。**○皋皋訿訿**音紫，**曾不知其玷**丁險反。兢兢業業，孔填已見上篇不寧，我位孔貶。賦也。皐皐，頑慢之意。訿訿，務爲謗毀也。玷，缺也。填，久也。○言小人在位，所爲如此，而王不知其缺。至於戒敬恐懼，甚病而不寧者〔二〕，其位乃更見貶黜。其顛倒錯亂之甚如此。○如彼歲旱，草不潰集注作「遂」茂，如彼棲音西苴七如反。我相息亮反此邦，無不潰止叶韻未詳。○賦也。潰，遂也。棲苴，水中浮草棲於木上者，言枯槁無潤澤也。相，視。潰，亂也。○維昔之富，不如時。維今之疚，不如兹。彼疏斯粺薄賣反，胡不自替？職兄音怳，下同斯引叶韻未詳〔三〕。○賦也。時，是。疚，病也。疏，糲也。粺，則精矣。替，廢也。兄、怳同。引，長也。○言昔之富，未嘗若是之疚也；而今之疚，又未有若此之甚也。彼小人之與君子，如疏與粺，其分審矣。而曷不自替以避君子乎？而使我心專爲此故，至於愴怳引長，而不能自已也。○池之竭矣，不云自頻。泉之竭矣，不云自中叶諸仍反。溥斯害矣，職兄斯弘，不裁我躬叶姑弘反？○賦也。頻，崖。溥，廣。弘，大也。○池，水之鍾也。泉，水之發也。故池之竭，由外之不入；泉之竭，由内之不出。言禍亂有所從起，而今不云然也。此其爲害，亦已廣矣。是使我心專爲此故，至於愴怳日益弘大，而憂之曰：是豈不裁及我躬也乎？○昔先王受命，有如召公，日辟音闢國百里。今也日蹙子六反國百里。於音烏乎音呼哀哉！維今之人，不尚有舊叶巨已反？○賦也。先王，文武也。召公，康公也。辟，開。蹙，促也。○文王之世，周公治内，召公治外，故周人之詩謂之周南，諸侯之詩謂之召南。所謂「日闢國百里」云者，言文王之化，自北而南，至於江漢之間，服從之國日以益衆。及虞、芮質成，而其旁諸侯聞之，相帥歸周者四十餘國焉。今，謂幽王之時。促國，蓋犬戎内侵，諸侯外畔也。又歎息哀痛而言，今世雖亂，豈不猶有舊德可用之人哉？言有之而不用耳。

召旻七章，四章章五句，三章章七句。因其首章稱「旻天」，卒章稱「召公」，故謂之召旻，以別小旻也。

【校】

〔一〕「通」，元本、元十卷本、明正統本、明嘉靖本作「同」。

〔二〕「病」，明正統本、明嘉靖本作「久」。

〔三〕「悅」，明正統本、明嘉靖本作「況」。

蕩之什十一篇，九十二章，七百六十九句。

詩卷第十九

頌四〔一〕頌者，宗廟之樂歌，大序所謂「美盛德之形容，以其成功告於神明者也」。蓋「頌」與「容」，古字通用，故序以此言之。周頌三十一篇，多周公所定，而亦或有康王以後之詩。魯頌四篇，商頌五篇，因亦以類附焉。凡五卷。

【校】

〔一〕「四」，原作「曰」，據元本、元十卷本、明正統本、明嘉靖本改。

周頌清廟之什四之一

於音烏穆清廟，肅雝顯相息亮反。濟濟子禮反多士，秉文之德。對越在天，駿奔走在廟。不顯不承，無射音亦，與斁同於人斯周頌多不叶韻，未詳其說。○賦也。於，歎辭。穆，深遠也。清，清静也。

肅，敬。雝，和。顯，明。相，助也，謂助祭之公卿諸侯也。濟濟，衆也。多士，與祭執事之人也。越，於也。駿，大而疾也。承，尊奉也。斯，語辭。○此周公既成洛邑而朝諸侯，因率之以祀文王之樂歌。言於穆哉，此清静之廟。其助祭之公侯，皆敬且和。而其執事之人，又無不執行文王之德。既對越其在天之神，而又駿奔走其在廟之主。如此則是文王之德豈不顯乎？豈不承乎？信乎其無有厭斁於人也。

清廟一章，八句。書稱：「王在新邑，烝，祭歲，文王騂牛一，武王騂牛一。」實周公攝政之七年，而此其升歌之辭也。書大傳曰：「周公升歌清廟，『苟在廟中嘗見文王者，愀然如復見文王焉』。」樂記曰：「清廟之瑟，朱絃而疏越，壹倡而三嘆，有遺音者矣。」鄭氏曰：「朱絃，練朱絃，練則聲濁。越，瑟底孔也，疏之使聲遲也。唱，發歌句也。三歎，三人從歎之耳。」漢因秦樂，乾豆上，奏登歌，獨上歌，不以筦絃亂人聲，欲在位者徧聞之，猶古清廟之歌也。

維天之命，於音烏**穆不已。於**同上**乎**音呼**不顯，文王之德之純。**賦也。天命，即天道也。不已，言無窮也。純，不雜也。○此亦祭文王之詩。言天道無窮，而文王之德純一不雜，與天無間，以贊文王之德之盛也。子思子曰：「『維天之命，於穆不已』，蓋曰天之所以爲天也。『於乎不顯，文王之德之純』，蓋曰文王之所以爲文也，純亦不已。」程子曰：「天道不已，文王純於天道亦不已。純則無二無雜，不已則無閒斷先後。」

假春秋傳作「何」**以溢**春秋傳作「恤」**我，我其收之。駿惠我文王，曾孫篤之。**「何」之爲「假」，聲之轉也。「恤」之爲「溢」，字之訛也。收，受。駿，大。惠，順也。曾孫，後王也。篤，厚也。○言文王之神將何以恤我乎？有則我當受之，以大順文王之道，後王又當篤厚之而不忘也。

維天之命一章，八句。

維清緝熙，文王之典。肇禋音因，**迄**許乞反**用有成，維周之禎。**賦也。清，清明也。緝，續。熙，明。肇，始。禋，祀。迄，至也。○此亦祭文王之詩。言所當清明而緝熙者，文王之典也。故自始祀至今有成，實惟周之禎祥也。然此詩疑有闕文焉。

維清一章，五句。

烈文辟音壁，下同**公**〔一〕**，錫茲祉福。惠我無疆，子孫保之。**賦也。烈，光也。辟公，諸侯也。○此祭於宗廟，而獻助祭諸侯之樂歌。言諸侯助祭，使我獲福，則是諸侯錫此祉福，而惠我以無疆，使我子孫保之也。**無封靡于爾邦，維王其崇之。念茲戎功，繼序其皇之。**封靡之義未詳。或曰：「封，專利以自封殖也。靡，汰侈也。」崇，尊尚也。戎，大。皇，大也。○言汝能無封靡于爾邦〔二〕，則王當尊汝。又念汝有此助祭錫福之大功，則使汝之子孫繼序而益大之也。**無競維人，四方其訓之。不顯維德，百辟其刑之。於**音烏**乎**音呼**前王不忘！**又言莫强於人，莫顯於德。先王之德所以人不能忘者，用此道也。此戒飭而勸勉之也。中庸引「不顯惟德，百辟其刑之」，而曰：「故君子篤恭而天下平。」大學引「於乎前王不忘」，而曰：「君子賢其賢而親其親，小人樂其樂而利其利。此以没世不忘也。」

烈文一章，十三句。此篇以公、疆兩韻相叶，未詳當從何讀〔三〕，意亦可互用也。

【校】

〔一〕「壁」，明正統本、明嘉靖本作「璧」。

〔二〕「爾」，明正統本、明嘉靖本作「汝」。

〔三〕「詳」，明正統本、明嘉靖本作「審」。

天作高山，大音泰王荒之。彼作矣，文王康之。彼徂矣岐沈括曰：「後漢書西南夷傳作『彼岨者岐』。」今按，彼書「岨」但作「徂」，而引韓詩薛君章句，亦但訓爲「往」。獨「矣」字正作「者」，如沈氏說。然其注末復云岐雖阻僻，則似又有「岨」意。韓子亦云「彼岐有岨」，疑或別有所據。故今從之，而定讀「岐」字絕句，有夷之行叶户郎反，子孫保之。賦也。高山，謂岐山也。荒，治。康，安也。岨，險僻之意也。夷，平。行，路也。○此祭大王之詩。言天作岐山，而大王始治之。大王既作，而文王又安之。於是彼險僻之岐山，人歸者衆，而有平易之道路，子孫當世世保守而不失也。

天作一章，七句〔一〕。

【校】

〔一〕「七」，原作「八」。按此詩止七句。據毛詩正義、明正統本、明嘉靖本改。

昊天有成命，二后受之。成王不敢康，夙夜基命宥密。於音烏緝熙，單厥心，肆其靖之。賦也。二后，文武也。成王，名誦，武王之子也。基，積累于下，以承藉乎上者也。宥，宏深也〔一〕。密，静密也。於，歎詞。靖，安也。○此詩多道成王之德，疑祀成王之詩也。言天祚周以天下，既有定命，而文武受之矣。成王繼之，又能不敢康寧，而其夙夜積德以承藉天命者，又宏深而静密。是能繼續光明文武之業，而盡其心。故今能安静天下，而保其所受之命也。國語叔向引此詩而言曰：「是道成王之德也。成王能明文昭，定武烈者也。」以此證之，則其爲祀成王之詩無疑矣。

昊天有成命一章，七句。此康王以後之詩。

【校】

〔一〕「宏」，元本、元十卷本作「弘」。

我將我享，維羊維牛，維天其右叶音由之。賦也。將，奉。享，獻。右，尊也。神坐東向，在饌之右。所以尊之也。○此宗祀文王於明堂，以配上帝之樂歌。言奉其牛羊以享上帝，而曰：天庶其降，而在此牛羊之右乎？蓋不敢必也。儀式刑文王之典，日靖四方。伊嘏古雅反文王，既右享叶虚良反之。儀、式、刑，皆法也。嘏，錫福也。○言我儀式刑文王之典，以靖天下，則此能錫福之文王，既降而在此之右，以享我祭。若有以見其必然矣。

我其夙夜，畏天之威，于時保之。又言天與文王既皆右享我矣，則我其敢不夙夜畏天之威，以保天與文王所以降鑒之意乎？

我將一章，十句。程子曰：「萬物本乎天，人本乎祖。故冬至祭天，而以祖配之，以冬至氣之始也。萬物成形於帝，而人成形於父。故季秋享帝，而以父配之，以季秋成物之時也。」陳氏曰：「古者祭天於圜丘，掃地而行事。器用陶匏，牲用犢，其禮極簡。聖人之意，以爲未足以盡其意之委曲，故於季秋之月，有大享之禮焉。天，即帝也。郊而曰天，所以尊之也。故以后稷配焉，后稷遠矣。配稷於郊，亦以尊稷也。明堂而曰帝，所以親之也。以文王配焉，文王親也。配文王於明堂，亦以親文王也。尊尊而親親，周道備矣。然則郊者古禮，而明堂者周制也，周公以義起之也。」東萊呂氏曰：「於天維庶其饗之，不敢加一辭焉。於文王則言儀式其典，日靖四方。天不待贊，法文王，所以法天也。卒章惟言『畏天之威』，而不及文王者，統於尊也。畏天，所以畏文王也。天與文王一也。」

時邁其邦，昊天其子之？賦也。邁，行也。邦，諸侯之國也。周制，十有二年，王巡守殷國，柴望祭告，諸侯畢朝。○此巡守而朝會祭告之樂歌也。言我之以時巡行諸侯也，天其子我乎哉？蓋不敢必也。**實右序有周，薄言震之，莫不震疊。懷柔百神，及河喬嶽。允王維后！**右，尊。序，次。震，動。疊，懼。懷，來。柔，安。允，信也。○既而曰：天實右序有周矣，是以使我薄言震之，而四方諸侯莫不震懼。又能懷柔百神，以至于河之深廣，嶽之崇高，而莫不感格。則是信乎周王之爲天下君矣！**明昭有周，式序在位。載戢**側立反**干戈，載櫜**古刀反**弓矢。我求懿德，肆于時夏**户雅反**。允王保之！**戢，聚。櫜，韜。肆，陳也。夏，中國也。○又言明昭乎我周也，既以慶讓黜陟之典，式序在位之諸侯；又收斂其干戈弓矢，而益求懿美之德，以布陳于中國，則信乎王之能保天命也！或曰：此詩即所謂肆夏，以其有「肆于時夏」之語而命之也。

時邁一章，十五句。春秋傳曰：昔「武王克商，作頌曰：『載戢干戈。』」而外傳又以爲「周文公之頌」。則此詩乃武王之世，周公所作也。外傳又曰：「金奏肆夏（繁）、遏、渠〔一〕，天子以饗元侯也。」韋昭注云「肆夏一名樊，韶夏一名遏，納夏一名渠」，即周禮九夏之三也。吕叔玉云：「肆夏，時邁也。繁遏〔二〕，執競也。渠，思文也。」

【校】

〔一〕「繁」，國語魯語下、明正統本、明嘉靖本作「樊」。

〔二〕「繁」，明正統本、明嘉靖本作「樊」。

執競武王，無競維烈。不顯成康，上帝是皇。賦也。此祭武王、成王、康王之詩。競，强也。言武王持其自强不息之心，故其功烈之盛，天下莫得而競，豈不顯哉！成王、康王之德，亦上帝之所君也。自彼成康，奄有四方，斤斤紀覲反其明叶謨郎反。○斤斤，明之察也。言成康之德，明著如此也。鍾鼓喤喤華彭反，叶胡光反，磬筦音管將將七羊反，降福穰穰如羊反。○喤喤，和也。將將，集也。穰穰，多也。言今作樂以祭，而受福也。降福簡簡，威儀反反。既醉既飽，福禄來反。簡簡，大也。反反，謹重也。反，覆也。言受福之多，而愈益謹重。是以既醉既飽，而福禄之來，反覆而不厭也。

執競一章，十四句。此昭王以後之詩。國語説見前篇。

思文后稷，克配彼天。立我烝民，莫匪爾極。貽我來牟，帝命率育叶曰逼反。無此疆爾界叶訖力反，陳常于時夏。賦也。思，語辭。文，言有文德也。立、粒通。極，至也，德之至也。貽，遺也。來，小麥。牟，大麥也。率，徧。育，養也。○言后稷之德，真可配天。蓋使我烝民得以粒食者，莫非其德之至也。且其貽我民以來牟之種，乃上帝之命，以此徧養下民者。是以無有遠近彼此之殊，而得以陳其君臣父子之常道於中國也。或曰：此詩即所謂納夏者，亦以其有「時夏」之語而命之也。

思文一章，八句。國語説見時邁篇。

清廟之什十篇，十章，九十五句。

周頌臣工之什四之二

嗟嗟臣工，敬爾在公。王釐力之反爾成，來咨來茹如預反。○賦也。嗟嗟，重歎以深敕之也。臣工，羣臣百官也。公，公家也。釐，賜也。成，成法也。茹，度也。○此戒農官之詩。先言王有成法以賜女，女當來咨度也。嗟嗟保介，維莫音慕之春，亦又何求？如何新畬音余？於音烏皇來牟，將受厥明。明昭上帝，迄用康年。命我衆人，庤持恥反乃錢子淺反鎛音博，奄觀銍珍栗反艾音刈。○保介，見月令、吕覽，其説不同，然皆爲籍田而言，蓋農官之副也。莫春，斗柄建辰，夏正之三月也。畬，三歲田也〔一〕。於皇，歎美之辭。來牟，麥也。明，上帝之明賜也。言麥將熟也。迄，至也。康年，猶豐年也。衆人，甸徒也。庤，具也。錢，銚。鎛，鉏。銍，穫禾短鐮也。艾，穫也。○此乃言所戒之事。言三月則當治其新畬矣。今如何哉？然麥亦將熟〔二〕，則可以受上帝之明賜。而此明昭之上帝，又將賜我新畬以豐年也。於是命甸徒具農器，以治其新畬，而又將忽見其收成也。

臣工一章，十五句。

【校】

〔一〕「三」，原作「二」，據明正統本、明嘉靖本改。按本書小雅采芑朱傳曰：「田一歲曰菑，二歲曰新田，三歲曰畬。」

〔二〕「亦」，元本、元十卷本、明正統本、明嘉靖本作「已」。

噫嘻成王，既昭假音格爾。率時農夫，播厥百穀。駿音峻發爾私，終三十里。亦服爾耕，十千維耦叶音擬。○賦也。噫嘻，亦歎詞也。昭，明。假，格也。爾，田官也。時，是。駿，大。發，耕也。私，私田也。三十里，萬夫之地，四旁有川，内方三十三里有奇〔一〕。言三十里，舉成數也。耦，二人並耕也。○此連上篇，亦戒農官之詞。昭假爾，猶言格汝衆庶。蓋成王始置田官，而嘗戒命之也。爾當率是農夫，播其百穀，使之大發其私田，皆服其耕事，萬人爲耦而並耕也。蓋耕本以二人爲耦，今合一川之衆爲言，故云萬人畢出，並力齊心，如合一耦也。此必鄉遂之官，司稼之屬，其職以萬夫爲界者。溝洫用貢法，無公田，故皆謂之私。蘇氏曰：「民曰：『雨我公田，遂及我私。』而君曰：『駿發爾私，終三十里。』其上下之間，交相忠愛如此。」

噫嘻一章，八句。

【校】

〔一〕下「三」，原作「二」，據明正統本、明嘉靖本改。

振鷺于飛，于彼西雝。我客戾止，亦有斯容。賦也。振，羣飛貌。鷺，白鳥。雝，澤也。客，謂二王之後。夏之後杞，商之後宋，於周爲客，天子有事膰焉，有喪拜焉者也。○此二王之後來助祭之詩。言鷺飛于西雝之水，而我客來助祭者，其容貌修整，亦如鷺之潔白也。或曰：興也。**在彼無惡**烏路反，**在此無斁**叶丁故反。**庶幾夙夜**叶羊茹反，**以永終譽。**彼，其國也。在國無惡之者，在此無厭之者，如是則庶幾其能夙夜以永終此譽矣。陳氏曰：「在彼不以我革其命，而有惡於我，知天命無常，惟德是與，其心服也。在我不以彼墜其命，而有厭於彼，崇德象賢，統承先王，忠厚之至也。」

振鷺一章，八句。

豐年多黍多稌音杜，亦有高廩力錦反，萬億及秭咨履反。爲酒爲醴，烝畀祖妣，以洽百禮，降福孔皆叶舉里反。○賦也。稌，稻也。黍宜高燥而寒，稌宜下濕而暑，黍稌皆熟，則百穀無不熟矣。亦，助語辭。數萬至萬曰億，數億至億曰秭。烝，進。畀，予。洽，備。皆，徧也。○〔一〕此秋冬報賽田事之樂歌。蓋祀田祖、先農、方社之屬也。言其收入之多，至於可以供祭祀、備百禮，而神降之福將甚徧也。

豐年一章，七句。

【校】

〔一〕「○」，原闕，據元本、元十卷本、明正統本、明嘉靖本補。

有瞽有瞽，在周之庭。賦也。瞽，樂官無目者也。○序以此爲「始作樂而合乎祖」之詩。兩句總序其事也。設業設虡音巨，崇牙樹羽。應田縣鼓，鞉音桃磬柷尺叔反圉魚女反。既備乃奏叶音祖，簫管備舉以上叶瞽字。○業、虡、崇牙，見靈臺篇。樹羽，置五采之羽於崇牙之上也。應，小鞞。田，大鼓也。鄭氏曰：「『田』當作『朄』，小鼓也。」縣鼓，周制也。夏后氏足鼓，殷楹鼓，周縣鼓。鞉，如鼓而小，有柄，兩耳，持其柄搖之，則傍耳還自擊。磬，石磬也。柷，狀如漆桶，以木爲之，中有椎連底，挏之令左右擊，以起樂者也。圉，亦作敔，狀如伏虎，背上有二十七鉏鋙刻，以木長尺櫟之，以止樂者也。簫，編小竹管爲之。管，如篴，併兩而吹之者也。喤喤音横厥聲，肅雝和鳴，先祖是聽。我客戾止，永觀厥成以上叶庭字。○我客，二王後也。觀，視也。成，樂闋也，如「簫韶九成」之

「成」。獨言二王後者，猶曰「虞賓在位」〔一〕，「我有嘉客」，蓋尤以是爲盛耳。

有瞽一章，十三句。

【校】

〔一〕「曰」，明正統本、明嘉靖本作「言」。

猗於宜反與音余漆沮七余反，潛有多魚。有鱣張連反有鮪叶于軌反，鰷音條鱨音常鰋音偃鯉。以享以祀叶逸織反，以介景福叶筆力反。○賦也。猗與，歎辭。潛，槮也。蓋積柴養魚，使得藏隱避寒〔一〕，因以薄圍取之也。或曰：藏之深也。鰷，白鰷也。月令：季冬，「命漁師始漁，天子親往，乃嘗魚，先薦寢廟」。季春，「薦鮪于寢廟」。此其樂歌也。

潛一章，六句。

【校】

〔一〕「藏隱」，元本、元十卷本、明正統本、明嘉靖本作「隱藏」。

有來雝雝與公叶，篇内同，至止肅肅。相息亮反維辟音壁公〔一〕，天子穆穆。賦也。雝雝，和也。

肅肅，敬也。相，助祭也。辟公，諸侯也。穆穆，天子之容也。○此武王祭文王之詩。言諸侯之來，皆和且敬，以助我之祭事，而天子有穆穆之容也。**於**音烏**薦廣牡，相**同上**予肆祀**叶養里反。**假**古雅反**哉皇考**叶音口，**綏予孝子**叶奬履反。○於，歎辭也。廣牡，大牲也。肆，陳。假，大也。皇考，文王也。綏，安也。孝子，武王自稱也。○言此和敬之諸侯，薦大牲以助我之祭事。而大哉之文王，庶其享之，以安我孝子之心也。**宣哲維人，文武維后。燕及皇天**叶鐵因反，**克昌厥後。**宣，通。哲，知。燕，安也。○此美文王之德。宣哲則盡人之道，文武則備君之德。故能安人以及于天，而克昌其後嗣也。蘇氏曰：「周人以諱事神，文王名昌，而此詩曰『克昌厥後』，何也？曰：周之所謂諱，不以其名號之耳，不遂廢其文也。諱其名而廢其文者，周禮之末失也。」**綏我眉壽**叶殖酉反，**介以繁祉。既右**音又**烈考**叶音口，**亦右文母**叶滿彼反。○右，尊也，周禮所謂「享右祭祀」是也。烈考，猶皇考也。文母，大姒也。○言文王昌厥後，而安之以眉壽，助之以多福，使我得以右于烈考文母也。

雝一章，十六句。周禮樂師〔二〕：「及徹，帥學士而歌徹。」説者以爲即此詩。論語亦曰「以雍徹」。然則此蓋徹祭所歌，而亦名爲徹也。

【校】

〔一〕「壁」，元本、元十卷本、明嘉靖本作「璧」。

〔二〕「樂師」，原作「大師」，據周禮、明正統本、明嘉靖本改。

載見賢遍反，下同辟音壁王〔一〕，曰求厥章。龍旂陽陽，和鈴央央於良反。鞗音條革有鶬七羊反，休有烈光。賦也。載，則也，發語辭也。章，法度也。交龍曰旂。陽，明也。軾前曰和，旂上曰鈴。央央、有鶬，皆聲和也。休，美也。○此諸侯助祭于武王廟之詩。先言其來朝，稟受法度，其車服之盛如此。率見昭考，以孝以享叶虚良反。○昭考，武王也。廟制，太祖居中，左昭右穆。周廟文王當穆，武王當昭，故書稱「穆考文王」，而此詩及訪落皆謂武王爲「昭考」。此乃言王率諸侯，以祭武王廟也。以介眉壽，永言保之，思皇多祜後五反。烈文辟公，綏以多福，俾緝熙于純嘏叶音古。○思，語辭。皇，大也，美也。○又言孝享以介眉壽，而受多福。是皆諸侯助祭有以致之，使我得繼而明之，以至于純嘏也。蓋歸德于諸侯之辭，猶烈文之意也。

載見一章，十四句。

【校】

〔一〕「壁」，元本、元十卷本、明嘉靖本作「璧」。

有客有客，亦白其馬叶滿補反〔一〕。有萋有且七序反，敦都回反琢其旅。賦也。客，微子也。周既滅商，封微子於宋，以祀其先王，而以客禮待之，不敢臣也。亦，語辭也。殷尚白，修其禮物，仍殷之舊也。萋、且，未詳。傳曰：「敬慎貌。」敦琢，選擇也。旅，其卿大夫從行者也。○此微子來見祖廟之詩，而此一節言其始至也。有客宿宿，有客信信。言授之縶陟立反，以縶其馬同上。○一宿曰宿，再宿曰信。縶其馬，愛之不欲其去也。此一節言其將去也。薄言追之，左右綏之。追之，已去而復還之，愛之無已也。左右綏之，言所以安而留之者無方也。既有淫威，降福孔夷。淫威，未詳。舊説：「淫，大也。統承先王，用天子禮樂，所謂淫威也。」夷，易也，大也。此一節言其留之也。

有客一章，十二句。

【校】

〔一〕「補」，元本、元十卷本作「蒲」。

於音烏皇武王，無競維烈。允文文王，克開厥後。嗣武受之，勝殷遏劉，耆音指定爾功。賦也。於，歎辭。皇，大。遏，止。劉，殺。耆，致也。○周公象武王之功，爲大武之樂。言武王無競之功，實文王開之，而武王嗣而受之，勝殷止殺，以致定其功也。

武一章，七句。春秋傳以此爲大武之首章也。大武，周公象武王武功之舞，歌此詩以奏之。禮曰：「朱干玉戚，冕而舞大武。」然傳以此詩爲武王所作，則篇内已有武王之謚，而其説誤矣。

臣工之什十篇，十章，一百六句。

周頌閔予小子之什四之三

閔予小子，遭家不造叶徂候反，**嬛嬛**其傾反**在疚**音救。**於**音烏**乎**音呼**皇考**叶祛候反，**永世克孝**叶呼候反。○賦也。成王免喪，始朝于先王之廟，而作此詩也。閔，病也。予小子，成王自稱也。造，成也。嬛，與煢同，無所依怙之意。疚，哀病也。匡衡曰：「『煢煢在疚』，言成王喪畢思慕，意氣未能平也。蓋所以就文武之業，崇大化之本也。」皇考，武王也。歎武王之終身能孝也。**念茲皇祖，陟降庭**叶去聲**止。維予小子，夙夜敬止。**皇祖，文王也。承上文，言武王之孝，思念文王，常若見其陟降於庭。猶所謂「見堯於牆，見堯於羹」也。楚辭云：「三公揖讓，登降堂只。」〔一〕與此文勢正相似。而匡衡引此句，顔注亦云「若神明臨其朝庭」是也。〔二〕**於乎**二字同上**皇王，繼序思不忘。**皇王，兼指文武也。承上文，言我之所以夙夜敬止者，思繼此序而不忘耳。

閔予小子一章，十一句。此成王除喪朝廟所作。疑後世遂以爲嗣王朝廟之樂。後三篇放此。

【校】

〔一〕「揖讓」，楚辭大招作「穆穆」。

〔二〕「而匡衡」至「是也」，按漢書匡衡傳引此詩作「念我皇祖，陟降廷止」。顔師古注作「故鬼神上下臨其朝廷」，文字稍異。

訪予落止，率時昭考。於音烏乎音呼悠哉，朕未有艾五蓋反。將予就之，繼猶判渙。維予小子，未堪家多難乃旦反。紹庭上下，陟降厥家。休矣皇考，以保明其身。賦也。訪，問。落，始。悠，遠也。艾，如「夜未艾」之「艾」。判，分。渙，散。保，安。明，顯也。○成王既朝于廟，因作此詩，以道延訪羣臣之意。言我將謀之於始，以循我昭考武王之道。然而其道遠矣，予不能及也。將使予勉强以就之，而所以繼之者，猶恐其判渙而不合也。則亦繼其上下於庭，陟降於家，庶幾賴皇考之休，有以保明吾身而已矣。

訪落一章，十二句。說同上篇。

敬之敬之，天維顯思叶新夷反，命不易以豉反哉叶將黎反〔一〕！無曰高高在上，陟降厥士，日監在茲叶津之反。○賦也。顯，明也。思，語辭也。士，事也。○成王受羣臣之戒，而述其言曰：敬之哉，敬之哉！天道甚明，其命不易保也。無謂其高而不吾察，當知其聰明明畏，常若陟降於吾之所爲，而無日不臨監于此者，不可以不敬也。維予小子叶奨履反，不聰敬止。日就月將，學有緝熙于光明叶謨郎反。佛符弗反，又音弼時仔音茲肩，示我顯德行下孟反，叶户郎反。○將，進也。佛、弼通。仔肩，任也。○此乃自爲答之之言，曰：我不聰而未能敬也，然願學焉。庶幾日有所就，月有所進，續而明之，以至于光明。又賴羣臣輔助我所負荷之任，而示我以顯明之德行，則庶乎其可及爾。

敬之一章，十二句。

【校】

〔一〕「將」，明正統本、明嘉靖本作「奨」。

予其懲直升反，**而毖後患。莫予荓**普經反**蜂，自求辛螫**施隻反。**肇允彼桃蟲，拚**芳煩反**飛維鳥。未堪家多難**乃旦反，**予又集于蓼**音了。○賦也。懲，有所傷而知戒也。毖，慎。荓，使也。蜂，小物而有毒。肇，始。允，信也。桃蟲，鷦鷯，小鳥也。拚，飛貌。鳥，大鳥也。鷦鷯之雛，化而爲鵰。故古語曰：「鷦鷯生鵰」，言始小而終大也。蓼，辛苦之物也。○此亦訪落之意。成王自言，予何所懲，而謹後患乎？荓蜂而得辛螫，信桃蟲而不知其能爲大鳥，此其所當懲者。蓋指管、蔡之事也。然我方幼沖，未堪多難，而又集于辛苦之地，羣臣奈何捨我而弗助哉？

小毖一章，八句。蘇氏曰：「小毖者，謹之於小也。謹之於小，則大患無由至矣。」

載芟載柞側百反，叶疾各反，**其耕澤澤**音釋，叶徒洛反。○賦也。除草曰芟，除木曰柞。秋官「柞氏掌攻草木」是也。澤澤，解散也。**千耦其耘，徂隰徂畛**音真。○耘，去苗閒草也。隰，爲田之處也。畛，田畔也。**侯主侯伯，侯亞侯旅，侯彊侯以。有嗿**它感反**其饁**于輒反〔二〕，**思媚其婦，有依其士**與以叶。**有略其耜**叶養里反，**俶載南畝**叶滿委反。○主，家長也。伯，長子也。亞，仲叔也。旅，衆子弟也。彊，民之有餘力而來助者，遂人所謂「以彊予任甿」者也。能左右之曰以。大宰所謂「閒民」，「轉移執事」者，若今時傭力之人，隨主人所左右者也。噞，衆飲食聲也。媚，順。依，愛。士，夫也。言餉婦與耕夫相慰勞也。略，利。俶，始。載，事也。播厥百穀，實函斯活叶呼酷反。○函，含。活，生也。既播之，其實含氣而生也。驛驛其達叶佗悦反，有厭其傑。驛驛，苗生貌。達，出土也。厭，受氣足也。傑，先長者也。厭厭其苗，緜緜其麃表驕反。○緜緜，詳密也。麃，耘也。載穫濟濟子禮反，有實其積子賜反，叶上聲，萬億及秭。爲酒爲醴，烝畀祖妣，以洽百禮。濟濟，人衆貌。實，積之實也。積，露積也。有飶蒲即反其香，邦家之光。有椒其馨，胡考之寧。飶，芬香也，未詳何物。胡，壽也。以燕享賓客，則邦家之所以光也。以共養耆老，則胡考之所以安也。匪且有且，匪今斯今叶音經，振古如兹無韻，未詳。○且，此。振，極也。言非獨此處有此稼穡之事，非獨今時有今豐年之慶，蓋自極古以來已如此矣。猶言自古有年也。

載芟一章，三十一句。此詩未詳所用，然辭意與豐年相似，其用應亦不殊。

【校】

〔一〕「它」，明正統本、明嘉靖本作「他」。

畟畟楚側反良耜叶養里反，俶尺叔反載南畝叶満委反〔一〕。○賦也。畟畟，嚴利也。播厥百穀，實函斯活叶呼酷反。説見前篇。或來瞻女音汝，載筐及筥，其饟式亮反伊黍。或來瞻女，婦子之來饁者也。

筐、筥，饟具也。其笠伊糾叶其了反，其鎛音博斯趙直了反，以薅呼毛反荼蓼。糾然，笠之輕舉也。趙，刺。薅，去也。荼，陸草。蓼，水草。一物而有水陸之異也。今南方人猶謂蓼爲「辣荼」，或用以毒溪取魚，即所謂「荼毒」也。荼蓼朽止，黍稷茂叶莫口反止。毒草朽，則土熱而苗盛〔二〕。穫之挃挃珍栗反，積之栗栗。其崇如墉，其比毗志反如櫛側瑟反，以開百室。挃挃，穫聲也。栗栗，積之密也。櫛，理髮器，言密也。百室，一族之人也。五家爲比，五比爲閭，四閭爲族。人輩作相助〔三〕，故同時入穀也。百室盈止，婦子寧止。盈，滿。寧，安也。殺時犉如純反牡，有捄音求其角叶盧谷反。以似以續，續古之人無韻，未詳。○黄牛黑脣曰犉。捄，曲貌。續，謂續先祖以奉祭祀。

良耜一章，二十三句。或疑思文、臣工、噫嘻、豐年、載芟、良耜等篇，即所謂豳頌者。其詳見於豳風及大田篇之末。亦未知其是否也。

【校】

〔一〕「滿」，原作「蒲」，據明正統本改。

〔二〕「熱」，明嘉靖本作「熟」。

〔三〕「人」前，明正統本、明嘉靖本多「族」。

絲衣其紑孚浮反，載弁俅俅音求。自堂徂基，自羊徂牛。鼐乃代反鼎及鼒叶津之反，兕觥其觩音求，旨酒思柔。不吳音話不敖音傲，胡考之休。賦也。絲衣，祭服也。紑，潔貌。載，戴也。弁，爵弁也，士祭於王之服。俅俅，恭順貌。基，門塾之基。鼐，大鼎。鼒，小鼎也。思，語辭。柔，和也。吳，譁也。○此亦祭而飲酒之詩。言此服絲衣爵弁之人，升門堂，視壺濯籩豆之屬，降往於基，告濯具。又視牲，從羊至牛，反告充。已乃舉鼎冪告潔，禮之次也。又能謹其威儀，不諠譁，不怠敖，故能得壽考之福。

絲衣一章，九句。此詩或紑、俅、牛、觩、柔、休並叶基韻，或基、鼒並叶紑韻。

於音烏鑠式灼反王師，遵養時晦。時純熙矣，是用大介。我龍受之，蹻蹻居表反王之造叶徂候反。載用有嗣叶音祠，實維爾公允師。賦也。於，歎辭。鑠，盛。遵，循。熙，光。介，甲也，所謂「一戎衣」也。龍，寵也。蹻蹻，武貌。造，爲。載，則。公，事。允，信也。○此亦頌武王之詩。言其初有於鑠之師而不用，退自循養，與時皆晦。既純光矣，然後一戎衣而天下大定。後人於是寵而受此蹻蹻然王者之功。其所以嗣之者，亦維武王之事是師爾。

酌一章，八句。酌，即勺也。内則十三「舞勺」，即以此詩爲節而舞也。然此詩與賚、般皆不用詩中字名篇，疑取樂節之名。如曰武宿夜云爾。

綏萬邦，婁力注反豐年〔一〕，天命匪解佳賣反。桓桓武王，保有厥士，于以四方，克定厥家。於音烏昭于天，皇以閒之。賦也。綏，安也。桓桓，武貌。大軍之後，必有凶年。而武王克商，則除害以安天下，故屢獲豐年之祥。傳所謂「周饑，克殷而年豐」是也。然天命之於周，久而不厭也。故此桓桓之武王，保有其士，而用之於四方，以定其家，其德上昭于天也。「閒」字之義未詳。傳曰：「閒，代也。」言君天下以代商也。此亦頌武王之功。

桓一章，九句。春秋傳以此爲大武之六章，則今之篇次蓋已失其舊矣。又篇内已有武王之謚，則其謂武王時作者，亦誤也。序以爲「講武類禡」之詩，豈後世取其義而用之於其事也與？

【校】

〔一〕「婁」，元本、元十卷本、明正統本、明嘉靖本作「屢」。毛詩正義作「婁」，阮校云：「唐石經、小字本、相臺本同。閩本、明監本、毛本『婁』作『屢』。案釋文作『婁』，是其證也。正義中字作『屢』，當是易爲今字耳。」

文王既勤止，我應受之。敷時繹思，我徂維求定。時周之命，於音烏**繹思。**賦也。應，當也。敷，布。時，是也。繹，尋繹也。於，歎辭。繹思，尋繹而思念也。○此頌文武之功，而言其大封功臣之意也。言文王之勤勞天下至矣，其子孫受而有之，然而不敢專也。布此文王功德之在人而可繹思者，以賚有功，而往求天下之安定。又以爲凡此皆周之命，而非復商之舊矣。遂歎美之，而欲諸臣受封賞者，繹思文王之德而不忘也。

賚一章，六句。春秋傳以此爲大武之三章，而序以爲「大封於廟」之詩。説同上篇。

於音烏**皇時周，陟其高山，嶞**吐果反**山喬嶽，允猶翕**許及反**河。敷天之下，裒**蒲侯反**時之對，**

時周之命。賦也。高山，泛言山耳。墮，則其狹而長者。喬，高也。嶽，則其高而大者。允猶，未詳。或曰：允，信也。猶，與由同。翕河，河善泛溢，今得其性，故翕而不爲暴也。裒，聚也。對，答也。言美哉此周也，其巡守而登此山以柴望，又道於河以周四嶽。凡以敷天之下，莫不有望於我，故聚而朝之方嶽之下，以答其意耳。

般一章〔一〕，七句。般，義未詳。

【校】

〔一〕「般」下，明正統本多「音盤」二小字。

閔予小子之什十一篇，十一章，一百三十六句。

詩卷第二十

魯頌四之四

魯，少皞之墟〔一〕，在禹貢徐州，蒙、羽之野，成王以封周公長子伯禽，今襲慶、東平府，沂、密、海等州，即其地也。成王以周公有大勳勞於天下，故賜伯禽以天子之禮樂。魯於是乎有頌，以爲廟樂。其後又自作詩以美其君，亦謂之頌。舊説皆以爲伯禽十九世孫僖公申之詩〔二〕，今無所考。獨閟宫一篇爲僖公之詩無疑耳。夫以其詩之僭如此，然夫子猶録之者，蓋其體固列國之風，而所歌者乃當時之事，則猶未純於天子之頌。若其所歌之事，又皆有先王禮樂教化之遺意焉，則其文疑若猶可予也。況夫子魯人，亦安得而削之哉？然因其實而著之，而其是非得失，自有不可揜者，亦春秋之法也。或曰：魯之無風，何也？先儒以爲，時王褒周公之後，比於先代，故巡守不陳其詩，而其篇第不列於太師之職，是以宋、魯無風。其或然歟？或謂夫子有所諱而削之，則左氏所記當時列國大夫賦詩，及吴季子觀周樂，皆無曰魯風者，其説不得通矣。

【校】

〔一〕「皞」，元本、元十卷本作「昊」。

〔二〕「詩」，原作「時」，據明正統本、明嘉靖本改。

駉駉古熒反**牡馬**叶滿補反，**在坰**古熒反**之野**叶上與反。**薄言駉者**叶章與反，**有驈**戶橘反**有皇**，**有驪**力知反**有黃**，**以車彭彭**叶鋪郎反。**思無疆**，**思馬斯臧**。賦也。駉駉，腹幹肥張貌。邑外謂之郊，郊外謂之牧，牧外謂之野，野外謂之林，林外謂之坰。驪馬白跨曰驈，黃白曰皇，純黑曰驪，黃騂曰黃。彭彭，盛貌。思無疆，言其思之深廣無窮也。臧，善也。○此詩言僖公牧馬之盛，由其立心之遠。故美之曰：思無疆，則思馬斯臧矣。衛文公「秉心塞淵」而「騋牝三千」，亦此意也。

○**駉駉牡馬**，**在坰之野**。**薄言駉者**，**有騅**音佳**有駓**符悲反，**有騂有騏**，**以車伾伾**符丕反。**思無期**，**思馬斯才**叶前西反。○賦也。倉白雜毛曰騅，黃白雜毛曰駓，赤黃曰騂，青黑曰騏。伾伾，有力也。無期，猶無疆也。才，材力也。

○**駉駉牡馬**，**在坰之野**。**薄言駉者**，**有驒**徒河反**有駱**，**有駵有雒**〔一〕，**以車繹繹**〔二〕。**思無斁**〔三〕，**思馬斯作**。賦也。青驪驎曰驒，色有深淺，班駁如魚鱗，今之連錢驄也。白馬黑鬣曰駱，赤身黑鬣曰駵，黑身白鬣曰雒。繹繹，不絕貌。斁，厭也。作，奮起也。

○**駉駉牡馬**，**在坰之野**。**薄言駉者**，**有駰**音因**有騢**音遐，叶洪孤反，**有驔**音簟**有魚**，**以車祛祛**起居反。**思無邪**叶祥余反，**思馬斯徂**。賦也。陰白雜毛曰駰。陰，淺黑色，今泥驄也。彤白雜毛曰騢。豪骭曰驔，毫在骭而白也。二目白曰魚，似魚目也。祛祛，彊健也。徂，行也。孔子曰：「詩三百，一言以蔽之，曰『思無邪』。」蓋詩之言，美惡不同，或勸或懲，皆有以使人得其情性之正。然其明白簡切，通于上下，未有若此言者。故特稱之，以爲可當三百篇之義，以其要爲不過乎此也。學者誠能深味其言，而審於念慮之閒，必使無所思而不出於正，則日用云爲，莫非天理之流行矣。蘇氏曰：「昔之爲詩者，未必知此也。孔子讀詩至此，而有合於其心焉，是以取之，蓋斷章云爾。」

駉四章，章八句。

【校】

〔一〕「駜」下，明正統本、明嘉靖本多「音留」二小字。

〔二〕「繹繹」下，元本、元十卷本、明正統本、明嘉靖本多「叶弋灼反」四小字。

〔三〕「斁」下，元本、元十卷本、明正統本、明嘉靖本多「叶弋灼反」四小字。

有駜蒲必反有駜，駜彼乘繩證反黃。夙夜在公，在公明明叶謨郎反。振振鷺，鷺于下叶後五反。鼓咽咽烏玄反，醉言舞。于胥樂音洛兮！興也。駜，馬肥彊貌。明明，辨治也。振振，羣飛貌。鷺，鷺羽，舞者所持。或坐或伏，如鷺之下也。咽，與淵同，鼓聲之深長也。或曰：鷺亦興也。胥，相也。醉而起舞，以相樂也。此燕飲而頌禱之辭也。○有駜有駜，駜彼乘牡。夙夜在公，在公飲酒。振振鷺，鷺于飛。鼓咽咽，醉言歸。于胥樂兮！興也。鷺于飛，舞者振作，鷺羽如飛也。○有駜有駜，駜彼乘駽呼縣反。夙夜在公，在公載燕。自今以始，歲其有叶羽已反，君子有穀，詒孫子叶奬履反。于胥樂兮！興也。青驪曰駽，今鐵驄也。載，則也。有，有年也。穀，善也，或曰禄也。詒，遺也。頌禱之辭也。

有駜三章，章九句。

思樂音洛泮普半反水，薄采其芹其斤反。魯侯戾止，言觀其旂叶其斤反。其旂茷茷蒲害反，鸞聲噦噦呼會反。無小無大，從公于邁。賦其事以起興也。思，發語辭也。泮水，泮宮之水也。諸侯之學，鄉射之宮，謂之泮宮。其東、西、南方有水，形如半璧，以其半於辟廱，故曰泮水，而宮亦以名也。芹，水菜也。戾，至也。茷茷，飛揚也。噦噦，和也。此飲於泮宮，而頌禱之辭也。○思樂泮水，薄采其藻。魯侯戾止，其馬蹻蹻居表反。其馬蹻蹻，其音昭昭叶之繞反。載色載笑，匪怒伊教。賦其事以起興也。蹻蹻，盛貌。色，和顏色也。○思樂泮水，薄采其茆叶謨九反。魯侯戾止，在泮飲酒。既飲旨酒，永錫難老叶魯吼反。順彼長道叶徒吼反，屈此羣醜。賦其事以起興也。茆，鳧葵也，葉大如手，赤圓而滑，江南人謂之蓴菜者也。長道，猶大道也。屈，服。醜，衆也。此章以下皆頌禱之辭也。○穆穆魯侯，敬明其德。敬慎威儀，維民之則。允文允武，昭假音格烈祖。靡有不孝，自求伊祜候五反。○賦也。昭，明也。假，與格同。烈祖，周公、魯公也。○明明魯侯，克明其德。既作泮宮，淮夷攸服叶蒲北反。矯矯虎臣，在泮獻馘古獲反，叶況璧反〔一〕。淑問如臯陶叶夷周反，在泮獻囚。賦也。矯矯，武貌。馘，所格者之左耳也。淑，善也。問，訊囚也。囚，所虜獲者。蓋古者出兵，受成於學；及其反也，釋奠於學，而以訊馘告。故詩人因魯侯在泮，而願其有是功也。○濟濟子禮反多士，克廣德心。桓桓于征，狄他歷反彼東南叶尼心反。烝烝皇皇，不吳音話不揚。不告于訩音凶，在泮獻功。賦也。廣，推而大之也。德心，善意也。狄，猶逷也。東南，謂淮夷也。烝烝皇皇，盛也。不吴不揚，肅也。不告于訩，師克而和，不争功也。○角弓其觩音求，束矢其搜色留反。戎車孔博，徒御無斁叶弋灼反。既克淮夷，孔淑不逆叶宜脚反。式固爾猶，淮夷卒獲叶黄郭反。○賦也。觩，弓健貌。五十矢爲束，或曰百矢也。搜，矢疾聲也。博，廣大也。無斁，言競勸也。逆，違命也。蓋能審固其謀猶，則淮夷終無不獲矣。○翩彼飛鴞吁驕反，集于泮林。食我桑黮尸荏反，懷我好音。憬九永反彼淮夷，來獻其琛敕金反。元龜象齒，大賂南金。○興也。鴞，惡聲之鳥也。黮，桑實也。憬，覺悟也。琛，寶也。元龜，尺二寸。賂，遺也。南金，荆揚之金也。此章前四句興後四句，如行葦首章之例。

泮水八章，章八句。

【校】

〔一〕「壁」，元本、元十卷本、明正統本、明嘉靖本作「璧」。

閟筆位反宫有侐況域反，實實枚枚。赫赫姜嫄音元，其德不回。上帝是依叶音隱，無災無害。彌月不遲叶陳回反，是生后稷。降之百福叶筆力反，黍稷重直龍反穋音六，叶六直反，稙徵力反稺菽麥叶訖力反。奄有下國叶于逼反，俾民稼穡。有稷有黍，有稻有秬求許反。奄有下土，纘禹之緒象吕反。○賦也。閟，深閉也。宫，廟也。侐，清静也。實實，鞏固也。枚枚，礱密也。時蓋修之，故詩人歌詠其事，以爲頌禱之詞，而推本后稷之生，而下及于僖公耳。回，邪也。依，猶眷顧也。説見生民篇。先種曰稙，後種曰稺。奄有下國，封於邰也。緒，業也。禹治洪水既平，后稷乃始播百穀。

○后稷之孫，實維大音泰王。居岐之陽，實始翦商。至于文武，纘大王之緒。致天之届，于牧之野叶上與反。無貳無虞，上帝臨女音汝。敦都回反商之旅，克咸厥功叶居古反〔一〕。王曰叔父扶雨反，建爾元子叶子古反，俾侯于魯。大啓爾宇，爲周室輔扶雨反。○賦也。翦，斷也。大王自豳徙居岐陽，四方之民咸歸往之，於是而王迹始著，蓋有翦商之漸矣。届，極也，猶言窮極也。虞，慮也。無貳無虞，上帝臨女，猶大明云「上帝臨女，無貳爾心」也。敦，治之也。咸，同也。言輔佐之臣，同有其功，而周公亦與焉也。王，成王也。叔父，周公也。元子，魯公伯禽也。啓，開。宇，居也。

○乃命魯公，俾侯于東。錫之山川，土田附庸。周公之孫，莊公之子叶奬履反，龍旂承祀叶養里反，六轡耳耳。春秋匪解音懈，叶訖力反，享祀不忒。皇皇后帝，皇祖后稷，享以騂犧虚宜、虚何二反。是饗是宜牛奇、牛何二反，降福既多章移、當何二反。周公皇祖，亦其福女音汝。○賦也。附庸，猶屬城也。小國不能自達於天子，而附於大國也。上章既告周公以封伯禽之意，此乃言其命魯公而封之也。莊公之子，其一閔公，其一僖公。知此是僖公者，閔公在位不久，未有可頌，此必是僖公也。耳耳，柔從也。春秋，錯舉四時也。忒，過差也。成王以周公有大功於王室，故命魯公以夏正孟春郊祀上帝，配以后稷，牲用騂牡。皇祖，謂羣公。此章以後皆言僖公致敬郊廟，而神降之福，國人稱願之如此也。

○秋而載嘗，夏而楅衡叶户郎反。白牡騂剛，犧尊將將七羊反。毛炰薄交反胾側吏反羹叶盧當反，籩豆大房此下當脱一句，如「鍾鼓喤喤」之類。萬舞洋洋，孝孫有慶叶祛羊反。俾爾熾而昌，俾爾壽而臧。保彼東方，魯邦是常。不虧不崩，不震不騰。三壽作朋，如岡如陵。賦也。嘗，秋祭名。楅衡，施於牛角，所以止觸也。周禮封人云「凡祭，飾其牛牲，設其楅衡」是也。秋將嘗，而夏楅衡其牛，言夙戒也。白牡，周公之牲也。騂剛，魯公之牲也。白牡，殷牲也。周公有王禮，故不敢與文武同。魯公則無所嫌，故用騂剛。犧尊，畫牛於尊腹也。或曰：尊作牛形，鑿其背以受酒也。毛炰，周禮封人祭祀有「毛炰之豚」，注云「爓去其毛而炰之」也。胾，切肉也。羹，大羹、鉶羹也。大羹，太古之羹，湆煮肉汁不和，盛之以登，貴其質也。鉶羹，肉汁之有菜和者也，盛之鉶器，故曰鉶羹。大房，半體之俎，足下有跗，如堂房也。萬，舞名。震騰，驚動也。三壽，未詳。鄭氏曰：「三卿也。」或曰：願公壽與岡、陵等而爲三也。

○公車千乘繩證反，叶神陵反，朱英綠縢徒登反，二矛重直龍反弓叶姑弘反。公徒三萬，貝冑朱綅息廉反，叶息稜反，烝徒增增。戎狄是膺，荆舒是懲，則莫我敢承。俾爾昌而熾，俾爾壽而富叶方未反。黃髮台背叶蒲寐反，壽胥與試。俾爾昌而大叶特計反，俾爾耆而艾吾蓋反，叶五計反。萬有千歲，眉壽無有害叶暇憩反。○

賦也。千乘，大國之賦也。成方十里，出革車一乘，甲士三人，左持弓，右持矛，中人御。步卒七十二人，將重車者二十五人。千乘之地，則三百十六里有奇也。朱英，所以飾矛；綠縢，所以約弓也。二矛，夷矛、酋矛也。重弓，備折壞也。徒，步卒也。三萬，舉成數也。車千乘，法當用十萬人，而爲步卒者七萬二千人。然大國之賦，適滿千乘，苟盡用之，是舉國而行也。故其用之大國，三軍而已。三軍爲車三百七十五乘，三萬七千五百人，其爲步卒不過二萬七千人。舉其中而以成數言，故曰三萬也。貝冑，貝飾冑也。朱綅，所以綴也。增增，衆也。戎，西戎。狄，北狄。膺，當也。荆，楚之別號。舒，其與國也。懲，艾。承，禦也。僖公嘗從齊桓公伐楚，故以此美之，而祝其昌大壽考也。「壽胥與試」之義未詳。王氏曰：「壽考者相與爲公用也。」蘇氏曰：「願其壽而相與試其才力，以爲用也。」

○泰山巖巖叶魚杴反，魯邦所詹。奄有龜蒙，遂荒大東。至于海邦叶卜工反，淮夷來同。莫不率從，魯侯之功。

賦也。泰山，魯之望也。詹，與瞻同。龜、蒙，二山名。荒，奄也。大東，極東也。海邦，近海之國也。

○保有鳧繹叶弋灼反，遂

荒徐宅叶達各反。至于海邦，淮夷蠻貊叶莫博反。及彼南夷，莫不率從。莫敢不諾，魯侯是若。賦也。鳧、繹，二山名。宅，居也，謂徐國也。諾，應辭。若，順也。○泰山、龜、蒙、鳧、繹，魯之所有。其餘則國之東南，勢相聯屬，可以服從之國也。○天錫公純嘏叶果五反，眉壽保魯。居常與許，復周公之宇。魯侯燕喜，令妻壽母叶滿委反。宜大夫庶士鉏里反，邦國是有叶羽已反。既多受祉，黄髮兒齒。賦也。常，或作「嘗」，在薛之旁。許，許田也，魯朝宿之邑也。皆魯之故地，見侵於諸侯而未復者，故魯人以是願僖公也。令妻，令善之妻，聲姜也。壽母，壽考之母，成風也。閔公八歲被弑，必是未娶，其母叔姜亦應未老。此言「令妻壽母」，又可見公爲僖公無疑也。有，常有也。兒齒，齒落更生細者，亦壽徵也。○徂來之松，新甫之柏叶逋莫反，是斷音短是度待各反〔二〕，是尋是尺叶尺約反。松桷音角有舄叶七約反，路寢孔碩叶常約反。新廟奕奕叶弋灼反，奚斯所作。孔曼音萬且碩同上，萬民是若。賦也。徂來、新甫，二山名。八尺曰尋。舄，大貌。路寢，正寢也。新廟，僖公所修之廟。奚斯，公子魚也。作者，教護屬功課章程也。曼，長。碩，大也。萬民是若，順萬民之望也。

閟宮九章，五章章十七句内第四章脱一句，二章章八句，二章章十句。舊説八章，二章章十七句，一章十二句，一章三十八句，二章章八句，二章章十句。多寡不均，雜亂無次，蓋不知第四章有脱句而然。今正其誤。

【校】

〔一〕「反」，原闕，據元本、元十卷本、明正統本、明嘉靖本補。

〔二〕「各」，元本、元十卷本、明正統本作「洛」，明嘉靖本作「落」。

魯頌四篇，二十四章，二百四十三句。

商頌四之五

契爲舜司徒，而封於商。傳十四世，而湯有天下。其後三宗迭興。及紂無道，爲武王所滅，封其庶兄微子啓於宋，修其禮樂，以奉商後。其地在禹貢徐州泗濱，西及豫州盟豬之野。其後政衰，商之禮樂日以放失。七世至戴公時，大夫正考甫得商頌十二篇於周太師，歸以祀其先王。至孔子編詩，而又亡其七篇。然其存者亦多闕文疑義，今不敢强通也。商都亳，宋都商丘，皆在今應天府亳州界。

猗於宜反**與**音余**那與，置我鞉**音桃**鼓。奏鼓簡簡，衎我烈祖。**賦也。猗，歎辭。那，多。置，陳也。簡簡，和大也。衎，樂也。烈祖，湯也。記曰：「商人尚聲，臭味未成，滌蕩其聲。樂三闋，然後出迎牲。」即此是也。舊說以此爲祀成湯之樂也。**湯孫奏假**音格**，綏我思成。鞉鼓淵淵**叶於巾反**，嘒嘒管聲。既和且平，依我磬聲。於**音烏**赫湯孫**叶思倫反**，穆穆厥聲。**湯孫，主祀之時王也。假，與格同，言奏樂以格于祖考也。綏，安也。思成，未詳。鄭氏曰：「安我以所思而成之人〔一〕，謂神明來格也。禮記曰：『齊之日，思其居處，思其笑語，思其志意，思其所樂，思其所嗜。齊三日，乃見其所爲齊者。祭之日，入室，僾然必有見乎其位。周旋出户，肅然必有聞乎其容聲。出户而聽，愾然必有聞乎其歎息之聲。』此之謂思成。」蘇氏曰：「其所見聞，本非有也，生於思耳。」此二說近是。

蓋齊而思之，祭而如有見聞，則成此人矣。鄭注頗有脱誤，今正之。淵淵，深遠也。嘒嘒，清亮也。磬，玉磬也。堂上升歌之樂，非石磬也。穆穆，美也。**庸鼓有斁，萬舞有奕。我有嘉客，亦不夷懌。**庸、鏞通。斁，斁然盛也。奕，奕然有次序也。蓋上文言，鞉鼓管籥作於堂下，其聲依堂上之玉磬，無相奪倫者。至於此，則九獻之後，鍾鼓交作，萬舞陳於庭，而祝事畢矣〔二〕。嘉客，先代之後來助祭者也。夷，悦也。亦不夷懌乎，言皆悦懌也。**自古在昔，先民有作。温恭朝夕，執事有恪。**恪，敬也。言恭敬之道，古人所行，不可忘也。閔馬父曰：「先聖王之傳恭，猶不敢專，稱曰『自古』，古曰『在昔』，昔曰『先民』。」**顧予烝嘗，湯孫之將。**將，奉也。言湯其尚顧我烝嘗哉！此湯孫之所奉者。致其丁寧之意，庶幾其顧之也。

那一章，二十二句。閔馬父曰「正考父校商之名頌，以那爲首，其輯之亂曰」云云，即此詩也。

【校】

〔一〕鄭箋原文「以」作「心」，「之」下無「人」字，朱熹以其脱誤而改之，見下傳文。

〔二〕「祝」，元本、元十卷本、明正統本、明嘉靖本作「祀」。

嗟嗟烈祖，有秩斯祜候五反〔一〕。**申錫無疆，及爾斯所。**賦也。烈祖，湯也。秩，常。申，重也。爾，主祭之君，蓋自歌者指之也。斯所，猶言此處也。○此亦祀成湯之樂，言嗟嗟烈祖，有秩秩無窮之福，可以申錫於無疆，是以及於爾今王之所，而修其祭祀，如下所云也。**既載清酤**叶候五反，**賚我思成**叶音常。**亦有和羹**叶音郎，**既戒既平**叶音旁。**鬷**中庸作「奏」，今從之**假**音格**無言**叶音昂，**時靡有争**叶音章。**綏我眉壽，黄耉無疆**。酤，酒。賚，與也。思成，義見上篇。和羹，味之調節也。戒，夙戒也。平，猶和也。儀禮於祭祀燕享之始，每言「羹定」，蓋以羹熟爲節，然後行禮。定，即戒平之謂也。鬷，中庸作「奏」，正與上篇義同。蓋古聲「奏」、「族」相近，「族」聲轉平而爲「鬷」耳。無言，無争，肅敬而齊一也。言其載清酤而既與我以思成矣，及進和羹，而肅敬之至，則又綏我以眉壽黄耉之福也〔二〕。**約軧**祈支反**錯衡**叶户郎反〔三〕，**八鸞鶬鶬**七羊反。**以假**音格**以享**叶虚良反，**我受命溥將**。**自天降康，豐年穰穰。來假**音格**來饗**叶虚良反，**降福無疆**。約軧、錯衡、八鸞，見采芑篇。鶬，見載見篇。言助祭之諸侯，乘是車以假以享于祖宗之廟也。溥，廣。將，大也。穰穰，多也。言我受命既廣大，而天降以豐年，黍稷之多，使得以祭也。假之而祖考來假，享之而祖考來饗，則降福無疆矣。**顧予烝嘗，湯孫之將**。説見前篇。

烈祖一章，二十二句。

【校】

〔二〕「候」，元本、元十卷本作「侯」。下同。

〔二〕「綏」，元本、元十卷本、明正統本、明嘉靖本作「安」。

〔三〕本處及下「軧」字，元本、元十卷本、明正統本、明嘉靖本、八卷本同，皆當作「軝」，參本書小雅采芑篇校勘記。

天命玄鳥，降而生商，宅殷土芒芒。古帝命武湯，正域彼四方。賦也。玄鳥，鳦也。春分玄鳥降。高辛氏之妃，有娀氏女簡狄，祈于郊禖，鳦遺卵，簡狄吞之而生契。其後世遂爲有商氏，以有天下。事見史記。宅，居也。殷，地名。芒芒，大貌。古，猶昔也。帝，上帝也。武湯，以其有武德號之也。正，治也。域，封竟也。○此亦祭祀宗廟之樂，而追叙商人之所由生，以及其有天下之初也。方命厥后，奄有九有叶羽已反。商之先后，受命不殆叶養里反，在武丁孫子叶獎履反。○方命厥后，四方諸侯無不受命也。九有，九州也。武丁，高宗也。言商之先后，受天命不危殆，故今武丁孫子猶賴其福。武丁孫子，武王靡不勝音升。龍旂十乘繩證反〔一〕，大糦尺志反是承。武王，湯號，而其後世亦以自稱也。龍旂，諸侯所建交龍之旂也。大糦，黍稷也。承，奉也。○言武丁孫子，今襲湯號者，其武無所不勝。於是諸侯無不奉黍稷以來助祭也。邦畿千里，維民所止，肇域彼四海叶虎洧反。○止，居。肇，開也。言王畿之內，民之所止，不過千里。而其封域則極乎四海之廣也。四海來假音格，下同，來假祁祁。景員維河，殷受命咸宜叶牛何反，百禄是何音荷，叶如字。○假，與格同。祁祁，衆多貌。「景員維河」之義未詳。或曰：景，山名，商所都也。見殷武卒章。春秋傳亦曰「商湯有景亳之命」是也。員，與下篇「幅隕」義同，蓋言周也。河，大河也。言景山四周皆大河也。何，任也，春秋傳作「荷」。

玄鳥一章，二十二句。

【校】

〔一〕「證」，元十卷本作「丁」。

濬哲維商，長發其祥。洪水芒芒，禹敷下土方絕句。楚辭天問禹「降省下土方」〔一〕，蓋用此語。外大國是疆，幅隕音員既長。有娀息容反方將，帝立子生商。賦也。濬，深。哲，知。長，久也。方，四方也。外大國，遠諸侯也。幅，猶言邊幅也。隕，讀作員，謂周也。有娀，契之母家也。將，大也。○言商世世有濬哲之君，其受命之祥，發見也久矣。方禹治洪水，以外大國爲中國之竟，而幅員廣大之時，有娀氏始大，故帝立其女之子，而造商室也。蓋契於是時始爲舜司徒，掌布五教于四方。而商之受命，實基於此。

○玄王桓撥叶必烈反，受小國是達叶他悅反〔二〕，受大國是達。率履不越，遂視既發叶方月反。相息亮反土烈烈，海外有截。賦也。玄王，契也。玄者，深微之稱。或曰：以玄鳥降而生也。王者，追尊之號。桓，武。撥，治。達，通也。受小國大國，無所不達，言其無所不宜也。率，循。履，禮。越，過。發，應也。言契能循禮不過越，遂視其民，則既發以應之矣。相土，契之孫也。截，整齊也。至是而商益大，四方諸侯歸之，截然整齊矣。其後湯以七十里起，豈嘗中衰也與？

○帝命不違，至于湯齊。湯降不遲，聖敬日躋〔三〕。昭假音格遲遲，上帝是祗，帝命式于九圍。賦也。「湯齊」之義未詳。蘇氏曰：「至湯而王業成，與天命會也。」降，猶生也。遲遲，久也。祗，敬。式，法也。九圍，九州也。○商之先祖既有明德，天命未嘗去之，以至於湯。湯之生也，應期而降，適當其時，其聖敬又日躋升，以至昭假于天，久而不息，惟上帝是敬。故帝命之，使爲法於九州也〔四〕。

○受小球音求大球，爲下國綴張衛反旒音流，何音賀天之休。不競不絿音求，不剛不柔，敷政優優，百禄是遒子由反。○賦也。小球大球之義未詳。或曰：小國大國所贄之玉也。鄭氏曰：「小球，鎮圭，尺有二寸。大球，大圭，三尺也。皆天子之所執也。」下國，諸侯也。綴，猶結也。旒，旗之垂者也。言爲天子而爲諸侯所係屬，如旗之縿爲旒所綴著也。何，荷。競，强。絿，緩也。優優，寛裕之意。遒，聚也。○**受小共**音恭，叶居勇反**大共，爲下國駿**音峻**厖**莫邦反，叶莫孔反，**何天之龍**叶丑勇反。**敷奏其勇，不震不動**叶德總反，**不戁**奴版反**不竦**小勇反，**百禄是總**子孔反。○賦也。小共、大共、駿厖之義未詳。或曰：小國大國所共之貢也。鄭氏曰：「共，執也。猶小球、大球也。」蘇氏曰：「共、珙通，合珙之玉也。」傳曰：「駿，大也。厖，厚也。」董氏曰：「齊詩作『駿駹』，謂馬也。」龍，寵也。敷奏其勇，猶言大進其武功也。戁、竦〔五〕，懼也。○**武王載旆，有虔秉鉞**音越。**如火烈烈，則莫我敢曷**漢書作「遏」。阿葛反，叶阿竭反。**苞有三櫱**五葛反，叶五竭反，**莫遂莫達**叶陀悦反〔六〕，**九有有截。韋顧既伐**叶房越反，**昆吾夏桀。**賦也。武王，湯也。虔，敬也。言恭行天討也。曷、遏通。或曰：曷，誰何也。苞，本也。櫱，旁生萌櫱也。言一本生三櫱也。本則夏桀，櫱則韋也、顧也、昆吾也，皆桀之黨也。鄭氏曰：「韋，彭姓。顧、昆吾，己姓。」○言湯既受命，載旆秉鉞，以征不義。桀與三櫱皆不能遂其惡，而天下截然歸商矣。初伐韋，次伐顧，次伐昆吾，乃伐夏桀。當時用師之序如此。○**昔在中葉，有震且業。允也天子**叶奬履反，**降于卿士**鉏里反〔七〕。**實維阿衡**叶户郎反，**實左**音佐**右**音又**商王。**賦也。葉，世。震，懼。業，危也。承上文而言。昔在，則前乎此矣。豈謂湯之前世中衰時與？允也天子，指湯也。降，言天賜之也。卿士，則伊尹也。言至於湯得伊尹，而有天下也。阿衡，伊尹官號也。

長發七章，一章八句，四章章七句，一章九句，一章六句。

序以此爲大禘之詩。蓋祭其祖之所出，而以其祖配也。蘇氏曰：「大禘之祭，所及者遠，故其詩歷言商之先君〔八〕，又及其卿士伊尹，蓋與祭於禘者也。」商書曰：「兹予大享于先王，爾祖其從與享之。」是禮也，豈其起於商之世歟？今按：大禘不及羣廟之主，此宜爲祫祭之詩。然經無明文，不可考也。

【校】

〔一〕「禹降省下土方」，按天問作：「禹之力獻功，降省下土四方。」洪興祖楚辭補注曰：「一無『四方』二字。」朱熹楚辭集注作「降省下土方」，並注云：「『土』下或有『四』字，洪云或並無『四方』二字。今按：『下土方』，蓋用商頌語，『四』字之衍明甚；然若並無二字，則又無韻矣。」

〔二〕「悦」，明正統本作「説」。

〔三〕「躋」下，明正統本、明嘉靖本多「子兮反」三小字。

〔四〕「使」，明嘉靖本作「以」。

〔五〕明嘉靖本、八卷本「竦」上有「恐」字。

〔六〕「陀」，元本、元十卷本作「佗」，明正統本、明嘉靖本作「他」。

〔七〕「于」，詩集傳各本同，毛詩正義作「予」。

〔八〕「君」，明正統本、明嘉靖本作「后」。

撻他達反彼殷武，奮伐荆楚。罙面規反入其阻，裒蒲侯反荆之旅。有截其所，湯孫之緒。象呂反。○賦也。撻，疾貌。殷武，殷王之武也。罙，冒。裒，聚也。湯孫，謂高宗。○舊説以此爲祀高宗之樂。蓋自盤庚没而殷道衰，楚人叛之。高宗撻然用武，以伐其國，入其險阻，以致其衆，盡平其地，使截然齊一，皆高宗之功也。易曰：

「高宗伐鬼方，三年克之。」蓋謂此歟？

○維女音汝荊楚，居國南鄉。昔有成湯，自彼氐都啼反羌〔一〕，莫敢不來享叶虛良反，莫敢不來王，曰商是常。

賦也。氐、羌，夷狄國，在西方。享，獻也。世見曰王。○蘇氏曰：「既克之，則告之曰：爾雖遠，亦居吾國之南耳。昔成湯之世，雖氐、羌之遠，猶莫敢不來朝，曰：此商之常禮也。況汝荊楚，曷敢不至哉！」

○天命多辟音璧，設都于禹之績。歲事來辟，勿予禍適直革反，稼穡匪解音懈，叶訖力反。

○賦也。多辟，諸侯也。來辟，來王也。適，讁通。○言天命諸侯，各建都邑于禹所治之地，而皆以歲事來至於商，以祈王之不譴，曰：我之稼穡不敢解也，庶可以免咎矣。言荊楚既平，而諸侯畏服也。

○天命降監下與濫叶，下民有嚴叶五剛反。不僭不濫，不敢怠遑。命于下國叶越逼反，封建厥福叶筆力反。

○賦也。監，視。嚴，威也。僭，賞之差也。濫，刑之過也。遑，暇。封，大也。○言天命降監，不在乎他，皆在民之視聽，則下民亦有嚴矣。惟賞不僭，刑不濫，而不敢怠遑，則天命之以天下，而大建其福。此高宗所以受命而中興也。

○商邑翼翼，四方之極。赫赫厥聲，濯濯厥靈。壽考且寧，以保我後生叶桑經反。

○賦也。商邑，王都也。翼翼，整敕貌。極，表也。赫赫，顯盛也〔二〕。濯濯，光明也。言高宗中興之盛如此。「壽考且寧」云者，蓋高宗之享國，五十有九年。我後生，謂後嗣子孫也。

○陟彼景山叶所旃反，松柏丸丸叶胡員反。是斷音短是遷，方斲陟角反是虔。松桷音角有梴丑連反，旅楹有閑叶胡田反，寢成孔安叶於連反。

○賦也。景，山名，商所都也。丸丸，直也。遷，徙。方，正也。虔，亦截也。梴，長貌。旅，衆也。閑，閑然而大也。寢，廟中之寢也。安，所以安高宗之神也。此蓋特爲百世不遷之廟，不在三昭三穆之數，既成，始祔而祭之之詩也。然此章與閟宮之卒章文意略同，未詳何謂。

殷武六章，三章章六句，二章章七句，一章五句。

【校】

〔一〕「啼」，元本、元十卷本作「帝」，明嘉靖本作「蹄」。

〔二〕「顯盛也」，三字原闕，據明正統本、明嘉靖本補。

商頌五篇，十六章，一百五十四句。

附録　序跋著録

詩傳遺説序

〔宋〕朱　鑑

先文公詩集傳，豫章、長沙、後山皆有本，而後山本讎校爲最精。第初脱稿時，音訓間有未備，刻版已竟，不容增益，欲著補脱，終弗克就。未免仍用舊版，葺爲全書，補綴趲那，久將漫漶。朅來富川，郡事餘暇，輒取家本，親加是正，刻寘學宫，以傳永久。抑鑑昔在侍旁，每見學者相與講論是書，凡一字之疑，一義之隱，反復問答，切磋研究，必令心通意解而後已。今文集、書問、語録所記載，無慮數十百條，彙次成編，題曰「遺説」，後之讀詩者，能兼考乎此而盡心焉，則無異於親承誨誘，可以得其意而無疑於其言矣。若七月、斯干二詩，書以遺丘子服者，尚可考見去取位置小序之法，因附於後。端平乙未五月朔，孫承議郎權知興國軍兼管内勸農營田事節制屯戍軍馬鑑百拜敬識。

讀書附志

〔宋〕趙希弁

詩集傳二十卷、詩序辨説一卷

右晦庵先生朱文公所定也。江西漕趙崇憲刻于計臺而識其後。

直齋書録解題卷二

〔宋〕陳振孫

詩集傳二十卷、詩序辨説一卷

朱熹撰。以大、小序自爲一編，而辨其是非。其序吕氏讀詩記，自謂少年淺陋之説，久而知其有所未安，或不免有所更定。今江西所刻晚年本，得於南康胡泳伯量，校之建安本，更定者幾什一云。

經義考卷一百八　詩十一

〔清〕朱彝尊

朱子熹毛詩集傳

宋志：「二十卷。」

存。

朱子自序曰：（略）

陳文蔚曰：「先生於詩，去小序之亂經，得詩人吟詠性情之意。」

陳振孫曰：（略）

郝經序曰：「古之爲詩也，歌誦絃舞、斷章爲賦而已矣。傳其義者則口授，傳注之學未有也。秦焚詩、書，以愚黔首，三代之學幾於墜没。漢興，諸儒掇拾灰燼，墾荒闢原，續六經之絶緒，於是傳注之學興焉。秦焚詩、書尤重，故傳之者鮮。書則僅有濟南伏生，詩之所見、所聞、所傳聞者頗爲加多，有齊、魯、毛、韓四家而已。而源遠末分，師異學異，更相矛盾，如關雎一篇，齊、魯、韓氏以爲康王政衰之詩，毛氏則謂『后妃之德，風之始』。蓋毛氏之學規模正大，有三代儒者之風，非三家所及也。卒之三家之説不行，毛詩之詁訓傳獨行於世，惜其闊略簡古，不竟其説，使後人得以紛更之也。故滋蔓於鄭氏之箋，雖則云勤，而義猶未備；總萃於孔氏之疏，雖則云備，而理猶未明。嗚呼！詩者，聖人所以化天下之書也，其義大矣。性情之正，義理之萃，已發之中，中節之和也。文、武、周、召之遺烈，治亂之本原，王政之大綱，中聲之所止也。天人相與之際，物欲相錯之間，欣應翕合，純而無間，先王以之審情僞、在治忽、事鬼神、贊化育、奠天位而全天德者也。觀民設教，閑邪存誠，聖之功也。所過者化，所存者神，聖之用也。正適於變，變適於正，易之象也。美而稱誦，刺而譏貶，春秋之義也。故詩之爲義，根於天道，著於人心，膏於肌膚，藏於骨髓，厖澤渥浸，浹於萬世。雖火於秦，而在人心者，未嘗火之也。顧豈崎嶇訓辭，鳥獸蟲魚草木之名，拘拘屑屑而得盡之哉！而有司設規，父師垂訓，莫敢誰何。以及於宋，歐陽子始爲圖説，出二氏之區域。蘇氏、王氏父子繼踵馳説。河南程氏、横渠張氏、西都邵氏，遠探力窮而張皇之。逮夫東萊吕伯恭父集諸家之説，爲讀詩記，未成而卒。時晦庵先生方收伊洛之横瀾，折聖學而歸衷，集傳注之大成，乃爲詩作傳，近出己意，遠規漢、唐，復風、雅之正，端刺美之本，糞訓詁之弊，定章句音韻之短長差舛，辨大、小序之重復，而三百篇之微意，『思無邪』之一言，焕乎白日之正中也。其自序則自孔、孟及宋諸公格言具載之，毛、鄭以下不論，其旨微矣。是書行於江漢之間久矣，而北方之學者未之聞也。大行臺尚書田侯得善本，命工板行，以傳永久。書走保下，屬經爲序，經喜於文公之傳之行，與學者之幸，且嘉侯用心之仁，故推本論著以冠諸端。」

朱升曰：「朱子之於詩也，本歐陽氏之旨而去序文；明吴才老之説而叶音韻，以周禮之六義三經而三緯之，賦比興各得其所，可謂無憾也已。」

王褘曰：「朱子集傳，其訓詁多用毛、鄭，而叶韻則本吴才老之説，其釋諸經，自謂於詩獨無遺憾。當時東萊吕氏有讀詩記最爲精密，朱子實兼取之。」

何喬新曰：「宋歐陽氏、王氏、蘇氏、吕氏於詩皆有訓釋，雖各有發明，而未能無遺憾，自朱子之傳出，三百篇之旨粲然復明。」

桂萼曰：「詩集傳極詳，然其間制度名物，不讀注疏無由而知。當時朱子傳經，一本注疏之訓釋，但以諸儒解經太詳，不免穿鑿而失其本意，於是取而傳焉，以求作者之志。不謂後之學者遂廢注疏而不觀。試舉一二，如『三事就緒』，朱傳取鄭司農『三農之事』訓之，後人不考，遂以孟子所謂上、中、下農之説别處下方，不知本周禮『三農生九穀』注中所謂高原、下隰、平陽之農爾。又如閟宫注中『礱密』之説，讀詩者或以結搆之密當之，豈不可笑。」

尤侗曰：「詩三百，以『思無邪』蔽之，安有盡收淫詞之理？即詩有美刺，以爲刺淫可矣，不應取淫人自作之詩也。鄭伯如晉，子展賦將仲子；鄭伯享趙孟子，太叔賦野有蔓草；六卿餞韓宣子，子齹賦野有蔓草、子太叔賦褰裳、子游賦風雨、子旗賦有女同車、子柳賦蘀兮，此六詩者，皆朱子之所爲淫奔之辭也，然叔向、趙武、韓起莫不善之，以鄭人稱鄭詩，豈自暴其醜乎？近高忠憲講學東林，有執木瓜詩問難者，謂：『「投我以木瓜，報之以瓊琚」，其中並無男女字，何以知其爲淫奔？』坐皆默然。惟蕭山來風季曰：『即有男女字，亦何必淫奔？張衡四愁詩「美人贈我金錯刀，何以報之英瓊瑤」，明明有美人字，然不爲淫奔也。』言未既，有拂然而起者，曰：『美人固通稱，若「彼狡童兮」，得不以爲淫奔否？』曰：『亦何必淫奔，子不讀箕子麥秀歌乎？「麥秀漸漸兮，禾黍油油兮，彼狡童兮，不與我好兮」，箕子所謂受辛也。受辛，君也，而狡童之，誰曰狡童淫者也？』忠憲遽起揖曰：『先生言是也。』吾不知朱子聞之，以爲何如？」

四庫全書總目卷十五　經部詩類一

詩集傳八卷通行本

宋朱子撰。宋志作二十卷，今本八卷，蓋坊刻所併。朱子注易凡兩易稿，其初著之易傳宋志著録，今已散佚，不知其説之同異。注詩亦兩易稿，凡吕祖謙讀詩記所稱朱氏曰者，皆其初稿，其説全宗小序，後乃改從鄭樵之説案朱子攻序用鄭樵説，見於語録。朱升以爲用歐陽修之説，殆誤也，是爲今本。卷首自序作於淳熙四年，中無一語斥小序，蓋猶初稿。序末稱時方輯詩傳，是其證也。其注孟子，以柏舟爲仁人不遇；作白鹿洞賦，以子衿爲刺學校之廢；周頌豐年篇小序，辨説極言其誤，而集傳乃仍用小序説，前後不符，亦舊稿之删改未盡者也。楊慎丹鉛録謂文公因吕成公太尊小序，遂盡變其説。雖意度之詞，或亦不無所因歟。自是以後，説詩者遂分攻序、宗序兩家，角立相争，而終不能以偏廢。欽定詩經匯纂雖以集傳居先，而序説則亦皆附録，尤爲持千古之平矣。舊本附詩序辨説於後，近時刊本皆删去。鄭元〔玄〕稱毛公以序分冠諸篇，則毛公以前序本自爲一卷。隋志、唐志亦與毛詩各見。今已與辨説别著於録，兹不重載。

其間經文訛異，馮嗣京所校正者如：鄘風「終然允臧」，「然」誤「焉」；王風「牛羊下括」，「括」誤「栝」；齊風「不能辰夜」，「辰」誤「晨」；小雅「求爾新特」，「爾」誤「我」；「胡然厲矣」，「然」誤「爲」；「朔月辛卯」，「月」誤「日」；「家伯維宰」，「維」誤「家」；「如彼泉流」，「泉流」誤「流泉」；「爰其適歸」，「爰」誤「奚」；大雅「天降滔德」,「滔」誤「慆」;「如彼泉流」,亦誤「流泉」;商頌「降予卿士」,「予」誤「于」;凡十二條。陳啓源所校正者:召南「無使尨也吠」,「尨」誤「厖」;「何彼襛矣」,「襛」誤「穠」;衛風「遠兄弟父母」,誤「遠父母兄弟」;小雅「言歸斯復」,「斯」誤「思」;「昊天大憮」,「大」誤「泰」;楚茨「以享以祀」,「享」誤「饗」;「福禄膍之」,「膍」誤「媲」;「畏不能趨」,「趨」誤「趍」;「不皇朝矣」,「皇」誤「遑」下二章同;大雅「淠彼涇舟」,「淠」誤「渒」;「以篤于周祜」,脱「于」字;周頌「既右饗之」,「饗」誤「享」;魯頌「其旂茷茷」誤「⿱艹代⿱艹代」;商頌「來格祁祁」誤「祈祈」,凡十四條。

又傳文訛異,陳啓源所校正者:召南騶虞篇「豝,牝豕也」,「牝」誤「牡」;終南篇「黻之狀亞,像兩弓相背」,「亞」誤「亜」,「弓」誤「己」;南有嘉魚篇「鯉質鱒鱗」,「鱗」誤「鯽」,又衍「肌」字;甫田篇「或耘或耔」,引漢書「苗生葉以上」,脱「生」字;「隤其土」誤「壝其上」;頍弁篇「賦而比也」,誤增「興又」二字案此輔廣詩童子問所增。小宛篇「俗呼青雀」,「雀」誤「觜」;文王有聲篇「淢,成溝也」,「成」訛「城」;召旻篇「池之竭矣」章,「比也」誤作「賦」;閔予小子篇引大招「三公穆穆」誤「三公揖讓」;賚篇「此頌文王之功」,「王」誤「武」;駉篇「此言魯侯牧馬之盛」,「魯侯」誤「僖公」,凡十一條。史榮所校正者,衛風伯兮篇傳曰:「女爲悦己者容」,「己」下脱「者」字;王風采葛篇「蕭,萩也」,「菽」誤「荻」;唐風葛生篇「域,營域也」,「營」誤「塋」;秦風蒹葭篇「小渚曰沚」,「小」誤「水」;小雅四牡篇「今鵓鳩也」,「鵓」誤「鵓」;蓼蕭篇「在衡曰鸞」,「衡」誤「鑣」;采芑篇「即今苦蕒菜」,「蕒」誤「蕒」;正月篇「申包胥曰:人定則勝天」,「定」誤「衆」;小弁篇「江東呼爲鵯烏」,「鵯」誤「鴨」;巧言篇「君子不能堲讒」,「堲」誤「塈」,凡十條。

蓋五經之中惟詩易讀,習者十恒七八,故書坊刊版亦最夥,其輾轉傳訛亦爲最甚。今悉釐正,俾不失真。至其音叶,朱子初用吴棫詩補音案棫詩補音與所作韻補爲兩書,書録解題所載甚明。經義考合爲一書,誤也。,其孫鑑又意爲增損,頗多舛迕。史榮作風雅遺音已詳辨之,茲不具論焉。

簡莊文鈔卷三

〔清〕陳鱣

宋本詩集傳跋

鱣既得周易之明年春,同人作中吴吟課,適袁君又愷語及其家藏宋本詩集傳,因以他物易之。凡二十卷,與宋志合。今通行本八卷,蓋坊間妄併也。行款格式與周易本義同。考文公孫鑑詩傳遺説叙云：「詩集傳，豫章、長沙、後山皆有本，而後山校讎最精。」是本無題識可證，而校讎之精，疑其爲後山本。惟自小雅蓼莪至大雅版〔板〕之篇已缺，爲可惜耳。其間經文如召南「何彼穠矣」作「襛矣」，鄘風「終焉允臧」作「終然」，衛風「遠父母兄弟」作「兄弟父母」，齊風「不能晨夜」作「辰夜」，小雅「朔日辛卯」作「朔月」，「家伯冢宰」作「維宰」，周頌「既右饗之」作「右享」，魯頌「其旂茷茷」作「茷茷」，商頌「來假祈祈」作「祁祁」，「降于卿士」作「降予」，爲馮嗣京、陳啓原〔源〕所拈出外，此若王風「牛羊下括」作「羊牛」，與上章同，魏風「不知我者」俱作「不我知者」，與唐石經合。又若周南「不可休息」注：「吴氏曰：韓詩作『思』。」今本删去，不知韓詩以「休」、「求」叶音也。周頌「假以溢我」，「假」下注：「春秋傳作『何』。」「溢」下注：「春秋傳作『恤』。」蓋惟先有此注，故下注云：「『何』之爲『假』，聲之轉也。『恤』之爲『溢』，字之訛也。」今本删去上注，則下注不知何所指矣。其餘傳文音義足以補正今本者不可殫述。宋本之善若此，安得好事者重爲刊布，俾家絃户誦乎？嘉慶十年春日識。

拜經樓藏書題跋記卷一

〔清〕吴壽暘

詩集傳右不全宋本，止八卷。陳簡莊徵君從中吴爲先君子購得。經文悉與唐石經同，注文悉存文公原本，與徵君所藏宋刻相伯仲。係明晉府圖書，每册皆有印記，楮墨古雅，字畫精楷，蓋宋刻之佳者。

先君子書云：按明史諸王傳，晉恭王封於太原府，傳至裔孫表藥，孝友好文，分封慶成王。此豈其故物耶？簡莊徵君跋其所藏詩集傳云：「考文公孫鑑詩傳遺説序云：『詩集傳，豫章、長沙、後山皆有本，而後山校讎最精。』」是本或亦係後山本耶？自小雅以後闕。徵君所藏，亦闕小雅蓼莪至大雅板之什。吉光片羽，彌足珍已。

鄭堂讀書記卷八

〔清〕周中孚

詩集傳八卷通行本

宋朱子撰朱子仕履見禮類四，四庫全書著録。讀書附志、書録解題、通考、宋志俱作詩集傳二十卷、詩序辨説一卷宋志脱「説」字。自坊刻併二十卷爲八卷，併削去詩序辨説不載，厥弊與書集傳不載書序同也。陳氏云：「以大、小序自爲一編，而辨其是非。其序吕氏讀詩記，自謂少年淺陋之説，久而知其有所未安，或不免有所更定。今江西所刻晚年本，得于南唐〔康〕胡泳伯量，較〔校〕之建安本，更定者幾什一云。」蓋其初稿亦用小序，後與東萊相争，遂改從鄭樵詩辨妄之説而廢小序。故有辨説攻小序，而集傳一一追改。樵書爲周信道孚所駁經義考載周氏非鄭樵詩辨妄一卷，存，旋即散佚。惟此書自元延祐定科舉法用以取士，遂承用至今。其書訓詁多用毛鄭，而叶韻則本吴才老之説。其注賦比興則以周禮之六義三經而三緯之。其釋諸經，自謂於詩獨無遺憾。當時東萊讀詩記最爲精密，朱子實兼取之，惟其確遵序説之處（征按：「惟」，吴興叢書本作「非」，商務印書館萬有文庫本改作「惟」，是也，據改），則舍之不用耳。其間經義訛異，馮嗣宗〔京〕所校正者凡十二條，陳啓源所校正者凡十四條。又傳文訛異，啓源所校正凡十一條，史榮所校正者凡十條。皆由坊刻展轉傳訛，非是傳原本如此也。惟卷首「關關雎鳩」，毛傳云「鳥摯而有别」，鄭箋云「摯之言至也，謂王雎之鳥雌雄情意至然而有别」。兩家語極分明，是傳引曰「故毛傳以爲摯而有别」，此却不誤；後又引曰：「毛傳云：『摯』字與『至』通，言其情意深至也。」則誤以鄭箋爲毛傳而删改其語焉。開卷即誤，可想見其全書之梗概矣。前有淳熙丁酉自序，蓋與易本義同時而成者。越二十四年而始易簀，惜其未及隨時改正云。

宋本詩集傳跋

〔清〕吴之瑗

宋本詩集傳，吾鄉向有二本：一爲陳徵君簡莊年丈所藏，一爲叔祖兔牀先生拜經樓所藏。今夏爲兒子彙升點定句讀，因於舍弟繫文處叚拜經樓藏本校勘。見宋本之善，實有遠勝近刻者，惟缺卷太多，至豳風而止，惜不得徵君本，俾多校數卷也。六月中汪薌國參軍來齋中，見余方手勘是書，因出其舊藏本見眎。楮墨古雅，字畫精楷，與拜經樓本相伯仲。自蓼莪注「則無所恃」四字起，至大雅板篇，均影鈔，前後一無題識，惟每册或有「袁廷檮」印、「五硯主人」小方印，或有「袁又愷藏書」、「楓橋五硯樓收藏印」小長印。案徵君跋文云：「某既得周易之明年春，同人作中吴吟課，適袁君又愷語及其家藏宋本詩集傳，因以他物易之。凡二十卷，與宋志合。惟自小雅蓼莪至大雅板之篇已缺，爲可惜耳。」是本豈即徵君故物耶？抑袁君别有一本耶？何缺頁之相符與？其間經文如召南「何彼穠矣」作「禯矣」；鄘風「終焉允臧」作「終然」；衛風「遠父母兄弟」作「兄弟父母」；王風「牛羊下括」作「羊牛」；齊風「不能晨夜」作「辰夜」；魏風「不知我者」俱作「不我知者」；小雅鴻雁三章注引同；唐風「實大且篤」作「碩大」；豳風「亦可畏也」作「不可」；小雅「胡爲厲矣」作「胡然」，「朔日辛卯」作「朔月」；周頌「彼徂矣岐」作「彼岨」（征按：宋本作「徂」，吳氏當誤記），「既右饗之」作「右享」，「屢豐年」作「婁豐年」；魯頌「其旂茷茷」作「茷茷」；商頌「來假祈祈」作「祁祁」。注文如周南「不可休息」下「吳氏曰：韓詩作『思』」，小雅「外禦其務」下「春秋傳作『侮』，罔甫反」，周頌「假以溢我」，「假」下「春秋傳作『何』」，「溢」下「春秋傳作『恤』」。「彼岨矣岐」下「沈括曰：『後漢書西南夷傳作「彼岨者岐」。』今按，彼書『岨』但作『徂』，韓詩薛君章句亦但訓爲『往』。獨『矣』字正作『者』，如沈氏說。然其注末復云岐雖阻僻，則似又有『岨』意。韓子亦云『彼岐有岨』，疑或別有所據。故今從之，而定讀『岐』字絶句」。與臧玉林經義雜記、錢竹汀養新録、潛研堂文集所記者皆合。惟小雅「家伯維宰」已作「家伯爲宰」，商頌「降予卿士」已作「降于」。又周頌臣工篇注「畬，二歲田也」，「二」當爲「三」。案采芑注：「田一歲曰菑，二歲曰新田，三歲曰畬。」一人手定之書，不當有異說。噫嘻篇注「内方三十二里有奇」，「二」亦當作「三」。案疏引周禮：「萬夫有川，與十千之數相當計萬夫之地，一夫百畝，方百步，積萬夫方之，是廣長各百夫。夫有百步，三夫爲一里，則百夫應三十三里。」故鄭箋云：「方三十三里，少半里。」（今注疏本作「二十三里」，更誤。）而集傳曰：「内方三十三里有奇也。」考元番陽朱公遷詩經疏義二十卷初刻於正統間，重刻于嘉靖二年。拜經樓藏書題跋記云：「是書雖刻於明之中葉，猶爲元儒手筆，悉仍文公之舊，惟『家伯維宰』作『爲宰』。」據此，則是本或爲宋刻而元時翻雕者。其缺卷及圖印，又書賈作僞，以同於徵君所藏本，冀獲厚值耳。余既校録於坊刻監本，爰坿數語歸諸參軍，參軍其珍藏之。倘得重爲刊布，俾家絃户誦，則嘉惠後學，更復不淺。參軍爲紫陽所自出，故又推其不匱之思云。道光戊申秋七月曬書日，仁和縣學附學生員海寧星滄里人吴之瑗厚渠氏識。

鐵琴銅劍樓藏書目録卷三

〔清〕瞿　鏞

詩集傳二十卷校宋本

宋刊朱子詩集傳，舊爲吴門袁氏廷檮所藏，此本即其所校録。後有自記云：「嘉慶乙丑夏畢，以家藏宋刻本換與陳仲魚，因校存此本。宋本佳處，尤一目了然。」仲魚亦有跋，載其所著綴文中。其經文悉同石經，足正俗刻之訛者，已詳舉之矣。至如集傳所載切音，俗刻多改直音，最爲謬妄。惟胡氏詩傳附録纂疏悉遵朱子之舊。今以此本核之，猶多勝於胡本處。如召南何彼禯矣，「禯」，此音「如容反」，胡本作「奴容反」。案「如容反」即廣韻之「而容切」，爲日母中字。廣韻又有「女容切」一音，是爲孃母中字，若作「奴容」，則爲泥母中字矣，無此音也。邶風「寤辟有摽」，「摽」，此音「婢小反」，胡本作「符小反」，是類隔法，與「婢小」雖異實同。然摽有梅既音「婢小反」矣，不若此之前後一例也。王風「嘆其修矣」，「修」，此叶「先竹反」，「修」、「先」並心母四等字，胡本作「式竹反」，則誤入審三等矣。鄭風「不寁故也」，「寁」，此音「市坎反」，「寁」、「市」皆精母一等字，胡本「市」誤「市」，則入禪三等矣。小雅白駒「賁然來思」，「來」叶「陵之反」；「慎爾優游」，「游」叶「云俱反」，胡本作「來」叶「云俱反」，「游」叶「汪胡反」，「云」與「來」，「汪」與「游」皆不同母，則皆誤也。頌噫嘻「駿發爾私」，「駿」音「峻」，載見「和鈴央央」下有「於良反」，胡本並脱。其足以資訂正者不少，故雖校本亦録存之。

詩集傳一卷宋刊殘本

朱子詩集傳今本皆八卷，宋志云二十卷。此本僅存文王之什，稱卷十六，蓋與宋志合，猶朱子舊第也。案陳氏啓源云：皇矣「以篤于周祜」，今本脱「于」字；文王有聲傳「淢，成溝也」，今本「成」誤「城」。此本「于」字不脱，「成」字亦不誤，與陳氏所云合。又袁校宋本中闕小雅蓼莪至大雅板之篇，以元刊本補校，而此卷適在所闕中。考旱麓章「豈弟君子」，「豈，苦亥反；弟，音悌」。「干禄豈弟」，「豈，同上；弟，叶待禮反」。元本並脱其音切，猶賴此本以見。雖止二十之一，然可以補袁校之闕，故不敢以殘帙棄也。書中宋諱皆闕筆，每半葉八行，行十七字，與袁本七行十六字者不同。

皕宋樓藏書志卷五

〔清〕陸心源

詩集傳二十卷宋刊本，五硯樓舊藏

宋朱熹集傳

自序吴氏手跋曰：宋本詩集傳，吾鄉向有二本：一爲陳徵君簡莊年丈所藏……（下略，即上所録吴之瑗跋。）

案此宋刊宋印本，每半葉七行，每行十五字，注文雙行，版心有字數及刻工姓名。

詩集傳二十卷明正統内府刊本

宋朱熹集傳

詩圖詩

傳綱領

詩序辨説

無名氏手跋曰：朱子集傳，二十卷，與毛傳同。明監本併爲八卷，遂相沿襲，幾不知有二十卷之舊。此本尚是明神宗以前舊刊，是可寶也。甲戌仲秋八日記。

藏園羣書經眼録卷一

傅增湘

詩集傳二十卷宋朱熹撰

宋刊本，板匡高六寸二分，寬四寸四分。半葉七行，每行十五字，注雙行同，白口，左右雙闌，版心單魚尾下記詩卷第幾，上記字數，下記刊工姓名。宋諱避至鞹字止，蓋成書後第一刻本也。舊爲袁廷檮五硯樓藏書，後歸陳仲魚鱣。仲魚所作綴文定爲後山所刊。

按：此本與北京圖書館所藏内閣殘本同。（日本静嘉堂文庫藏書。己巳十一月十三日觀。）

主要參考書目

拜經樓藏書題跋記，〔清〕吴壽暘撰，清道光二十七年（一八四七）海昌蔣氏刻本，續修四庫全書，上海古籍出版社，二〇〇二年

皕宋樓藏書志，〔清〕陸心源撰，光緒八年（一八八二）十萬卷樓藏版，續修四庫全書，上海古籍出版社，二〇〇二年

藏園羣書經眼録，傅增湘撰，中華書局，一九八三年

楚辭補注，〔宋〕洪興祖撰，白化文、許德楠、李如鸞、方進點校，中華書局，一九八三年

楚辭集注，〔宋〕朱熹撰，蔣立甫校點，上海古籍出版社、安徽教育出版社，二〇〇一年

點校補正經義考，〔清〕朱彝尊原著，許維萍、馮曉庭、江永川點校，臺北中國文哲研究所籌備處，一九九七年

讀書附志，〔宋〕趙希弁撰，附于郡齋讀書志校證，〔宋〕晁公武撰，孫猛校證，上海古籍出版社，一九九〇年

二程集,〔宋〕程顥、程頤著,王孝魚點校,中華書局,二〇〇四年第二版
風雅遺音,〔清〕史榮撰,清乾隆十四年(一七四九)一灣齋刻本,續修四庫全書,上海古籍出版社,二〇〇二年
國語,上海師範大學古籍整理研究所校點,上海古籍出版社,一九八八年
韓昌黎文集校注,〔唐〕韓愈撰,馬其昶校注,馬茂元整理,上海古籍出版社,一九八七年
漢書,〔漢〕班固撰,〔唐〕顏師古注,中華書局,一九六二年
後漢書,〔南朝宋〕范曄撰,〔唐〕李賢等注,中華書局,一九六五年
淮南子校釋(增訂本),張雙棣撰,北京大學出版社,二〇一三年
簡莊文鈔,〔清〕陳鱣撰,清光緒十四年(一八八八)羊復禮刻本,續修四庫全書,上海古籍出版社,二〇〇二年
經典釋文,〔唐〕陸德明撰,張一弓點校,上海古籍出版社,二〇一三年
老子今注今譯,陳鼓應注譯,商務印書館,二〇〇三年
吕氏春秋新校釋,陳奇猷校釋,上海古籍出版社,二〇〇二年
吕氏家塾讀詩記,〔宋〕吕祖謙撰,上海涵芬樓借常熟瞿氏鐵琴銅劍樓藏宋刊本影印,四部叢刊續編,商務印書館,一九三四年

毛詩稽古編，〔清〕陈啓源撰，影印文淵閣四庫全書，上海古籍出版社，二〇〇三年
夢溪筆談，〔宋〕沈括著，金良年點校，中華書局，二〇一五年
詩本義，〔宋〕歐陽修撰，上海涵芬樓影印吴縣潘氏滂喜齋藏宋刊本，四部叢刊三編，商務印書館，一九三六年
詩集傳，〔宋〕蘇轍撰，中國國家圖書館藏宋淳熙七年蘇詡筠州公使庫刻本，中華再造善本，北京圖書館出版社，二〇〇三年
詩集傳，〔宋〕朱熹集注，上海古籍出版社，一九八〇年
詩集傳，〔宋〕朱熹注，王華寶整理，鳳凰出版社，二〇〇七年
詩集傳，〔宋〕朱熹撰，朱傑人校點，朱傑人、嚴佐之、劉永翔主編朱子全書（修訂本）第一册，上海古籍出版社、安徽教育出版社，二〇一〇年
詩集傳附録纂疏，〔元〕胡一桂撰，熊瑞敏、曹繼華、吴嬌點校，北京師範大學出版社，二〇一三年
詩集傳名物鈔音釋纂輯，〔元〕羅復撰，孫慧琦、徐逸超、邢毓南點校；詩經疑問，〔元〕朱倬撰，吴嬌點校；北京師範大學出版社，二〇一三年
詩經疏義，〔元〕朱公遷等撰，馬天祥、徐逸超、邢毓南點校，北京師範大學出版社，二〇一

三年
詩傳通釋，〔元〕劉瑾撰，劉鎂硒、李㙯宇、馬千惠點校，北京師範大學出版社，二〇一三年
詩傳遺説，朱鑒編，影印文淵閣四庫全書，上海古籍出版社，二〇〇三年
十三經注疏，〔清〕阮元校刻，中華書局，一九八〇年
史記，〔漢〕司馬遷撰，〔南朝宋〕裴駰集解，〔唐〕司馬貞索隱，〔唐〕張守節正義，中華書局，二〇一四年
四庫全書總目，〔清〕永瑢等撰，中華書局，一九六五年
鐵琴銅劍樓藏書目録，〔清〕瞿鏞撰，清光緒常熟瞿氏家塾刻本，續修四庫全書，上海古籍出版社，二〇〇二年
文選，〔梁〕蕭統編，〔唐〕李善注，上海古籍出版社，一九八六年
荀子校釋，王天海校釋，上海古籍出版社，二〇〇五年
戰國策，〔漢〕劉向集録，上海古籍出版社，一九八五年第二版
鄭堂讀書記，〔清〕周中孚著，黄曙輝、印曉峰標校，上海書店，二〇〇九年
直齋書録解題，〔宋〕陳振孫著，徐小蠻、顧美華點校，上海古籍出版社，一九八七年
莊子今注今譯，陳鼓應注譯，中華書局，一九八三年